레이디·조커

3

LADY JOKER
by Kaoru Takamura

Copyright ⓒ 1997, 2010 by Kaoru Takamura
All rights reserved.
Original Japanese edition published in 1997 by THE MAINICHI NEWPAPERS Co., Ltd.
Second Japanese edition published in 2010 by SHINCHOSHA Publishing Co., Ltd.
Korean translation rights arranged with SHINCHOSHA Publishing Co., Ltd.
through Eric Yang Agency Co., Seoul.

Korean translation rights ⓒ 2018 by MUNHAKDONGNE Publishing Corp.

이 도서의 국립중앙도서관 출판예정도서목록(CIP)은
서지정보유통지원시스템 홈페이지(http://seoji.nl.go.kr)와
국가자료공동목록시스템(http://www.nl.go.kr/kolisnet)에서 이용하실 수 있습니다.
(CIP제어번호: CIP2018006640)

레이디·조커 3

LADY JOKER

다카무라 가오루 장편소설

이규원 옮김

문학동네

차 례

"주님께서 여러분과 함께."

"또한 사제와 함께."

"마태오가 전하는 거룩한 복음입니다." 사제의 목소리가 울렸다.

스기하라의 부음으로부터 사십 시간. 여러 사람이 얼굴을 비치고 저마다 그 자리에 필요한 말을 던지고 갔지만 시로야마는 거의 기억나지 않았다. 회사장은 물론 친지의 조문도 단호하게 사양하며 가족장을 고집하는 하루코의 주장을 어떤 경과로 수락했는지조차 잘 떠오르지 않았다. 시로야마의 상상과 달리 하루코는 처음부터 망연자실한 기색을 보이기보다 어느 순간 마음을 굳힌 듯 담담하게 굴었고, 적어도 시로야마 앞에서는 우는 모습을 보이지 않았다.

6월 27일 화요일 오후, 도쿄 성 마리아 대성당 제단 앞에 안치된 관과 뒤쪽으로 우뚝 솟은 십자가가 어쩐지 기묘한, 틈새기바람이 부는 듯한 광경이라고 느끼면서 시로야마는 생각에 잠겨 있었다. 시로야마 옆에는 아내, 부임지에서 달려온 아들 미쓰아키, 하루코, 조카딸 요시코 내외가 앉아 있고, 통로 맞은편에는 스기하라의 형제와 친척 여덟 명, 가족끼리 알고 지내던 구라타 내외가 전부였다. 오백 명을 수용하는 대성당에 참석자는 단 열여섯 명. 사제와 부제 두 명을 합쳐도 열아홉 명밖에 되지 않아 더 휑뎅그렁한 걸까. 아니면 여타 성대한 장례식에 익숙한 탓에 드는 위화감일까.

복음서를 낭독하는 목소리는 단어 하나하나를 새겨넣을 준비가 되어 있지 않은 시로야마의 귀를 그저 주문처럼 스쳐지나갔다. "사람의 아들이 영광을 떨치며 모든 천사들을 거느리고 와서 영광스러운 왕좌에 앉게 되면 모든 민족들을 앞에 불러놓고 마치 목자가 양과 염소를 갈라놓듯이 그들을 갈라 양은 오른편에 염소는 왼편에 자리잡게 할 것이다. 그때도 그 임금은 자기 오른편에 있는 사람들에게 이렇게 말할 것이다, '너희는 내 아버지의 축복을 받은 사람들이니 와서 세상 창조 때부터 너희를 위하여 준비한 나라를 차지하여라.'"

그렇다. 하루코가 가족장으로 하겠다고 말했을 때는 적잖이 당황했지만, 죽은 스기하라가 안고 있던 문제와 그것을 알고 있던 하루코의 심정, 그에 더해 회사측의 미묘한 입장까지 두루 생각해보면 나 역시 가족장도 나쁘지 않다는 생각에 이르렀을 것이다. 이사회에서는 스기하라가 유서도 남기지 않고 본사와 가까운 시나가와 역을 죽을 자리로 선택했다는 사실을 불편하게 여기는 분위기가 감돌았고, 끝내 회사장 이야기는 나오지도 않았다. 어쩌면 하루코는 사내 분위기를 이미 짐작하고 선수 치듯이 가족장을 주장했는지도 몰랐다.

그리고 시로야마는 자신이 이 기묘한 공간에 친족들과 함께 자리하고, 스기하라의 관 앞에서 망자를 애도하는 제의에 임하고 있다는 사실 자체를 지금도 받아들이기 힘들었다. 대체 나는 왜 여기 있는 건가 하는 생각이 끊임없이 고개를 쳐들었다.

스기하라의 자살 소식을 듣고 처음엔 망연자실했지만, 다음으로 형언키 힘든 분노에 속이 끓어오르고, 이어서 원망에 휩쓸렸으며, 아무것도 할 수 없는 스스로를 돌아본 뒤에는 철저한 패배감이 느껴졌다. 그래, 이것이 너라는 인간의 앙갚음이냐. 이 시로야마와 히노데가 그렇게 증오스러웠느냐. 순간의 착란 속에 그런 생각까지 들었지만, 이제는 그 목소리를 들을 수 없는 망자는 산 자에게 이 세상 최대의 고뇌를 남긴 채 관에 홀로 편안히 누워 있었다. 과연 나는 어찌해야 이 망자를 애도할 수 있을지 자문하면서도 시시각각 새로워지는 증오를 억누를 길이 없었다.

물론 그렇게 끓어오르는 감정과는 별개로, 지난 사십 시간 동안 시로야마는 이 상황까지 이른 경위를 나름대로 되짚어보기도 했다. 스기하라는 아마도 레이디 조커에게 20억을 넘겨주기로 확정되었을 때 제 손으로 끝을 보기로 작정한 것이 틀림없었다. 그 끝이 자살이라는 것은 스기하라라는 남자의 나약한 정신 상태 탓이라고밖에 볼 수 없었지만, 마음만 먹으면 이 지경에 이르기 전에 그의 심정을 헤아리고 차선책을 강구해줄 수 있었던 사람이 여기 있지 않은가.

복음 낭독이 끝나자 시로야마는 다른 이들과 함께 "주님 영광 받으소서"라고 읊었다. 이어서 "그리스도님 찬양합니다"라는 말과 함께 사제의 강론이 시작되었다. 사제는 일부러 어렴무던한 주제를 택한 듯 "애초에 전능하신 하느님께서 천지만물을 창조하실 때—"라는 말로 입을 열었다.

나는 왜 스기하라에게 마땅한 대처를 게을리했을까, 시로야마는 다시 성급하게 자문했다. 바빠서 시간이 없었던 것은 결코 아니다. 오히려 그 치과의사가 아들을 잃었을 때처럼 그저 망연히 넋을 놓고 있었던 것이다. 그러나 생면부지의 치과의사도 아니고 여동생의 남편인 스기하라를 어쩌면 그렇게까지 방치할 수 있었을까. 시로야마는 그 이유를 찾아 자신의 내면을 헤치고 다니며, 명확히 표현할 수 없는 막연한 진상의 조각을 하나하나 주워모았다.

우선 삼십 년 전, 하루코가 택한 남편감이 제 성에 차지 않았다는 것. 하루코는 총명하고 명랑하고 외모도 괜찮은 편이라 예전부터 맞선 이야기가 많이 들어왔지만 정작 배우자로는 시로야마가 영업부장으로 일하던 요코하마 지사의 부하직원을 택했다. 제 눈에는 가장 상냥하고 가장 미남이며 가장 평범한 남자를 골랐을 여심을 시로야마는 끝내 이해하지 못했지만 굳이 반대할 이유는 없었고, 당시 살아 있던 양친도 조금 당황하긴 했어도 본인 생각이 그렇다면 괜찮지 않냐며 결혼을 허락했다. 사실 요시코가 태어난 뒤로는 시로야마도 현실을 긍정하는 쪽으로 마음이 기울었지만, 결혼 당초부터 갖고 있던 서먹서먹한 감정은 끝내 완전히 불식되지 못했다.

하루코가 스기하라를 선택하고 지극히 평범하고 자유로운 생활을 원한 데는 전형적인 중산층 취향인 가풍과 그것을 고스란히 물려받은 오빠에 대한 반항심이 무의식적으로나마 작용한 것이 틀림없었다. 시로야마도 한편으로는 늘 좀더 느긋한 삶을 원해왔던만큼 하루코의 심정을 모르지 않았고, 그런 자기 자신에 대한 어떤 불만을 스기하라와의 거리 두기에 적잖이 반영해왔는지도 몰랐다.

그러나 아무리 그런 관계였다 해도 예나 지금이나 스기하라에 대해서는 기억다운 기억이 없다는 사실에 시로야마는 당혹감을 금치 못했다. 이런저런 얼굴이 산만하게 떠오르기는 하지만 지난 삼십 년간 회사에서 여러 중대사를 겪어왔음에도 그곳에 스기하라의 얼굴은 없었다.

스기하라가 이렇게까지 내 시야를 벗어나 있었던가. 그렇게 생각한 시로야마는 그제야 어느 시점부터 스기하라의 처우를 좌지우지할 수 있는 위치에 올라선 구라타 세이고가 무슨 생각으로 그를 오늘날의 자리까지 끌어줬을까 하는 점에 생각이 미쳤다.

서로 부족함을 보완한다는 의미에서 구라타가 스기하라를 끌어줄 이유가 있었는지도 모르지만, 공정하게 보아 만약 스기하라가 자신의 매제가 아니었다면 어땠을까. 그 생각을 하니 새삼 식은땀이 솟는 기분이었다. 절대 제 입으로 말한 적은 없지만 구라타가 스기하라를 요직에 앉히려고 상당한 노력을 기울이고 맥주사업본부와 이사회에도 남몰래 손써왔다는 사실은 시로야마도 충분히 아는 바였다.

오 년 전 임원진 교체 당시 스기하라와 함께 맥주사업본부 부본부장 후보에 올랐다가 결국 아시아 총지사장으로 이동한 사람이 있었는데, 새로 본부장이 된 구라타가 그를 높이 평가해왔음을 시로야마도 알고 있었다. 시로야마 역시 부본부장 겸 이사라는 직책보다 시장 개척 능력이 요구되는 아시아 지사를 중시해 그 인사를 승낙했던 기억이 생생했다. 구라타나 시로야마나 스기하라를 밀어주려 한 것이 아니라 분명 명분보다 실리를 취한 인사였다.

사제가 헌향하는 순백의 관을 응시하는 시로야마의 뇌리에 '가이고로시*'라는 표현이 떠올랐다. 오랫동안 적재적소의 공정한 인사를 표방하면서 제 발밑의 가족은 짐짓 외면해온 결과가 이것이었다. 자살 직전 집 앞까지 찾아왔었다는 스기하라의 발소리가 귓가에 되살아나자, 그 시각 제 귀로 똑똑히 들었던 그 발소리가 마치 스기하라의 심장박동 소리였던 듯 느껴졌다. 삼십 년을 일한 회사와 처남을 향한 억누를 길 없

---

* 쓸모없어진 가축을 죽을 때까지 거두는 것.

는 분노에 내몰린 스기하라는 죽음 직전까지 번민했을 것이 틀림없었다.

너는 남겨진 자에게 최악의 앙갚음을 하고, 혼자 먼저 떠나 이제는 편안히 쉬고 있는가. 편안하지는 않겠지. 관을 향해 그렇게 물으며 시로야마는 한숨 한 줄 흘릴 틈 없는 혼돈을 맛보고 깊은 어둠에 잠겼다.

사사로운 정에 얽매이지 않았다면 완전히 거짓말이다. 처음부터 끝까지 사적인 감정이 이끄는 대로 무심결에 휩쓸리고 문제를 알면서도 방치한 자신의 태만이 한 사람의 파멸을 조장했다. 그 사실을 똑똑히 인식한 뒤에 번져가는 어둠은 죄악감이나 곤혹스러움을 넘어 자신의 일생과 가족과 사회생활의 모든 윤곽을 흐려놓고, 그것들의 느낌과 의미를 녹여버리고, 사람을 완전히 고독하게 만들고 허공에 알몸으로 매달았다. 전쟁이 끝난 해 방공호를 막연히 에워싸고 있던 어둠을 떠올리며 시로야마의 의식은 잠시 여덟 살 아이로 돌아가, 후지산 자락의 임대 별장에 누워 있을 때처럼 제 인생의 산만한 주마등을 보았다. 그때그때의 과실을 순조롭게 거두고 맛보고 즐기고 감사하며 살아온 평온한 인생 아래 어릴 적부터 심신에 스며들었던 허공을 줄곧 감추어왔음을 새삼 깨달은 그는 경멸을 느끼고 다시 뚜껑을 닫았다.

그렇게 형체도 없는 어둠에서 한쪽 발을 질질 끌며 나와 다시 현세에 몸을 두자, 시로야마는 비로소 말없는 망자가 남기고 간 통한의 크기를 산 자가 짊어지는 것이 죽음임을 받아들일 수 있었다.

가톨릭 신자가 아닌 스기하라의 친족을 배려해 감사의 전례를 생략한 약식으로 제의가 진행되어, 공동기도가 끝나자 바로 고별식이 이어졌다.

"하느님의 부르심을 받은 스기하라 다케오 씨는 그리스도님의 은혜로 하느님의 아들이 되었습니다." 사제가 말했다. "지금은 우리 손으로 장사를 지내지만 최후의 날 하느님은 모든 의인과 함께 스기하라 다케오 씨를 부활하게 하고 모든 것을 새롭게 해주실 것입니다."

이어서 "그뒤에 나는 새 하늘과 새 땅을 보았습니다. 이전의 하늘과 이전의 땅은 사라지고 바다도 없어졌습니다"로 시작되는 요한묵시록의 구절이 낭독되었다. 어릴 적부터 수백 번도 더 들어온 그 구절을 지금 다시 들으며 시로야마는 반강제적으로 스스로에게 되뇌었다. 스기하라는 하느님의 아들이 되었으니 더는 죽을 일도 현세의 번뇌도 없다, 이제는 새 하늘과 새 땅이 있을 뿐이다, 라고. 그리고 스기하라가 이제 신의 곁에 있다는 안도와 망자가 자신에게 남긴 증오 모두 제 몸으로 받아들이고, 통한과 납득이 뒤섞인 혼돈에 새삼 할말을 잃었다.

가족장인 관계로 유족 대표의 인사말도 생략하고 헌화만 한 뒤, 시로야마와 스기하라 본가 쪽 남자 네 명, 그리고 구라타 세이고까지 함께 관을 들어올렸다. 문득 지구의 중력이 의심될 만큼 무거움도 가벼움도 느끼지 못한 채로 관을 영구차에 싣고, 시로야마를 비롯한 친족 일동은 화장장으로 향하는 전세택시에 나누어 탔다. 그때 한번 주위를 둘러본 시로야마의 눈에는 정문 앞에서 경찰의 제지를 받으며 밀치락달치락하는 언론사 사진기자들, 갑자기 눈물샘이 터져 오열하기 시작한 스기하라의 노모, 냉정할 정도로 의연하게 얼굴을 들고 있는 하루코, 뭔가 하고 싶은 말이 있는 눈빛으로 이쪽을 바라보는 요시코, 성당 정문 근처에서 무슨 상념에 빠진 듯 발밑을 내려다보고 있는 고다 형사의 모습 등이 들어왔다.

곧 자신이 탈 차로 시선을 옮기려는데 이번에는 조금 떨어진 곳에서 정문 밖의 인파를 바라보는 구라타의 뒷모습이 보였다. 그가 정문 쪽으로 걸음을 떼자 경찰들 머리 너머로 이쪽을 겨냥한 카메라 플래시가 몇 개 터지고, 시로야마는 친족들을 카메라에서 보호해야 한다는 생각으로 다시 성당 쪽을 돌아보았다. 그리고 옆에 있던 스기하라의 노부모에게 먼저 "어서 타시죠"라고 재촉하고 눈으로 요시코를 찾았다. 몇 미터 앞에서 혼자 카메라 쪽을 응시하는 요시코에게 얼른 다가가 팔을 잡고 차 쪽으로 밀어주었다. 그때 요시코가 "나를 찍고 있었나봐요"라고 한마디 중얼거렸지만 시로야마는 못 들은 척하고, 다른 곳을 보고 있던 요시코의 남편 이토이 아키히로를 불렀다.

요시코 내외가 차에 타는 것을 지켜보고 다시 눈길을 돌리니 방금까지 성당 대문 옆에서 고개를 숙이고 있던 고다가 같은 자리에서 이쪽을 보고 있었다.

그래, 저 사람도 알고 있는 것이다.

후지산 자락에서 풀려난 직후 피해자 조사를 받을 때부터 경찰은 1990년 가을 입사시험에서 일어난 문제를 넌지시 내비쳤고, 스기하라의 자살로 그에 대한 관심이 한층 깊어졌으리라는 것은 충분히 예상할 수 있었다. 지난주 마이니치스포츠에 나간 기사 내용도 당연히 파악했을 테지만, 그 기사의 배후가 다마루 젠조라는 것은 과연 경찰에서 알고 있을까. 경찰은 다마루의 공갈배 인생에 메스를 댈 마음이 있을까. 협박하는 쪽은 내버려둔 채 개인이나 기업의 추문만 언론의 먹잇감이 되고 수사의 방편이 되는 것은 너무도 불공평했다.

고다 씨, 이건 너무 불공평합니다. 고다 씨, 도와주세요! 시로야마는 성당 앞 고다에게 그렇게 눈으로 호소했지만 전해질 리 없었다. 고다는 얼마 전까지 그랬던 것처럼 멀리서 예의를 갖춰 가볍게 목례하고 소리 없이 자리를 떴다.

*

신문사로 오는 보통우편물은 평일이면 오전 9시쯤 도착하고, 서무과에서 분류해 각 부서에 전달한다. 수신인란에 담당 부서가 명기되지 않은 우편물은 대개 사회부로 온다. 6월 28일 수요일, 도호 신문 본사에 도착한 우편물 더미에 섞여 있던 그 사무봉투는 수신인 칸에 '지요다 구 이치반초 도호 신문사 귀중'이라고 적혀 있고 발송인은 '사춘기 소녀'라고만 되어 있어서, 아르바이트 학생이 지원팀 자리에 가져다놓은 투서 등의 '도호 신문사 귀중' 더미로 섞여들어갔다.

석간 출고까지 아직 여유가 있는 오전 10시에 출근한 네고로는 텅 빈 지원팀 자리에 앉아 직접 타온 차를 마시며, 우편물 더미로 손을 뻗어 뭐 사건 냄새가 나는 게 없는지 한 통 한 통 발송인 이름을 확인하기 시작했다. 지원팀 자리에 매일 수백 통씩 쌓이는 편지와 엽서는 취미로 투서하는 독자들의 정기적인 통신이거나 특정 기사에 대한 의견, 고발, 홍보, 제안, 비난, 장난 등인데, 겉봉투만 봐도 대강의 내용을 짐작할 수 있다. 개중에는 뜻밖의 기삿거리로 이어지는 우편물도 있어 발송인 이름이 없거나 이상한 기호를 쓴 것, 봉서일 경우 내용물이 간단한 편지가 아님을 알 수 있을 만큼 두툼한 것들부터 찾아본다.

그러나 네고로가 열몇번째로 그 사무봉투를 골라든 것은 '사춘기 소녀'라는 발송인 이름 때문이 아니었다. 무심코 우편물 더미를 뒤적거리던 그의 눈길을 끈 것은 그 서체였다. 검은색 볼펜으로 자를 대고 그어서 쓴 듯한, 가로세로 1센티미터 크기의 글자들. 어디선가 본 서체.

그 이상 생각하기도 전에 네고로는 자동적으로 손앞의 가위를 들고 봉투를 뜯은 뒤 셋으로 접힌 편지지를 꺼내 펼쳤다. 눈에 날아든 것은 봉투와 똑같은 글자로 쓰인 문장 세 줄. 게다가 복사본이었다.

'여러 사정으로 이만 사라지기로 했다/히노데 맥주는 이제 안전하다/레이디·조커'

두 번 읽어볼 것도 없었다. 요통도 잊고 벌떡 일어서는 바람에 휘청

거리면서, 네고로는 편지지를 허공에 휘두르며 소리쳤다. "레이디 조커의 편지다! 편지가 왔어!"

당연히 온 편집국의 시선이 일제히 움직였다. 한 장의 편지 주위로 순식간에 인파가 몰려들고, 이어서 "진짜일까?"라는 속삭임이 잔물결을 이루었다. 결국 "진짜든 가짜든 취재해보는 수밖에"라며 재빨리 결론을 내린 당번 데스크가 직접 수화기를 들고 여기저기로 연락을 시작했다.

그로부터 삼 분도 지나지 않아 1보를 받은 경시청 기자실의 직통전화가 울리고 사건 담당 데스크며 부장의 전화가 오기 시작해 사회부는 이미 시동을 건 것이나 마찬가지 상태였다. 우편물 더미를 옆으로 치워둔 네고로는 우선 기자들을 소집하기 위해 호출기로 연락했고, 옆에서는 신입 한 명이 "텔레비전, 텔레비전!"이라고 엉뚱하게 큰 소리를 지르며 텔레비전 쪽으로 뛰어갔다. 레이디 조커가 도호 신문만 골라 편지를 보낼 이유는 없다. 다른 언론기관도 똑같은 편지를 받았다면 제일 먼저 보도가 나올 곳은 텔레비전 방송국일 것이다.

네고로는 벽에 걸린 대형 시계를 보았다. 오전 10시 35분. 풀가동하는 주위 풍경을 바라보던 그는 뇌리를 스친 계산 하나를 먼저 처리하기 위해 호출기 연락을 중단하고 곧장 외선 전화를 걸었다. '030'으로 시작하는 그 휴대전화 번호는 증권맨 오카베의 것이었다. 오전장의 경황 없는 분위기가 목소리에 묻어났다. 오전장이 끝나려면 한 시간 반이 남았다. 만약 오전 11시 전후로 민방 뉴스에 1보가 나간다면 남은 시간은 삼십 분 미만. 매도 매수 모두 그다지 여유가 없겠다고 생각하면서, 업무중인 상대에게 인사치레를 생략하고 짧게 용건을 전했다.

"신문사로 레이디 조커의 종결 선언이 왔어요. 점심시간 전 텔레비전에 나올 것 같은데."

이때 오카베의 첫 반응은 일 초쯤 기묘하게 뜸을 두는 것이었다. 당연히 놀라며 외마디소리를 내지 않을까 하는 네고로의 예상과 달리 "드디어 왔습니까? 이거, 정보 고맙습니다"라는 차분한 대답이 돌아왔다.

"재미 좀 보세요. 나도 조만간 신세질 일이 있을 테니까."

"이런 귀한 정보를 주셨으니, 할 수 있는 일이라면 뭐든지 해야죠."

여유로운 미소를 짐작게 하는 목소리로 오카베는 전화를 끊었다. 그 순간 네고로는 뒤늦게나마 '역시'라고 생각했다. 오카베는 이미 다른 선을 통해 LJ의 종결 선언을 알았거나, 히노데 주식 매매에 뛰어든 비밀 그룹이 오늘 사태를 계획한 장본인이거나 둘 중 하나다. 만약 후자라면 LJ와 지하금융의 연결고리가 입증되는 셈이었지만, 일단 지금은 오카베가 특종에 놀라지 않은 이유를 제쳐두고 시급한 업무로 돌아가야 했다.

결국 충분한 정보나 근거를 확보하지 못한 채 마에다 부장이 석간 3판으로 돌입하기까지 일단 지켜보자고 결단을 내린 오전 11시 45분, 민방에서 레이디 조커의 종결 선언 1보를 내보냈다. 이어서 NHK의 정오 뉴스에까지 나오자 각 언론사에 동일한 규격, 동일한 '도쿄 중앙우편국' 소인, 동일한 문장의 봉서가 도착했음이 거의 확실해졌지만, 텔레비전 뉴스 속보에서도 도호에 들어온 정보 이상은 보도되지 않았다.

한편 정작 경찰 쪽에는 아닌 밤중에 홍두깨 같은 사태인 것도 확실한 듯, 오전 11시 정례회견에서 경시청 기자실 1과 담당의 질문을 받은 1과장은 몹시 냉담한 반응을 보였다. 이어서 정오쯤 특수본부 수사관이 찾아와 자료 제공을 요청했는데, 응접실로 차를 내준 여직원 말로는 그가 마에다 부장 앞에서 사뭇 저자세였다니, 역시 이 사태를 경찰만 모르고 있었음이 틀림없었다.

당사자 히노데 맥주의 본사 홍보부는 정오가 지나서 도호 신문사에 간략한 팩스를 한 장 넣었다. '저희 회사는 일부에서 보도되고 있는 서면을 받은 바 없어 몹시 당혹스러우며, 취재에 응하기 어렵겠습니다'라는 요지였다. 그러나 도호든 다른 신문사든 취재 인력을 끌어모아 제일 먼저 달려간 사람은 역시 히노데 관계자였고, 히노데 맥주가 정말로 당혹스러워하고 있는지, 이것이 범인 그룹과 뒷거래가 끝났음을 시사하는지 4판 마감 전까지 어떻게든 감이라도 잡아보려고 애쓰는 중이었다. 3판에서 보도한 신문도 분명히 있을 테니 4판은 결국 정보량 경쟁이기 때문이다.

한편 지원팀 자리를 지키기로 한 네고로는 정오 직후 오후 1시 반까지 시시각각 들어오는 원고를 정리하고 다듬느라 바빠서, 제 머리를 움직일 틈도 없이 사무적인 작업만 계속했다.

결국 경찰 발표도 히노데측 기자회견도 없는 상태에서 언론기관에 우송된 편지의 실물 컬러사진으로 석간 4판 1면을 장식하고, 본문은 주로 지원팀이 긁어모은 정보들의 나열로 채워졌다. LJ의 편지를 받은 언론기관 이름들. 평소와 다르지 않은 히노데 맥주의 분위기. 오후장이 서자마자 100엔 가까이 급반등한 히노데 주식. 별다른 반응이 없는 소비자의 목소리. 여름 성수기 매출 회복에 기대를 모으는 업계의 목소리. 레이디 조커가 처음으로 언론기관에 직접 보낸 갑작스러운 종결 선언을 분석하는 전문가들의 대담. 나아가 '사실관계를 수사중'이라는 특수본부의 쌀쌀맞은 코멘트 한 줄. 그러나 왜 이 시기에 종결 선언을 했는지, 왜 굳이 언론기관에 편지로 알렸는지, 히노데와 레이디 조커의 뒷거래가 완료된 것은 아닌지 등의 의혹에 대해서는 아무 힌트도 주지 못하는 1보였다.

사실 이런 건 신문에서는 흔한 일이고, 이미 끝난 일은 어쩔 수 없다. 다음 현안은 조간에 내보낼 속보다. 지원팀의 네고로는 적어도 일선의 그런 끊임없는 압박에서는 반걸음 물러나 있을 수 있는 자신의 처지에 안주하며 주로 개인적인 생각을 하며 오후 시간을 보냈다. 최종판을 출고하고, 후속 취재를 분담하는 사건취재반 회의에 참석한 뒤, 3층 끽다실로 내려가 토마토주스 한 잔을 앞에 놓고 일단 아침부터 머릿속을 떠나지 않는 사안 하나를 정리해보았다.

설마 LJ의 종결 선언이 날아들리라고는 상상도 못했던 오늘 아침 이른 시간, 센다기의 여관에 있던 네고로는 문득 스치는 생각이 있어 네리마에 있는 안자이 노리아키의 집으로 찾아가보았다. 대문이 굳게 닫혀 있었지만 마침 쓰레기를 내놓으러 나온 안자이 부인과 운 좋게 몇 마디 나누는 데 성공했는데, 품에 넣어온 기쿠치 다케시의 사진을 보여주자 뜻밖에도 별다른 망설임 없이 "도다라는 신문기자예요"라고 대답해서 맥이 탁 풀리고 말았다.

기쿠치의 얼굴이 담긴 그 사진은 일전에 지원팀 자료실에서 찾아낸 것으로, 1989년 여름 사회부 가루이자와 연수 당시의 단체 사진이었다. 안자이 부인이 곧바로 알아보았다면 별로 튀지 않던 사회부 기자 시절의 얼굴이 지금도 그다지 변하지 않았다는 뜻이다.

네고로도 그 사진을 발견했을 때 맞아, 이렇게 생긴 놈이 있었지, 하며 선명한 기억을 떠올렸는데, 동시에 당시 고쿠라-주니치 상은 스캔들에 푹 빠져 있는 바람에 그를 안중에도 두지 않았다는 사실을 새삼 확인했다. 그리고 자신이 기쿠치를 불러들인 것이 아니라, 그쪽에서 모종의 이유로 접근했다는 사실도.

아마 안자이의 경우도 기쿠치가 먼저 접근해서 인정사정없이 이용한 것일 테지만, 만만한 사람에게 바짝 들러붙고 뉴스를 조르고 물고 늘어지다시피 서식하는 신문기자의 일면을 이토록 추악하게 체현한 기쿠치 다케시는, 말하자면 정치인이나 야쿠자 이상으로 인간과 사회를 우습

게 보는 자일 거라 네고로는 단정했다. 그러자 얼굴이나 한번 보고 싶
다는 기분이 들어, 도호 신문의 기자를 사칭한 일을 구실 삼아 언제쯤
직접 접촉해볼지 가늠해보았지만, 시기적으로는 상대의 노림수가 좀더
드러날 때까지 기다릴 필요가 있었다. 게다가 프리랜서 신분으로 기쿠
치의 그룹을 추적하는 사노의 움직임도 지켜보면서 결정해야 했고, 그
렇다면 적어도 오늘내일 일은 아니다 싶어서 또다시 제 생각을 덮어두
게 되었다.

그렇게 두뇌가 갈 곳을 잃자 이번에는 신변잡기를 잠깐 떠올렸다. 벌
써 두 달째 비워둔 집에 여름옷도 가져올 겸 한 번은 가봐야 할 것 같았
다. 우편함을 박스테이프로 막아놓고, 전화선을 뽑고, 석 달 치 밀린 세
탁비와 자치회비도 납부해야 한다. 가능하면 벽장의 짐도 좀 정리해야
겠다고 생각하면서 그는 한참 앉아 있던 끽다실을 나섰다.

남은 오후 시간 동안 편집국 소파에서 꾸벅꾸벅 졸다가 이마를 찌르
는 늦은 오후 햇살에 네고로가 눈을 뜬 것은 오후 5시쯤이었다. 세면실
에서 세수를 하고 차가운 우롱차를 사와서 텅 빈 지원팀 자리에 앉아
목을 적시는데 "전화!" 하는 소리가 그를 불렀다.

수화기에서는 "편지 소동, 그쪽에서는 일단락되었나요?"라는 사노의
한가로운 목소리가 흘러나왔다. 네고로가 뭐라고 하기도 전에 내처 "전
내일부터 이틀간 휴가 받아서 잠깐 서울에 다녀와요"라고 말했다. 예의
한국 루트인가 생각하며 프리랜서 저널리스트의 행동력에 적이 감탄했
다. 사노는 레이디 조커의 종결 선언을 알리는 헤드라인이 대문짝만하
게 춤추는 스포츠지 한구석에 히노데 주식의 주가조작을 암시하는 위
험한 기사를 쓰고, 청탁받은 작업을 마치자마자 어디선가 쥐어짜낸 자
금을 주머니에 넣고 훌쩍 바다를 건너는 것이다.

"아, 사카다는 또 일정을 바꿔서 규슈 쪽 모임을 몇 개 취소해버렸네요. 그래서 그쪽에서는 더이상 정보가 들어올 것 같지 않으니, 저번에 말한 일정표 일부를 오늘밤 그곳에다 넣어둘게요. 어디든 도움이 됐으면 좋겠네요."

네고로는 그때 사노에게 뭐라고 주의를 주고 싶었지만 구체적인 내용을 떠올리지 못한 채 "서울에서 누굴 취재하려고?"라고 묻는 것이 고작이었다. 사노는 뭘 그런 것까지 묻느냐는 듯이 무뚝뚝한 투로 "그냥 좀 아는 정보원요"라고만 대답하고, "그럼 또 연락할게요" 하며 전화를 끊고 말았다.

뒤이어 당번 데스크가 "LJ 후속 보도가 나올 것 같아? 조간은 어떡하지?"라고 물어와서 네고로는 "새로운 정보가 없으면 사건을 총괄하는 쪽으로 가죠"라고 대답한 뒤 미지근해진 우롱차를 비웠다. 편집국 층 중앙 구역에서는 길어진 오후 햇살을 받으며 각부 데스크들이 조간 편집회의를 시작했다. 그 햇살이 거뭇하게 물들어갈 즈음 데스크들이 흩어지고, 동시에 당번 데스크가 "네고로! 사건 총괄 시리즈 첫 회를 준비해줘. 사진 첨부해서 이백 행으로, 종합판부터 나간다"라고 지시했다.

자리에 앉아 컴퓨터를 켜고 예정원고 행수를 계산하는데, 아직 오가는 인기척이 적은 실내에 언제 나타났는지 눈에 익은 배낭을 멘 구보의 모습이 보였다. 눈길이 마주치자 구보는 그 큰 덩치를 움츠리며 자조적으로 웃어 보이더니 "히노데 관련해서 뭐 없습니까?"라고 물었다.

히노데 지사와 지점, 관련사 등을 나눠서 돌고 있는 지원팀 취재반에서는 아직 전화 한 통 들어오지 않았다. 만약 히노데가 뒷거래를 했다면 평소 거래하던 운송업자나 택배업자를 이용해 현금을 보냈으리라 짐작하고 그쪽도 찾아다니고 있지만 역시 아무 소식 없다. 네고로가 "없는데"라고 대답하자 구보는 어차피 기대도 않았다는 듯이 어깨를

으쓱하고 등을 돌렸다. 이번에는 네고로가 불러세울 차례였다.

"그나저나 구보 씨, 징계면직 당한 형사 일로 특수본부에서 무슨 얘기 안 나왔어?"

"안자이 노리아키? 아뇨, 아무것도. 다들 다마가와 오인 체포 뒷수습에 정신없어 보이던데요."

"안자이를 가지고 논 가짜 기자의 정체 정도는 이미 알아냈을 것 같은데."

"그럴지도 모르지만, 그런 이야기는 아직—"

이제 제 발밑을 볼 여유밖에 없는 듯한 구보의 무딘 표정을 보면서 네고로는 새삼 스스로가 초조해하고 있음을 느꼈다. 구보 개인이 아니라 사건에, 수사 현황에, 신문에, 사노에게, 저 자신에게 초조해하고 있다. 네고로가 손짓하자 구보는 조금 귀찮은 얼굴로 다가와 텅 빈 지원팀 자리에 앉았다.

"자네도 알 거야. 안자이를 이용한 가짜 기자는 도다 요시노리를 사칭했는데, 그 도다는 우리에게 제보 전화를 줬던 인물이고, 게다가 한참 전에 죽었어. 틀림없이 사건에 관련된 사람일 텐데."

"경찰에서는 사건과 직접적인 관련이 있다고 보지 않는 모양이에요. 적어도 제 정보원들을 보면, 가짜기자사건은 내부 범행설을 보도한 민영방송국과 얽혀 있다는 정도로만 인식하던데요."

"하지만 자네는 알잖아."

"가짜 기자의 존재를 알고 있을 뿐이죠."

"스가노 캡도 알고 있어."

"그 사람은 우리한테 기사에 필요한 정보밖에 말해주지 않아요."

역시 이 친구는 스가노와 잘 맞지 않는 걸까. 하긴 그렇겠다고 네고로는 잠깐 생각이 샜다. 그사이 구보는 냉담한 얼굴로 투덜거렸다. "하필 이런 때 LJ 종결 선언이 뭡니까. 가짜 기자가 문제가 아니라, 히노데가 뒷거래를 했다는 증거나 내부 범행설의 근거가 들어오지 않으면 볼장 다 본 거예요. 뒷거래는 히노데에서 인정하지 않으면 경찰도 캐내기 힘들 테고, 내부 범행설은 일부 간부가 정보를 쥐고 있겠지만 임의동행으로 조사할 만한 물증조차 없는 것이 실상이잖아요. 이런 식이면 과연 경찰 발표도 있을지 어떨지. 증거도 없고 발표도 없으면 후속 보도도 물건너간 거죠."

"일부 간부가 안다면 일부 수사원도 알고 있다는 거야. 자네, 오모리서에서 본부로 차출된 고다라고 아나?"

"이름은 들어봤죠. 우리 정보원 리스트상으로는, 접근은 꿈도 꾸지 말라는 'C등급'이에요."

"5월 7일 일요일 점심시간, 누가 소개해줘서 그 고다라는 사람을 만나봤어. 왜, 특수본부가 일요일에 쉬는지 자네한테 전화로 물어본 적 있지? 그후의 일이야. 특수본부로 차출된 형사가 일요일 점심시간에 시간이 난다는 게 이상해서 좀 알아봤더니, 그 사람은 본부 특명으로 히노데에 파견돼서 사장 경호원으로 일하고 있더군."

"그건 금시초문인데요."

"특명 경호란 쉽게 말해 사장을 밀착 감시했다는 소리야. 즉 몇몇 간부밖에 모르는 정보에 고다도 상당히 접근해 있었지 싶은데."

"관할서 형사가요―?"

"관할서에도 수완 좋은 놈은 있어. 게다가 그 고다라는 형사는 자네 생각처럼 석두가 아니야. 쉽게 입을 열지는 않겠지만, 남 얘기를 듣는 귀는 있겠지."

구보는 반신반의하는 눈빛으로 잠깐 입을 다물고 있다가, "고다라는 형사가 실력 있다는 얘기는 들어봤어요"라고 썩 달갑지 않은 투로 대답했다.

"아무튼 캡은 가짜 기자의 정체를 알고 있어. 나중에 필요해지면 캡이 자네들한테 알려줄 텐데, 그때 움직이기 전에 나한테 한마디 귀띔해주겠나?"

"네고로 씨도 그놈 정체를 아세요?"

"아니."

둔감한 편은 아닌 구보는 재빨리 이리저리 억측을 굴려본 듯 "여러모로 고맙습니다"라고 인사하고 일어났다. 구보에게 힌트를 줘서 언젠가 경찰을 자극하고 싶다는 것이 네고로의 막연한 속셈이었지만, 제대로 전달되었는지는 알 수 없었다.

구보가 떠나자 일거리만 남은 네고로는 사건을 총괄하는 시리즈 첫 회분을 쓰기 시작했다.

'3월이라는 날짜가 무색하게 한랭기단이 남하하고 있었다./도쿄 시나가와의 히노데 맥주 본사. 3월 24일 오후 9시 48분, 시로야마 교스케 사장은 지하주차장으로 내려가 회사 차를 타고 집으로 향했다. 오후 10시 전후 도쿄의 기온은 섭씨 4도. 남동풍 초속 10미터. 매우 쌀쌀한 겨울 날씨였다./금요일인 이날 히노데에서는 주주총회를 앞두고 정례 이사회가 열리고, 양호한 결산을 반영해 주주 배당 증액 등이 논의되었다. 그뒤 시로야마 사장은 예정대로 도내 호텔에서 열린 여름 대비 신상품 발표회에 참석하고, 오후 9시에 귀사. 몇 가지 잡무를 마치고 퇴근길에 오른 것이다—'

네고로는 바쁘게 글자들을 좇으며 행수를 세고, '남동풍 초속 10미터' 부분을 삭제했다. 원고는 나아가 '오후 10시 5분, 회사 차는 오타 구 산노 2번가의 사장 자택 앞에 도착하고—'로 이어졌다. 컴퓨터 앞으로 구부린 등뒤로 "네고로, 그쪽 원고는 아직이야?"라고 당번 데스크가 소리쳤다.

조판早版 출고를 마친 네고로는 오후 9시가 지나서 식사를 핑계로 잠시 외출했다. 구보의 표정을 보건대 문제의 레이디 조커 사건에도 더는 돌발적인 전개가 없겠다 싶었고, 평소 같지 않게 배가 몹시 출출했으며, 무엇보다 사노가 지하철 고지마치 역 로커에 넣어두었을 자료를 꺼내와야 했다.

네고로는 목덜미를 휘감는 열대야의 밤기운에 넥타이 매듭을 느슨하게 풀고 와이셔츠 목깃 단추도 풀었다. 요통도 잠시 잊고 본사에서 오 분 거리인 고지마치 역으로 향하면서 뭘 먹을지 가벼운 고민을 했다. 가끔은 눈물이 핑 돌 정도로 매운 아시아 요리를 먹어볼까. 무난하게 장어로? 아니면 담백하게 메밀국수로 할까. 어느 쪽이든 시원한 맥주 한 잔은 빼놓을 수 없다고 생각하면서, 귀가를 서두르는 인파에 섞여 고지마치 역 계단을 내려가 남자화장실로 향했다.

문 세 개가 나란히 있는 화장실 칸 중 맨 오른쪽 칸막이 위가 로커 열쇠를 숨겨놓기로 한 장소였다. 네고로는 그곳을 더듬어보았지만 손끝에는 아무것도 잡히지 않았다. 혹시 떨어졌나 싶어 바닥을 살피고, 이어서 다른 칸의 칸막이 위와 바닥까지 모두 뒤져보았다. 사노가 급한 일이 생겨 아직 고지마치에 들르지 못한 걸까. 아니면 예의 장갑차 같은 겔란데바겐을 어디다 박고서 머리를 감싸고 있거나. 단순한 결론을 내린 네고로는 이 분 만에 화장실을 나왔다.

그뒤 아무데도 들르지 않고 본사로 돌아와버린 뒤에야 맥주 한 잔을 미처 마시지 못했음을 떠올리고 자판기에서 캔맥주를 뽑아 편집부로 올라갔다. 혹시 메시지를 남겨두지 않았을까 하는 생각에 책상 위를 살펴보았지만 아무것도 없었다. 그뒤에는 캔맥주를 들이켜고, 안주 삼아 다시마 과자를 씹으며 계속 켜져 있는 텔레비전을 보고, 숙직인 신입의 잡담에 맞장구를 쳐주면서 지루하게 12판 출고 작업 시간을 맞았다. 별다른 기사 교체는 없었고, 이어진 13판도 마찬가지였다.

13판 출고가 끝난 오전 0시쯤, 네고로는 다시 잠깐 사옥을 나서서 종종걸음으로 지하철 고지마치 역으로 향했다. 막차 직전이라 승객이 드문 역 안으로 들어가 남자화장실에서 로커 열쇠를 찾아보고, 역시 없다는 사실을 알자 심장박동이 세 시간 전보다 조금 빨라졌다. 딱히 기분 전환을 할 생각은 아니었지만 세면대에서 얼굴과 손을 씻고, 그동안에도 '급한 볼일이 길어지는 거겠지' 하며 다시금 스스로를 납득시켰다.

밖으로 나와 핀잔이라도 한마디 던져주려고 공중전화에서 사노의 휴대전화 번호를 눌러보니 "전파가 닿지 않는 곳에 있거나 전원이 꺼져 있어—"라는 기계음이 흘러나왔다. 전화가 생명줄인 프리랜서가 칠칠치 못하게. 혀를 차며 이어서 집전화로 걸어보았지만 역시 자동응답기 음성이 흘러나왔다. 혹시 몰라서 메시지는 남기지 않았다.

수화기를 내려놓을 때 네고로는 조금 시큰둥한 기분에 빠져서, 전화라는 건 참 몹쓸 물건이라는 엉뚱한 생각을 했다. 부부생활이 원만치 못하던 시절, 바깥에 있는 동안 아내가 어딘가로 걸었던 전화. 집에 걸어도 받지 않던 전화. 헤어진 뒤에도 가끔 아내의 새로운 거처로 걸었던 전화. 매일 아침저녁으로 자동응답기에 녹음된 목소리를 들어야 하는 전화. 취기를 빌려 닥치는 대로 이 사람 저 사람에게 걸었다가 이튿날 후회하는 전화. 해외의 위험한 분쟁 지역으로 취재 간 기자의 전화. 마감 직전 초조한 심정으로 정보를 기다리며 바라보던 전화. 그리고 지저분하고 힘든 일을 처리할 때 개인적으로 취재 협력이라는 이름으로 고용하는 프리랜서 작가나 저널리스트의 전화.

이렇게 잠시 딴생각을 하는 동안에도 막연한 불안의 덩어리를 슬며

시 우회했다는 사실을 네고로는 애써 생각하지 않고 넘겨버렸다. 그뒤 본사로 돌아와 처리한 최종 14판도 수도고속도로의 교통사고와 화재 소식을 1단 기사로 추가하는 것으로 끝났고, 큼지막한 헤드라인을 붙일 만한 정보는 그의 예상대로 들어오지 않았다. 막 인쇄된 최종판은 몇 시간 전과 아주 다르게, '레이디·조커'라는 글자는 저조한 주식시장에서 유일하게 움직임을 보인 맥주 주식의 가격 변동을 전하는 경제면 기사에나 등장할 뿐이었다.

날짜가 바뀐 6월 29일 일요일 오전 2시가 못 되어 퇴근한 네고로는 신바시에서 아침까지 술을 마셨다. 시시각각 뭔가가 닥쳐오고 있음을 직감하면서도 머릿속은 계속 정지된 상태로 아무런 상상도 하지 않고 특별히 무엇을 떠올리지도 않았다. 이렇다 할 감정도 일지 않았다. 그럴 만한 시간이었다.

이른 아침 지하철 유라쿠초 선을 타고 와코 시와 신키바까지 한 바퀴 반 왕복하며 조금 눈을 붙였다. 오전 9시쯤 고지마치 역에 내려서 통근 승객이 끊긴 지하철 역의 남자화장실로 직행해 다시 로커 열쇠를 찾아보았다. 역시 찾지 못하고 지상으로 올라와 사노에게 네 번 정도 전화를 걸어보았지만 지난밤과 마찬가지로 기계음만 돌아왔다.

공중전화부스를 나오며 네고로는 비로소 "무슨 일이 생겼구나"라고 제 발밑을 향해 중얼거렸다. 당연히 누구도 대답하지 않았고, 네고로는 홀로 콘크리트의 침묵에 짓눌려 진저리를 쳤다. 문득 계절을 착각할 만큼 으스스한 한기였다.

*

사람이 죽으면 그 흔적마저 자취를 감춘다. 27일 스기하라 다케오를 화장하고 이튿날 출근한 시로야마는 그 사실부터 실감했다. 28일 아침 30층 집무실에서 가장 먼저 한 일은 아시아 총지사장을 소환하는 사령장에 서명하는 것이었다. 스기하라 사망에 따른 후계 인사에서 구라타가 그를 강력 추천했고 이사회에서도 이론이 없어서 쉽게 결정되었다.

그밖에 자신에게 올라온 맥주사업본부의 서류도 스기하라가 아닌 차장의 서명이 되어 있었고, 노자키 여사가 맥주사업본부에 전화할 때도 스기하라가 아닌 다른 이름을 댔다. 이런저런 통달의 송부처 목록에도 스기하라의 이름이 지워져 있음을 문득 깨닫고 시로야마는 수첩에서 그의 전자메일 주소를 지웠다. 그리고 인격이 없는 기업이라는 시스템에는 감정을 끼워넣을 여지도 없으니 지극히 당연한 일이라는 생각도 했다. 죽은 이가 누구든 그 죽음을 애도하는 것은 개인이지 회사가 아니며, 현실적으로 대부분의 개인은 그를 애도할 이유가 없다. 업무상의 불편이나 어색함은 며칠이면 사라지고, 명찰과 책상까지 정리되면 고인은 공기 속에 한 톨도 남아 있지 않을 것이다.

그러나 경리상의 절차나 이사회 의안에서는 그렇게까지 신속하게 망자의 이름을 지울 수 없어 한동안 망령처럼 출몰한다. 29일은 이튿날 열릴 정례 이사회의 안건을 각 담당 임원이 올리는 날이었는데, 재무부에서 스기하라의 사망퇴직금 산정을 서두르고자 한다는 의견이 나왔고, 그 소식을 들은 시라이 세이치가 아침 댓바람부터 시로야마를 찾아와 시기상조라고 못박은 일이 있었다.

경찰수사가 어떤 식으로 끝나든 스기하라에게는 규정대로 퇴직금을 지불해야 옳으며, 그러지 않을 근거는 어디에도 없다. 그러나 여전히 이의가 제기될 것이 분명하니 무익한 논쟁을 피하기 위해서라도 사건과 관련된 이야기는 경찰수사가 끝난 뒤에 하기로 미리 이사회에 양해를 얻는 것이 좋겠다. 시라이는 그렇게 말했다.

상식적인 선이지만 함의하는 바가 상당히 많은 이야기였다. 스기하라의 도의적 책임을 운운하면 기업 차원에서 레이디 조커에게 20억을 내준 근거가 흔들리게 되리라는 것은 시로야마도 알고 있었지만, 시라이는 지금 감히 그 점을 언급하기를 불사할 임원들도 있음을 지적한 것이었다. 나아가 사장 교체를 포함해 신체제로 나아가려는 움직임이 활발해지고 있다는 지적이기도 했고, '시기상조'라는 시라이의 표현은 바꿔 말해 '아직 준비가 되지 않았다'는 뜻이었다.

차기 사장 후보군의 선두주자인 시라이로서는, 신체제의 비전을 다지고 싶어도 사건 때문에 막 출시한 히노데 마이스터의 성패를 전망하기 힘들고 현재 맡은 신사업 개발이 눈코 뜰 새 없이 바쁘게 돌아가는 지금 같은 상황에서는 기다려달라고 하는 것이 당연했다. 물론 시로야마 스스로도 저조한 실적을 회복 궤도에 올릴 시간이 필요할뿐더러 삼십육 년 회사생활의 마무리가 오늘내일로는 끝나지 않을 터였다.

"내게도 시기상조인 건 마찬가지입니다." 시로야마의 대답에 시라이는 "이 부분은 서로 '히노데에'라고 표현하기로 하죠"라는 말을 남기고 나갔다.

시라이가 찾아와 업무 시작 전 시로야마가 활용할 시간이 상당히 줄어든 탓에 각 사업부에서 올린 보고서와 품의서의 태반은 그대로 가방으로 들어가게 되었고, 다른 업무와 잡무도 가차없이 덮쳐왔다. 오전 9시쯤 "시간 됐습니다"라는 노자키 여사의 목소리에 급히 자리에서 일어서자 이내 같은 목소리가 인터컴으로 "구라타 부사장님의 전화입니다"라고 알렸다. 가방을 든 채 수화기를 집어들며 시로야마는 좀전에 만난 시라이와 달리 구라타가 고집스레 침묵을 고수하는 진의를 잠시 짚어보지 않을 수 없었지만, 수화기 너머로 전달받은 용건은 그저 이런 것이었다.

"오늘 스기하라 부인이 유품을 인수하러 회사에 오시는데, 그 참에 잠깐 뵐 수 없겠느냐고 하십니다."

유품 인수라는 말에 시로야마는, 아, 현직에 있다가 사망하면 이것도 피할 수 없는 절차구나 깨달았지만, 우울에 잠길 새도 없이 자신을 만나고 싶다는 하루코의 진의에 당혹감을 느꼈다. 굳이 맥주사업본부장이 직접 전화해서 전할 용건이 아니라는 점도 그랬다. 어쨌거나 아침 일찍 노자키 여사가 정리해준 오늘 하루 스케줄에는 그럴 만한 시간이 없었지만, 하루코나 구라타나 미묘하게 일방적이라 의아해하던 시로야마는 뭐라고 대답해야겠다는 생각에 "오후 1시 반에서 2시 사이라면 괜찮습니다"라고 말해버렸다.

그리고 시로야마가 앞뒤 스케줄을 어렵게 조정해 본사로 잠깐 돌아온 오후 1시 반 정각, 하루코는 약속대로 30층의 사장실 대기실에서 기다리고 있었다. 장례식 이후 처음 만나는 하루코는 오랜 세월 늘 그래왔듯이 빈틈없는 옷차림에, 아마도 회사 사람들의 시선을 의식했는지, 아무렇지도 않은 얼굴로 평소보다 더 꼿꼿하게 등을 세우고 있었다.

"바쁜 줄 알지만, 오 분 정도만 시간 내주세요."

비서보다 더 사무적인 하루코의 말투와 눈길에 시로야마도 사무적으로 응하는 수밖에 없었다. 집무실로 들어선 하루코는 우선 넷으로 접힌 색 바랜 종이를 핸드백에서 꺼내 시로야마의 책상에 올려놓았다. 이사회 서고에서 사라진 1947년 의사록의 일부라는 것을 한눈에 알아볼 수 있었다. 하루코는 "그이 책상 서랍에 들어 있었어요"라고만 말했고, 시로야마도 그 이상 묻지 않았다.

이어서 하루코는 문득 시로야마의 눈을 똑바로 바라보는가 싶더니 "요시코에게 어떻게 설명해야 좋을지 알려줘요"라고 말했다. 똑 부러지는 언사 곳곳에 사실은 이제 모든 것을 던져버리고 싶다는 울림이 숨어 있음을 알아챌 수 있었다. 그러고 보니 스기하라도 막판에는 이런 말투였다고 떠올리며 시로야마는 뭐라고 대답할 말을 찾았지만 쉽지 않았다.

"나도 그 아이 어머니로서의 네 생각을 한번 들어봐야겠다고 생각하던 참이었는데."

"스기하라 씨는 항상 요시코와 하타노 씨 사이의 일은 어디까지나 우리 집안 문제라고 말했지만, 결국 그렇게 단언할 수도 없는 일이었으니 스기하라 씨가 이 회사에서 자기 자리를 찾지 못한 거겠죠?"

"그렇게 결론부터 서두르면 이야기하기 힘들어."

"봄부터 계속된 사건과 관련해서, 요시코의 과거 얘기가 떠돌았다는 건 알아요. 그러니 스기하라 씨에게는 단순한 집안 문제를 넘어 회사 내에서의 책임 문제가 된 거겠죠. 스기하라 씨에게 책임이 없어도 결과적으로 회사에 막대한 손실이 났다면 그이 성격으로는 죽는 수밖에 없었을 테니, 나도 그렇게 체념하기로 했어요."

"고인에게는 미안한 말이지만, 죽는 수밖에 없었던 건 결코 아니야. 나는 스기하라가 왜 그런 선택을 했는지 아직 이해 못하겠다."

"스기하라 씨는 오빠처럼 강한 사람이 아니니까요. 여하튼 죽은 자는 이제 편해졌겠죠. 요시코에게는 사실대로 말해줘야 한다고 난 생각해요. 세상물정 모르는 아이지만, 아무래도 이대로는 몸이 상하고 말 것 같아요."

"그렇게 생각을 굳혔다면 요시코한테는 내가 이야기하마. 너도 그 사건을 정확하게 알지는 못할 테고, 스기하라가 회사에서 처해 있던 입장도 내가 더 잘 설명해줄 수 있을 테니까."

"그렇게 해주시겠다면, 요시코를 산노로 보낼게요."

"너도 같이 오지 그러니. 집에 혼자 있으면 기분만 처질 텐데."

"이제 더 처질 기분도 없어요. 지금은 혼자 있는 게 나아요."

그러고 보니 스기하라가 자살한 뒤로 하루코는 몇 번이나 이런 말을 흘렸다. 혼자 있는 게 낫다는 하루코의 기분에 대해서는 시로야마도 마땅히 할말이 없었다. 요시코에게 직접 설명하겠다고 나서긴 했지만 충분한 대화가 가능할지 자신도 없었다. 하루코는 처음 말한 대로 오 분 정도만 머무르다 집무실에서 나갔다. 하루코가 스기하라의 개인 물품을 담은 종이상자를 들고 있었고 자리에 제대로 앉지도 않았음을 시로야마가 깨달은 것은 잠시 시간이 지난 뒤였다.

*

네고로는 필요한 절차를 하나하나 실수 없이 밟아나갈 정도의 냉정함은 있었다. 행동도 빨랐다. 연락이 되지 않는 사노의 안부를 확인하려면 다치카와에 있는 그의 아파트부터 살펴봐야겠다고 생각하고, 곧장 고지마치 역에서 지하철을 타고 이치가야에서 JR로 갈아타서 다치카와로 향했다. 병원에 가야 하니 석간 업무에서 빼달라고 사회부에 전화한 것은 역에 내린 뒤였다.

택시를 타고 찾아간 아파트는 이쓰카 시 가도변의 편의점과 주유소 사이에 있었다. 안쪽 주차장에 겔란데바겐이 보이지 않아서 네고로는 옆의 주유소에 들러 "보험사에서 나왔습니다" 하며 직원에게 말을 걸었다. "저기 아파트에 사는 사람이 벤츠 겔란데바겐을 타는데, 혹시 여기서 주유하나요? 마지막으로 본 건 언제입니까? 아, 실은 차량 도난 신고가 들어와서요."

"어제 낮에 주차장에서 나가는 걸 봤어요. 그제 여기서 세차했고요. 그러고 보니 그뒤로 보이지 않네요."라는 대답이 돌아왔다.

아파트 건물은 공영주택보다 조금 나은 정도였고, 유리에 아이들의 손바닥 흔적이 찍힌 현관문을 열고 들어서자 뭔가를 볶는 듯한 기름 냄새가 풍겼다. 1층 우편함은 비어 있었다. 5층으로 올라가 사노의 집 앞에 선 네고로는 연신 초인종을 누르며 문 앞과 복도를 살폈다.

화장실의 환기창 창살에 검은색 이단 우산이 접지 않은 채 걸려 있었다. 쓰고 나서 아무렇게나 걸어놓은 걸까, 아니면 말리는 중인 걸까. 문에는 사노의 필체로 '전도 사절'이라고 쓴 작은 종이가 붙어 있었다. 오른쪽 집 옆에는 빨간색 삼륜차. 왼쪽 집 옆에는 쇼핑카트. 그 건너편에서는 아이를 야단치는 여자의 목소리가 들렸다. 다시 한번 이단 우산을 바라보며 네고로는 일단 '이 집은 남자 혼자 사는 집이다'라고 생각했다.

네고로는 여자 목소리가 들리는 집의 초인종을 누르고 "사노 씨 거래처 사람인데요, 말씀 좀 여쭙겠습니다"라고 말한 뒤, 도어체인 너머로 얼굴을 내민 주부와 짧은 대화를 나누었다.

"사노 씨가 집에 들어옵니까? 입금이 좀 늦어져서요. 가족분은요? 유치원 다니는 딸이 있을 텐데ㅡ" 하면서 물어본 결과, 일 년 전 이사 온 그 주부는 사노가 혼자 사는 것으로 알고 있었고, 가족 같은 사람은 본 적 없으며, 매일 점심때쯤 집을 나서는데 오늘은 아직 보지 못했다는 것이었다. 생각해보면 유치원 다니는 아이가 있다는 집의 전화가 하루 종일 자동응답기로 넘어갈 리 없는데 이웃의 주부가 그 사실을 좀더 일찍 눈치채지 못한 것이 오히려 이상했다.

네고로는 이어서 양쪽 이웃집의 초인종을 누르고 주민에게서 각각 정보를 얻었다. 두 집 모두 사노와 왕래가 없고, 어젯밤 자정쯤 사람이 드나드는 소리를 들었다고 했다. 한 명인지 여러 명인지는 분명치 않았지만 누가 집을 뒤지러 왔을 가능성도 있었다.

다치카와에서 얻은 정보는 그게 전부였고, 경찰에 실종신고를 하려면 가족 친지를 찾아내야 한다는 뜻밖의 난제가 새로 더해졌다. 몇 년 전 사노의 부인을 만난 적이 있어서 얼굴은 기억하지만 출신지나 근무처 같은 신상은 듣지 못했고, 별거중이거나 이혼을 했다면 추적하기 어렵다. 사노의 신상도 시즈오카 출신이라는 것밖에 모른다. 돌아오는 길에 네고로는 다치카와 역에서 마이니치스포츠에 전화해서, 다치카와의 부동산사무소인데 아파트 임대료가 연체되었으니 보증인의 주소와 이름을 알려달라고 말했다. 사노가 마이니치스포츠와 기자 계약을 맺으면서 보증인란에 아마도 고향의 부모님을 썼을 거라 생각했기 때문이었다.

전화카드 금액이 뚝뚝 떨어지는 답답한 통화 끝에 네고로는 보증인 주소와 이름, 전화번호를 알아냈지만, 오자키라는 이름에 주소도 가나가와 현으로 되어 있었다. 좀 이상하다고 생각하며 전화해보니 아니나 다를까 아무 상관 없는 사람이었고, 보증인 찾기는 그렇게 싱겁게 끝나버렸다.

친지를 찾아내지 못한다면 고용주 마이니치스포츠가 신고하는 수밖에 없는데, 그러려면 자신들과 계약한 프리랜서가 실종되었음을 납득시킬 만한 충분한 근거가 필요했다. 주변 상황에 대한 무난한 설명도 필요하다. 정오가 지나 텅 비다시피 한 주오 선 전차를 타고 도쿄로 돌아가면서 네고로는 앞으로 뭘 하든 사노의 실종 사실부터 입증해야 한다고 결론지었다. 예를 들어 사노가 무사하다면 그는 오늘 어느 공항이나 항구에서 한국으로 가기 위한 출국 절차를 밟고 있어야 한다.

도쿄 역 여행사 사무소에서 일본에서 서울로 향하는 모든 배편과 항공편을 확인한 뒤, 공중전화부스에 들어가 세타가야 서의 오랜 지인인 정보원에게 전화를 걸었다. 지난봄 신바시에서 네고로를 감시하던 이들의 신원을 파악해준 형사과장이었기에 "아는 사람 하나가 행방불명되었습니다"라는 한마디로 바로 말이 통했다.

"이름은 사노 준이치. 사람 인 변에 왼 좌를 써서 사佐, 들 야 자의 노野, 순정 할 때의 순純, 한 일一. 1951년 6월 10일 시즈오카 현 출생. 44세. 프리랜서 저널리스트. 주소는 다치카와 시 기타초. 오늘 서울로 출발할 예정이었어요. 출발 장소는 모르는데, 각 입관의 출국 카드를 알아봐주실 수 있습니까?"

네고로가 인적사항을 전하는 사이 상대는 옆에 있는 부하를 시켜 재빨리 전과를 조회하고, "사노 준이치. 1972년 공무집행방해로 세 번 체포되었군. 학생운동 시위. 기소유예 처분"이라고 말했다. 당연히 사노가 무엇을 추적하고 있었느냐는 질문도 했지만, 네고로는 '주가조작'이라고만 얼버무렸다.

"행방불명 사실은 어떻게 알았지?"

"어젯밤부터 연락이 되지 않아요."

"스스로 잠적했을 가능성은?"

"만약 그렇다면 출국했겠지요. 출국 여부부터 빨리 알아봐주세요. 지금 밖에 나와 있으니, 나중에 팩스로 각 출발지의 한국행 최종편 시각을 보내드릴게요."

"조회하는 데 시간이 좀 걸릴지도 몰라." 상대가 말했다.

네고로는 그대로 공중전화부스에서 다음 번호를 눌렀다. 가령 사노가 출국하지 않았다고 밝혀져도 그것만으로는 사건이라 단정할 수 없다. 연락이 되지 않는 것을 위험신호로 간주하려면 좀더 자세한 상황 근거가 필요하다. 아니면 사노가 직접 이틀간의 휴가를 신청한 지금 고용주에게 실종 신고를 내라고 하기는 어려웠다.

상황 근거라면 네고로와의 전날 밤 약속을 지키지 않은 것도 예로 들 수 있는데, 사노는 어제 오후 네고로 말고 다른 누군가와 만날 일은 없었을까? 취재가 물살을 타면 한시도 가만있지 못하는 사노는 어제 오후 5시 네고로에게 전화한 이후부터 심야 사이에도 분명 다른 약속이 있었을 것이다. 그 약속은 지켜졌을까, 아닐까. 그것까지 알아낸다면 사건의 무게를 뒷받침할 수 있다.

네고로가 그런 생각으로 가장 먼저 연락해본 곳은 사노가 어제 오후까지 모습을 보였을 것이 확실한 마이니치스포츠 편집국이었다. 이번에는 보험사 영업사원을 사칭해, 어젯밤 8시쯤 차를 도난당했다는 사노의 전화를 받고 급히 긴자로 가보았지만 한 시간을 기다려도 나타나지 않았다. 계속 전화하는 중인데 연락이 되지 않는다. 달리 연락할 방법은 없느냐고 물어보았다. 혹시나 사노의 지난밤 일정을 알아낼 수 있지 않을까 기대한 것이었다.

하지만 전화를 받은 사람은 조금 뜻밖의 반응을 보였다. 먼저 "이상하네"라고 중얼거리는가 싶더니, 누군가에게 "어이, 사노의 벤츠가 어젯밤 도난당했다는데, 오늘 아침에도 우리 주차장에 있지 않았나?"라고 묻고, 다른 사람이 "그 지프요? 어제부터 계속 주차되어 있는데요"라고 대답하는 소리가 들렸다.

네고로는 내처 질문하며 사노가 어제 오후 5시 반 퇴근했다는 사실을 알아내고 전화를 끊었다. 이로써 사노가 오후 5시 반 긴자의 마이니치스포츠 사옥을 나올 때 다른 약속이나 볼일이 있었음이 확실해졌다. 어쩌면 고지마치 역 화장실에 로커 열쇠를 놓아두러 가는 길이었을 수도 있지만, 여하튼 사노가 어제 오후 5시 반 이후에 찾아간 장소는 주차가 곤란하고 긴자 사옥에서 그리 멀지 않은 곳일 것이다.

차를 두고 가는 편이 빠르겠다고 판단해 그곳으로 향한 사노는 볼일을 마친 뒤 차를 가지러 마이니치스포츠 사옥 주차장으로 돌아올 예정이었을 것이 분명하다. 바로 다음날부터 휴가인데 전날 주유소에서 세

차했을 정도로 아끼는 차를 회사 주차장에 내버려둘 리는 없다. 5월이었나, 페어몬트 호텔 주차장에 세운 애마 옆에 비스듬히 서서 기다리고 있던 그의 얼굴을 떠올리며 네고로는 틀림없다고 확신했다.

긴자에서 멀지 않은 곳. 차를 가져가면 불편한 곳. 그 두 가지를 염두에 두고 네고로는 얼른 수첩 주소록을 뒤져 사노와 접점이 있을 만한 인물을 하나하나 살펴보았다. 사노의 책을 낸 출판사, 투고하거나 계약되어 있는 주간지와 월간지, 증권신문 담당자, 동료 저널리스트 등등. 정확히 이름이 기억나는 사람도 있고 모 신문사의 아무개라는 정도밖에 모르는 사람도 있고 가지각색이었지만, 여하튼 그 자리에서 닥치는 대로 전화를 걸어보았다.

사노와 만나기로 했던 사람은 없는지. 어제오늘 사노와 접촉했던 사람은 없는지. 하지만 워낙 뜬구름 잡는 이야기여서, 전화카드 네 장을 써가며 약 스무 통의 전화를 건 뒤 네고로는 한발 후퇴하는 수밖에 없었다. 일단 쓸 수 있는 수는 다 썼다고 스스로를 타이르고 택시를 타고 지도리가후치의 본사로 돌아간 것은 벌써 석간 출고가 끝난 오후 3시 반이었다. 텅 빈 지원팀 자리에서 세타가야 서 정보원에게 팩스를 넣고 소파에 앉아 석간 최종판을 펼쳐보니, 1면에 '레이디·조커 몽타주 공개'라는 헤드라인과 함께 그림 두 장이 실려 있었다.

다마가와 강가에서 벌어진 세번째 현금 전달 미수 당시, 경찰이 근처 정수장 앞에서 흰색 파밀리아와 함께 목격한 범인 두 명. 네고로는 잠시 자신의 현안을 제쳐두고 음울한 인상의 몽타주 두 장을 바라보았다. 둘 다 이자들이 레이디 조커라고 한들 바로 감흥이 오지 않는 평범한 인상이고, 오히려 그래서 더 눈길이 갔지만, 어쨌든 꽤 이른 시점에서 공개된 몽타주였다. 수사가 난항에 빠졌다고 해석할 수도 있었다. 기사에는 '현재 수사관 이백 명을 동원해 파밀리아가 도난당한 현장 주변의 탐문 수사와 목격자 찾기를 시도하고 있다'고 실려 있었다. 그 기사를 읽는 사이 네고로는 문득 1조 엔대 기업 사장의 납치로 시작된 레이디 조커 사건과 무명 프리랜서 저널리스트 한 명의 실종을 견줘보는 공연한 생각을 하며 얼마간 절망감에 시달렸다.

가령 실종 신고를 한다 해도 사라진 저널리스트에 대한 본격적인 수색은 바라기 힘들 테고, 행적 조사와 목격자 찾기, 자택 수색, 휴대전화 통화기록 분석 등 수사에 앞서 실종 사실을 확인하는 작업조차 충분히 이루어지지 않을 가능성이 크다. 그것이 현실이다. 실종 사실이 언론에 보도되는 일도 아마 없을 것이다. 최악의 결과가 드러난들, 1단짜리 단신이라도 내주는 신문이 몇이나 될까. 그런 생각이 들자 하다못해 사노를 걱정하는 친지는 없을까, 아내나 딸을 어떻게든 찾아낼 수 없을까 하는 생각으로 다시 돌아와 네고로는 허망하게 수첩을 뒤적였다. 자기 자신의 상황과 겹쳐져 한결 초조한 심정이기도 했다.

*

그날 밤 수사회의는 지금까지의 수사 상황을 총괄하는 자리였다. 간자키 1과장의 모두 훈시는 이러했다.

"사건이 발생한 지 오늘로 구십팔 일째다. 히노데 사장의 체포 감금, 세 건의 현금 전달 미수를 포함한 히노데 맥주 공갈 미수, 위력업무방해, 요코하마의 남녀 납치, 기누타시모 정수장 앞의 공무집행방해가 레이디 조커 사건의 내용인데, 아직 어느 건에서도 용의자로 연결되는 결정적 단서는 얻지 못했다."

결정적 단서는 없다. 그것이 상부의 인식인가. 고다는 조금 초연한 심정으로 간자키의 훈시를 들었다. 3월 24일 밤 무선을 휴대하고 있었던 현직 경찰. 시로야마가 테이프를 듣고 반응한 용의자의 목소리. 그 용의자가 이용한 공중전화부스의 위치. 이 세 가지를 확보하고도 여전히 임의동행으로 조사하기에 부족하다는 건 고다가 시로야마에게 밀착했던 사십칠 일을 부정하는 소리나 다름없었다.

"거듭 말하지만, 이 사건이 특별히 난해한 사안이라는 얘기는 결코 아니다. 용의자는 몇 번이나 모습을 드러냈고 유류품도 남겼다. 동기가 분명치 않다 해도 물증 수사와 탐문 같은 기본적인 수사 외에 용의자를 잡을 방법이 없다는 것은 여타 사건과 다르지 않다. 용의자는 도쿄 및 수도권에서 생활하며, 지금도 그 주위를 돌아다니고 있다. 시간이 걸리더라도 반드시 길을 뚫어야 한다. 용의자가 누구든 한 명도 남김없이 수갑을 채울 때까지 나나 여러분이나 휴식은 없다고 생각하기 바란다."

간자키는 '시간이 걸리더라도'라고 말했지만, 현장의 수사관들은 이미 얼마간의 현금을 확보한 것으로 짐작되는 용의자들이 도주해버리면 어쩌나 하는 초조감에 몰리고 있는 것이 현실이었다. 특히 용의자 중에서도 실행에 거의 가담하지 않았을 한다 슈헤이는 물증 수사나 탐문 단계에서는 드러나지 않을 것이다. 철저하게 주변을 털어 임의동행으로 끌고 오는 수밖에 없는데, 과연 한다의 수사선에는 조금이라도 진전이 있을까? 현장에 절대 정보를 흘려주지 않는 비밀수사에 허망한 기대를 걸고 애태우는 자신을, 고다는 그날 밤 애처롭게 여겼다.

그뒤 총괄에서도 제1특수의 하코자키 관리관이 각 사건의 유의점, 범인상, 물증 수사 현황, 향후의 중점 등을 새삼 늘어놓았을 뿐 새로운 내용은 하나도 없었다. 그래도 현재의 행적 조사 대상은 히노데로 차출되느라 한동안 현장을 떠나 있던 고다가 처음 듣는 얘기여서 일단 메모해두었다. 세이와회 계열 폭력단원 한 명. 폭력단 산하 기업의 두 명. 오카다 경우회 계열 총회꾼 두 명. 히노데 대형 특약점 전 직원 한 명. 히노데 가나가와 공장의 전 직원 한 명. 1990년 테이프와 관련된, 하네다의 약국 주인 모노이 세이조. 마찬가지 이유로 지바 현의 철공소 운영자 한 명. 그밖에 행방불명으로 수색중인 총회꾼 한 명.

나아가 용의자와 접촉하리라고 예상되어 계속 행적 조사중인 대상은 히노데 맥주 사장 시로야마 교스케, 부사장 구라타 세이고, 상무 사카키바라 히로시, 총무부장 이데 하지메, 도쿄 지사장 후지이 가즈오. 현재 모두 특기할 만한 행동은 보이지 않음.

"현재 물증 수사반이 가장 중점을 둬야 할 과제는 지금까지와 같다. 즉 사장 납치에 사용된 밴과 흰색 파밀리아 절도범의 색출이다. 후자는 몽타주 A와 B 중 하나일 가능성이 높으니, 색출하면 사건이 일거에 해결될 수 있을 것이다. 부디 분투해주기 바란다."

어제부터 백 명이 증원된 물증 수사반을 향한 독려의 말 한마디로 회의는 끝났다. 행적 조사를 거의 특수반이 담당하고 있지만, 그래도 인원수로 계산해보면 남아돌기 마련인 특수반의 나머지 인원과 2과, 4과 사람들이 무슨 조사를 하는지는 여전히 알 수 없었다. 지하 금융의 주가조작이나 TZ의 인맥 등을 내사중이리라 짐작은 가지만. 그러고 보니 그쪽 수사 상황에 대해서는 한마디도 없었다고 고다는 생각했다.

산회할 때 옆에서 누군가의 손이 뻗어와 고다에게 메모지 한 장을 쥐여주었다. 누구인지 얼굴을 볼 것도 없이, 특수반 히라세의 필체로 '지금부터 1과장 면담. 서장실. 보안'이라고 적혀 있었다.

꼭 '보안' 때문이 아니라도 서장실에 드나드는 모습이 다른 수사원 눈에 띄었다간 내일부터 입장이 곤란해질 터이므로 고다는 주위 시선을 피하려고 일단 옥상으로 올라가 담배를 한 대 피웠다. 무슨 볼일이 있을 때만 불려가서 닦달당하는 것이 꼭 간부의 걸레 같았지만, 한편으로는 이런 식으로 조금이나마 비밀 정보를 접할 수 있지 않을까 하는 기대감이 들기도 했는데, 이 역시 애처로운 모습이었다.

1층 서장실에 들어서자 간자키 외에도 특수반의 하코자키, 계장, 2과와 4과 과장과 관리관, 그리고 히라세까지 앉아 있어 마치 청문회 같은 분위기였다.

"고다 씨, 우선 히노데가 LJ와 뒷거래를 했느냐 안 했느냐에 대해서 어떻게 생각합니까?" 간자키가 캐물었다.

"실제로 뒷거래를 했는지는 판단할 수 없지만, 그랬을 소지는 있습니다." 고다가 대답했다.

"구체적으로 어떤 소지죠?"

"사내에서 임시 이사회가 빈번하게 열린 것이 본래의 업무를 위해서라고 보이지는 않습니다. 또한 적어도 지난주 23일 밤까지 히노데는 전화를 이용한 범인측과의 접촉 루트를 교묘하게 확보하고 있었던만큼, 메일과 별도로 그 루트를 이용해 모종의 교섭을 했다고도 생각할 수 있습니다."

"실제로 뒷거래가 있었는지 없었는지 따진다면, 나는 있었다고 봅니다."

간자키는 고다의 모호한 대답을 단도직입적으로 못박았다. "히노데는 내내 수사를 기만해왔어요. 바꿔 말하자면 항상 LJ의 시나리오대로 움직여왔죠. 이건 명백합니다. 거의 공동모의에 가까운 형태로, 몇억의 현금이 기업회계에서 부정하게 염출되어 범인에게 건너간 것으로 우리는 보고 있습니다. 그 판단을 뒷받침하는 내부고발 문서도 형사부장 앞으로 도착했어요."

내부고발이라는 말에 머릿속을 스치는 것은 딱히 없었고, 고다는 자연히 시로야마의 얼굴만 떠올렸다.

"그 내부고발 문서에 대해 몇 가지 확인할 점이 있는데, 부디 철저히 보안을 지켜주기 바랍니다. 실물은 A4용지 여섯 장에 달하고 내용도 상거래 관련사항이 중심이라 여기서는 요지만 말하겠습니다. 우선 해당 문서는 6월 25일 오후 6시에서 다음날 26일 정오 사이 시나가와 우편국 관내에서 부쳐졌습니다. 이 날짜에 유의하기 바랍니다. 문서는 워드프로세서로 작성되었고, 봉투나 용지에 지문은 없습니다. 서명도 없고. 따라서 발신인은 특정할 수 없습니다."

스기하라 다케오가 자살한 시각을 포함한 열여덟 시간 사이, 지문 없는 익명의 문서가 경찰로 발송되었다. 고다는 기계적으로 되짚었다.

"내용의 요지는 주로 오카다 경우회의 고문 다마루 젠조가 최근 몇 년간 히노데를 상대로 벌여온 행동에 대한 상세한 경과보고입니다. 본래는 4과가 담당할 사안이지만, 내용 중 다마루가 레이디 조커 사건에 편승해서 최근 들어 압박을 강화한 것으로 보이는 부분이 있어 우리도 주목하고 있습니다. 하나를 예로 들자면, 1990년 테이프 건에 스기하라 다케오의 딸이 관련되어 있다는 건 알고 있죠? 이 문서에는 다마루가 그 사실을 언론에 흘릴 것처럼 굴었다고 적혀 있어요. 게다가 이물질 혼입 맥주 사건이 터진 뒤 히노데가 궁지에 몰리자 구체적인 요구사항을 제시했다는 내용도 있습니다."

간자키의 입에서 단조롭게 흘러나오는 말을 들으며 고다는 무엇보다 타인의 은밀한 이야기에 억지로 끌려들어가는 듯한 불쾌감을 느꼈다. 히노데와 암흑사회의 관계는 일부 막연히 억측해온 바였지만, 본래 고다 입장에서는 이런 식으로 들을 필요가 없는 얘기기도 했다.

"문서가 암시하기로 히노데는 더이상의 피해를 막기 위해서라도 사건 종결을 서둘러야 하는 처지고, 그러기 위해 결론적으로 레이디 조커와 뒷거래를 했다는데— 이 부분은 제쳐두고, 다마루와의 접촉에 관해 이런 구절이 있습니다."

간자키는 손에 든 메모를 펼쳐들고 읽어나갔다. "'지난 5월 25일 밤, 다마루 젠조는 당사를 예고 없이 방문해 전부터 이야기했던 군마 현 별장지를 당사에서 40억으로 구입해달라는 요구를 노골적으로 내놓았다.' 고다 씨, 그날 회사를 찾아온 다마루 젠조, 즉 TZ에 대해서는 당신보고서에도 쓰여 있었죠."

"예."

"보고서에는 일단 비서가 2015호실로 내려가 다마루를 맞고, 이어서 시로야마 사장이 혼자 그 방으로 간 직후에 비서가 사장실로 돌아왔으며, 다시 십 분 뒤 시로야마도 집무실로 돌아왔다고 되어 있더군요. 결국 다마루와 시로야마가 2015호실에서 독대했다고 볼 수 있는데, 이 부분은 틀림없습니까?"

이물질 혼입 맥주가 언론에 보도된 날 밤. 평소처럼 조용하던 30층 사장실이 발칵 뒤집혔던 그날 밤. 엉거주춤 일어나 사무를 처리하던 노자키 비서가 수위실에서 걸려온 전화를 받고 '네? 거기 와 있다고요?'라고 엉뚱하게 큰 소리를 냈던 것도, 그 직후 노자키와 시로야마의 대화도 고다는 또렷하게 기억하고 있었다. 틀림없느냐고 묻는다면 '예'라고 대답하는 수밖에 없었다.

"그날 밤 면담에 동석한 사람이 또 있을 가능성은 없습니까? 예를 들면 스기하라 다케오—"

"스기하라는 그날 밤, 시로야마가 다마루를 만나고 사장실로 돌아온 직후인 9시쯤 삿포로에서 사장실로 전화를 했습니다."

"보고서에는 그렇게 적혀 있지만, 스기하라는 삿포로에 없었어요."

"이봐, 고다 씨. 스기하라가 오후 비행기로 도쿄에 돌아온 것을 스기하라를 추적하던 행적 조사반이 확인했네. 오후 7시 다카나와 프린스 호텔에 들어간 것도 확인했지만, 그후 행적은 알 수 없어." 뒤에서 히라세의 목소리가 들렸다. 그러나 그래서 뭐가 어쨌다는 말인가. 놀라움도 의심도 어중간하게 사그라지고, 자신과는 관계없는 일이라는 생각이 번져갔다.

"그밖에도 보고서 내용과 사실관계가 일치하지 않는 게 몇 부분 더 있어요. 다시 말해 누가 누구에게 거짓말을 했는지 알 수 있는 부분인데, 뭐, 기업에서는 딱히 드문 일도 아니겠지요." 간자키는 그렇게 말하고 "그런데 구라타 부사장은 어땠습니까?"라고 다시 질문했다.

"그날 밤 구라타 부사장의 행동은 파악하지 못했습니다. 판단할 수 없습니다." 고다는 대답했다.

"사카키바라 상무는?"

"마찬가지입니다. 파악하지 못했습니다."

"물론 꼭 동석하지 않았어도 25일 밤 다마루의 방문 사실을 자세히 아는 인물이 있을 수는 있어요. 사안이 사안인만큼 시로야마는 아마 사내 누군가에게 사후보고를 했을 겁니다. 그러나 그날 밤 밀담이 다마루와 시로야마 단둘이 나눈 것이라면 원래 창구 역할을 하던 구라타 부사장을 제쳐둔 셈이므로, 시로야마가 이후 누구에게 어떻게 전했는지가 중요해집니다—"

요는 제보자가 누구인가라는 이야기라고 고다는 이해했지만, 간자키의 에두른 말투는 애당초 그도 뭔가를 납득하지 못하고 있음을 보여주었다. 간자키가 납득하지 못하는 것은 그날의 밀담이 다마루와 시로야마 단둘이 이뤄졌다는 사실일까. 혹은 시로야마가 사내 누군가에게 보고했다는 부분일까. 혹은 이런 내부고발 자체일까. 밀담의 의도일까. 고다는 짐작조차 할 수 없었고, 자신이 관여할 범위를 넘었다는 생각도 변함없었다. 그러나 간자키는 질문을 계속했다.

"시로야마라는 사람에 대해서, 어떤 상황에서나 적절한 절차를 밟는다고는 할 수 없다, 즉 돌발 행동을 할 가능성도 있다고는 볼 수 없습니까?"

"시로야마가 적절한 사후보고를 하지 않았을 가능성이 있느냐는 의미라면, 저는 없다고 봅니다."

"그러나 시로야마는 지난 6월 23일 밤 고다 씨에게 전화를 걸어, 범인 그룹과의 접촉 루트가 존재한다고 인정하는 것이나 다름없는 발언을 했지 않습니까. 상식적으로 기업의 최고경영자답지 못한 행동인데, 그때 시로야마는 분명 그 누구와도 상의하지 않고 독단적으로 당신에게 전화를 걸었어요. 나는 그렇게 판단합니다만."

"저는 분명 익명의 전화였다고 보고했습니다. 시로야마라고 확신하지는 않습니다."

그렇게 대답하면서 고다는 속으로, 아닌 게 아니라 시로야마는 어떤 상황에서나 적절한 절차를 밟는 사람이라고는 할 수 없다고 인정하지 않을 수 없었다. 그러나, 그래서? 시로야마의 전화는 고다 자신도 이해할 수 없는 일이었고, 1과장이 의문점을 제기한들 마땅히 대답할 말이 없었다.

그러나 간자키는 다른 얘기가 더 급한 듯 "물론 고다 씨는 그렇게 보고했죠"라고만 하고 그 이상 추궁하지 않았다.

"그럼 시로야마가 반드시 사후보고를 했으리라고 생각하는 근거는 무엇입니까?"

"사장이 개인적으로 떠안고 해결할 사안이 아니기 때문입니다. 다른 근거는 없습니다."

"시로야마가 사후보고 없이 직접 이 내부고발 문서를 작성했을 가능성은 없을까요?"

"없습니다."

"시로야마가 공술에서 밝히진 않았지만, 그는 납치 감금을 당했을 때 레이디 조커에게 조카딸 일로 협박당했을 가능성이 높습니다. 6억이나 되는 돈을 개인적으로 해결할 수 없는 이상, 시로야마는 사내에서 절대 그 협박 사실을 밝힐 수 없었을 겁니다. 그런 상황에서 다마루 젠조의 공갈까지 받았다면 물리적으로나 정신적으로나 궁지에 몰렸을 것이 틀림없다고 봅니다만."

"그래도, 있을 수 없는 일입니다."

"알겠습니다. 내 얘기는 여기까지입니다."

간자키가 창문 쪽으로 고개를 돌리자 대신 2과 관리관이 말했다.

"고다 씨, 히노데는 임원 간의 왕래가 꽤 활발한 회사 같은데, 당신이 파견된 기간만 봐도 구라타 부사장과 시로야마는 왕래가 적어요. 뭐 짚이는 것 없습니까?"

그 지적은 히노데로 출퇴근하면서 한 번도 생각해본 적이 없고 의식의 한구석에도 남아 있지 않은 이야기였다. 왕래가 적다는 말에 동의도 반론도 할 수 없었다. 고다는 "저는 판단하지 못하겠습니다"라고 대답하고 목례를 했다. 숙인 머리 위로 "이상입니다, 수고했습니다"라는 간자키의 목소리가 내려왔다.

서장실을 나서며 고다의 가슴속에는 '한다 슈헤이는 어디로 사라진 거냐'라는 생각이 치밀어올랐다. 십중팔구 실행범 중 한 명인 남자가 손 뻗으면 닿는 곳에 있는 마당에 내부고발 문서의 발송인이 이러니저러니 하고 있는 것은 간부들의 머리가 어떻게 됐거나, 한다가 용의자가 아닌 것으로 판명되었거나 둘 중 하나일 것이었다. 아니, 어쩌면 내부고발 문서를 문제시해야 할 가장 큰 이유는 자신에게 말해주지 않았는지도 모른다.

거기까지 생각이 미치자 고다는 서장실에서 몇 발짝 떨어지지 않은 복도 한복판에서 휴대전화를 꺼냈다. 번호를 누르고 상대가 받자마자 "고다입니다. 옥상에서 기다리겠습니다"라고 일방적으로 말하고 끊어버렸다.

옥상에서 반시간 기다리니 히라세가 잰걸음으로 나타나 잠시 서로 노려보았다. 히라세는 입을 열고 대뜸 "알고 있어. 자네 기분 알아"라고 말했다. "그 13번 목소리의 주인공은 어떻게 되었느냐 묻고 싶은 거지?"

"그것도 있지만, 일단 제쳐둡시다. 그보다 내부고발 문서 말입니다. 결론이, 그래서 뭐가 어쨌다는 건지 통 이해가 안 됩니다."

"1과장이 말해주지 않았으니."

"그러면 지금 말해주십시오."

"이거 극비야. 절대 흘리지 말게."

"알고 있어요."

"오늘밤 내부고발자가 시로야마일 가능성을 1과장이 자네한테 집요하게 확인한 것은, 그 제보자가 실은 문서 끝에 엉뚱한 내용을 적어놓아서야. 요약하면 당사는 다마루에게서 레이디 조커 일당 중 한 명을 특정할 수 있는 유력한 정보를 얻었다. 사법 당국이 다마루 젠조를 조사하기로 한다면 그 정보를 넘겨줄 수도 있다고—"

"용의자를 특정할 수 있는 유력한 정보라는 게 과연 어느 정도인지 어떻게 압니까?"

"다마루가 용의자를 알고 있을 가능성은 충분해. 이 사건에는 돈 계산에 능한 자가 최소 한 명은 관련되어 있어. LJ의 중심은 폭력범이지만, 그 한 명을 거치면 지하금융과 연결될 수 있지. 현실적으로도 주가 추이를 포함한 사건의 전개가 그것을 뒷받침하고 있어. 무시할 수만은 없는 얘기야."

"정말 제보자의 정체를 모르는 겁니까?"

"당연히 모르지. 자네 말대로 시로야마가 다마루와의 밀담 내용을 아무한테도 보고하지 않았다고는 생각되지 않아. 그리고 그 보고를 받을 사람은 구라타 세이고뿐이지. 그러나 차기 사장 자리를 노리는 사람이 다마루를 수사하라고 제보하는 일은 있을 수 없어. 제 목을 조르는 짓이니까. 그렇다면 보고 내용이 구라타를 통해 또 누군가에게 전해졌다는 건데, 원래 보고를 받아야 할 총무 담당 임원 사카키바라나 총무부장 이데는 시라이 파잖아? 여러모로 검토했지만, 알 수 없다는 결론이야. 도청을 했거나 엿들었을 가능성도 있고."

"문서를 보낸 시간에 따라 물리적으로 좁혀볼 수 있잖습니까."

"그렇다면 시로야마, 구라타, 시라이, 사카키바라, 이데 모두 아웃이야. 스기하라는 세이프."

"물증인 문서도 있는데요."

"오탈자가 없어. 워드프로세서 한자 변환에도 실수가 없고. 매우 정확해. 그거 아나? 스기하라는 워드프로세서를 거의 쓸 줄 몰랐어."

"히노데 사보를 보니, 전 임원에게 전자메일보다 워드프로세서 강의를 의무적으로 받게 하면 좋겠다는 한 여직원의 글이 있더군요. 하긴 A4용지 여섯 장이나 되는 문서를 오자 하나 없이 입력하는 임원이 있다고는 생각하기 힘들죠."

"내 직감인데, 문서를 작성한 것은 여자인지도 몰라."

"워드프로세서 사용에 능숙하고, 회사 사정에 정통하고, 냉정한 성격에, 남자에게 헌신하는 여자 말인가요?"

"그리고 시로야마의 신변을 구석구석까지 알 수 있는 위치의 여자."

"진지하게 말씀하시는 겁니까?"

"그건 내가 묻고 싶군. 자네 보고서에 그런 보고는 한 줄도 없었어."

"노자키 비서 말씀이라면, 적어도 시로야마에 대한 감정은 짝사랑이라고 단언할 수 있습니다."

"노자키라고는 말하지 않았어. 구라타와 스기하라에게도 여자는 있어. 행적 조사로 알아낸 사실인데, 연예주간지 뺨치는 불륜 얘기가 수두룩해."

여기까지 듣고 보니 역시 자신이 더 개입할 이유가 없는 이야기라고 고다는 새삼 납득했다. 제보자나 협력자가 누구든 이번 일을 통해 기업 내부의, 애증이 뒤섞인 복잡한 감정과 계산과 심모원려의 소산을 조금이나마 배웠다. 그것으로 만족하자고 생각했다.

"그런데, 13번 목소리의 주인은—"

"임의동행을 하려면 일단 물증부터 확보하라고 형사국장이 지시했어."

"수사에서는 뭐 나온 것 없습니까?"

"고다 씨, 이제 그만하지. 사실 나는 1과장이 아까 깜빡하고 못한 얘기를 전하러 온 거야. 자네는 내일부터 본부에 나오지 않아도 된다는군. 언짢아할 것 없어. 자네는 이미 충분히 활약했고 다들 자네의 우수함을 인정하고 있어. 아마 1과장이 나름대로 배려한 거라고 보네."

"알겠습니다. 오늘 여러 가지로 고마웠습니다."

먼저 인사하고 단숨에 계단을 내려와 후문 앞에 선 뒤에야 고다는 조금 갑작스럽게 '나의 성과다'라고 생각했다. 3월 24일 밤의 경찰 무선. 시로야마의 휴대전화. 산노 2번가의 흰색 테이프. 13번 목소리. 용의자가 이용한 공중전화부스. 그 대부분은 명령에 따른 것이 아니라 자신이 자기 의지로 확보한 것임을 고다는 스스로에게 확인했다. 그리고 호흡을 한 번 고르고, 여하튼 오늘밤은 궁금증을 풀었으니 됐다, 운이 좋았다, 라고 생각했다.

그대로 산업도로를 향해 자전거 페달을 밟으면서, 고다는 갑자기 무대가 완전히 바뀐 기분과 함께 항상 가슴속에 고여 있던 초조함이 거짓말처럼 사라지는 것을 느꼈다. 특수본부에 있을 때는 요란하게 종결 선언을 배포하고 사라진 레이디 조커 일당이 제 손에서 시시각각 멀어져가는 초조함에 쉬지 않고 쫓겼지만 이제는 아니다. 대신 3월 24일 시작된 사건의 전모가 이제 가슴속에 새롭게 자리잡은 느낌이었다. 사건의 모든 부분, 시로야마 교스케의 손이, 한다 슈헤이의 손이 지금 제 안에서 심장을 마구 주물러대는 느낌에, 나의 레이디 조커, 나의 먹잇감이라는 생각이 찾아왔다.

특수본부가 어떻게 나오는지 지켜보다가 여차하면 내가 직접 나서서 한다를 추궁하자. 그런 뒤 거취를 결정하자. 간단한 결론을 내린 고다는 심호흡을 하고 요즘은 거의 본 적 없는 밤하늘을 올려다보았다. 별도 뜨지 않은 흐린 하늘이지만 한 인간을 감싸는 천공의 거대함은 변함없고, 이 하늘 아래 인간은 혼자다, 내 목소리를 듣는 것도 혼자이거니와, 나의 이성과 감정도, 온갖 종류의 가치관도 혼자다, 라는 여느 때와 다름없는 단순한 생각이 찾아왔다. 조만간 한다 슈헤이를 목 졸라 죽일지도 모른다고 생각하면서 왜냐고 자문하지도 않았고, 정신의 평형을 잃었는지도 모른다고 느끼면서 가노 유스케에게 도움을 청할 생각도 하지 않았다. 그 정도로 그날 밤의 고다는 혼자였다.

*

사노 준이치의 행방이 여전히 묘연하고 세타가야 서 정보원에게서도 아직 소식이 없는 가운데, 네고로는 증권맨 오카베에게 전화해 억지로 밀어붙이다시피 저녁에 만날 약속을 잡았다. 어쨌거나 만나보지 않을 수 없는 인물 중 하나였다.

오후 6시쯤, 몇 군데 더 돌아다닐 영업처가 남았다며 지하철 가야바 초 역 플랫폼에서 만난 오카베는 기분 탓인지 다분히 꽁무니를 빼는 눈 치로 보였지만, 네고로는 시간을 들여 탐색할 여유가 없었다. 그는 퇴 근 인파가 몰리는 플랫폼 계단 쪽 벽에 바짝 몸을 붙인 채 갑자기 오카 베의 손목을 덥석 붙잡고, 흠칫 놀라는 그의 얼굴을 똑바로 노려보며 강경한 태도를 취했다.

"오카베 씨, 지난번에 말했죠? 그 그룹과 관련해서 위험한 이야기가 나오면 알려달라고. 내가 한 가지 알려줄 테니 잘 들어요. 회원 24호는 레이디 조커 사건을 맡은 특수본부 수사관을 조직적으로 희롱했어요. 엉뚱한 사람을 사칭하고 금품을 뿌려서 수사 정보를 빼냈거나 빼내려 고 시도했습니다. 24호는 그런 인물입니다. 수사의 손길이 좁혀오고 있 으니 알려드리는 겁니다."

"말씀은 명심하겠지만, 그게 뭐 어쨌다는 겁니까?"

그렇게 말하면서도 오카베는 시선을 미묘하게 내린 채, 마음이 딴 데 가 있는 듯 몸을 절반쯤 다른 방향으로 돌리고 있었다. 그런 그를 똑바 로 끌어당기고 네고로는 "난 회원 24호를 취재하고 싶을 뿐입니다"라 고 다그쳤다. "그게 내가 하는 일이니까요. 휴대전화는 받지 않으니 다 른 연락처를 알려주면 좋겠군요."

"회원 하나가 연락해서 말하기로, 24호는 어제 탈퇴했다던데요. 그래 서 나도 다른 회원에게 그대로 전달했어요. 원래 그런 시스템이라서."

탈퇴라는 말을 선뜻 받아들이지 못하고 네고로는 "더 설명해봐요" 하며 목소리를 깔았다. 오카베는 어수선한 모습으로 연신 주위를 살피 다가 발밑을 향해 빠른 말투로 중얼거렸다.

"나도 24호와 면식이 없고, 얼핏 듣기로는 고객을 담당한 흔적도 거의 없다니, 이름만 올린 유령회원이 아니었을까 합니다."

"탈퇴라면, 사라졌다는 뜻입니까?"

"그런 거 난 모릅니다! 부탁이니 이제 그만—"

오카베의 목소리는 플랫폼으로 들어오는 전철과 행선지를 알리는 안내방송에 지워지고, 일제히 움직이기 시작한 승객의 파도 속에서 그는 재빨리 네고로를 뿌리치고 전철에 올랐다.

인파가 물러난 플랫폼에 남겨진 네고로는, 오카베도 어떤 계기를 통해 자신이 안이했음을 나름대로 깨닫고 초조해하고 있다고 일단 결론을 내렸다. 이어서 기쿠치 다케시의 얘기에는 '역시 그렇겠지'라는 맥 빠지는 기분이 들었다. 제법 이재에 밝고 잔꾀를 부린다고 하지만 결국은 신문쟁이. 지하사회에서 살아남을 수 없는 인간이다. 취재중 우연히 그런 세계를 알게 되어 자신도 뛰어들면 뭔가 할 수 있으리라 진지하게 생각했다면 그냥 바보이고, 만약 여러 사정이 겹쳐 빠져나오지 못하고 이 지경에 이르렀다 해도 역시 바보라 해야겠지만, 어쨌거나 '역시 그렇겠지'라는 감개만 솟을 뿐이었다.

3월 27일, 시로야마 교스케가 후지산 자락에서 무사히 풀려나 경찰을 찾아간 날 오후. 지원팀으로 걸려온 제보 전화를 통해 처음 기쿠치 다케시와 통화하게 되었을 때, 그는 수화기 맞은편에서 볼펜인지 뭔지로 책상을 탁탁 두드리며 '이거, 취재입니까?'라고 자못 냉정하게 말했었다. 기쿠치의 그 목소리에 나는 무슨 상상을 했었나. 그럴듯한 사무실을 갖추고, 전화 한 통으로 고객의 돈을 움직이고, 증권사에 주문을 넣고, 보무도 당당하게 가부토초를 활보하리라는 상상은 처음부터 잘못되었던 것이 틀림없다. 지금 생각하면 기쿠치의 실상은 정체불명의 도다 아무개를 시켜 신문사에 제보 전화를 걸고, 신문기자를 사칭해 특수본부 형사를 기만한 누군가일 뿐이다. 한 조직에서 이용당하다가 쓸

모를 다해 버려진 누군가. 끽해야 그 정도임을 지금 와서 납득하다니.

그러나 네고로가 기쿠치의 실태를 잘못 읽었던 자신의 실수에 충격을 받고 생각에 빠져 있던 것은 실제로는 아주 잠깐이었다. 이어서 그 몇 배에 달하는 시간이 기쿠치 다케시가 사라졌다는 한 가지 사실을 받아들이는 동안 흘러갔고, 정신을 차리고 보니 언제 이곳으로 왔는지 기억도 없이 가부토초의 개천가에 서 있었다.

머리 위로 수도고속도로가 가로지르고, 눈앞의 어둠 속에는 오랜 지인이 일하는 증권신문의 본사 빌딩이 언제 봐도 약간 기우뚱한 모습으로 서 있었다. 창밖으로 하늘도 보이지 않는 빌딩의 3층 편집부에 여느 때처럼 불이 켜져 있는 것을 보니 그 안에 있을 오랜 지기의 얼굴이 얼핏 떠올랐다. 그러고 보니 그 친구에게 빌려준 돈을 아직 받지 못했다. 아니, 그냥 됐다고 말했던가.

네고로는 분명치 않은 기억을 그대로 개천에 흘려보내고 시커먼 수면으로 시선을 떨어뜨렸다. 어제부터 그는 난 대체 이 세계의 무엇을 알려고 애써왔나 자문하는 중이었다. 답이 나오지 않는 것은 이제 무엇 하나 알고 싶은 것이 없는 까닭이다. 문득 그런 생각이 들었다. 고쿠라-주니치 의혹에 얽인 인물들, 아카사카 프린스 호텔 구관에 출몰한 얼굴들. 회원 서른 명의 비밀 그룹. 오랫동안 집착해온 그것들이 지금은 다 날아가 사라져버렸다고.

그렇다, 나는 이제 알고 싶은 것이 아무것도 없다. 보고 싶은 것도, 듣고 싶은 것도 없다. 생각이 여기 다다른 순간 네고로는 자신의 '지금'과 그것이 도래하기까지의 모든 과정을 단숨에 삼켜버리고, 이것으로 충분하다, 괜찮다고 혼잣말을 흘렸다.

오후 10시가 지나자 기다리던 전화가 와서 사노 준이치의 출국 기록이 없다고 알려주었다. 정보원인 형사과장은 사건일 가능성이 있으면 빨리 실종 신고를 하라고 말했고, 네고로는 "그러죠"라고 대답해놓고 그날 밤은 결국 꼼짝하지 않았다.

날짜가 바뀌어 6월 30일 금요일 미명에 퇴근한 네고로는 두 달 만에 가마타의 집으로 돌아가 한 시간쯤 대강 청소를 했다. 쓰레기봉투 열 개 정도를 수거장에 내놓고 옷을 갈아입고 오전 4시 다시 아파트를 나서는 그의 손에 들린 것은 취재 노트를 넣은 슈트케이스 하나와 미납 상태의 세탁비 청구서 한 장이었다. 그뒤 센다기의 여관으로 돌아온 네고로는 가져온 취재 노트를 전부 가위로 잘게 잘라 쓰레기통에 버리고, 동트기 전 잠자리에 누웠다.

*

7월 1일 오후, 시로야마는 산노로 혼자 찾아온 요시코를 맞았다. 아이는 시부모에게 맡기고 왔다고 했다.

거실에서 요시코와 마주앉자 시로야마는 꺼내기로 작정했던 말을 갑자기 모두 잊어버리고, 이 아이에게는 더이상 아무 말도 필요 없겠다고 마음을 정했다. 눈앞의 요시코에게 사건의 경위가 아무 의미 없다는 것은 억측도 배려도 아니었다. 시로야마의 눈에는 그 사실이 한없이 명백하게만 보였다. "이제 사건 얘기는 하지 말자꾸나." 시로야마의 말에 요시코도 이의를 내놓지 않았다.

이어서 요시코의 입에서 나온 말은 "남편에게 당분간 별거하고 싶다고 했어요. 데쓰시는 시부모님이 맡아주실 것 같아요"였다. 생각지도 못한 얘기에 시로야마는 순간 뭐라고 대답해야 할지 말문이 막혔고, 요시코도 할말은 그게 다라는 듯 다시 입을 다물어버렸다.

정원에 면한 거실의 팔걸이의자에서 요시코는 그림 속에 들어간 것처럼 꼼짝않고 활짝 핀 개양귀비를 바라보고 있었다. 그녀의 얼굴은 실로 볼품없고, 거뭇하게 팬 볼은 몹시 거칠었다. 일전에 요시코의 어머니 하루코가 묘하게 평정을 가장하려 들던 이유를 시로야마는 그제야 알아차렸다. 지난 오 년간 요시코는 오십 년의 나이를 먹은 거라고 그는 되뇌었지만, 자신에게 흐른 시간보다 요시코의 그것이 훨씬 잔혹했다는 현실을 받아들일 방법은 찾을 수 없었다.

여기 있는 요시코는, 그리고 자신은 앞으로 설자리를 어디서 찾을 수 있을까. 시로야마는 곰곰이 생각했다. 배려가 모자랐던 자신의 말 한마디가 하타노 다카유키와 그의 아버지 하타노 히로유키, 그리고 제 아버지까지 죽음으로 몰고 갔다는 생각은, 남들이 아무리 아니라고 한들 본인에게 사실인 한 요시코의 머릿속에서 사라지지 않을 것이다. 그것은 아들을 잃은 하타노의 슬픔을 돌보지 못했던 시로야마에게도 마찬가지였다. 그러나 어찌 보면 이렇게 커다란 통한을 껴안고 이런저런 고뇌에 시달리는 것도 어차피 작은 인간의 작은 내면일 뿐, 그 이상의 무엇도 아니라고 할 수 있는 것이다.

요시코가 오랜 생각 끝에 내린, 사건에 대한 그녀 나름의 결론이 남편과의 별거라면, 시로야마가 할 수 있는 말은 아무것도 없었다. 어린 자식과 떨어지는 어머니의 심정은 남자 입장에서는 상상하는 수밖에 없었지만, 데쓰시는 아직 아무것도 모르는 나이니 당분간 엄마와 떨어져 있더라도 장래에 영향이 크진 않을 거라고 그는 판단했다.

어쨌거나 지금 시로야마는 이십 년이 넘는 세월을 통틀어 가장 주의 깊게 눈앞의 한 여자를 바라보고 있음을 깨닫자 새삼 놀라웠다. 이 아이는 어릴 적부터 나에게 그토록 많은 즐거움을 주고 밝은 기운을 전해주었지만, 그 시절 나는 얼마나 진지하게 이 얼굴을 바라보았을까. 아니, 오십팔 년 인생에서 누군가의 얼굴을 이렇게 지그시 바라본 적이 한 번이라도 있었던가. 한 번도 없다는 것이 진실이었다. 하긴 오 년 전 그는 요시코에게 결혼을 생각할 정도로 친밀한 상대가 있다는 것도 몰랐고, 그 연인의 불행한 죽음을 알았을 때 조카딸이 어떤 심정일지도 헤아려보지 않았던 것이다.

뒤이어 이렇듯 인간에 대한 무서운 오만과 무관심이 일련의 사건을 불러들인 근원인지도 모른다는 생각에 이르자, 시로야마는 비로소 오늘까지 일어난 모든 일을 어떤 의미에서 납득할 수 있었다. 사건의 원인을 만든 것이 요시코가 아니라 바로 자기 자신이라는 결론은 3월 24일 이래 처음으로 찾아온 전환이었다. 구체적으로 어떤 전환인지는 아직 몰라도 분명히 느낄 수는 있는 어떤 변화가 제 마음속에 일어나는 데 시로야마는 한층 깊이 놀랐다.

너도 변해간다. 나도 변해간다. 우리 둘 다 자신이 어디로 가는지는 알지 못하지만, 그래도 미래는 있는 것이다. 이윽고 그런 생각으로 요시코를 마주한 시로야마는 결국 "조금씩 조금씩 살아가자. 너나 나나, 지금은 그 수밖에 없구나"라는 말만 전해야 했다. 헤어지면서 마당의 개양귀비를 꺾어 건네주자 요시코는 "삼촌, 전 이제 원망할 사람도 없어요" 하며 눈물을 흘렸다. 그 모습을 보면서 시로야마는 문득 그래, 하타노 히로유키도 스기하라 다케오도 필시 울 수조차 없었을 거다, 라고 생각했다.

5장

1995년 가을─붕괴

1

8월 13일부터 16일까지 오본 휴가로 약국을 닫은 사이, 모노이 세이조는 마권을 사러 고라쿠엔 윈즈에 갔다가 불단에 올릴 공물을 사온 날 말고는 따로 외출한 적이 없었다. 15일에는 스님을 모셔서 법화경 한 권을 독경해 올렸지만, 다과상에 곁들일 과자를 사러 일삼아 나가기도 뭣해서 딸 미쓰코가 보내준 병아리 만주로 해결했다. 몸이 어디 불편했던 건 아니다. 아침저녁으로 가게 앞 나팔꽃에 물을 주러 나가면 벌써 넉 달째 근처에 잠복중인 형사가 변함없이 길 건너 버스정류장이나 산업도로 모퉁이에서 바라보는 바람에 뒤늦게 주눅이 들어버린 것이다.

경찰의 눈이 이토록 집요할 줄은 미처 몰랐고, 고 가쓰미를 제외하면 아직 누구 하나 도코로자와에 보관된 현금을 만져보지도 못한 한심한 상황이었다. 그리하여 모노이의 생활에는 늘어난 것도 줄어든 것도 없었고 계획을 무사히 끝냈다는 흥분도 고만고만하게 눅어버린 지 오래였다. 3월 이후로는 요짱 말고 한패를 만날 기회가 거의 없었고, 한다와 누노카와, 고는 고라쿠엔 윈즈에서 스칠 때 편지를 슬쩍 쥐여주는 식으로 연락했지만, 이제는 자신이 쓴 편지 내용마저 잊어도 될 것 같은 기분이었고, 실제로 거의 기억나지도 않았다. 상대에게서 짧은 답장을 받거나 편지 대신 한두 마디 나누며 서로의 신변 상황을 헤아리고, 저마다 작은 변화들을 쌓아나가고 있음을 확인하긴 했지만, 어차피 그들의 인생을 모노이가 감당할 수는 없는 법이었다. 주위를 돌아봐도 그저 이것저것 모두 감수하고 유유히 살아가는 것이 제 여생이라 받아들이는 것 외에 다른 묘안이 있는 것도 아니었다.

실제로 시간의 강은 날로 탁해지는 듯했고, 계획을 실행에 옮긴 3월부터는 하루하루가 어떻게 흘렀는지 알 수 없었다. 모노이의 머릿속에서는 온갖 사물들의 경계마저 희미해지고 있었다. 인생의 모든 순간이 탁해지면서 한 줄기 강물로 모이고, 그 시간의 강물이 이제 조금씩 하구로 다가가고 있음을 알 수 있었다. 어느 날 문득 그런 확신이 들자 모노이는 뒤이어 이 강은 어디로 흘러갈지 생각하기 시작했고, 한여름 더위도 잊고 상념에 빠지는 일이 잦아졌다. 그것도 자주 외출하지 않은 이유 중 하나였다.

그런 와중에도 사십 년 습관은 무시할 수 없어서 주말이면 덮어놓고 경마부터 챙겼다. 중앙 경마가 지방으로 옮긴 뒤로도 삿포로나 하코다테, 니가타에서 열리는 레이스의 마권을 사러 나가기를 거른 적이 없고, 약국이 오본 휴가에 들어간 8월 13일에는 오전 11시라는 이른 시각부터, 언제 봐도 괴상하고 거대한 닭장처럼 생긴 고라쿠엔 윈즈 3층에 진을 쳤다. 물론 그렇게 이른 시각부터 베팅할 레이스는 없었지만, 3레이스에 4세 암말 라거빅원이 십 주 연속으로 출전하는데 이번주가 한계일지 다음주에도 뛸 수 있을지 살펴보려는 생각이었다.

어차피 빡빡한 경기이겠다 싶어서 나중을 위해 푼돈이나 벌어볼 요량으로 가장 인기 있는 말에 단승으로 만 엔을 찔러넣었는데, 예상이 맞아떨어져 만 4,000엔이 돌아왔다. 더위를 탈 것으로 예상했던 라거빅원은 후반에 분발해 4위로 들어왔고, 저런 상태라면 십일 주 연속 출전도 가능하지 않을까 싶었다.

그다음으로는 9레이스와 10레이스에 베팅할 생각이어서 모노이는 그사이 비는 세 시간을 3층 에스컬레이터 앞에 주저앉아 보냈다. 지방경마만 열리는 여름철 이맘때면 바닥에 앉아 있어도 될 만큼 통로가 한산하다. 천천히 신문을 펼치고 마주를 읽기 시작하니 근처에 잠복해 있을 것이 뻔한 경찰의 존재도 잠시 잊었다.

A관 3층의 1,000엔 단위 코너는 예전에는 여름마다 누노카와 준이치가 레이디를 데리고 오던 곳이다. 한다 슈헤이와 고 가쓰미는 경찰의 눈을 경계해 모노이와 마주치지 않도록 주로 신주쿠나 니시이토초 윈즈로 가지만, 고라쿠엔에 올 때는 역시 3층으로 올라온다. 요짱은 백 엔 단위인 4층이나 5층. 모노이는 딱히 정해놓은 코너가 없지만 3월 이후로는 동료들과의 접촉을 위해 그들이 있는 층으로 직접 올라가곤 했다. 그러나 그것도 6월까지였고, 7월에 들어서자 우선 고의 모습이 사라졌고, 한다와 누노카와와도 최근 들어 걸음이 뜸해졌다. 그래서 오후 2시경 에스컬레이터로 올라오는 누노카와를 보았을 때는 예상치 못한 광경에 조금 놀라고 말았다.

삼 주 만에 보는 누노카와는 깊숙이 눌러쓴 야구모자 챙 아래로 눈짓을 보내면서 슬슬 붐비기 시작하는 3층으로 들어섰다. 모노이는 일단 그 모습을 확인하고 삼 분쯤 뒤 빨간 색연필로 잔뜩 메모해둔 신문을 들고 뒤따라갔지만, 그 안에서도 바로 다가가지 않고 다시 좀더 시간 여유를 두었다. 키가 186센티미터나 되는 누노카와의 머리는 오륙

백 명에 달하는 인파 속에서도 놓치기 힘들다.

모노이는 일단 한복판에 걸린 마권 배당 게시판에서 9레이스 배당률을 확인하고, 손에 든 신문을 다시 들여다보고 잠시 망설이다가 급히 투표 카드를 고쳐 쓴 뒤, 앞쪽에 늘어선 창구 쪽으로 향하는 인파에 섞였다. 경기까지 십 분을 남겨두고 북적이는 틈을 타 누노카와가 서 있는 줄 뒤쪽에 섰다. 열 명쯤 앞에 있던 누노카와가 먼저 마권을 구입하고 돌아 나오는 길에 모노이 옆을 지나며 "일, 그만뒀어"라는 한마디를 흘렸다.

경기까지 불과 몇 분, 모노이는 감히 눈으로 누노카와를 좇지는 않았다. 천장에 나란히 걸린 모니터 아래로 똬리를 튼 인파에 섞여 출발을 기다리다가, 출발 후 일 분 동안은 모니터 속을 달리는 흰색과 주황색 모자에 시선을 고정했다. 조금 전 우승 후보마를 제쳐놓고 마권에 적어낸 타이키봄바와 에스케이골드의 기수가 어디쯤 달리는지 찾는 것이었다. 막판 직선주로에 들어서자 흰색 모자가 외곽에서 단숨에 치고 들어오고 주황색 모자도 추격에 나서 골인 직전에 흰색, 주황색 순서로 늘어선 것까지 확인하니 더 볼 것도 없었다. 배당금이 상당하리라는 것도 직감했다. 화면에서 눈길을 내리자 인파 속에서 불쑥 튀어나온 누노카와의 야구모자가 보였다. 이번에는 누노카와가 모니터 아래서 흩어지는 사람들의 흐름을 타고 다가와 자동환불기 줄의 모노이 뒤쪽에 섰다.

기계에 마권을 넣는 모노이 뒤에서 누노카와는 "한번 얘기 좀 하고 싶어. 상의할 일이 있어"라고 빠르게 중얼거렸다. 삼 주 전에도 같은 말을 하지 않았나 생각하며 모노이는 "다음주에 여기서"라고 대답하고 기계가 토해낸 만 엔짜리 지폐 여덟 장을 집어들었다. 지갑을 주머니에 넣고 기계 앞을 벗어났을 때 이미 누노카와의 모습은 보이지 않았다.

일을 그만뒀다고? 굳이 얼굴을 보고 할 말도 아닌데. 모노이는 여느 때처럼 마음이 딴 데 가 있는 듯한 누노카와의 모습을 떠올리며 드디어 인내심이 바닥나고 만 걸까 생각했다. 밥벌이를 그만두는 것은 자유지만 목돈이 굴러들어온 것이 그 이유라면 시기적으로 경찰의 주목을 끌지 않을까 싶은 걱정도 고개를 들었다. 어쨌거나 자기 몽타주가 공개된 것이 현상황인데 누노카와는 선글라스를 쓰고 다닐 만한 이성도 없는 것이다.

누노카와를 만난 탓에 모노이는 꾹 눌러두었던 온갖 잡념을 다시 얼마간 불러내게 되었고, 그 탓에 이어지는 메인 레이스에 집중할 수 없어서, 주머니가 두둑한데도 결국 그대로 돌아오고 말았다.

오본 휴가가 끝난 8월 17일, 다시 약국을 열고 약사 아주머니도 나흘 만에 출근하자 겉으로나마 모노이의 주위에 일상의 소음이 되살아났다. 점심때는 약사 아주머니가 선물로 가져온 순메밀국수와 순무절임이 앉은뱅이탁자에 올랐고, 모노이는 불단에 순메밀국수를 조금 공양하고 식은 보리차와 함께 국수를 먹었다. "아이고, 국물 맛이 별로네. 설탕 같은 걸 넣었나봐요" 하면서도 아주머니는 변함없이 잘만 먹었고, 하도 열심히 떠드는 통에 텔레비전에서 나오는 고등학교 야구 경기 중계를 거의 들을 수가 없었다.

"그런데 모노이 씨, 성묘는 어떻게 하셨어요?"

"지난봄에 다녀왔는데 뭘."

"그래요, 아무래도 도호쿠는 너무 멀죠. 하긴 묘라는 건 언젠가 다 무연고가 될 텐데, 그렇게 생각하면 크게 떠받들 것도 없어요."

아주머니의 이야기를 절반쯤 흘려들으며 메밀국수를 먹는 데 열중하는 한편으로, 모노이는 이맘때쯤이면 헤라이무라를 뒤덮는 소나기 같은 매미 소리가 귓전에 들리는 듯했다. 실은 6월 초 헤라이무라에 사는 누이가 전화를 해와서는 치매가 심해진 남편을 요양 병원에 입원시키는 김에 자신도 하치노헤 시청에 근무하는 장남 내외에게 얹혀살기로 했다는 소식을 전했다. 십 년쯤 전 보수한 고향집은 어쩔 거냐고 묻자 누이는 "그 집은 내놔봐야 팔리지도 않아"라며 일소에 부쳤다. 마을에 있는 조상들의 묘도 더이상 관리하기 힘들어 조만간 하치노헤로 옮길 생각이라고도 했다. 그러고 보니 지금쯤 매미 소리가 눈사태처럼 쏟아지고 있을 고향집과 묘도 이미 무인지경으로 화했을 것이다.

"아, 났네, 한 점 났어! 동점이에요! 고교 야구는 꼭 저런다니까."

"저건 완전히 1루 송구 실수네."

"뛰어간 애도 문제예요. 까딱하면 더블플레이 당할 뻔했잖아요. 보리차 드려요?"

"아니, 괜찮아요."

모노이는 대체 어디서 쏟아져나오는지 점점 높아져만 가는 매미 소리를 들으며 잔에 남은 보리차를 마셨고, 약사 아주머니는 남은 메밀국수를 전부 해치울 생각인지 젓가락을 내려놓을 기세도 없이 국물을 제 그릇에 마저 부었다. 소나기 같은 매미 소리로 뒤덮인 산에 머릿속이 절반쯤 푸르게 물들어버리자 모노이는 그러고 보니 어제도 이랬다고 생각하며 얼른 방바닥에 누워서 한층 탁하게 흘러가는 시간에 몸을 맡겼다. 아니나 다를까 "또 경마 궁리하느라 밤새우셨군요?"라는 약사 아주머니의 훈계조 목소리가 들렸다.

"아니야, 잤어요."

"어디 몸이 안 좋으세요?"

"배가 너무 불러서 그래요. 자려는 건 아니고."

물론 지금 잘 생각은 아니었다. 반으로 접은 방석에 왼쪽 얼굴을 괴고 눈을 감자 아래를 향한 왼쪽 눈이 깊은 동굴 속 구덩이가 되었다. 구실을 못하는 모노이의 왼눈은 원래도 동굴이 신체의 일부가 된 꼴이었지만, 지금은 그 구덩이에 지하수가 고이듯 뇌리를 스치는 온갖 장면이 똑똑 떨어져 모이고 있었다. 대개 옛 기억 속 장면들로, 논밭의 초록, 석산화의 빨강, 눈 덮인 평원의 창백함 등이 어른어른 떠오르다가 빨려들어가고, 이윽고 어두운 물에 녹아 색깔마저 잃어갔다. 지금 안와에 떨어지는 것은 매미 소리에 뒤덮인 여름산의 녹음이며, 그곳에서 숯가마에 넣을 나무를 베어내는 부모의 모습도 희미한 반점처럼 아른거렸지만, 기억 속에서 부모 형제들은 정말로 정토에 있는 양 희미하게만 나타났다. 때로는 양자로 나가 집에 없었던 오카무라 세이지가 반세기 전의 낡은 양복 차림으로 부모와 나란히 이로리 옆에 앉아 있기도 했다.

그렇게 온갖 색깔이며 형체가 떨어지고 나면 새카만 어둠이 돌아오고, 이어서 허기가 오장육부를 아프게 옥죄거나 서릿발 선 단단한 흙덩어리가 발바닥에 배겨서 몸뚱이가 뻣뻣이 굳어버린다. 그러고 있다 보면 결국 이 시간의 강이 마지막으로 다다르는 곳은 피안이라는 생각에 퍼뜩 놀라 깨어나는 것이다. 그렇게 현세에 목덜미를 꽉 잡힌 듯 일어나 앉으면 대개는 생각나는 대로 "20억"이라고 중얼거리거나, "이제 어떡하지?"라고 중얼거리거나 둘 중 하나였다.

모노이는 방바닥에 고쳐 앉으며 "20억"이라고 중얼거렸다. 6월 26일 밤, 요쨩이 일하는 오타 제작소로 전화를 건 한다 슈헤이가 "20억을 받았어"라고 짤막하게 알려준 그 순간부터 20억이란 이미 별다른 환희도 따르지 않는, 단순한 말의 울림에 불과했다. 전화로 소식을 알린 한다의 목소리도 그랬고, 함께 소식을 들은 요쨩도, 그뒤 만난 고와 누노카와도, 어떤 기분인지 정확히 알 수는 없지만 적어도 환희와는 거리가 먼, 뭐라 표현하기 어려운 반응을 보였다. 애초에 돈에 눈이 멀어 저지른 짓은 아닐지언정 20억이나 되는 현금 다발을 받아놓고 자신뿐 아니라 한패 모두 이런 꼴이라니, 참으로 가소롭고 얄궂은 기분이었다.

모노이는 다시 약간의 인내심을 짜내 "이제 어떡하지?"라고 읊조렸다. 그 자문의 대상은 현금 배분을 비롯해 각자 기존의 생활을 청산하는 방법이나 꼬리를 밟힌 만일의 경우에 대비한 마음의 준비보다 몇 발짝이나 가까이 있는, 번잡하고 자잘한 신변잡사의 집적이었다. 이를테면 13일 고라쿠엔에서 만난 누노카와의 절박한 목소리. 그러고 보니 고가쓰미도 신용금고를 그만두고 집안에서 운영하는 회사에 들어갔다고 6월에 들었는데, 그뒤로 어떻게 지내는지는 확실한 정보가 없다. 한다는 4월 중순부터 경찰의 미행이 붙었고, 모노이가 구체적으로 추량해본 적은 없지만, 언젠가부터 한다가 그에 반발하듯이 조금씩 폭력적으로 변하고 있다는 것은 범행의 추이를 지켜보며 느낄 수 있었다. 요짱은 예나 지금이나 변함없지만 가까이 지내는 탓에 또 나름대로 매일 신경이 쓰인다.

그리고 자신은 어떤가 하니, 처음 범행을 제안한 경위조차 이제는 잘 기억나지 않았다. 텔레비전이나 신문에서 시로야마 아무개의 얼굴을 질리도록 보긴 했지만, 저자를 납치했었군, 저자를 협박하고 있나보군, 정도로만 생각할 뿐 영 실감나지 않았다. 게다가 막상 돈을 받아내고 보니 쓸 곳이 없다. 무언가를 해냈다는 감개도 없다. 대체 나는 뭘 한건가 자문해도 답은 없었다. 낮잠을 자며 제 인생의 강이 어디로 흘러가는지 생각에 잠기고 주말이면 경마로 소일한다. 아니, 좀더 구체적으로 말하면 현시점의 제반 상황을 집약해보고는 '과연 범행이 발각됐는지 아닌지' 끊임없이 생각하지만, 한다 슈헤이와 접촉하기 어려워진 지금은 뭐라고 물어볼 상대도 없었다.

조금 기운 햇살이 앞마당을 달군 가운데 파리 한 마리가 윙윙거렸다. 여전히 이어지는 고등학교 야구 중계에 귀기울여보니 챙챙, 쿵쿵 하며 끊임없이 울리는 알프스스탠드*의 악기 소리는 이 나라 방방곡곡에서 들을 수 있는 축제 음악을 닮았다. 모노이는 백중을 맞아 잠시 내려왔다가 미처 정토로 복귀하지 못한 조상들의 혼에 둘러싸여 그 소리를 들으면서 "이승은 변함없이 이러합니다"라고 중얼거렸다.

모노이는 좁은 불단에 늘어놓은 위패들을 하나하나 수건으로 닦고 향을 피우고 촛불을 밝혔다. 서툰 법화경 염불 대신, 조상님들은 내년 백중에 다시 오실 때까지 못 듣겠지 싶어 텔레비전 볼륨을 올렸다. "타구 왼편 앞으로! 원바운드, 안타! 2루 주자 3루로! 노 아웃에 1, 3루가 되었습니다, 아오모리 야마다, 동점 기회입니다!"라고 중계하는 목소리를 거실에 남긴 채 모노이는 가게 앞으로 나와 나무에 물을 주고, 주말에 하코다테에서 열리는 경주의 출전마가 소개되는 잡지를 사러 게이큐 고지야 역까지 걸어갔지만, 날짜를 착각한 모양인지 잡지 발매일은 다음날이었다.

이튿날인 18일 금요일 오후 7시가 지나, 요짱과 이누코로 콤비가 이틀 만에 찾아왔다. 평소에는 공장의 좁은 뒷마당에 묶여 늘 땅바닥에 누워 있는 탓에 하얀 털이 누레진 이누코로는 "어이" "꼬마" "멍멍아" 등등 아무렇게나 불러도 꼬리를 살랑거린다. 하네다로 오는 날이면 뭔가 좋은 일이 있을 거라고 기대하는지 약국 앞에서 반갑게 꼬리를 친다. 그러다 뒷마당에 묶어놓고 저녁밥 잔반을 주면 또 헤프게 애교를 부리는 것이다.

6월 초 근처 대중탕이 문을 닫자 요짱은 거의 하루걸러 모노이의 약국으로 욕실을 쓰러 왔다. 오는 길에 상점가에서 생선구이나 부식을 사

---

* 전국 고등학교 야구 경기가 열리는 고시엔 구장의 응원석.

다가 모노이와 함께 저녁을 먹고, 텔레비전 프로야구 중계를 보고, 주말이면 출전마 분석을 안주 삼아 맥주를 마시다가 10시쯤 돌아간다. 오지 않는 날은 고지야 역 건널목 앞에 있는 파친코에서 폐점 시간까지 버티며 3,000엔 정도를 쓴다. 작년에는 하루 2,000엔이었지만 지금도 대단한 액수는 아니다. 일을 마치고 바로 가도 길어야 세 시간쯤 앉아 있는 게 전부니 따는 액수도 뻔했다. 7월 초에는 삿포로 경마에 이 주 연속으로 큰돈을 걸어서 보너스를 절반쯤 써버렸다는데, 그래도 나머지 절반은 공장 적금에 고스란히 들어가 있다.

작업복 차림의 요짱은 개를 마당에 묶어놓고 오면서 "은어 소금구이 사왔어"라고 한마디 던지고는 비닐봉지를 들고 부엌으로 들어갔다. 전기밥솥을 켜고 싱크대에서 채소를 씻는가 싶더니 다시 나와 욕실 가스 보일러 스위치를 켜고, 또 금방 포렴 너머 부엌으로 사라졌다. 이번에는 통통통 뭔가를 써는 소리가 들려서 모노이가 "뭘 만들어?"라고 묻자 "된장국"이라는 대답이 돌아왔다. 요짱은 호박 같은 여름 채소는 어떻게 먹어야 할지 모르겠다며 뭐든 된장국에 쓸어넣는데, 그래도 그럭저럭 먹을 만했고, 남은 것은 이누코로의 몫이 되었다.

먼저 씻고 나온 모노이가 요짱이 욕실에 있는 동안 누카즈케*를 준비해, 둘은 8시쯤 식탁에 마주앉았다. 텔레비전이 켜져 있지만 둘 다 밥공기 옆에 경마 전문지를 펴놓고 고개를 푹 숙인 채 젓가락질을 하는 것이 주말의 풍경이었다.

"9레이스는 어떡한다? 또 에이지프린스에 걸어?"

"지난주 모토이자카 도쿠베쓰**에서는 형편없던데. 틀렸어, 그 말은."

---

* 발효한 미강으로 담근 채소절임.
** 홋카이도 하코다테에서 열리는 경마.

"내일은 짧은 더트코스니까 또 모르지. 그나저나, 이 은어구이 사올 때 작은 봉지가 하나 붙어 있지 않았어? 초록색에 투명한—"

"그것도 먹는 거였어? 몰랐네." 요짱은 그렇게 말하며 부엌 쓰레기통에서 작은 비닐봉지를 주워왔다. 대충 행주로 닦아 모노이에게 건네주고 다시 신문을 당겨놓고는 "난 10레이스부터 걸어야지. 이번에는 지아즈스페셜이랑 스테이타스 중 하나가 이길 거야"라고 말했다. "나머지 한 마리가 문제인데— 막스밀러의 최근 기록이 67초라. 그럭저럭 괜찮은 편인가."

"7월 말 삿포로에선 슈퍼킬도 좋았어. 그로부터 이 주 만인데, 글쎄."

"그때 지아즈스페셜만 생각하면 열불이 나."

요짱은 맥주 두 캔을, 모노이는 소주 한 홉을 비웠다. 은어를 두 마리씩 먹고, 산파와 생강을 얹은 냉두부, 간 무, 반찬가게에서 사온 누타*를 위장에 집어넣는 동안 모노이의 출전마 검토는 11레이스까지 나아갔다. 여전히 "막스밀러냐, 슈퍼킬이냐" 하며 망설이는 요짱을 두고 모노이는 된장국을 다시 데우고 밥을 펐다. 요짱은 늘 모노이가 다 먹고 나서야 밥공기에 젓가락을 댄다.

범행을 위해 일 년 가까이 머리를 기르던 요짱은 7월 초 일이 일단락되자 냉큼 까까머리로 돌아가버렸다. 그러나 예전에 비하면 겉모습도 말끔하고 서른 살의 독신 남자치고는 착실하게 생활하는 편이었다. 범행 준비로 보낸 반년과 지난 3월 이후의 반년, 요짱도 나름대로 남들 눈에 띄지 않게 지내려고 신경써왔을 테지만, 그로 인해 이런 일상생활에서 어떤 충족감을 찾아낸 것이 아닐까 싶은 온화함이 생겼다.

아니, 온화하다고 말하면 소가 웃을 일일까. 저 멍하고 무표정한 얼

---

*채소, 해조류, 생선 따위를 잘게 잘라 식초와 된장으로 버무린 음식.

굴로 보통 사람이라면 다리가 후들거릴 납치며 감금을 함께 실행하고, 예상보다 엄청난 소동을 불러온 붉은색 맥주를 마흔 병이나 제작했으며, 범행에 사용한 도난 차량의 열쇠를 열 개 넘게 만들어냈다. 물론 세 번의 현금 전달 현장에서도 함께였다. 거의 심야에 움직였는데, 날짜가 되면 요짱은 늘 한 손에 세면가방을 들고 이누코로를 데리고 약국에 찾아와 개를 마당에 묶어놓고 뒷문으로 빠져나갔다. 모노이는 여느 때처럼 텔레비전을 크게 틀어놓고 포렴 아래 문지방에 요짱의 샌들을 가지런히 놓고서 애오라지 그의 귀환을 기다렸다. 마침내 미명이 되면 요짱은 역시나 조금 긴장한 표정으로 같은 뒷문으로 들어와서 별다른 말도 없이 목욕을 하고 샌들로 갈아 신고 이누코로와 함께 약국 문을 통해 나가곤 했다.

아니, 아마도 대부분은 타고난 천성에 따라 나름대로 머리와 신경을 써서 야수나 다름없는 폭력을 휘두르고 기계를 조작했을 뿐이었지만, 동료들과 공동작업을 하고 집단행동을 하면서 요짱은 분명히 조금씩 변해온 것이다. 구체적으로 무엇이 변했다고는 모노이도 말할 수 없지만, 요짱이 어떤 유의 정신적 안정을 찾은 것이 사실이라면, 레이디 조커는 적어도 요짱에 관한 한 기묘한 마무리를 맺은 셈이었다.

하지만 정작 돈에는 흥미가 없어 보이는 것은 여전해서, 돈을 언제 나누느냐고 물어보지도 않고, 그런가 싶으면 어느새 공동묘지 분양 팸플릿을 모으고 있고, 나 같은 놈이 일시불로 내면 의심할 테니 신용금고에서 융자를 받아야겠다고 말하기도 했다. 그런 면을 보면 일상생활은 역시 겉으로만 멀쩡해 보이는 것일 뿐, 그를 범죄에 끌어들였다는 찝찝함을 떨칠 수 없는 모노이는 솔직히 자잘한 걱정이 끊이지 않는 기분이었다. 아니, 걱정이라고 해도 부모의 그것은 아니다. 아니, 요즘은 정말 친자식처럼 느껴질 때도 있지만, 이것이야말로 세상 부모들이 웃을 일이 아닐까.

요짱이 신문을 고쳐 접고 그제야 11레이스에 출전하는 '홋카이한데' 가 실린 부분을 펼쳤다. 모노이가 "밥부터 먹지그래"라고 말하자, 그는 "1위는 브라이트선데이가 연승하겠지"라고 중얼거리며 된장국을 데우러 부엌으로 갔다가, 곧 냄비를 들고 돌아오면서 "2위 이하가 혼전일 것 같은데. 모노이 씨는 어쩔 거야?"라고 묻고는 자리에 앉아 먹기 시작했다.

"홋카이한데는 재작년이랑 그 전년도에도 만승마였는데. 나는 그런 인기마는 상대 안 해. 어때, 직접 끓인 된장국은 먹을 만한가?"

요짱은 허를 찔린 듯 고개를 들더니 "그냥, 뭐"라고 대답하고 다시 고개를 숙였다. 언제였던가, 된장국은 한참 끓여 국물을 우려내야 맛있다고 하면서 시범을 보이자 요짱은 기계라도 관찰하는 눈길로 모노이의 손놀림을 유심히 지켜보다가 세상에는 자기가 모르는 게 참 많다고 한 적이 있었다. 고아원에서 자랄 때는 이런 된장국을 먹어보지 못했다는 말도 덧붙였다.

"그나저나, 고 가쓰미는 요즘 어떻게 지내나?"

"만난 적 없어."

"휴대전화로 연락하지 않아?"

"요즘은 특별히 볼일이 없어서. ―아, 곧 결혼한대."

신문 위로 고개를 숙이고 있던 요짱의 말에 모노이는 내심 깜짝 놀랐다. 뜻밖이라는 생각을 하면서 "동족 여자래?"라고 물었다.

"그렇겠지. 물어보진 않았지만."

"좋아하는 것 같던가?"

모노이가 묻자 요짱은 다시 잠깐 고개를 들고 질문이 무슨 뜻인지 모르겠다는 표정을 지으며, "자기는 별로 관심 없다던데"라고 대답했다.

"부모가 정해준 배필인가보군."

"총각한테는 가업을 물려주지 않을 테니까."

"그건 그렇겠지."

모노이는 도코로자와에 있는 돈다발을 어떻게 해야 하지 않을까 하는 생각에 현재 가장 자유롭게 움직일 수 있는 고 얘기를 꺼냈던 것이지만, 예상치 못한 이야기를 듣고 납득하느라 현금 얘기는 다시 미뤄두게 되었다.

고 가쓰미가 6월에 신용금고를 그만둔 것은 집안에서 운영하는 후요 산업이라는 회사를 물려받아서인데, 일족을 대표해 연매출 100억 엔대 중소기업의 사장이 되었으니 일단은 잘 풀린 것처럼 보였다. 본인은 모른 척하고 있지만 7월에 한다가 알려준 바로는 고의 지인이 히노데 주식으로 10억을 벌었다니, 작년 가을 타계한 할머니의 유산 상속 건도 야쿠자의 힘을 빌려 잘 해결했을 것이 틀림없었다. 그런 의미에서는 고 역시 당초의 목적을 달성한 셈이었다.

6월 중순 모노이가 마지막으로 윈즈에서 보았을 때는 보디가드로 보이는 남자 둘을 달고 다니는 것이 그야말로 야쿠자 풍모가 역력했지만, 완전히 딴사람이 되었느냐 하면 꼭 그렇지도 않아서, 요짱과는 여전히 전화로 잡담을 나누고 말투도 예전과 다르지 않다고 했다. 7월 초에는 요짱을 통해서, 경찰 때문에 꼼짝 못하는 모노이와 한다 대신 각자의 몫을 적절한 곳으로 옮겨줄 수도 있다, 뭣하면 우리 회사 명의로 장부 외 계좌를 만들어 넣어두어도 된다는 말을 전했고, 모노이는 생각 끝에 아직은 때가 이르니 더 기다려달라고 답했는데, 그때도 정말 그런 이유로 거절한 것일 뿐 고의 선의를 의심하지는 않았다.

하지만 가마타에도 서 있는 후요 산업 빌딩의 네온사인을 볼 때마다 모노이는 이미 돈에 부족함이 없을 고의 인생에 조금은 위화감을 느끼고, 그 더럽혀진 손으로 신부를 맞는다는 이야기까지 듣고 보니, 세상에는 그런 인생도 있겠지 하는 모호한 결론에 다다르는 수밖에 없었다.

요짱은 된장국과 밥 한 공기를 쓸어넣고는 상에 어질러진 접시를 재빨리 그러모아 일어섰다. "케이에프페가수스가 5월쯤에는 한 번 우승할 줄 알았는데, 좀 어려우려나. 올림피아히류 쪽이 더 가망 있나? 아, 내가 설거지할 테니까 모노이 씨는 어떻게 할지나 생각해봐. 치고 나올 법한 마필은 7번 비콰이어트 정도니까, 선행한 말이 그대로 골인하는 레이스가 될 것 같은데, 내가 보기엔."

"비콰이어트? 그런가―"

모노이는 한 손에 신문을 들고 방바닥에 드러누웠다. 요짱은 설거지를 하면서 남은 된장국에 생선 뼈며 달걀을 넣고 개밥을 만들어 그릇에 옮겨 들고 마당으로 내려갔다. "어이, 꼬맹이, 밥 먹어." 요짱이 부르자 이누코로는 연갈색 꼬리를 휙휙 돌리며 깡충거렸다.

"아, 모노이 씨. 역시 3, 8, 9가 선행할까, 아니면 6, 8, 9?"

"적어도 8, 9가 선행하고 7이 치고 나오는 그림이 그려지는데―"

"역시, 아마 그렇겠지."

"그런데 내일은 누노카와가 올지도 몰라. 지난주에 잠깐 봤는데, 상의할 일이 있다더군. 그 친구도 운전 일을 그만뒀대."

"내가 마지막으로 본 건 미나토미라이에서였어. 6월 24일."

"어때 보이던가?"

"그날 다마가와 강변에 세워둘 차를 가져오기로 했는데 늦는 바람에 내가 번호판을 바꿔 달 시간이 없었어. 그래서 한다 씨가 뭐라고 하니까, 부인이 입원을 했다나. 난 얼핏 듣기만 했지만."

"병이야? 사고?"

"가스를 마셨다나봐."

일을 그만둔 이유가 그것이었나. 듣고 보니 이해는 되지만 지지리 복도 없다 싶어 누노카와가 딱해졌다. 작년부터 부인이 병원을 드나든다는 소식은 들었지만 자살을 기도할 만큼 악화되었을 줄이야. 마침내 누노카와가 사라질 날이 초읽기에 들어간 건가. 불쑥 그런 생각이 드는 한편으로 모노이는 도코로자와에 쟁여둔 현금을 어떻게 하나라는 고민으로 다시 끌려왔다. 여하튼 현금이 손에 들어오면 누노카와의 기분도 조금은 달라질 것이다.

"레이디는 어떻게 지내는지."

요짱은 문득 생각난 것처럼 그렇게 중얼거리고 다시 부엌으로 들어갔다. 곧 부엌칼 가는 소리가 들려왔다. 모노이도 전에는 날붙이만 보면 자연스럽게 숫돌로 손이 갔다. 마음을 조금 가라앉혀주는 칼 가는 소리를 들으며 모노이는 한데 나의 악귀는 오늘 심기가 어떠신가 하고 제 가슴속을 살폈다. 3월 이래 그는 한 발짝도 움직이지 않고 내내 이 방바닥에 앉아 있었고, 악귀도 본성을 드러낼 기회 없이 늘지도 줄지도 않은 채 숨죽이고 있는 듯했다. 지난 한 해 불온함이 일상이 된 가운데 한시도 느슨해질 새 없이 지속되는 악의나 분노의 웅성거림은 적어도 그날 밤은 평온했다. 그러나 그 악귀의 웅성거림도 하루가 끝나는 시간에는 점점 혼탁해지다가, 유유히 흘러가는 시간의 강에 삼켜져 형체조차 사라졌다.

11시에 요짱과 이누코로가 돌아가고 혼자 남은 모노이는 이부자리 펴는 것도 잊고 방바닥에 한참 앉아 있었다. 불단을 바라보니 요즘 빈번하게 들려오는 고향 뒷산의 왕성한 매미 소리가 다시 희미하게 귓가를 맴돌고, 이미 텅 비어 꽃 한 송이 없는 묘소의 풍경과, 그 뒤쪽 동산 너머로 구름처럼 뽀얀 안개에 싸인 핫코다 산의 봉우리가 눈앞에 아른거렸다. 이 불단에 비좁게 늘어선 조상의 위패들은 얼마나 답답할까.

이왕이면 헤라이 산을 바라보고 싶으실 테지. 이렇게 말하는 나만 해도 그런데. 그런 혼잣말에 이어 모노이는, 기다리는 것도 늦가을까지만이다, 라고 멍하니 생각했다.

범행이 발각됐는가, 아닌가. 상황을 살피며 기다리는 것도 늦가을까지다. 눈이 내리기 전 사전답사 겸 헤라이무라에 가서 이 몸의 귀향이 현실적인 선택인지 검토해보는 것은 여름 전부터 막연하게나마 해오던 생각이었다. 아침저녁으로 묘를 돌보고 합장을 하고, 낮에는 고마코를 닮은 서러브레드 암말 한 마리가 풀을 뜯는 동안 근처 밭에서 마늘이나 무의 새싹을 솎아준다. 정말로 그렇게 살 수 있을까. 연금과 저금 말고는 약국뿐인데, 처분하면 얼마나 나올까. 그런 계산을 하면서 모노이의 머릿속 달력은 하루하루 또렷해져갔다.

그래, 이참에 서류상으로나마 요짱을 양자로 들이면 어떨까. 약국이 바로 나가지 않으면 남에게 세를 주느니 요짱더러 들어와 살라고 해볼까. 그것은 모노이에게 지극히 현실적인 선택지였다.

설령 내일 체포된다 해도 이런 계획들은 백지로 돌려버리면 그만이고, 딱히 잃을 것도 없다고 스스로 곱씹고 나서야, 모노이는 취침 전 문단속을 하려고 일어섰다.

*

8월 19일 오후 1시, 한다 슈헤이는 탐문 수사 파트너와 함께 기치조지 역 앞 상점가에 있었다. 일 분 전 "두 시간만 좀 나갔다 올게"라고 말하자 지난주까지는 그냥 넘어가던 파트너가 그날따라 유난히 "그러지마" 하며 만류했다. 한다는 이유를 묻지 않았다. 이번주 들어 제 파트너에게 쏠리는 내부의 시선이나 행적 조사의 기미를 눈치챘거나 귀띔을 받은 것일 테지. 그런 생각이 스치자 순간적으로 눈앞의 얼굴을 때려눕히고 싶은 충동을 느꼈지만 실제로는 코웃음만 쳤다.

"오, 그래? 여기서 점수를 더 잃으면 자네 같은 친구는 가망이 없겠지. 암, 열심히 일해서 주택 대출금 갚아야지. 나는 간다."

한다는 파트너를 버리고 혼자 역 쪽으로 걸어갔다. 사거리 건널목을 성큼성큼 건너가 티켓 발매기에서 스이도바시까지 표를 끊었다. 근무 중 탈선할 때 경찰 신분증을 쓰지 않는 것은 오랜 습관이었지만 지금은 좀더 적극적인 동기가 더해졌다. 신분증 자체에 신물이 나고, 그것을 개찰구에 보여주는 데도 신물이 난 것이다. 가만히 생각해보면 모순도 이런 모순이 없었지만 습관의 연장으로 치고, 여하튼 그날도 망설임 없이 제 돈으로 차표를 끊었다.*

전광판을 올려다보니 마침 도쿄행 쾌속이 일 분 뒤 도착한다고 떠 있어서 역시 망설일 새 없이 플랫폼으로 계단을 뛰어올라갔다. 순간 15미터쯤 뒤에서 행적 조사 놈들도 뛰어오고 있겠다는 생각이 얼핏 스쳐서 젠장, 아슬아슬한 시간에 뛰었으면 따돌릴 수 있었을 텐데, 하고 후회했지만 이미 늦었다. 한다가 플랫폼에 오르고 아마 행적 조사조도 적당한 거리를 두고 쫓아온 뒤에야 전철이 들어왔다.

한다는 전철 안에서 여느 때처럼 경마 신문을 펼쳤지만 글자들을 좇을 여유는 없었다. 우선 기치조지에 두고 온 파트너의 얼굴을 천천히 떠올렸다가 손끝으로 찌부러뜨리며 생각했다. 오늘 아침까지는 눈빛이나 언동으로 보아 제 신변에 수사의 손길이 미치고 있음을 아는 듯한 가마타 서 형사과 사람은 강력반 계장과 과장대리와 과장 세 명이라고 생각했는데. 그렇군, 이야기가 좀더 널리 퍼져 있었단 말인가. 그렇

---

* 일본 경찰은 업무중 전철을 무료로 이용할 수 있다.

대도 각오를 더 다지면 될 일이지만, 파트너의 모호한 눈빛은 이상하게 신경에 거슬렸다.

경찰 내부인에 대한 수사는 정말 중대한 일일 경우에는 오히려 마지막까지 철저히 누설하지 않는 것이 통례다. 그런데 지금 자신에 대한 소문이 돌고 있다는 건 그것이 누설돼도 좋을 만한 내용으로 추락했다는 뜻이다. 이를테면 흔히 찾아볼 수 있는 언론 관계자와의 내통, 소소한 횡령, 조사실에서의 피의자 폭행, 수사 서류 날조, 여자 문제, 사채 이용 등등. 그런 잡다한 의혹이 떠돌고 있단 말인가 싶어 온몸의 털이 곤두섰다가, 나중에 진상을 알고 놀라 자빠져보라지 생각하며 어떻게든 기분을 가라앉혔지만, 굴욕감은 한동안 들러붙어 떨어질 줄 몰랐다.

실제로 한다는 이상하게도 주눅든 적이 한 번도 없었지만, 계획을 무사히 일단락한 지금은 몇 가지 오산이 있었음을 인정하지 않을 수 없었다. 히노데 사장을 노리는 이상 모노이 세이조가 일찌감치 수사선상에 오르리라는 것은 짐작했으나, 그 모노이와 표면적인 관계가 전혀 없는 자신에게 거의 같은 시기 행적 조사조가 붙은 것은 매우 뜻밖이었다.

혹시 해당 수사본부에 잠깐 차출되었던 것도 자신을 가까이서 관찰하기 위해서였나 하는 생각이 들었지만, 어쨌든 백중절이 지나도 호출이 없는 것을 보면 임의로 조사를 진행할 만한 물증은 없는 것이 분명했다. 그런 생각은 지금도 흔들리지 않았고, 한때 특수본부에서 보고들은 것을 통해서도 자신들이 거의 완전범죄를 해냈다는 확신을 굳혔다. 문제는 그렇다면 행적 조사의 근거가 어디서 나왔느냐는 점인데, 한다가 넉 달 동안 머리를 이리저리 쥐어짜도 답은 나오지 않는 상황이었다.

단적으로, 대체 왜 현직 형사에게 혐의가 걸렸을까. 행적 조사가 4월 중순 시작됐다는 점을 볼 때, 이유는 3월 24일의 사장 납치밖에 없다.

의혹을 피하려고 일부러 당직 근무일을 골랐고, 때마침 관내에서 부녀자 폭행사건이 발생해 산노에서 멀리 떨어진 니시로쿠고로 출동했는데, 실제로 오후 10시 전후 동료와 함께 니시로쿠고에 있었던 자신에게 왜 혐의가 걸렸단 말인가.

물론 범행에 대비해 경찰 무선을 듣고 있었고, 산노 역 앞 파출소의 순찰대가 시로야마 사장의 집 근처를 벗어나는 타이밍을 계산해 일당에게 공중전화로 알려준 것은 사실이지만, 당연히 그때 동료 형사는 탐문을 나가고 옆에 없었다. 아무리 생각해봐도 자신에게 행적 조사가 붙은 이유를 알 수 없었고, 알 수 없다는 사실 자체가 당혹스럽고 초조함을 불러일으켰다.

결국 혐의를 건 놈이 나보다 머리가 좋다는 것인가. 형사로서 내 능력은 기껏해야 이 정도고, 특수본부 놈들은 몇 수 위라는 말인가. 아마 그럴 거라고 인정하면서도 집요하게 생각을 이어가다보니 한 가지 말이 되는 가설이 나오긴 했다. 그래, 경찰이 수시로 순찰하므로 집 앞에서 사장을 납치하기란 원래 불가능에 가까운데, 이들은 경찰 무선을 방수했기에 가능했다는 사실을 누군가 일찌감치 간파해낸 것이다. 실제로 3월 3일, 10일, 17일 연달아 세 차례 납치를 시도했지만 순찰대가 부근을 어슬렁거려서 실행에 옮기지 못하다가, 네번째인 24일에야 순찰대가 자리를 비운 틈을 타 성공할 수 있었다. 경비가 엄한 시로야마 사장의 집에서 어떻게 범행이 가능했는지 생각하던 누군가의 머릿속에 경찰 무선이 떠올랐다면, 그자에게는 감탄하지 않을 수 없다.

여하튼 넉 달이나 행적 조사를 하면서도 호출하지 않는 것은 필시 물증이 없어서다. 6월 24일 세번째 현금 전달을 시도하면서 기누타시모정수장 앞에 세워놓았던 흰색 파밀리아. 그것은 여지없는 실수였고, 차 소유주와 도난 장소가 밝혀졌으니 누노카와가 절도범이라는 사실이 드러날 가능성도 없지 않았지만, 지금 와서 생각해보면 아마 누노카와를 특정할 만한 목격 증언이나 물증을 확보하지 못했던 거라고 결과론적인 판단을 내릴 수 있다.

그것 말고 또 물증이 있을까? 없다.

색소를 넣으려고 마련한 맥주 마흔 병은 석 달간 띄엄띄엄 사 모은 것으로, 구입 장소나 구입자를 알아낼 수 없는 대량 판매품이다. 홍국균 색소도 시판 제품이었다. 병뚜껑에 구멍을 뚫을 때도 송곳이나 금긋기 핀, 쇠못 등 다양한 도구를 쓰고 특수한 재료는 일절 사용하지 않았기에 이물질 혼입 맥주라는 물증에서 용의자를 가려낼 가능성도 전혀 없다. 범행에 사용한 도난 차량 중 사장 납치에 사용한 밴과 예의 흰색 파밀리아는 현물 그대로 방치해야 했지만 청소는 완벽하게 해두었다. 세번째 현금 전달 당시 미나토미라이21에서 여자를 납치할 때 사용한 타운에이스는 바다에 가라앉혔다. 따라서 차량 쪽에도 거의 문제가 없었다.

시로야마 사장의 손에 건너간 두 통의 편지에도 단서를 남기지 않았다. 히노데와의 연락에 사용한 PC통신은 고 가쓰미가 훔친 남의 패스워드로 공중전화에서 접속했으니 발신 장소를 알아내도 의미가 없다. 산노 2번가 버스정류장 가로등에 붙인 흰색 테이프가 5월 초 한 번 사라져서 당황하긴 했지만, 특수본부에서 테이프 얘기는 한마디도 나오지 않았고, 다시 테이프를 붙였을 때 시로야마가 응답한 것을 보면 지나가던 사람이나 청소부가 우연히 발견하고 떼어낸 것으로 짐작되었다.

나아가 그 흰색 테이프를 확인한 시로야마가 지정된 공중전화로 연락했을 때의 목소리는 난감하기 이를 데 없으면서도 한편으로는 뒷거래를 성사시키고 싶다는 절실함이 느껴져서, 히노데 맥주 사장이 이렇게 절박하고 서글픈 목소리를 다 내는가 싶어 저도 모르게 귀기울였을 정도였다. 그 목소리나 실제로 20억을 보내온 것으로 짐작건대 시로야마가 경찰에 어떤 정보를 흘렸을 가능성은 전무할 터였다.

인맥 쪽은 어떨까. 행적 조사가 붙은 사람은 모노이와 한다 둘뿐이지만, 한다는 모노이와 자신의 연결고리는 앞으로도 드러날 일이 없다고 확신했다. 오랫동안 경마장에서 만나왔지만 머릿속에 레이스 생각뿐인 십만 관중 가운데 누가 그들을 눈여겨보았으랴. 하네다의 약국에도 쇠락한 상점가에 인적이 끊기는 심야에만 들렀으니 역시 걱정할 것 없었다.

한편 요짱과 모노이의 빈번한 교유와 요짱 개인의 전반적인 생활상에는 수사의 눈길을 끌 만한 요소가 전혀 없다. 모노이, 요짱, 고 가쓰미, 누노카와 준이치, 그리고 자신까지 다섯 명 사이에는 사회적 물리적으로 드러날 만한 연결고리가 없기에 더없이 범행에 유리하다고 처음부터 계산했듯이, 적어도 연고감 수사를 통해서는 일당의 면면이 밝혀질 가능성이 없다는 것이 재삼재사의 결론이었다.

동기. 이 역시 알 길이 없다. 실행한 본인들조차 마땅한 대답이 없는 마당이었다.

마지막으로 개개인의 문제. 금전 때문에 다툼이 생길 일은 앞으로도 없으리라 단언할 수 있지만, 누노카와와 고 가쓰미는 신변에 조금 문제가 있어 보였다. 누노카와가 잠수를 타는 거야 본인 마음이지만 파밀리아 절도 건으로 가쓰도키 주변에서 탐문 수사가 진행된 뒤로 심약한 그가 정신적인 공황을 겪고 있는지라 어디선가 무너질 가능성도 없지 않았다.

한편 고 가쓰미는 당초의 목적을 이루고 평온을 찾은 듯 보이지만, 야쿠자 쪽과의 관계는 여러 의미에서 여전히 주의를 요했다. 특히 사건에 편승해 세이와회 계열 총회꾼이 움직였다는 정보가 들어와 각 관할서에서 관내 세이와회 사무소의 압수수색 등을 진행하는 상황이라, 고

가쓰미와 세이와회의 끈이 어디서 드러날지 예단할 수 없었다.

그 고 가쓰미와 오늘 고라쿠엔 윈즈에서 만날 예정이었다. 일전에 그가 먼저 만나고 싶다고 휴대전화로 연락한 것이다. 이런 시기에 무슨 일로 만나자는 것인지 신경이 쓰이지 않는다면 거짓말이었다.

그리고 한다 자신은 어떤가 하면, 물론 무너지지 않을 자신은 있지만, 제 안에 채 해소되지 못한 울분이 고여가고 있음이 느껴졌다. 행적 조사라는 최대의 오산으로 애초의 계획이 크게 틀어져버렸고, 내사당하며 일해야 하는 예상치 못한 결과 때문에 계획을 달성했다는 흥분조차 끝내 맛볼 수 없었다. 개인적으로 가장 기대한 부분은 범행의 국면마다 경찰 간부가 경악하고, 현장에서 저 고다 유이치로가 괴로워하는 모습을 상상하는 것이었는데, 자신에게 행적 조사가 붙고 나니 그런 상상도 우울하기만 할 뿐 처음 생각했던 쾌락과는 거리가 멀다는 것이 솔직한 심정이었다.

그것이 분한 감정을 부르고 울분으로 화해 뱃속이 끊임없이 욱신거렸지만, 이제는 그것을 물리쳐버릴 기세로 범행이 어디까지 파악되었는지 탐색하는 시간이 시도 때도 없이 찾아왔다. 나아가 조만간 호출당해 조사받을 때 어떻게 시치미뗄까 생각하다가, 문득 흠칫 놀라며 물증이 없는데 어떻게 호출하겠느냐고 생각을 고쳐먹곤 하는 것이었다.

그러나 좀더 정확하게 말하면, 한다는 스스로를 냉정하게 해부하며 결국 나는 이런 상태를 즐기는 구석이 있구나 인정하기도 했다. 특수본부가 최소 네댓 명은 되는 것으로 보이는 레이디 조커를 한 명도 잡아내지 못하고 한 현직 형사의 행적 조사나 하고 있다고 생각하니 자못 쾌감이 느껴지고, 그런 형사를 거느린 경찰 간부가 자칫하면 자신도 징계당할지 모른다는 각오로 하루하루 이를 갈고 있으리라 상상하면 우습고 유쾌했다. 더구나 제 안을 속속들이 들여다봐도 현재로서는 체포에 대한 공포나 걱정이 없다는 사실이야말로 가장 커다란 쾌감이라 할 수 있었다.

다만 그것은 어디까지나 자신의 이야기일 뿐, 모노이를 비롯한 다른 이들을 생각하면 범행이 발각되는 것은 역시 곤란한 일이었다. 그들의 얼굴이 떠오르기 무섭게 다시 초조함이 고개를 들고, 범행이 과연 어디까지 드러났을까 하는 고민에 빠지기를 반복했다.

결국 한다는 이런저런 번민에서 도망치지 못하는 스스로를 짜증스러워하며 전철에서 반시간을 보냈다. 스이도바시 역 서쪽 출구로 나온 뒤에야 신문의 출마표를 펼쳐보았지만 그것도 반쯤은 습관에 따른 조건반사였다. 예전 같으면 역 건물 앞길에 서 있는 경마 입간판이며 도로 건너편에 우뚝 솟은 윈즈 건물, 그곳으로 건너가는 육교의 인파가 시야에 들어온 순간 머리도 기분도 자연히 레이스로 가득찼을 텐데, 올여름은 아무래도 그러지 못했다. 뒤따라오는 행적 조사조의 기척을 끊임없이 신경쓰며 장내에서 기다리는 동료와 어떻게 접촉할지 궁리하는 데 정신이 팔려 레이스를 즐길 계제가 아니었다. 더구나 행적 조사조에는 근무중 일탈하면서까지 경마에 열중한 것처럼 보여야 하는데 그런 연기도 쉽지 않았다. 그리고 이렇게 건성으로 마권을 사봐야 잃을 게 뻔하다.

여름이라 한산한 편이라고 해도 일요일의 백화점 못지않은 인파로 붐비는 육교를 건너가면서 한다는 신문을 뒤집어 9레이스, 10레이스, 11레이스 출전마를 대충 살펴보았다. 출전마를 소개하는 글자들이 대낮의 햇살에 날아가버리는 통에 그제야 선글라스를 꺼내 썼다.

먼저 9레이스. 한다가 아는 마필은 초봄에 후추와 나카야마에서 고만고만하게 달리던 탑아리온과, 지난주 하코다테에 출전한 에이지프린스, 지지난주 역시 하코다테에 출전한 가가미레일뿐이었다. 그외에는 후쿠시마나 주쿄에 나오던 말이나 삿포로에 출전했지만 기억이 거의 나지 않는 말들이라 이번 레이스에서는 성과를 바라기 힘들겠다고 판단하고 출발 직전 감에 따라 마권을 사기로 했다. 다음 10레이스. 여기선 지아즈스페셜이나 스테이타스 중 하나가 이길 것이다. 달리 겨룰 만한 말을 찾아보려 해도 혼전이 예상되어 예측이 어렵고, 한가롭게 생각하고 있을 인내심도 없어 그냥 무난하게 1, 2번 인기마로 결정했다.

다음 11레이스. 1착은 브라이트선데이일까? 2착을 예상하려다 머릿속이 혼란스러워져 2시 오 분 전이라는 시각만 확인하고 일단 신문을 접었다. 어느새 윈즈 입구에 도착하는 바람에, 3층에서 기다리고 있을 사람과 과연 탈없이 접촉할 수 있을까 하는 눈앞의 과제에 집중해야 했다. 게다가 그 상대가 이제는 완전히 재일조선인의 세계로 가버린 고가쓰미인지라, 형사의 머리로는 극복하기 어려운 각종 위화감이 고개를 쳐들어 공연히 더 긴장되었다. 최악의 경우 조총련 간부인 그의 부모 때문에 공안이 미행을 붙였을 가능성도 있지만, 그런 쪽으로는 자기보다 더 정보가 빠를 고가 먼저 여기서 만나자고 제안한 것을 보면 아마 걱정할 필요는 없을 것이다. 시기가 시기니만큼 그렇게 낙관하지 않으면 선뜻 만날 수 없는 상대였다.

한다는 에스컬레이터를 타고 3층으로 올라가 인파에 섞여 발매소로 들어섰다. 모노이와 비슷한 노인의 뒷모습을 얼핏 본 것 같았지만 혹시 몰라 그냥 지나쳤다. 고는 "새먼핑크색 셀린 핸드백을 든 여자와 같이 있겠다"고 했다. 일전에 통화하며 그 말을 들었을 때는 셀린은 뭐고 새먼핑크는 또 뭐냐며 어이없어했지만, 여자를 동반하는 것이 가장 좋은 위장임은 틀림없었다.

그나저나 여자와 함께라면 오늘은 얼마나 요란한 옷차림으로 나타나려나 생각하면서, 새먼핑크색 핸드백을 곁눈으로 찾으며 투표 카드를 받아들고 9레이스 배당률이 뜬 모니터 아래 가서 섰다. 출전마와 모니터 화면을 견주어보고 메모로 가득한 남의 신문도 들여다보면서 시야에 새먼핑크색 이물질이 들어올 때까지 조금씩 자리를 옮기다보니, 마침내 정면에 늘어선 창구 중간쯤에서 문제의 핸드백이 눈에 띄었다. 흰색 정장을 입고 갈색 머리를 등뒤로 늘어뜨린 젊은 여자였는데, 그 옆의 폴로셔츠 입은 남자는 뒷모습만 봐도 고임을 알 수 있었다. 요란하기는커녕 맥빠질 만큼 평범한 차림이었다.

일단 거기까지 확인하고 한다는 투표 카드부터 작성했다. 지지난주 걸었던 2번 인기마 가가미레일과, 휴양에서 돌아온 탓에 완전히 미지수인 말라킴주니어에게 버리는 셈치고 1,000엔. 그리고 여자와 함께 있는 고를 일부러 스쳐지나 바로 옆 창구에 줄을 섰다. 몇 분을 기다려 마권을 사고 중앙 모니터 쪽 인파에 섞여서 잠시 서 있자니 비스듬히 뒤쪽에서 "오늘 덥네"라고 말하는 고의 목소리가 들렸다. 뒤를 보지 않아서 여자가 같이 있는지는 알 수 없었다.

"약혼자야?"

"회사 직원."

"괜찮은 회사군."

"그럼 우리 회사로 오든지."

모니터는 워밍업을 끝내고 게이트로 향하는 말들을 비추었다. 한다가 버리는 셈치고 돈을 건 6번 말라킴주니어는 아예 관심 밖인지 비춰주지도 않았다. 출발 직전의 팡파르를 들으며 한다는 "레이스 끝나고 얘기해"라고 말했지만, 그 말은 "하코다테 경마 9레이스, 다치마치미사키 도쿠베쓰, 1000미터 더트코스, 아홉 필이 겨룹니다"라는 실황 중계 소리에 지워져버렸다. 모니터에서 내려오는 그 소리와 동시에, 한다는 제 목덜미 옆에서 속삭이는 고의 목소리를 들었다.

"한번 더 안 할래?"

반문할 틈도 없이 "출발했습니다. 먼저 바깥쪽에서 8번 가가미레일이 치고 나가고—" 하는 중계에 한다는 저도 모르게 모니터를 응시했다. 그러나 화면에서 흔들리는 기수들의 색색 모자를 구별하기도 전에 방금 들려온 고의 한마디를 곱씹고 "뭘?" 하고 되물었다.

"붉은색 맥주."

잘못 들었을 리는 없었다. 한다는 '붉은색 맥주'라는 한마디가 귓속에서 날뛰게 놔둔 채 레이스 상황을 눈으로 좇았다. "3코너, 커브를 마치고 앞서 달리는 에이지프린스, 가가미레일. 반 마신 늦게 말라킴주니어, 그 뒤에—" 기대도 하지 않은 말라킴주니어가 선행마에 따라붙고 있다. 그 모습을 멍하니 바라보며 머릿속 어딘가로 '붉은색 맥주가 어쨌다는 거지?' 생각했다. 레이스는 4코너를 돌아 직선주로로 접어들었다. "에이지프린스가 처집니다. 가가미레일과 말라킴주니어가 선두로 나란히 치고 나옵니다. 에이지프린스 처집니다. 4마신에서 5마신 차. 골 앞에서 누가 앞서느냐. 가가미레일이냐, 말라킴주니어냐. 거의 나란히 달리지만 말라킴주니어가 조금 리드하기 시작합니다. 시계 59초 8, 마지막 4펄롱타임 47초 1—"

한순간 주위에 무거운 한숨이 흐르고 한다의 결과는 6-8로 대박이 났다. 그러나 흥겨운 기분은 들지 않았다. 환불금 표시가 나오기를 기다리는 인파 속에서 그는 "알아듣게 말해봐"라고 빠르게 속삭였다.

"기업에서 돈을 뜯는 건 아니야. 주식으로 버는 거지."

"주식으로 10억을 벌고도 부족한가?"

그렇게 물으면서 한다는 '이놈은 필시 야쿠자한테 약점을 잡혔거나 코가 꿰인 거다'라고 상황을 파악했다. 후회한들 이미 늦었다는 것은 잘 알지만, 왜 이런 놈을 한패로 받아주었는지 무용한 자문이 들었다.

"한번 더 붉은색 맥주를 만들면 어때? 몫으로 5퍼센트를 보장할게."
고가 말을 이었다.

"어떤 패와 손잡은 거야?"

"기업과 접촉하지는 않으니 히노데 때보다 훨씬 쉬울 거야."

"누구와 움직이는지 말하기 전에는 어림없어."

"하겠다면 말할게."

"그럴 필요 없어. 자네와는 이걸로 끝이야."

모니터에 묶음번호 연승 환불액이 4,110엔으로 표시되었다. 확인하고 자리를 뜨려는데 뒤에서 "맞혔어?" 하는 고의 목소리가 들렸다. "어이, 잠깐 마권 좀 보여줘." 어딘지 예전의 고로 돌아간 듯한 아이 같은 말투와 방금 들은 이야기의 격차에 조금 당황하며 한다는 마권을 슬쩍 뒤로 내밀었다. 이 초 뒤 "여기" 하며 마권을 돌려주고 고는 자리를 떴다. 그 기척을 느끼고야 여자가 같이 없다는 걸 알았지만, 그런 건 이제 아무래도 상관없었다.

상상도 못한 새로운 문제에 머릿속을 정리하고 싶어 마음이 급했지만 일단 환불기 쪽으로 가서 몇 사람 없는 짧은 줄에 섰다. 앞에 한 명만 남았을 때 별생각 없이 제 손에 쥐어진 마권을 들여다보았다. '묶음번호 연승 6-8☆☆1,000엔'이라고 적혀 있어야 할 마권이 놀랍게도 '박스 2, 6, 8 각조☆10,000엔'으로 바뀌어 있었다. 졸지에 고한테 당했음을 알아챘지만, 이미 사라져버린 사람을 찾으려고 뒤돌아보는 것은 가까스로 참았다.

손안의 마권은 41만 엔이나 돌려받을 수 있는 물건이었다. 한다가 늘 묶음번호로 최소 단위만 산다는 것을 알고 41만 엔이나 되는 돈을 그냥 주면 한다가 절대 받지 않으리란 것을 아는 고 가쓰미가 "자네와는 이걸로 끝이야"라는 말을 틀어막으려고 즉석에서 생각해낸 수작은 치졸

하다고도 치밀하다고도 말하기 힘들었지만, 여하튼 골치 아파진 일이었다. 다시금 마음이 급해져 한다는 환불기 앞 행렬을 벗어났다.

동시에 그는 그제야 주위에 있을 행적 조사조의 시선을 떠올리고 펼쳐든 신문으로 시선을 떨어뜨렸다. 그 순간 시야 한구석에 흰색 스니커즈가 지나간 느낌이 들어 정신이 팔렸다. 그러나 그때는 무엇을 보았다는 확실한 의식으로 이어지지 못하고 금세 잊고 말았다.

신문에 고개를 박은 채로 아까 들어올 때 비슷해 보였던 뒷모습을 한 모노이가 주위에 있지 않을까 싶어 눈을 돌려보았지만 보이지 않았다. 다음 10레이스 마권을 사려는 행렬이 창구 앞에 늘어서는 것을 확인하고 나와서 계단으로 100엔 단위 객장인 4층으로 올라갔다. 1,000엔 단위 3층과는 고객층이 조금 달라 보이는 인파에 섞여 어슬렁어슬렁 나아가면서 시선을 내리깔고 요짱을 찾아보았다. 항상 실 끊어진 꼭두각시처럼 바닥에 주저앉아 있어서 찾기 쉬운 편인데, 아니나 다를까 객장 왼쪽 모니터를 에워싼 사람들의 다리 사이로 요짱이지 싶은 남색 야구모자가 보였다. 한 명이 주저앉으면 주위 사람들도 덩달아 주저앉기 마련인데, 지금도 네댓 명이 한데 모여 앉아 있었다. 접촉하기에는 유리한 상황이었다.

10레이스 시작까지 앞으로 십이 분. 한다는 요짱이 한동안 자리를 지킬 것으로 보고 모니터에서 제일 가까운 창구로 가서 미리 정해둔 대로 묶음번호 8 두 마필을 일련번호로 택해 1,000엔짜리 마권을 샀다. 마권을 들고 모니터 아래 모인 무리 속에서 빈자리를 찾아 돌아다니다가 마침내 요짱 뒤로 갔다. 행적 조사조의 눈길을 경계해 나란히 앉지는 않았다.

"나야, 한다." 야구모자에게 말을 건네며 신발 끝으로 엉덩이를 쿡 찌르자, 아래쪽에서 "지아즈스페셜은 골라놨고, 2착은 스테이타스 말고 막스밀러에 걸었는데—"라는 혼잣말 같은 목소리가 들려왔다.

"음, 그럴 만하네." 한다가 대답했다. 예전부터 요짱은 단순히 대박을 노리는 것이 아니라 자신이 모종의 이유로 주목하는 말에 걸어서 돈을 잃곤 했다. 왜 막스밀러냐고 물어도 "그냥"이라는 막연한 대답밖에 돌아오지 않을 것이 뻔하므로 한다도 아예 묻지 않았다.

머리 위 모니터는 곧 출발할 하코다테 10레이스와 니가타 10레이스의 배당률을 번갈아 비추고 있었다. 별생각 없이 모니터를 바라보고 손에 든 신문도 내려다보는 척하면서 한다는 적당한 때를 봐서 바닥에 쭈그리고 앉았다. 요짱의 야구모자와 눈높이를 맞추고 "고와 마지막으로 접촉한 게 언제야?"라고 물었다.

"백중절 전에. 전화로."

"놈이 무슨 말 안 했어?"

"뭐, 별로. 집에 있는 개집을 싸게 주겠다고 하던데. 요즘은 늘 취해 있더라고."

고 가쓰미가 요짱과 개집이니 뭐니 하잘것없는 이야기밖에 하지 않는다는 것은 적어도 지금까지는 사실이었다. 그러나 정말로 붉은색 맥주 수법을 재탕하려는 생각이라면, 병뚜껑 가공이나 차 열쇠 복제 등 지난 반년간 증명된 요짱의 기술이 필요할 테니 조만간 접근할 것이 분명했다.

"어이, 요짱. 고가 무슨 이상한 얘기를 하더라도 절대 응하지 마. 알겠지?"

"이상한 얘기라니."

"그놈이 그 수법을 한번 더 써먹을 생각이야."

"무슨 복잡한 사정이 있나보네. 발목 잡힌 거야."

"너나 나는 관계없는 얘기야. 알겠어? 절대 그놈 얘기에 응하지 마.

약속해."

"나는 또 그럴 생각 없어. 지금도 충분해. 돈 같은 거—"

그뒤는 알아듣지 못했다. 한다는 잠시 할말을 찾다가, 신문 위로 고개를 숙인 요쨩의 등을 가볍게 두드렸다. "괜한 소리 말고, 이참에 차나 한 대 사는 게 어때? 모아둔 돈이 그 정도는 있을 텐데."

대답이 없자 한다는 다시 한번 등을 쿡 찔렀다.

"그런데, 누노카와랑은 연락되나?"

"오늘 여기 온다고 했어. 아까 모노이 씨가 찾고 있던데, 아직 안 온 건가."

"혹시 만나면 어디 사는지 물어봐줘. 회사를 그만두고 가쓰도키의 숙소에서도 나갔어. 레이디도 지난주 시설에서 나갔고."

"부인은 다 나았대?"

"식물인간 상태라니까, 이미 틀렸지."

조금 뜸을 둔 뒤 요쨩이 "사람이 식물이 된다니, 마음에 드네"라고 중얼거렸다. 한다는 대꾸할 말이 딱히 없어 대신 모노이는 누노카와를 만났을까 생각했다. 그때 다시 "한다 씨도 12-13이야?"라고 묻는 요쨩의 목소리가 들려서 "당연하지"라고 대답했다. "젠장—" 요쨩이 앓는 듯이 말했다.

모노이는 누노카와를 만났을까.

한다는 고개를 들고 별생각 없이 주위를 둘러보았다. 모니터 아래 모여 있는 무리의 양복바지, 면바지, 작업복 바지, 청바지 등의 다리, 다리, 다리. 구두와 운동화와 샌들. 어지러이 흩어진 불발 마권들. 눈을 돌리자 야구모자 쓴 요쨩의 머리. 머리 위 모니터에서 출발 전 팡파르와 실황 중계 소리가 내려왔다.

"하코다테 경마 10레이스, 핫코다산 도쿠베쓰 2600미터, 열세 필이 겨룹니다."

오후 3시 1분이었다. 눈앞에 있는 요쨩의 야구모자가 모니터를 올려다보자 한다도 덩달아 눈길을 들었는데, 그때 문득 대각선 방향 무리의 다리들 사이로 흰색 스니커즈가 보였다. 한다는 시선을 그쪽으로 고정하고, 아까 3층에서 본 것이 저 신발인가 얼핏 생각했다. 확신할 수는 없었다. 10미터쯤 떨어진 그것은 그저 새하얀 색 때문에 눈을 자극했는지도 모른다. 아무 장식 없는 리복 스니커즈. 위로는 면바지. 다리 길이로 보아 장신인 것은 분명하지만 주저앉아 있는 한다에게는 상반신이 보이지 않았다. 다만 짧은 시간에 두 번이나 본 탓에 반사적으로 경계심이 발동해 긴장한 것이었다.

"밝은 햇살이 가득 쏟아지는 하코다테 경마장, 주로 상태는 양호합니다. 맞은편 정면 마장을 거의 한 바퀴 돕니다. 지아즈스페셜, 출발대에 자리잡고—" 실황 중계가 또렷하게 들려왔다. 모니터로 눈길을 주었다가 다시 바닥으로. 여전히 흰색 스니커즈. 한다는 아까 고가 바꿔치기한 마권 한 장을 요쨩의 청바지 뒷주머니에 찔러넣고 "이걸로 개집이나 사"라고 속삭이며 일어섰다. 그리고 자리에서 세 발짝 움직이자 10미터 떨어진 흰색 스니커즈도 세 발짝 움직였다. 다시 두 발짝 움직이자 저쪽도 두 발짝. 미행이다.

"출발 준비를 마치고, 출발했습니다! 나란히 출발해서 먼저 3번 에치고만게쓰, 빨간 기수모가 앞으로 나와 1마신 반에서 2마신 정도 리드합니다. 두번째 자리를 놓고 2번 아르곤트레이, 그리고 바깥에 7번 아이비스마이어 두 필이 나란히 달립니다. 1마신 차, 8번 메모리라이제가 네번째. 4번 밤부쿤룬이 뒤쫓아 다섯번째로 올라가지만, 바깥에서 9번 막스밀러가 접근합니다. 그 뒤에 1마신 차로 스테이타스. 현재 중간보다 약간 뒤쪽의 상황입니다. 그리고 더 뒤쪽을 보면 안쪽에 슈퍼킬, 바깥쪽에 지아즈스페셜─"

한다는 모니터 아래 무리에서 한 걸음 한 걸음 물러났다. 그에 맞추듯이 흰색 스니커즈도 걸음을 옮긴다. 레이스가 진행중일 때 움직이는 사람은 없으므로 눈에 잘 띄리라는 것을 알았지만, 저 새하얀 스니커즈의 거동이 미행보다 도발에 가까워 무슨 일이 있어도 얼굴을 보고 싶다는 욕망에 굴복한 것이었다. 스니커즈의 주인은 10미터 거리를 유지하며 교묘하게 피해다녔고, 한다는 인파를 누비며 어떻게든 상반신이 보이는 곳을 찾으려고 그를 쫓았다. 그런 그를 행적 조사조가 뒤쫓고, 또 실황 중계 소리가 뒤쫓는다.

"1코너 커브가 끝나고, 3번 에치고만게쓰가 리드를 놓칩니다. 2번 아르곤트레이가 반 마신까지 따라잡고 있습니다. 2코너 커브. 뒤로 1마신 반에서 2마신 차로 바깥쪽 8번 메모리라이제, 안쪽 7번 아이비스마이어가 세번째 자리를 놓고 다투며 맞은편 주로 정면으로 들어섭니다. 3마신 차로 9번 막스밀러, 막스밀러가 현재 다섯번째. 간발의 차로 바깥쪽에 스테이타스, 안쪽에 밤부쿤룬, 그 사이에 지아즈스페셜. 이 네 필이 두번째 무리를 이룹니다─"

한다는 마침내 객장에서 통로로 나가는 남자의 뒷모습을 보았다. 큰 키. 마른 체형. 짧게 친 뒷머리. 남색 야구모자. 면바지. 남색 폴로셔츠. 오른손에는 넷으로 접은 신문. 왼손은 바지 주머니 속에. 거리는 역시 10미터. 연령은 삼십대. 허리를 곧게 편 모습이 눈에 새겨졌다. 그 뒷모습이 문득 통로 계단 입구에서 멈추었다. 한다도 걸음을 멈추었다.

한순간 기대했지만 남자는 돌아보지 않았다. 대신 객장에 울리는 실황 중계의 재촉을 받은 것처럼 오른손의 신문을 들고 살펴보았다. 한다도 같은 동작을 취했다. 레이스는 3코너를 돌아간다. "선두가 여기서 바뀝니다! 메모리라이제 단독 선두. 뒤쫓는 막스밀러. 13번 스테이타스가 바깥에서 나란히 갑니다. 그 바깥쪽에 지아즈스페셜. 선두 네 필이 진형을 이룹니다. 그 바로 뒤에 밤부쿤룬. 400미터 지점 통과했습니다!"

남자는 신문 위로 고개를 숙인 채 움직이지 않았다. 레이스 상황에 정신이 팔린 걸까, 그러는 척하는 것뿐일까. 누군가를 닮았다. 아니, 기분 탓인가? 한다는 식은땀을 흘리고 머리를 쥐어짜면서 저도 모르는 사이 아랫도리가 딱딱해지는 듯한, 관자놀이에 뜨거운 덩어리가 들어찬 듯한 흥분을 맛보았다.

"체력이 떨어진 메모리라이제가 뒤로 밀립니다. 4코너 커브에서 직선주로를 향해 묶음번호 8의 두 필이 바깥쪽을 달리고, 안쪽에 9번 막스밀러. 4마신 차로 1번 슈퍼킬이 밖에서 달려옵니다. 200미터 지점을 지났습니다! 자, 이쯤에서 막스밀러가 처집니다. 지아즈스페셜, 지아즈스페셜, 스테이타스, 그리고 바깥쪽 세번째 자리에 슈퍼킬이 올라옵니다. 선두는 지아즈스페셜, 지아즈스페셜, 앞으로 나가며 골인! 2착은 어떻게 될까요, 스테이타스 우세입니다. 바깥쪽에 1번 슈퍼킬, 안쪽에 9번 막스밀러 두 필이 근접했지만 따라잡지는 못했습니다. 골인 직전 12번 지아즈스페셜이 막판 스퍼트를 올리며 치고 나갔습니다. 우승 타임은 2분 41초 8, 막판 4펄롱타임은 37초 1이었습니다."

레이스 종료와 함께 일순 객장에 권태감이 쓰나미처럼 밀려오는 가운데, 한다는 흰색 스니커즈의 남자가 신문을 접어들고 계단을 내려가는 모습을 보았다. 행적 조사조 외에 다른 미행이 붙을 수는 없다, 기분 탓이라고 생각을 고쳤다. 하물며 미행이라면 뒤에 붙어야지 상대 시야에 빤히 들어올 리 있겠는가. 그러나 누군가를 닮았다는 생각은 여전히 떨치지 못한 채, 한다는 한동안 그대로 몸이 붕 떠 있는 듯한 정체불명의 흥분을 맛보았다. 흰색 스니커즈 하면 바로 떠오르는 얼굴이 하나 있긴 하지만 고다가 이 시간에 이런 곳에 있을 리 없다. 한다는 끝내 역시 기분 탓이었다고 스스로를 단호히 타일렀다.

한다는 11레이스 홋카이한데의 출발을 기다리지 않고 그냥 돌아갈 요량으로 2층 정면 현관으로 내려가 밖으로 나갔다. 바람도 불지 않는, 오후의 가장 무더운 시각이었다. 역으로 이어지는 육교를 향하는 동안 콘크리트에 고인 열기가 구두 바닥을 태우는 것을 느끼며 문득 지방경마 전용 창구가 있는 1층 광장으로 시선을 돌렸다가 걸음을 멈추고 말았다. 강렬한 햇살을 받아 새하얗게 빛나는 광장 한복판에서, 레이디가 휠체어에 앉아 목을 빙빙 돌리고 있었던 것이다.

때마침 오이 경마장은 휴장이라 그늘도 없는 염천 아래 광장에는 인기척이 없고 누노카와도 근처에 보이지 않았다. 거의 일 년 만에 보는 레이디는 흰색 모자에 빨간색 체크무늬 블라우스와 흰색 바지 차림으로 불안정한 상체를 이리저리 흔들고 있었다. 목에서 비어져나오는 탁음이 일 년 전보다 날카롭게 들렸지만 그밖에 달라진 점이 있는지 멀리서는 알 수 없었다. 오히려 한다는 그 모습을 본 순간 지난 일 년의 세월이 사라져버린 듯한 착각에 빠져, 레이디 조커 따위를 자칭하기 이전의, 특별할 것 없이 어수선하고 한가롭던 날들의 생활감에 이끌려 잠시 넋을 놓았다.

경마장 2층 스탠드에는 저렇게 목을 빙빙 돌리며 뭐라고 웅얼거리는 레이디가 있고, 그 레이디에게 크림빵과 과일맛 우유를 먹이고 항상 낮잠을 자던 누노카와가 있고, 말수가 적은 모노이 영감이 있고, 냉담한 말투와는 딴판으로 편하게 늘어진 고 가쓰미가 있고, 뚱한 표정으로 남이야기에 귀기울이던 요짱이 있었다. 그 속에 끼어 앉아 있던 나는 과연 무슨 생각을 하며 살아갔던가.

광장 한복판에서 레이디가 "오오가아아―아아, 오오가아아" 하고 외치는 소리가 들렸다. '엄마'라고 말하는 것 같았지만 한다는 확실히 알아들을 수 없었다. 아무리 그래도 나무그늘에 놓아줄 것이지, 누노카와는 대체 생각이 있는 놈인가 싶었다.

지난달 신주쿠에서 만났을 때 그는 7월에 가쓰도키 숙소로 형사가 찾아왔다면서 "이젠 틀렸어"라는 한마디를 내뱉었지만, 마음이 딴 데 있는 듯 표정은 멍했고 주위를 경계하는 눈치도 아니었다. 누노카와의 상황은 물론 한다도 이해할 수 있었다. 부인이 식물인간이고 딸이 중증 장애아라면 가족의 따뜻한 정이고 뭐고 없다. 다른 사람이나 시설에 맡기고 돈이나 부쳐주든가 제 발로 사라지든가 둘 중 한 가지 방법밖에 없다고, 한다는 그때 누노카와에게 말했다. 그래도 알아들었는지 못 알아들었는지 알 수 없는 얼굴이었는데, 아니나 다를까. 누노카와는 대체 무슨 생각으로 지금 시설에서 딸을 빼낸 걸까. 일을 그만두고 회사 숙소에서 나왔으니 여하튼 딸과 둘이서 어딘가에 살고 있을 텐데, 대체 앞으로 어쩔 작정인지 한다는 도무지 상상이 되지 않았다. 한 사람 몫으로 4억이나 되는 현금을 손에 넣고도 누노카와에게는 아무 보탬이 되지 못했다는 말인가. 왜 이렇게 되었을까. 무엇이 잘못되었을까. 달리 어떤 방법이 있었을까. 이제는 한다도 알 수 없었고, 누노카와는 아무래도 위험하다고만 생각했다.

땡볕 아래 레이디는 얼굴의 근육이란 근육을 모두 따로 당기듯이 눈과 입을 잔뜩 일그러뜨리며 쉴새없이 웅얼거렸다. 그 아이의 것인지 자기 자신의 것인지 분명치 않은 막막한 비애를 느끼면서 한다는 누노카와가 나타나기를 십 분쯤 기다렸지만, 내리꽂히는 햇살에 제 신경이 먼저 끊어져버렸다. 다시 건물로 들어가 JRA 직원을 붙잡고 1층 광장에 방치된 장애아의 보호자를 찾아달라고 한 뒤 역으로 걸음을 서둘렀다.

만약 누노카와가 무너지면 어떻게 되는 걸까. 얼핏 그런 생각이 스쳤지만 그날 한다는 더는 절박한 상상을 할 여력이 없었다. 오후의 한산한 전철 안, 어느새 텅 빈 머릿속으로 숨어들어온 흰색 스니커즈를 신은 다리를 희롱하며 한다는 다시 개인적인 몽상에 빠져들기 시작했다.

2

7월 들어 레이디 조커 관련 보도가 뚝 끊기고, 23일 참의원 선거 전후로는 지원 취재로 나름 바빴지만 그것이 일단락되자 경시청 기자실 1과 담당이 나설 자리는 눈에 띄게 줄어들었다. 살인이나 강도상해 등이 간간이 일어나도 단발 기사를 쓰고 나면 그만이다. 뭐 없습니까 하며 정보원을 만나고 다니는 다리에도 점점 힘이 빠지자 구보 하루히사는 신경이 닳아가는 것을 수시로 느꼈고, 동료들 앞에서는 아무렇지 않은 표정을 지었지만 기분은 바닥으로 가라앉을 때가 많았다.

이런 때야말로 책을 읽어야겠다는 생각에 화제의 문학작품을 몇 권 사보았지만 학창 시절에는 조금이나마 갖고 있던 감수성마저 완전히 메말라버린 것만 깨닫고 공연히 낙담하는 결과가 되었다. 한가할 때 아이 만들기에도 힘쓰고 싶었지만 아내가 알레르기성 천식으로 통원 치료를 받는 바람에 백중절로 계획한 교토 여행도 흐지부지되어, 정신 차리고 보니 어느새 8월도 끝나가고 있었다.

9월 1일 어제는 스가노 캡이 "하나라도 성과를 내놔봐"라고 퉁을 주었는데, 6월에 징계면직을 당한 안자이 노리아키의 집에 여름 동안 몇 번 찾아갔던 것을 두고 한 말이었다. 원래 구보는 가짜기자사건에 관심을 기울일 만한 시간적 여유가 없었지만, 7월 들어 한 정보원에게서 그 가짜 기자가 한때 도호 신문에서 일했던 '기쿠치 다케시'라는 얘기를 듣고 깜짝 놀랐고, 도호가 사건을 추적하지 않은 이유를 뒤늦게 납득하는 동시에 새삼 흥미를 느꼈던 것이다.

언젠가 약속했던 대로 지원팀장 네고로에게 상의하자 그는 기쿠치 다케시가 예의 도다 요시노리를 제보에 이용했을 가능성이 있다고 말했다. 이런 얘기까지 듣고 움직이지 않을 기자는 없다. 네고로는 기쿠치 뒤에 무엇이 있을지 모르니 부디 신중하게 행동하라고 주의를 주었다.

스가노 캡은 여느 때처럼 "성과만 내놓으면 아무 소리 안 할게"라고만 하며 취재를 방관하는 듯했지만, 왠지 신경쓰이는지 이따금 "그 일은 어떻게 되고 있어?" "성과가 나올 것 같아?"라고 묻고, 이렇다 할 수확이 없다는 대답에 알게 모르게 납득한 표정으로 입을 다물곤 했다. 구보는 피해자인 안자이 노리아키부터 취재하기 시작했지만 한번 신문기자에게 단단히 덴 그는 당연히 입이 무거웠고, 한 달 반이 지나서야 겨우 잡담 정도를 나누게 된 참이었다.

그러던 중 안자이가 불쑥 고향 후쿠시마에 공인회계사 자리가 생겨서 가족과 함께 이사하기로 했다고 말했다. 구보가 그렇게 보고하자 스가노는 "기쿠치가 자기 배후를 말한 적 없느냐고 이사 전 물어봐"라며 평소와 달리 구체적인 지시를 내렸다. 물론 기쿠치가 퇴직 후 종사한 생업을 추적해보면 수상쩍은 금융계 야쿠자의 이름이 수도 없이 나오므로 배후도 그쪽으로 좁혀질 것이 틀림없지만, 과연 안자이가 오늘내일 입을 열어줄지 구보는 자신이 없고 열의도 없었다.

그리고 9월 2일 오늘, 구보는 이른 아침 다른 정보원의 집을 방문했다가 전세택시를 타고 네리마에 있는 안자이의 집으로 달려갔다. 그는 신학기에 맞춰 전학시켜야 하는 두 아이를 부인과 함께 먼저 고향으로 보내놓고, 오늘 오전 중 네리마의 집을 비워주기 위해 혼자 이삿짐을 꾸리고 있었다. 이사를 돕겠다고 일전에 지나가는 말로 일러두기도 했거니와, 정보원의 애사와 이사에 얼굴을 비치지 않으면 기자 자격이 없다는 것은 오랜 불문율이다. 기쿠치에 대한 구체적인 이야기는 이사를 도와서 생색낸 뒤 꺼낼 생각이었다.

구보가 안자이의 집 앞에 도착한 오전 9시 정각, 이삿짐센터 트럭은 아직 와 있지 않았지만 대문과 현관이 이미 활짝 열려 있고 문 앞에 청바지 차림의 키 큰 남자가 등을 보이며 서 있었다. "저어, 일손 거들러 왔는데요—" 바깥에서 말을 건 구보가 뒤돌아본 남자의 얼굴을 확인하고 어, 하는데 상대편에서 먼저 "안녕하세요" 하며 가볍게 고개를 숙였다.

구보도 "안녕하세요" 하고 인사했다. "고다 씨도 이사를 도우러 오셨습니까?"

고다는 물으나마나 한 질문을 왜 하느냐는 듯한 얼굴로 웃음기 없이 "그렇습니다"라고 대답했다. 구보는 뜻밖의 만남에 쾌재를 부르며 일단 명함부터 건네려고 주머니를 뒤지다가, 명함지갑이 전세택시에 두고 온 재킷 안에 있다는 것을 떠올렸다.

"아, 죄송합니다. 명함이 없는데, 저는 도호 신문 사회부의 구보라고 합니다."

"6월 24일 밤 고마에의 다마가와 강변에서 뵈었었죠."

"기억해주시니 고맙습니다. 설마 여기서 다시 뵐 줄이야—"

"안자이 씨가 경찰서 선배라서요."

아무리 선배라지만 징계면직을 당한 동료의 집에 얼굴을 내미는 현직 경찰은 없다. 소문대로 상당한 별종이거나 아니면 이 역시 LJ와 관련된 경찰의 특명이 아닐까 하는 생각이 스쳤다. 그러나 눈앞의 남자는 말투는 무뚝뚝해도 외모와 눈빛, 옷차림은 매우 선선했고, 예전에 몇 번 멀찍이서 보았을 때와는 인상이 많이 달랐다. 물론 인사치레로 웃어주는 일은 없지만 담담한 눈빛에 적의나 경계는 엿보이지 않는다. 언제였던가, 지원팀장 네고로가 고다의 이름을 꺼냈던 일을 문득 떠올리며, 구보는 이 뜻밖의 만남에서 어떻게 정보를 얻을 수는 없을까 재빨리 머리를 굴렸다. 그러나 이번에도 먼저 입을 연 것은 상대였다.

"그쪽의 네고로 씨는 건강하신가요?"

"아, 예, 네고로 씨야 항상 알아서 잘 지내시죠."

"네고로 씨와 잘 아는 제 친구가, 일전에 보니 안색이 좋지 않더라고 해서요."

"어제도 본사에서 만났는데, 아마 과음 탓이 아니었을까요."

"그렇다면 다행이지만."

현관에서의 대화는 거기까지였고, 집안에서 "고다! 역시 못 떼어내겠어, 잠깐 와서 봐줘!"라고 외치는 안자이 노리아키의 목소리에 고다는 "예, 갑니다!"라고 대답하고 안으로 들어갔다. 구보도 뒤따랐다. 안자이는 화장실에서 세탁기 호스와 수도 밸브를 분리하느라 애를 먹는 참이었다. 장소가 좁아 인사도 제대로 나누지 못하고, 고다와 구보는 완전히 녹슬어 꼼짝도 않는 밸브를 돌리는 작업에 대신 착수했다.

안자이는 뒤에서 담배를 한 대 피웠다. 역시나 고다와는 편한 사이인지, 이 집을 부동산 사무소에 내놓았다는 둥, 욕실이나 화장실처럼 물 쓰는 곳을 깨끗하게 해놓지 않으면 제값을 받지 못한다는 둥, 그저 그런 이야기를 늘어놓았다.

녹슨 밸브에 박힌 나사 세 개를 돌리려고 끙끙대며 오 분 정도 시행착오를 거듭한 끝에 고다가 스패너로 이음매를 내려치자 갑자기 밸브가 느슨해지고 호스가 툭 빠졌다. 빠진 호스 끝을 확인한 고다가 이를 보이며 씩 웃고는 구보에게 보여주었다. 녹슬어서 엉망이 된 나사 두 개가 부러져 있었다. 고다는 이어서 안자이에게도 호스를 보여주며 "죄

송해요. 수도꼭지는 무사하니 호스만 새로 사서 끼워주시죠"라고 말했다. "자네는 남들보다 욱하는 게 한 박자 빠르군." 안자이가 웃자 고다도 하하 소리내어 호탕하게 웃었다. 신경질적인 표정과 무던한 표정이 자유로이 동거하는 것이 자신과는 다른 자유인 같다고 구보는 느꼈다.

"슬슬 짐을 날라볼까요, 구보 씨?"

고다의 말에 둘은 우선 세탁기를 현관 앞으로 옮겨놓고 냉장고, 텔레비전, 찬장, 옷장, 소파 등을 잇따라 옮겼다. 오전 10시쯤 트럭이 도착하자 그것들을 하나씩 짐칸에 옮겨싣는 와중에 구보의 휴대전화가 울렸다. "잠깐 내려놓을까요?" 고다의 배려에 구보는 들고 있던 옷장을 일단 바닥에 내려놓고, 기자실 번호임을 확인하고 전화를 받았다.

"LJ가 움직였다. 이번에는 마이니치 맥주야. 붉은색 맥주가 나왔어!"

수화기 너머 스가노의 외침을 들으며 저도 모르게 돌아보니, 고다는 조금 떨어진 현관 앞에서 안자이와 이야기를 나누느라 구보의 통화에는 신경쓰지 않고 있었다.

발견 장소는 긴자. LJ의 범행 성명 유무는 불명. 정오에 마이니치 맥주 본사에서 기자회견. 일단 그곳으로 가라는 지시였다. 구보는 10시 25분이라는 시각을 확인하고 오테마치의 마이니치 맥주 본사까지 가는 시간을 계산해 이십 분 정도 여유가 있다는 결론을 내렸다.

구보는 현관 앞에서 대화하는 두 사람에게 "LJ가 이번에는 마이니치 맥주에 이물질을 넣었답니다"라고 말했다. 어떤 반응을 기대하고 꺼낸 말이었지만 형사와 전직 형사는 눈만 몇 번 끔뻑였고, 고다 혼자 표정도 바꾸지 않고 "그래요?"라고 한마디 답할 뿐이었다.

"구보 씨, 여기는 이제 괜찮으니 어서 취재하러 가세요. 고다, 자네도 서로 돌아가."

안자이의 말에 고다는 "오전에는 휴가를 냈는데요, 뭐"라고 대답했고, 구보도 "11시 십 분 전에만 출발하면 충분하니 무거운 것만이라도 옮겨놓겠습니다"라고 했다.

"그럼 좀 서둘러야겠네요." 고다가 먼저 그렇게 말하며 옷장에 손을 댔다.

　구보는 예정대로 11시 십 분 전 안자이의 집을 나서서 황급히 전세택시로 뛰어갔다. 그리고 오테마치로 향하는 차 안에서 자동으로 또 기계적으로 정보원들에게 전화 공세를 퍼부으며 구체적인 요구사항이 있는지, 협박인지 위력업무방해인지, 기존 사건에 편승한 범행일 가능성은 없는지 따위를 캐물었다. 도중에 동료 구리야마가 마이니치 맥주에 '다음에는 청산가리를 넣겠다'라는 용의자의 통보가 있었던 듯하다고 알려주었다. "전화? 팩스? 편지?" 구보의 물음에는 아직 확인할 수 없다고 했다.

　다음에는 청산가리. 무차별 살인. 이건 크다. 구보가 정보원들에게 다시 전화를 걸어 "예, 도호의 구보입니다. 용의자가 다음에는 청산가리를 넣겠다고 했다는데요"라고 떠보며 아무래도 사실 같다고 판단했을 즈음, 차는 오테마치의 빌딩가로 접어들고 있었다.

　마이니치 맥주 기자회견은 오테마치 1번가의 수도고속도로 고가를 내려다보는 본사 빌딩 10층 회의실에서 정오 정각 시작되었다. 백 명 정도 수용되는 회의실에 그 배는 되는 보도진이 들어찼고, 히노데 맥주가 피해를 입었을 때 이후로 오랜만에 방송국 카메라들까지 출동해 자못 요란한 분위기였다. "먼저 이물질 혼입 맥주가 발견된 경위부터 말씀드리겠습니다"라는 사무적인 말투로 시작한 회견은 히노데 맥주 때와 완전히 동일한 발견 상황에 대한 설명으로 이어졌다. 지난밤 문제의 맥주병이 발견된 곳은 긴자의 술집 두 곳으로, 신고를 받은 지쿠지 서가 현물을 회수하고 제조사와 도매상 직원이 달려와 신속하게 대응했다. 그리고 오늘 아침 경찰이 붉은색 맥주를 감정한 결과 혼입 이물질은 히노데 때와 같은 홍국균 색소로 판명되었고, 혼입 방법과 뚜껑 가공도 거의 동일한 수법이라는 것이다.

그 대목에서 더 참지 못한 이들이 "범행 성명은 나왔습니까, 아닙니까?"라는 질문을 던졌다. "없었습니다." 임원이 대답하자 곧장 "레이디 조커의 범행이라고 생각하십니까?"라는 다른 목소리가 튀어나왔다.

"저희 회사는 이물질 혼입 맥주가 발견된 상황에 대처할 뿐, 그런 판단을 할 입장은 아닙니다."

"그럼, 범인의 구체적인 요구가 있었습니까?"

"그런 요구는 전혀 없었습니다."

다음에는 청산가리를 넣겠다는 구체적인 협박 내용을 수사 당국이 인정하는만큼, 마이니치 맥주가 이미 범인측과 모종의 접촉을 했고 경찰도 그 사실을 알 가능성은 100퍼센트였다. 경찰 출입기자라면 누구나 그렇게 생각하겠지만 피해 기업의 임원을 상대로 보도기관이 던질 수 있는 질문에는 한계가 있었다. 주위 분위기를 감안해 구보도 결국 청산가리 운운하는 질문은 내놓지 않았다.

이어서 마이니치 맥주 쪽에서 향후 대책을 설명했는데, 히노데 때와 마찬가지로 이물질 혼입 맥주와 같은 시기에 출하된 병맥주를 수도권 중심으로 전부 회수하겠다는 내용이었다. 구보가 주목한 부분은 막바지에 부사장이 짐짓 헛기침을 하고 "마지막으로 꼭 드리고 싶은 말씀이 있습니다"라고 강조하며 입을 열었을 때였다.

"저희 회사는 이렇게 비열한 행위에 깊은 분노를 금할 수 없습니다. 따라서 지극히 악질적인 범행에 결코 굴하지 않겠다는 각오로 임할 생각입니다. 소비자 여러분께서 하루빨리 안심하고 당사의 맥주를 드실

수 있도록, 이 비열한 범죄로부터 당사의 맥주를 지키기 위해 모든 역량을 기울여 싸우는 동시에, 수사 당국에 전적으로 협조할 것입니다."

전반적으로 늘 저자세를 보였던 히노데 맥주에 비해 고개를 꼿꼿이 쳐들고 맞서는 강인함이 돋보이는 회견이라 할 수 있었다. 자신들에게는 위력업무방해를 받을 만큼 켕기는 구석이 전혀 없다는 자신감의 표현일까. 혹은 기업의 위기관리시 히노데 맥주처럼 대응하지는 않겠다는 선언인지도 모른다. 사실 범인측의 협박이나 요구가 이미 들어왔음이 거의 확실한만큼, 마이니치 맥주가 기업을 지키기 위한 모든 선택지를 검토하리라는 것은 굳이 짐작할 필요도 없었다. 물론 경찰이 이미 배후에서 면밀히 지시를 내리고 있다는 것도.

어쨌든 마이니치 맥주가 회견에서 보여준 강인한 태도는 레이디 조커와의 뒷거래에 응했음이 분명해 보이는 히노데 맥주에, 너희가 사회 규범을 무시하고 기업 이익을 우선시한 탓에 범인 그룹의 두번째 범행이 허용됐다고 노골적으로 비난하는 것처럼 비치기도 해서, 지금쯤 회견 상황을 텔레비전으로 지켜보고 있을 히노데 임원들에게도 알게 모르게 영향을 미칠 것으로 보였다.

한편 특수본부의 간자키는 지금쯤 어떤 심정일까 생각하니 오늘밤 피할 수 없을 관사 야습이 우울하게 다가왔다. 따지고 보면 범인 그룹에게 제2의 범행을 허용한 것은 히노데라기보다 경찰인 셈이니, 자칫하면 형사부장이 경질될지 모른다. 그런 예민한 시기에 굳이 형사부장의 관사로 성큼성큼 걸음을 옮길 만한 정보가 내 손에 있는가? '다음에는 청산가리를 넣겠다'는 부분은 이미 석간에 흘러나갔을 공산이 크다. 밤까지 결정적인 정보를 한둘이라도 확보하지 못하면 조간에서 다른 신문에 물먹을 염려도 있었다.

결국 구보는 반시간이 채 못 되어 회견이 끝나자마자 전세택시를 타고 돌아와 다시 휴대전화 공세를 시작했다. 가장 영양가 있는 정보를 줄 법한 정보원을 야습 전 한 명이라도 확보해서 저녁을 사주며 철저히 물고 늘어져야 한다. 머릿속에는 온통 그 생각뿐이었다.

*

"변변찮은 거라 부끄럽지만, 그냥 마음이니 받아주게. 알겠지?" 안자이는 5,000엔짜리 맥주 상품권을 고다의 손에 어색하게 쥐여주고는 쓴웃음인지 쑥스러움인지 알 수 없는 표정을 남기고 이삿짐센터 트럭의 조수석으로 도망치듯 사라졌다. 고다는 "그간 서에서 신세 많이 졌습니다. 부디 건강하십시오"라는 상투적인 인사와 함께 45도로 깍듯하게 절하며 트럭을 떠나보냈다. 오모리 서에서 보낸 고립된 일 년 반과 함께, 종종 먼저 말을 걸어주던 안자이에게 어떤 감개를 품고 있음은 분명했지만 이상하게도 감정의 수도꼭지는 열리지 않았고, 트럭이 시야에서 사라지자 금세 다른 현안으로 머리가 가득차고 말았다.

주인이 떠난 집을 뒤로한 고다는 가는 길에 보이는 편의점에 들어가서 방금 받은 맥주 상품권을 모금함에 넣고, 가장 가까운 역인 샤쿠지 공원 역으로 걸음을 서둘렀다. 만사 제쳐놓고 텔레비전 뉴스부터 보고 싶은 마음이었다. 그럴듯한 상점도 없는 주택가 역 앞에서 커피숍으로 뛰어들어가 마이니치 맥주의 이물질 혼입 피해를 보도하는 NHK 낮 뉴스를 보았다. 화면은 곧 마이니치 맥주 본사에서 열린 기자회견으로 바뀌었다.

마이니치 맥주 임원들은 종종 카메라 무리를 훑어보거나 옆 동료들과 시선을 교환하며 범인측의 접촉 시도는 전혀 없었다고 누차 강조했다. 기업 입장에서는 저렇게 말할 수밖에 없겠지 생각하며 뉴스를 보다가, 바람직하지 못한 전례를 만든 히노데 맥주를 향한 암묵적 비난이 느껴지는 부사장의 발언을 듣자 무심결에 시로야마 교스케의 얼굴이 떠올랐다.

메이저 4개사가 과점한 업계에서 매출의 80퍼센트를 차지하는 1, 2위 기업이 모두 표적이 된 지금 상황은, 이제 기업 공갈이라는 폭력사건의 측면보다 맥주업계 전체의 부침과 관련된 경제활동의 영향력이 더 부각되는 듯 보였다. 도호 신문의 구보 아무개가 소식을 알려주었을 때 고다가 제일 먼저 떠올린 것도 히노데의 시로야마 사장의 얼굴, 오후장의 시작과 함께 폭락할 맥주 주식, 혼란에 빠진 중소 특약점 영업사원들의 얼굴, 복잡한 표정으로 서로 속삭임을 주고받는 재계의 면면들, 그리고 지금쯤 히노데 본사 30층에서 전화 응대에 쫓기고 있을 노자키 비서의 얼굴 따위였다.

그리고 자신이 어찌할 수 없는 무력감을 느낌과 동시에, '레이디 조커의 소행일지 아닐지' 조심스레 자문하고 나아가 '요즘 한다는 그리 정력이 남아도는 얼굴이 아니었는데' 하고 신중하게 생각했다. 지난 두 달간 주말의 경마장 외출과 매일 밤의 귀가 상황 등을 감시해온 바에 따르면, 한다는 행적 조사조의 시선을 분명히 의식하고 있었고 히노데에서 받은 돈을 과연 수중에 챙겼는지도 의심스러웠다. 그렇게 행적 조사조를 경계하는 한다가 2차 범행을 감수했다고는 생각하기 힘들다. 일당에서 한다만 빠졌을 가능성도 있지만, 어쨌거나 한다는 이번 마이니치 맥주 건에 관여하지 않았다고 보는 편이 자연스러웠다.

한다는 아니다. 가령 LJ가 또다른 범행에 나선 것이라 해도, 한다는 사전에 어떤 정보를 알고 있었을지언정 적어도 직접 가담하지는 않았다. 고다는 그렇게 결론을 내리고 커피숍을 나서서 역 앞에서 기치조지행 노선버스를 탔다. 한다는 오늘도 마권을 사러 나갔을 테지만 정확히 어느 발매소로 갔는지는 처음부터 미행하지 않았으니 알 수 없다. 그렇다면 8월 중순부터 한다가 탐문 수사를 다니는 기치조지로 가서, 저녁나절 역에 도착할 때까지 북쪽 출구에서 기다리는 것이 가장 확실했다. 어쩌면 나타나지 않을지도 모르지만 그건 그때 가서 생각하면 된다.

반시간 정도 버스를 타고 오후 1시가 지나 기치조지에 내리자 두 시간 정도가 남았다. 고다는 북쪽 출구 앞 커피숍에서 책을 읽으며 시간을 보냈다. 사실 오늘쯤에는 서로 돌아가 산더미처럼 쌓인 사무를 조금이라도 헤쳐워야 했고, 봄부터 계속 떨어지는 강력범 검거율도 신경써야 했지만, 지난 두 달간 한다에 대한 개인적인 집착을 제외하면 이미 정상적인 업무에서 멀어진 지 오래였다. 문득 그 사실을 떠올리고 움찔할 때도 있지만 반성에 앞서 한다의 존재가 다시 머릿속을 가득 채우곤 했다.

대신 시간만 나면 학창 시절 읽었던 책을 손이 가는 대로 뽑아내 탐독했다. 일상생활이나 일에 대한 실감을 상실하며 생긴 구멍을 활자로 메우지 않고는 일 초도 버티기 힘들었다. 그리하여 7월에는 『부덴브로크 가의 사람들』과 『율리시스』, 『다이보사쓰토게』를 읽고, 8월에는 『카라마조프 가의 형제들』 『장 크리스토프』로 이어져, 지금은 『티보 가의 사람들』 5권을 3분의 2까지 읽은 참이었다. 1차세계대전 당시 프랑스의 이야기에 도통 공감하지 못한 채 어제는 반전 전단을 뿌리러 나갔던 주인공 자크 티보가 알자스 전선에서 프랑스군에 목숨을 잃는 대목까지 읽었고, 오늘 커피숍에서 펼쳐든 것은 살아남은 티보 가와 퐁타냉 가 사람들이 그후 전쟁중 어떻게 되었는가 하는 대목이었다.

고다는 1914년의 프랑스로 머릿속을 옮기려고 애쓰면서 칠십 쪽 정도를 읽어나갔다. 오후 3시 반쯤 책갈피를 꽂고 커피숍을 나섰다. 타는 듯한 햇볕이 내리쬐는 역 앞 로터리를 가로질러 역사로 향하는 일 분

동안, 앙투안 티보가 동생 자크가 남긴 전단 초고를 앞에 놓고 전쟁이라는 이름의 폭력에 대한 거부와 사회주의혁명에 대한 긍정이 자크 내부에서 양립하는 모순에 대해 생각하는 대목을 재빨리 머릿속에서 몰아냈다. 대신 한다 슈헤이의 얼굴을 뇌리에 불러내고, 오늘은 어느 윈즈로 갔을까, 그나저나 하코다테 10레이스 '가규잔 도쿠베쓰'에서는 가장 인기마인 타이키봄바가 우승했을까 생각했다. 지난 두 달간 윈즈에서 한다를 관찰해본바 그는 무난하게 1, 2등 인기마에 거는 편이었다. 오늘도 필시 타이키봄바에 걸었을 거라고 상상하며, 고다는 구내매점에 막 배달된 석간을 사들고 개찰구가 보이는 차표 발매소 근처로 이동해 신문을 펼쳤다.

석간 1면은 '레이디·조커 재등장/이번에는 마이니치 맥주!' '다음번은 청산가리라고 협박하다'라는 커다란 헤드라인이 채우고 있었다. 청산가리라는 단어에는 아무래도 움찔했지만, 이런 협박을 했다면 이번 범행에는 역시 한다가 끼지 않은 거라고 고다는 거듭 납득했다. 히노데 맥주 사장을 납치하고 놓아준 과정에서 엿보이는 꼼꼼함과 절도가 아무리 썩어도 형사라는 한다의 자부심 내지 결벽성에 기인한 바가 컸다면, 무차별 살인을 부르는 독극물의 사용은 그의 발상이라 보기 힘들다. 한편 이 새로운 사건의 전개는 한다를 끌어낼 절호의 기회로, 특수본부가 드디어 한다를 호출할지 혹은 물증이 없다는 이유로 계속 신중하게 지켜볼지는 행적 조사조의 동향을 관찰하면 얼추 파악할 수 있을 터였다.

한다는 과연 호출을 받을까? 호출을 받으면 그건 그것대로 잘된 일이다. 체포를 전제로 하지 않은 임의수사란 생각할 수 없으니, 호출은 곧 체포를 뜻한다. 그러나 만약 호출을 받지 않는다면? 그때야말로 이 몸이 광분하고 나설 차례다. 고다는 여름 내내 조금씩 굳혀온 결심을 다시금 확인하고, 동시에 '지금이면 아직 돌이킬 수 있다. 잘 생각하자'며 스스로를 타일렀다.

오후 4시 직전, 고다는 개찰구로 쏟아져나오는 인파 속에서 한다의 모습을 확인했다. 그 10미터 정도 뒤에 행적 조사조 두 명의 얼굴도 보였다. 개찰구로 접근해 살펴본 한다의 표정은 첫눈에도 평소와 다르게 경직돼 보여서, 역시 이 사건을 뉴스를 보고야 알게 된 거라고 확신했다. 지금 한다의 뱃속은 필시 평온하지 못할 것이다. 자신이 모르는 곳에서 누군가가 멋대로 저지른 범행에 격앙하고, 괜한 불똥이 튀지 않을까 두려워 당분간은 마음을 다잡기 힘들 것이다. 앞으로도 심리적으로 점점 궁지에 몰릴 것이 분명했다. 지금이면 잡을 수 있다. 지금 당장 임의수사를 해야 할 텐데. 고다는 맥없이 생각하며 한다의 뒷모습을 바라보다가 개찰구를 통과해 플랫폼으로 올라갔다.

전철 안에서 고다는 스무 쪽을 더 읽다가, 앙투안 티보가 자크의 아들 장 폴에게서 얼핏 동생의 모습을 보는 대목에서 오모리마치 역에 내렸다.

제1교힌 국도에 면한 경찰서 현관 앞에는 오랜만에 보도진의 삼각대가 늘어서 있었다. 그것을 피해 산업도로 쪽 뒷문으로 들어가니 하카마다 형사과장과 본청 2과 관리관이 서서 이야기를 나누고 있었다. 두 사람은 특수본부 소속이 아닌 고다에게 신경쓸 여유가 없다는 듯 이내 눈길을 돌렸고, 고다는 묵례만 하고 지나쳐 3층으로 올라갔다. 다른 일도 아닌 안자이의 이사는 도와야겠다는 생각에 오전 휴가를 내고 오후에 탐문 현장으로 직행하겠다고 신고한 참인데, 그래도 벌써 오후 5시 칠분 전이었다.

형사과 사무실에는 기록계와 지능계 각각 한 명, 절도계 두 명, 그리고 도히 과장대리까지 모두 다섯 명밖에 없었고, 도히를 제외하고는 모두 전화를 받느라 경황이 없었다. 감식계 세 명이 모두 나가 있고 조폭계와 강력계도 한 명도 보이지 않는다는 것은 단적으로 말해 오늘따라 유난히 사건 발생이 많다는 뜻이었다.

가시방석에 앉은 심정으로 사무실에 들어서자 도히가 즉각 손짓으로 불렀다.

"아이고, 오늘은 진짜 널널하네─ 오전에 소와 신용금고 오모리니시 지점에 강도 미수, 용의자는 튀고 고객 한 명이 경상. 오모리미나미 산재병원에서 극약물 도난. 주후쿠 초등학교 뒤쪽 아파트에서 남녀 변사체 발견. 오후가 되니 두 시간 동안 파친코 승률조작사건이 다섯 건. 다섯번째 사건인 오모리기타 2번가에서는 중국인 일당을 추적하던 직원이 칼에 찔려 중상이야. 그밖에 절도 여섯 건, 부녀자 폭행 한 건. 아 참, 마이니치 맥주에 이물질 혼입 맥주가 나왔다고 절도계 네 명은 헤이와시마의 마이니치 맥주 유통센터로 출동했지 뭔가. 어찌나 널널한 날인지 몰라─"

고다는 도히의 비아냥거림을 가만히 듣고 있을 생각은 없었다. 곧장 부하의 얼굴을 떠올리고 발길을 돌려 통신실로 향했다. 순사부장 두 명은 몰라도 신참인 이자와와 간노 콤비는 어디서 뭘 하고 있을까. 아무래도 마음이 급해져서 통신실에서 네 명의 수령기를 호출하고 각자에게 똑같은 메시지를 남겼다.

"고다다. 지금 어디야? 상황은? 나는 오늘밤 계속 서에 있을 테니 수시로 연락해줘. 그럼 수고."

순사부장 한 명은 남녀 변사체 해부를 위해 오쓰카의 감찰의무원에 가 있고, 또 한 사람은 절도계와 함께 신용금고 주변을 탐문중이었다. 이자와와 간노는 파친코 직원이 칼에 찔린 현장 주변을 탐문중. 기수와 본청 국제수사과 사람이 나와 있다고 해서 마음이 놓였다. 그렇게 급히 현황을 파악하고 형사부 사무실로 돌아오자 도히가 다시 손짓해 부르더니 이번에는 노골적인 질타를 쏟아냈다.

"고다, 7월과 8월의 강력범 검거율은 잘 알고 있겠지? 강도 세 건, 강간 두 건, 강간 미수 두 건, 방화 세 건, 살인미수 네 건, 상해 네 건 모두 미검거야. 본서 형사과가 생긴 이래 최저 기록이라고. 이 열여덟 건의 수사 상황과 향후 전망에 대한 보고서를 작성하되, 이달 안으로 만회하겠다고 명기할 것."

"예." 대답하고 꾸벅 고개를 숙인 고다는 책장에서 끄집어낸 장부며 기록계에 부탁해서 건네받은 미검거 사안 바인더 등을 강력계 책상에 한아름 내려놓고서 마음을 다잡고 의자에 앉았다. 110번 신고를 받은 통신지령센터에서 계속 전화가 걸려와 고다도 몇 번 수화기를 들었지만 다행히 긴급 출동을 요하는 신고는 없었다.

부하들이 작성한 수사보고서를 뒤적이며 미검거 열여덟 건의 수사 전망을 하나씩 써나가는 사이 어느새 2층 특수본부에서 떠들썩한 분위기가 전해지고, 계단을 오르내리는 발소리, 창밖에서 대기하는 보도진의 술렁거림이 끊이지 않고 들려왔다. 오자투성이인 수사보고서에 화낼 틈도 없이 머릿속 태반을 마이니치 맥주 사건과 한다 슈헤이의 얼굴에 점령당한 채 손발을 묶인 원숭이 같은 심정으로 책상을 마주하고서, 바깥의 소란이 커질 때마다 1과장이 들어왔나? 뭐 새로운 전개가 생긴 걸까? 하는 생각들을 했다.

오후 6시가 지나 오모리기타 2번가에 나가 있는 이자와에게서 "계장님, 하나 건졌어요!"라는 보고가 들어왔다. 도주중인 범인 일당 중 한 명으로 짐작되는 남자와 길에서 몸을 부딪칠 뻔한 행인을 찾았는데, 그 사람이 남자의 얼굴을 똑똑히 기억하고 있어서 국제수사과가 신주쿠의 중국인 정보통 등에 부탁해 신원을 알아냈다는 것이다. "잘했어, 위에 보고해두지. 퇴근할 때 한턱낼게." 그렇게 치하하고 전화를 끊은 뒤 일단 보고부터 해야겠다 싶어 과장대리 자리로 눈길을 돌리니 도히는 어느새 사라지고 없었다. "뭐 하나 건졌대요?" 절도계 쪽에서 묻는 소리에 "오락기 조작 용의자가 하나 잡혔어"라고 대꾸하자, "우리는 마이니치 맥주 헤이와시마 유통센터에서 당분간 꼼짝 못할 것 같아요"라는 불평이 돌아왔다.

오후 7시, 마이니치 맥주의 상황을 조금이라도 알고 싶은 마음에 서류를 작성하던 손을 멈추고 텔레비전을 켜서 NHK 뉴스를 보았다. 낮에 열린 마이니치 맥주 기자회견이나 가게에서 마이니치 맥주를 치우는 도내 술집과 양판점 풍경이 반복적으로 나왔지만, 정작 뉴스는 도쿄 증시 오후장에서 맥주 주식이 모두 하한가를 쳤다거나, 대형 백화점이 당분간 병맥주 판매를 중지하기로 결의했다거나, 국산 맥주 대신 외국 맥주를 취급하는 음식점이 늘고 있다는 등의 주변 화제뿐이었다. '업계의 양대 메이저 기업 모두 표적이 된 것은 세계적으로도 유례가 없다. 미증유의 사회 범죄다'라는 한 대학교수의 코멘트에 고다는 저도 모르게 한다의 얼굴을 떠올리며 미증유는 개뿔, 이라고 생각했다.

오후 7시 반이 지나도 아래층의 어수선한 분위기며 바깥의 소란은 잦아들지 않았고, 직속 부하들 역시 돌아오지 않았다. 고다는 혼자 보고서를 작성하며 '지금 당장 한다를 불러야 한다' '물증은 없지만 정황증거가 있다' '정신적 여유가 없는 지금이라면 자백을 받아낼 수 있다'라고 홀린 듯이 생각했다.

히노데 맥주가 이물질 혼입 맥주 몇 병 때문에 입은 수천억 엔의 피해를 돌아볼 것도 없이, 지금 상황에서는 피해 확대를 최소한으로 막는 것을 우선해서 모 아니면 도 식으로 한다 슈헤이를 임의조사해야 한다. 그것이 경찰의 의무다. 그렇게 생각하는 것은 결코 자신의 성마른 기질 때문만은 아니었다. 저녁나절 기치조지 역에서 목격한 한다의 굳은 표정을 떠올리며 지금이 기회라고 느꼈을 뿐이다. 용의자가 굴복하는 타이밍이라는 것이 있는데, 현장의 직감이 그게 바로 '지금이다'라고 재촉하고 있었다. 하루종일 한다를 미행하는 행적 조사조도 당연히 보고를 올리고 있을 테니 남은 것은 상부의 의지, 그리고 경찰청 형사국장의 결심이었다. 문제는 그게 언제 정해지느냐다.

그러나 실제로는 그런 생각도 잠시뿐, 이 시점에서는 내게 뾰족한 수가 없다. 내가 알고 싶은 것은 오로지 결과라고 마음을 고쳐먹고 하던 일로 돌아가는 데 그리 오랜 시간이 걸리지는 않았다. 새삼 살펴보니 7, 8월의 강력계 성적은 실로 골치 아픈 지경이었고, 아닌 게 아니라 진지하게 대책을 세워야 했다. 다시 한동안 수사보고서 장부를 뒤적이는데, 갑자기 손에서 30센티미터 떨어진 책상 위에 누군가가 엉덩이를 걸치고 앉았다.

얼굴을 볼 것도 없이 고다는 "비켜"라고 한마디했다. 머리 위에서 "그렇게 딱딱거릴 처지가 아닐 텐데"라는 말과 함께 들려오는 것은 언제 돌아왔는지 모를 조폭계 사이토 계장의 나른한 웃음소리였다. 그 목소리는 이내 소곤거리는 투로 바뀌어 "자네를 고라쿠엔 윈즈에서 봤다는 놈이 있던데, 왜 이래"라고 속삭였다. 고다는 볼펜을 내려놓고 작성하던 보고서를 밀어낸 뒤 벌떡 일어나 사이토의 멱살을 잡았다. 주위의 동료들이 뜯어말리는 통에 몸싸움은 몇 초 가지 못했다.

사이토에게 그리 삐딱한 의도가 없었다는 것은 총 맞은 비둘기 같은 지금 표정만으로 충분히 알 수 있었지만, 이내 그 얼굴에 음험한 그늘이 깃들자 고다도 망설임 없이 마주 노려보았다. 고다도 평소 걸핏하면

험악한 분위기를 조성하는 사이토를 조심하고 있었고, 사이토가 지역 폭력단의 입김이 닿는 가마타의 유흥업소에 마음대로 드나들고 있다는 정보도 만일을 위해 갖고 있었다. 나는 그 사실을 입 밖에 내지 않는다. 그러니 네놈도 입을 함부로 놀리지 마라. 그런 뜻을 담아 상대를 쏘아보고, 뒷일이 어떻게 될지 더 생각할 여유도 없이 먼저 책상으로 돌아갔다.

거칠어진 숨이 잦아들기를 기다릴 것도 없이, 사실 먼저 폭발한 것은 자신이라는 생각이 들었다. 대체 왜 이럴까. 언제부터 이렇게 변해버렸을까. 순간 스스로를 돌아보니 눈물이 날 것 같았다. 그래, 한다. 한다 슈헤이가 거기 있기 때문이다. 누구든 좋으니 놈을 당장 끌고 와라, 제발 부탁이니 놈을 족쳐달라, 내 눈앞에서 지워달라고 그는 염원했다. 아니, 그렇게 기도한 것조차 무의식에서였다.

*

눈앞에 놓인 오피니언 리더의 코멘트. '이런 유의 기업 공갈은 돈이 된다는 전례가 하나 생겼기 때문에—' 운운. 네고로 후미아키는 냉큼 "야마다!" 하며 코멘트를 받아온 지원팀 신입을 부르고, "여기서 전례라는 게 뭐야? 히노데 건을 말하는 거라면 아직 그런 전례는 없다. 선생님에게 말씀드리고 수정하거나 삭제해. 시간 없으니까 서둘러"라고 다그치며 원고를 내밀었다.

네고로는 오후 7시 반을 가리키는 벽시계를 보고 어차피 종합판이니 출고에 그리 신경쓸 것 없다고 생각하면서도, 제 의지와 상관없이 손과 머리가 어느새 서두르고 있음을 느꼈다.

처음에는 마이니치 맥주 사건 소식을 듣고 물론 기겁했지만, 곧이어

레이디 조커의 두번째 범행이거나 가부토초 비밀 그룹의 소행일 거라고 쉽게 납득하고 말았다. 그러나 일하는 입장에서는 석간의 사회면 예정원고를 파기하다시피 해야 했고, 좀처럼 들어오지 않는 후속 정보를 기다리며 만일의 경우 석간이 버린 예정원고를 조간에서 되살려야 하나 하는 아슬아슬한 판단에 쫓기는 형편이었다.

가령 정보가 들어와도 내용에 따라서는 사흘 전 오사카에서 예금고 1위의 신용조합이 파산한 사건의 후속 보도나 도쿄 지방재판소에서 막 시작된 사이비교단 교주의 공판 기사를 우선할 수도 있다. 더구나 사건 취재반에서 배치표를 만들어 필요한 취재처와 인원수를 정하긴 했지만, 정작 기자들은 각자의 담당 구역을 바로 떠날 형편이 안 되거나 하던 작업을 정리하고 나서 새로운 취재처로 향해야 하는 식이라 취재 자체도 순조롭다고 볼 수 없는 상황이었다.

데스크에서 사건 담당 다베가 "이제 됐어, 최종판이나 기대해보자고"라고 태평한 소리를 하자, 정리부 데스크가 "레이디 조커인지 아닌지만 확실히 해주면 우리 쪽에서 어떻게 해볼 텐데"라고 대꾸했다. 복도 맞은편 사회부에서는 마에다 부장이 "기업이나 경찰에서 인정하지 않는 한 전국지는 다 못 쓴다고 봐야 해. 레이디 조커 제목은 포기해"라고 말하고는 자리에서 일어나 편집국을 나가버렸다.

네고로는 7시 32분을 가리키는 벽시계를 올려다보며 책상 위에서 울리는 지원팀 전화를 받았다. 사이비교단 신자의 고향집이 있는 지바의 사쿠라 시로 취재를 나간 기자였다. "겨우 부모를 만났어요. 원고는 전세택시 편으로 보내고, 지금 하치요의 취재처로 가려 합니다. 최종판까지는 어떻게든 맞춰볼게요. 무슨 진전사항은 없나요?"

"아니, 없어. 아직 시간 있으니 너무 초조해하지 마."

"하는 데까지 해볼게요. 그럼"이라는 말로 전화가 끊겼다. 마침 하치요에 있는 마이니치 맥주 지바 공장 공장장의 부인이 이 기자의 먼 친척이라, 공장장 집으로 찾아가서 주변 취재의 형식으로 사건에 대한 솔직한 소감 등을 따오는 역할을 맡은 것이었다.

공장장은 기술자로 잔뼈가 굵은 인물 같은데, 변호사인 서른다섯 살 아들이 인권보호단체 활동에 열심이고 피차별부락 문제도 잘 아는 관계로, 경시청 기자실의 스가노 캡이 공장장을 만나보라고 기자에게 직접 부탁했다고 한다. 공안통인 스가노다운 발상, 아니, 거의 공안에서 나온 의뢰라고 보는 편이 맞을지도 모르지만, 히노데 맥주 사건의 원점에 어른거리던 피차별부락 문제의 그림자를 이번 일에서도 찾아보려는 당국의 의도는 차치하고라도, 여하튼 붉은색 맥주가 지바 공장에서 출하됐다는 사실을 생각하면 공장장을 만나는 건 적절한 취재 활동의 일부라고 할 수 있었다.

"네고로 씨! 코멘트 수정했습니다"라는 목소리와 함께 날아온 원고 한 장을 얼른 훑어보고 이어서 뒤쪽 데스크석으로 보내며 "자, 오피니언 리더 담화는 이걸로 끝!"이라고 소리친 뒤 경시청 기자실로 연결되는 내선 전화로 손을 뻗었다. 그때 그 앞으로 다시 익명의 손글씨 팩스가 한 장 비집고 들어왔다. 네고로는 그것도 얼른 훑어보았다.

기자들이 현장 취재로 정신없을 지금 시각에 기자실 박스에 남은 사람은 어차피 서브나 캡밖에 없을 터였다. 역시나 스가노 캡이 "예, 경시청 기자실입니다!" 하며 조금 긴장된 목소리로 전화를 받았다.

"네고로예요. 우리 쪽 오카자키가 지금 하치요의 공장장 집으로 가고 있습니다. 우라와 지국에 있으면서 그쪽 사정을 잘 알아둔 친구니 별문제 없을 겁니다. 그리고 마이니치 맥주의 전 총무부장 가와무라 고이치, 상법 위반으로 적발된 1992년 당시 재직했던 사람인데요, 그가 보낸 것으로 보이는 익명의 팩스가 방금 여기로 들어왔어요. 본문은 손글

씨로 딱 세 줄. '제가 오카다 경우회에 대한 정보를 가지고 있습니다. 보안을 지켜준다면 만나서 말씀드릴 수 있습니다.' 그리고 밑에 전화번호. 스가노 씨, 가와무라의 필적을 기억하세요? 지금 보내면 확인해주실 수 있습니까?"

"알았어. 보내봐." 대답 뒤 스가노는 일 초쯤 뜸을 두고 목소리를 죽여서 "후미짱, 사노라는 저널리스트가 6월 말부터 행방불명이라던데. 왜 나한테 말하지 않았어?" 하며 개인적인 이야기를 꺼냈다. 네고로는 "그 얘기는 나중에요"라고 회피하며 먼저 수화기를 내려놓는 수밖에 없었다. 그때 정리부에서 "종합판은 이것으로 끝냅니다!" 하는 목소리가 날아왔다.

다음 12판 마감을 앞두고 짧은 휴식에 들어가자 편집국에는 안도의 공기가 흐르고, 자리를 뜨는 기척과 발소리로 어수선해졌다. 그 와중에 네고로는 왠지 재촉받는 느낌을 떨치지 못하고 책상 밑에 놓아둔 종이봉투를 바라보며, 의자 등받이에 걸린 재킷 주머니에 들어 있는 가부토초의 비밀 그룹 명부를 생각했다.

종이봉투에는 오늘밤 한잔하기로 약속한 지검 특수부의 가노 검사에게 넘길 생각이었던 서류가 들어 있지만 마이니치 맥주 사건 탓에 오늘밤 만나기는 틀렸다고 체념했다. 대신 비밀 그룹 명부 같은 자료를 반길 만한 몇 사람 가운데 지리적으로 가장 가까이 있는 얼굴이 떠올라 저도 모르게 용수철처럼 벌떡 일어섰다. 사옥을 뛰쳐나가 현관 앞에서 택시를 잡으며 잠깐 평정심을 찾고 '내가 대체 뭘 하는 거지? 다 소용없는 짓인데' 싶었지만, 한편으로는 '아무것도 안 하는 것보다야 낫지'라며 생각을 고쳐먹는 가운데, 택시는 도호 본사에서 그리 멀지 않은 가부토초로 접어들었다.

오후 8시 25분. 네고로는 하천변에 늘어선 증권 신문 빌딩 근처에 내려서 3층 편집국 창문의 불빛을 확인하고 공중전화부스에 들어가 전화를 걸었다. 출입문에서 기다릴 테니 내려오라 전하고, 몇 분 뒤 얼굴을 보인 편집장을 건물 안으로 밀어넣고 자신도 들어갔다. 그리고 들고 온 명부를 상대 손에 쥐여주었다.

상대는 밀쳐내며 "나는 끼어들고 싶지 않다고 말했을 텐데"라고 소리 죽여 말했다. "얼마 전에도 긴자에서 GSC그룹 관계자가 증권협회 간부랑 도에이 은행 니혼바시 지점장과 술 마시는 걸 봤어. 호랑이 꼬리 밟고 우쭐댄다는 말이 딱 자네 얘기야."

"내가 밟고 있는 건 꼬리가 아니라 머리야. 착각하지 마. GSC나 이 비밀 그룹이나 다 꼬리에 불과하니 자네에게 정보를 주고 있는 거야. 회원 13호 소노다란 놈은 자네와도 꽤 친하잖아. 주식으로 먹고산다면, 이놈들이 장난치는 종목에 요주의 표시를 달아주는 양심 정도는 가져도 좋을 것 같은데."

"자네, 머리가 어떻게 된 거 아냐?"

"적어도 일반 투자자들에게는 올바른 정보를 제공하란 소리야. 그 이상은 바라지도 않아. 호리 화학, 다무라 정기, 야마오카 강판, 호토쿠 은행, 그외에도 수상한 종목이 한둘이 아니야. 최소한 그 정도는 기사로 쓰라는 거야, 내 말은."

"그럼 자네가 쓰면 되잖아."

"전국지는 근거 없는 얘기는 못 써."

"우리도 마찬가지야. 자네가 지금 이런 위험한 자료를 들고 요주의 종목이니 뭐니 떠들고 있을 처지야? 정말 제정신이냐고."

"난 제정신이야. 그 명부, 필요 없으면 알아서 버려."

네고로는 그 말을 남기고 혼자 밖으로 나섰다. 자신이 제정신인지 아넌지는 아무래도 상관없었지만, 문득 자정 능력이 없는 가부토초의 하천은 21세기면 폐허가 되겠구나 싶은 생각이 들었다. 소토보리도리 거리 쪽으로 걷다가 전화를 한 통 더 걸려고 눈에 띄는 공중전화부스로 들어갔다. 증권거래소 건물을 정면으로 바라보며, 전화를 받은 이에게 "산세이도 본점입니다"라고 말했다.

"아, 마이니치 뉴스를 보면서 오늘밤은 나오시기 힘들겠구나 생각하던 참입니다." 가노 검사가 말했다.

"뭐, 사건이 어떻게 흘러가든 당분간 자리를 지켜야 할 것 같아요. 오늘밤 전해드리려고 가져온 책은 택배로 보내겠습니다. 이십 년 전 사둔 시몬 베유 전집인데, 혹시 이미 갖고 있다면 고다 씨에게 주세요."

"네고로 씨, 오전 2시면 조간 출고가 끝나죠? 제가 2시에 그쪽 본사 현관으로 갈 테니 책과 명부를 전해주시죠." 가노의 말에 네고로가 잠깐 생각하는 사이 그는 내처 "괜찮죠? 그때 잠깐만 내려오세요" 하며 채근했다.

일전에 네고로가 비밀 그룹 이야기를 내비쳤을 때 가노는 자못 특수검사다운 태도로 신중하게 귀기울이다가 어려운 문제군요, 라고 간결하게 감상을 밝혔지만, 동시에 저력 있는 선배나 차석검사와 상의해보겠다는 말도 했었다. 내년부터 주택금융전문회사나 제2금융권의 부실채권 처리가 본격화되면 틀림없이 여러 분야에서 형사사건을 따지는 사례가 속출할 것이다. 특히 제2금융권과 관련해 비밀 그룹의 일원이 튀어나올 가능성이 다분하고, 모 대형 증권사와 얽힌 증권거래법 위반 혐의로 내사에 들어간 사례도 두어 건 있으니, 꼭 명부를 넘겨달라는 얘기였다.

"시간은 그쪽 형편에 맞추시면 됩니다. 저는 계속 본사에 있을 테니까요."

"예정이 바뀌면 전화하겠습니다. 그럼 일단 2시로 알고 있겠습니다."

"이따 뵙죠."

수화기를 내려놓은 네고로는 문득 길 위로 펼쳐진 하늘을 올려다보고, 잠시 시간이 지나서야 겨우 아아, 별이구나, 오랜만이다, 생각했다. 한밤중의 가부토초는 별이 보일 정도로 캄캄했다.

*

뉴오타니 타워에서 열리는 게이단렌 주최 경영 세미나 이틀째, 의약품 분과회 석상에 마이니치 맥주 사장의 얼굴은 보이지 않았다.

분과회 주제는 '항체 의약 개발 현황과 전망'. 인간형 항체를 만드는 특수 쥐를 신약 개발에 이용하는 최첨단 기술은 히노데 의약 부문에서도 연구의 중심으로 삼고 있는 내용이니 본래라면 대단히 의미 있는 자리였겠지만, 오후 일찍 시작된 기념 강연과 해외 연구기관의 현황을 소개하는 비디오 상영, 국내외 제약사 간의 의견 교환 등도 시로야마 교스케에게는 거의 마이동풍이었다.

시로야마는 도중에 몇 번이나 회의석상을 나갈까 생각했지만 오히려 그런 행동이 더 눈에 띄겠다 싶어 생각을 고치고 짐짓 귀기울이는 척하고 있었다. 그래도 중간 휴식 시간에는 다른 참석자들의 무언의 시선을 느껴야 했고, 몇몇은 조심스럽게 "큰일이군요" "뭐라 말씀드리기도 곤란한 사태라, 마음이 안 좋으시겠습니다"라고 말을 건넸다. 그중에서도 동종업계인 아사히 맥주 사장과 눈이 마주쳤을 때는 결례가 될까봐 시로야마가 먼저 정중하게 고개를 숙였지만, 상대의 눈에 순간 복잡한 감정이 스치는 것을 알 수 있었다.

업계 3위 아사히뿐 아니라, 의약 부문이 없어서 이 자리에 참석하지는 않았지만 업계 4위인 크라운 맥주를 비롯한 동종업계 타사 모두 마이니치 맥주 사건을 보면서 자사에 닥칠 영향을 염려하지 않을 수 없었다. 레이디 조커라는 이름이 보도되진 않았지만 새로운 피해자인 마이니치 맥주건 아사히건 크라운이건 곧장 그 이름을 떠올렸을 테고, 히노데가 그들과 뒷거래를 한 탓에 제2의 범행이 일어났다고 의심한다는 것 역시 쉽게 상상할 수 있었다. 입장을 바꿔 생각해보면 자신도 그랬을 거라고 시로야마는 인정했고, 아마 소비자도 마찬가지일 거라 생각하니 우려를 넘어 패닉 직전의 심경이었다.

오전에 구라타가 남몰래 귀띔해주어 마이니치 맥주 사태를 파악했을 때는 몇 분간 말도 제대로 할 수 없을 만큼 동요했다. 후지산 자락에 감금되어 있을 때 범인 중 하나가 말한, "20억을 받으면 그 이상의 요구는 일절 하지 않겠다고 약속한다"라는 문장의 음절 하나하나까지 그는 기억하고 있었다. 그뒤 범인 일당의 지시도 처음의 약속에 따른 것으로 이해했고, 마지막으로 20억을 보내며 종결 선언을 요구했을 때도 그들은 직접 '사라지기로 했다'라는 표현을 쓰지 않았던가.

지금 생각하면 물론 당시 그들은 타사에 대한 행위까지 언급하지는 않았고, 히노데에 그런 약속까지 할 이유는 없다고 할 수도 있겠지만, 어쨌거나 시로야마로서는 크게 당황하고 동요하지 않을 수 없었다. 자신이 안이했음을 인정한다 해도 이 사태는 그런 식으로 납득할 수 있는 성격이 아니었고, '왜?'라는 자문이 끊이지 않는 데는 뭔가 석연치 않다는 직감 탓도 있었다.

굳이 억측한다면 마이니치 맥주에 대한 공격은 자연히 맥주 시장 전체의 매출에 영향을 준다는 점에서 히노데에 대한 새로운 형태의 공격이라고 할 수도 있지만, 그렇다면 '왜?'라는 의문은 더욱 깊어질 따름이다. 직접 귀로 들은 세 범인의 육성과 거동, 지시, 행동. 그 어느 것에서도 오늘의 사태를 전혀 예상하지 못했다는 건 내가 눈뜬장님이었다는 뜻인가? 아니면 이번 일은 레이디 조커가 아닌 편승범의 소행일까?

만에 하나 이런 일이 일어날 수도 있다고 예상했어야 한다는 솔직한 반성은 끝내 하지 못한 채, 시로야마는 분과회에 참석한 한나절 동안에도 결국 현상황에 대한 대응책을 전혀 정리하지 못하고, 오후 5시 회의가 끝나자마자 도망치듯 자리를 떴다.

그러나 그뒤에도 도저히 빠뜨릴 수 없는 일정이 기다리고 있어서 곧장 회사로 돌아가지 못했고, 따라서 이런저런 생각들을 정리할 시간도 얻을 수 없었다. 뉴오타니 타워의 분과회 회의장을 나온 시로야마는 여러 사람이 오가는 지하주차장과 2층 정면 현관의 포치를 피하고, 다른 분과회에 참석한 스즈키 회장과 마주치는 것도 피해서, 다음 일정까지 시간을 때울 겸 타워와 구관을 잇는 통로 아케이드의 한 화랑으로 들어갔다. 맞은편에 커피숍이 있었지만 목이 마르지 않았고, 걸어서 일 분 거리에 영빈용 히노데 클럽이 있지만 한 발짝만 밖으로 나가면 보도진에 에워싸일지도 모르는 지금의 위험을 감수할 엄두가 나지 않았다.

개인적으로 그다지 끌리지도 않는 현대 화가의 소품이 줄지어 걸린 화랑에 홀로 우두커니 서서 시로야마가 바라보고 있던 것은, 자신의 납치와 스기하라의 죽음을 비롯한 지난 반년간의 사건들이 3분의 1, '왜?'라는 질문으로 혼란스러운 안개가 3분의 1. 나머지 3분의 1은 곧 이 근처 아카사카 프린스 호텔 구관에서 만나기로 한 상대의 얼굴이었다.

시로야마는 오후 5시 반이 지나도록 화랑에 머물다가 마침내 지하주차장으로 내려가 회사 차량에 올라탔다. 내내 기다리고 있던 운전사 야마자키가 눈치껏 "아까 근처를 둘러보고 왔는데, 기자들은 괜찮지 싶습니다. 스즈키 회장님이 대신 상대하고 계셔서……"라고 말했다. 시로야마는 "아카사카 프린스 호텔로 갑시다"라고 대꾸했다.

신중에 신중을 기하고 우회에 우회를 거듭해 시로야마가 아카사카 프린스 호텔 구관 앞에 내린 것은 오후 6시 오 분 전이었다. 현관에 대기 중이던 지배인이 "이쪽입니다"라며 은근히 재촉하듯이 안내한 2층 방으로 들어가니 안에는 아직 아무도 없었다. 이 무슨 무례인가 싶다가 내가 오 분 빨리 오기도 했다고 생각을 고치면서 잠시 발코니에 면한 유리문의 커튼 너머로 바깥의 야경을 바라보았다. 그러다 무료함에 겨워 의자에 앉았을 때는 오후 6시 7분이었다. 지금쯤 특약점 사장들이 어떤 얼굴들일지, 여름 동안 겨우 회복한 주문량이 내일부터 어떻게 떨어질지 걱정스러워 한시라도 빨리 맥주사업본부의 보고를 받고 싶었지만, 여기서 고민해봐야 속만 끓일 뿐이라고 스스로를 타이르고 머릿속을 비우려 애썼다.

생각해보면 회사생활 내내 누구를 기다린 적도, 기다리게 한 적도 없었지만, 유일한 예외가 있다면 정치인과 오카다 경우회였다. 그게 그들의 허세라고 구라타 세이고는 누차 말했는데, 최근 이런 자리에 혼자 나설 때마다 시로야마는 구라타 세이고가 오랜 세월 이런 굴욕을 혼자서 감당해왔음을 깨닫곤 했다.

구라타는 사무적인 내용만 전할 뿐 뒷이야기 같은 것은 한 번도 입밖에 낸 적이 없지만, 그만큼 가슴속에 얼마나 많은 분노를 쌓아왔을까. 그에 비해 자신은 일상에서 겪는 사소한 개인적 분노는 차치하고, 이른바 분노라는 감정은 평탄한 회사생활에서 거의 느껴본 적이 없었다. 레이디 조커의 재앙이 닥친 뒤에야 종종 그런 감정에 휘둘리며, 분노를 품는다는 것이 참으로 고통스럽다는 사실을 깨달은 참이었다. 곧 만날 정치인이나 비서관에게도 늘 억누르기 힘든 분노를 느껴왔지만 이런 자리에 불려왔다는 굴욕보다 분노 자체가 더 고통스러웠다.

멍하니 그런 생각을 하는 사이 시곗바늘은 6시 반을 지났고, 끝내 한숨이 새어나올 즈음에야 바깥에서 발소리가 들렸다. 시로야마가 자리에서 일어나 자세를 가다듬는데 노크도 없이 문이 열리더니 비서관 아오노가 나타나고, 인사도 없이 대뜸 "선생께서 오십니다"라고 내뱉었다. 원래 국회의원 비서관이란 말하면서 눈길을 맞추는 법이 없고 상대의 지위에 따라 태도가 달라지는 법이지만 이 아오노라는 자는 또달랐다. 정중함에도 무례가 따르고, 명백한 무례에는 음험함이 엿보였다. 나가타초에서는 남에 대한 배려 따위에 한 푼어치도 가치를 두지 않는다고 단정하는 듯한 그런 거동은 나름 위협적으로 느껴지기도 했다.

아오노가 제 손으로 문을 활짝 열어젖힌 채 기다리자 잠시 후 바쁜 발소리와 함께 사카다 다이치 의원이 들어왔다. 예순다섯의 정치인은 시정의 동년배보다 훨씬 혈색이 좋고 허리도 꼿꼿하기 마련인데 사카다도 예외가 아니었다. 당 3역과 재무 대신을 역임한 최대 파벌의 영수라는 무게감보다, 권력이라는 게임이 습성이 돼버린 이다운 경쾌함을 풍기는 인물이다. 눈은 한시도 차분히 가라앉는 법 없이 늘 무언가에 홀린 양 허공을 응시하거나 이리저리 굴리거나 둘 중 하나다. 눈으로는 절대 웃지 않지만 그 아래 볼과 입술은 쉴새없이 다양한 웃음을 지었고, 아오노와 달리 어느 상대에게나 늘 똑같은 말투로 대했다. 선거 때를 제외하고는 누구에게도 고개를 숙일 필요가 없는 정치인 특유의 말투에는 진심 어린 존대나 겸양이 없었다. 일반인과 언어감각부터 다른 그런 말본새에 시로야마는 늘 생리적으로 진저리를 쳤는데 지금도 딱 그랬다.

사카다는 입술로만 웃는 얼굴로 "아이고, 아이고" 하며 들어와서는 "자, 앉으세요" 하며 한 손을 내밀어 시로야마에게 의자를 권하고, 자기는 바지 양 무릎을 가볍게 쥐며 상석인 소파 한가운데 앉아버렸다.

시로야마는 가볍게 고개를 숙이고 팔걸이의자에 앉긴 했지만 예의범절로 따져도 명백히 주객이 전도된 그런 행동 하나하나가 신경에 거슬려, 이것도 의도된 것인지, 아니면 예의 따위는 애초에 지킬 생각도 없었던 것인지 새삼 상대의 진의를 탐색하지 않을 수 없었다.

사카다는 웃음을 지우는 수고도 생략하고 "이거, 맥주업계가 많이 힘들겠습니다"라는 말로 인사치레를 하고는 담배에 불을 붙였다. "그나저나 시로야마 씨, 다마루 입장이 곤란해 보이던데요." 이어서 마치 남 일처럼 넌지시 본론을 꺼내고는 그제야 담배 연기 너머로 시로야마의 표정을 힐끗 살피더니 곧 다시 의미 모를 웃음을 지었다.

"아무튼 그 토지 건은 나도 좀 부탁드립니다, 예?"

"다른 토지라면 검토할 여지가 있겠지만, 말씀하신 토지는 등기부상 임야의 비탈면이고 임도조차 없는 맹지입니다. 매입할 일은 전혀 없다고 말씀드리지 않을 수 없군요." 시로야마가 대답했다. 이제는 흥정의 여지조차 남길 필요 없다고 작심한지라 딱 잘라 거부한 것이다.

사카다는 표정 하나 바꾸지 않고 유유히 담배를 피우며 몇 초간 뜸을 들이다가 "시로야마 씨"라고 말했다. "나도 나름대로 당신 체면을 생각해서 이렇게 만나러 온 겁니다."

드디어 사카다의 속내가 나오는구나 생각하며 시로야마는 잠자코 들었다.

"솔직히 말해 차기 사장이랑 얘기하는 쪽이 나는 편해요. 세간에서는 차기 사장을 시라이 씨로 보고 있죠? 그 사람은 당신보다 훨씬 계산이 빠르지. 그런데도 이렇게 당신한테 얘기하는 건, 요컨대 이 사카다가 당신 위신을 세워주려 노력하는 거요. 그걸 모르시네."

시로야마도 알고 있었다. 시라이는 일찍부터 오카다 경우회와의 관계를 청산하자고 강경하게 주장했지만, 한편으로는 중장기 경영 환경을 가늠해 회사에 유리하겠다 싶으면 중앙관청이나 정치인도 필요에 따라 최대한 활용하기를 마다하지 않는 남자였다. 말마따나 시라이가 이 자리에 나왔다면 부당한 지출에 걸맞은 교환조건을 제시하고 교섭을 마무리짓는 수완을 발휘했을 것이다. 그 사실은 충분히 알지만, 시로야마는 몇 가지 개인적인 이유로 이 사카다에게만은 그럴 생각이 없는 것뿐이었다.

시로야마는 아무 대답도 하지 않았다. 사카다는 "그럼, 나는 다음 약속이 있어서" 하며 담배를 재떨이에 비벼 끄고 일어나더니, 들어올 때와 마찬가지로 인사도 없이 잰걸음으로 나가버렸다. 아오노 비서는 일단 의원을 내보낸 뒤 문을 닫고 방안에 남았다. 이자도 무슨 할말이 있는가 싶어 시로야마는 문 앞에 서서 아오노를 바라보았다.

그런 시로야마의 눈길을 기다렸다는 듯 아오노는 여느 때처럼 고자세로 말했다. "사장님은 수사 당국이 다마루 씨와 히노데의 관계를 폭로한 문건을 입수했다는 사실을 알고 계십니까?"

시로야마는 제 귀를 의심하며 그저 우두커니 서 있는 수밖에 없었다. 그날 밤 충격적인 일이 아무리 많았다 한들 방금 아오노의 말처럼 놀라운 것은 없었다.

"오카다 쪽은 완전히 배신당했다고 받아들인 것 같습니다. 문건의 출처는 당연히 그쪽이겠죠? 보낸 사람이 누구든 내부에서 배신자가 나온 상황이라면, 이제 사장님도 알아서 앞가림을 잘해두셔야 하지 않겠습니까?"

그 말을 끝으로 아오노가 나가고 문이 닫히자 시로야마는 한 덩어리의 감개를 불러내며 의자에 앉았다. '구라타다'라고 처음부터 직감하긴 했지만, 새삼 '구라타다'라고 스스로 되뇌었을 때의 심정은 당초의 충격과 딴판으로, 이성과 감정을 모두 동원한 일종의 납득에 가까웠다.

현실적으로도 오카다 경우회와의 오랜 내력을 자세히 아는 사람은 구라타뿐이다. 5월경부터 그의 표정이나 거동에서 엿보인 미묘한 변화를 뒤늦게 새삼 납득하고, 이어서 '왜지?'라고 조용히 자문했다.

1990년 시로야마 체제가 출범할 당시 사내의 오랜 금기였던 오카다와의 관계에 처음으로 이의를 제기한 사람은 시라이였지만, 그의 단호한 주장에 못 이겨 이사회가 무거운 엉덩이를 들기까지 이 년 동안, 구라타는 조만간 피할 수 없을 관계 청산에 대비해 나름대로 침착하게 준비해왔다. 치과의사가 보낸 괴테이프를 받았을 때 구라타가 제일 먼저 오카다의 관여 여부를 얘기한 것도 바꿔 말해 그만큼 그가 의도적으로 오카다와의 관계를 식혀가고 있었다는 뜻이다. 그리고 마침내 관계를 끊을 단계에 접어들자 일 년이라는 시간을 들여 강경하고도 치밀하게 일을 추진해 1993년 봄, 미술품 구입이라는 편법으로 오카다측에 10억의 청산금을 건네주고 매듭을 지었다.

그때 다시는 쌍방에 이해관계가 발생하지 않을 것을 보장하는 내용의 각서를 교환했지만, 그것은 올해 초 다마루 젠조가 별장지 구입 건을 타진해옴과 동시에 일방적으로 파기된 것이나 다름없었다. 단적으로 말해 히노데가 배신당한 셈이었고, 1993년 교섭을 일임받아 마무리한 구라타로서는 당연히 그냥 놀라고만 넘어갈 상황이 아니었다. 가령 토지 구입 문제가 이사회에 올라간다면 구라타는 완전히 설자리를 잃을 뿐 아니라 중대 실책에 대한 책임을 추궁당하게 된다. 그런 상황에 위기감을 느낀 구라타가 어떻게든 다마루의 손을 묶어둬야겠다고 판단한 것은 시로야마도 충분히 이해할 수 있었지만, 하필이면 왜 내부고발이라는 방식을 취해야 했을까.

본래 구라타는 필요하다면 어떤 흥정이든 할 수 있는 사람이지만, 지금까지 해온 일들을 생각하면 이제는 그럴 뜻이 없음이 분명했다. 즉 더는 자신의 장래를 히노데에 맡기지 않겠다는 뜻이리라. 백 보 양보해 그것까지 이해한다고 쳐도, 왜 하필 내부고발이란 말인가.

레이디 조커 사건에 따른 맥주사업의 손실이 예측되는 지금 구라타가 직접 스스로의 진퇴를 정하는 건 당연하지만, 다마루를 고발하는 것은 자기 자신을 고발하는 것이나 마찬가지인데 왜 이 시기에 그런 결단을 했을까. 더구나 내부고발은 삼십 년 넘는 회사 인생을 백지로 되돌려버릴 비상식적인 수단인데, 시로야마는 구라타의 진의를 아무래도 이해할 수 없었다. 그리하여 이 사람 머리가 어떻게 된 걸까 의심까지 하며 어지러운 혼돈에 빠진 채 본사로 돌아왔다.

시로야마는 30층 집무실에 도착하자마자 한나절의 부재 동안 책상 가득 쌓인 서류와 메모를 방치한 채 컴퓨터 전원을 켜고 메일 발신자 목록에 구라타 이름이 있는지부터 확인했다. 오후 5시 25분에 한 통이 들어와 있어서 먼저 훑어보았다. 내용은 ①지난번 제출한 9월 영업 계획을 하향 수정해야 할 상황이므로 4일(월)에 다시 제출하겠습니다. ②DS 판매 확대 계획이 일부 특약점에 누설된 듯. 상세 내용은 4일 보고하겠습니다. ③내일 3일은 오사카에서 영업망을 독려하고 4일 오후에 귀경할 예정입니다.

그게 전부였다. 마이니치 맥주로 사건이 파급된 지금, 맥주사업본부장인 구라타가 당장은 개인적 잡념이나 신념에 연연할 틈이 없는 상황이라는 것은 그 간결한 메일로도 충분히 짐작할 수 있었다. 지극히 사무적인 메일을 읽으며 한순간 뇌리에 '이 배신자!'라는 생각이 스치는 한편 그를 배신자로 단정하는 데 커다란 망설임을 느끼면서 컴퓨터 전원을 껐다.

여하튼 구라타와 만나 얘기하려면 다음주까지 기다려야겠지만, 그 내부고발 문서가 대체 어떤 내용인지, 수사 당국이 움직이고 있는지, 이 사실을 아는 임원이 또 있는지 하는 불안을 그때까지 수습할 길이 없었다.

시로야마는 차라리 업무 생각을 하려고 애써 머릿속을 환기했다. 구라타의 메일 중 두번째 항목에 따르면 초봄부터 맥주사업본부가 장기 정책으로 할인점 출고 확대와 직판 체제 실현을 위한 방도를 은밀히 모색해온 동향이 일부 특약점에 알려졌다. 이것도 중대한 사태임이 틀림 없으므로, 시로야마는 일단 책상에 놓인 메모들을 훑으며 특약점에서 그런 내용의 진정이 들어오지 않았는지 찾아보았다. 그러다가 석간 스크랩 한구석에서 '다음은 청산가리인가?'라는 제목을 발견하고 저도 모르게 손을 뻗는데, 마침 "마이니치 맥주의 히키타 사장님께서 전화하셨습니다"라는 노자키 여사의 목소리가 들려와 심장이 다시 요란하게 뛰기 시작했다.

그는 단순히 경쟁사 최고경영자로 알고 지내는 사이가 아니라, 시로야마의 도쿄대 법학부 육 년 선배이자, 대장성에서 니혼 은행으로, 나아가 도쿄 은행에서 마이니치 맥주로 스카우트된 눈부신 이력의 거물이었다. 꼭 낮에 열린 부사장의 기자회견 때문이 아니어도 사건에 대한 사장의 강경한 태도는 충분히 예상하고 있었지만 갑작스러운 전화에는 역시 놀랄 수밖에 없었다.

"연결해주세요." 인터컴에 대답한 뒤, 마음의 준비를 할 새도 없이 수화기를 들고 기계적으로 "시로야마입니다"라고 말했다.

"시로야마 씨, 이번에는 우리 차례군요. 이것참 큰일입니다." 그렇게 말문을 연 상대의 목소리는 아니나 다를까 전에 없이 냉랭했다. 평소에도 히노데에 당당하고 거리낌없이 경쟁의식을 드러내던 사람인데, 그렇듯 이제는 일종의 공명정대한 관계를 히노데와 유지할 마음이 없는 것이었다. 시로야마는 뼈아픈 첫 일격에 곧장 그 사실을 알아차렸다.

"다른 데는 말하지 않으셨으면 합니다만, 레이디 조커를 자처하는 범행 성명이 도착했습니다. 이렇게 전화드린 건 개인적으로 몇 가지 기탄없이 말씀드리고자 해서입니다."

히키타 사장이 직접 이렇게 밝힌다면 역시 이번 사건도 레이디 조커의 소행인가? 그런 생각과 동시에 '왜지?'라는 재삼재사의 의심에 휩싸이고, 다른 한편으로는 히키타의 '기탄없이'라는 표현에 긴장하며 시로야마는 "예, 말씀하십시오"라고 대답했다.

히키타는 먼저 경찰 이야기부터 꺼냈다. "오늘 우리도 수사1과장한테 상황 설명을 들었는데, 내용이 아주 난해하더군요. 요컨대 사건에 관계된 것으로 보이는 자를 몇 명 압축해놓았지만 현단계에서는 범인이라고 단언할 수 없다는 겁니다. 대체 이런 얘기를 어떻게 판단해야 할까요?"

"솔직히 말씀드려 저희도 그 점은 짐작하기 힘듭니다. 저 개인적으로는 임의로 수사를 진행하기 전 단계 아닌가 생각하고 있습니다만."

"실은 경찰이 동화단체와의 관계를 집요하게 캐묻더군요. 그렇다고 범인 일당에 그런 동기가 있는 건 아니라고 하고요. 이것도 이해가 안 갑니다. 매우 결례인 줄 압니다만, 혹시 히노데측도 그랬습니까?"

"창업 백 년이 넘은 회사 중 샅샅이 뒤져서 그쪽으로 한두 가지 안 나오는 곳은 없을 테고, 저희도 마찬가지입니다. 처음에는 많이 당황했습니다."

"경찰 얘기는 결국 일련의 사건 동기는 불분명하다, 금전을 노린 것일 수도 있고 원한에 따른 것일 수도 있다는 것인데, 히노데측도 그렇게 설명을 들었습니까?"

"그렇게 들었습니다."

"그래요? —그런데 7월 이후 범인 그룹이 그쪽에 접촉을 시도한 적은 없나요?"

'없다'고 하는 것이 정답이었지만, 그렇게 대답해버리면 히노데가 범인 그룹과의 뒷거래에 응한 것을 인정하는 꼴이었기에, 시로야마는 조심스레 "아직은"이라는 말을 덧붙여 부정하는 것이 최선이었다.

"시로야마 씨, 저희는 귀사만큼 탄탄하지 못해서 대단히 힘든 상황을 각오하고 있는데, 최대한 빠른 해결을 위해서라도 앞으로 부디 협력을 부탁드립니다."

"성심성의껏 협력하겠습니다. 필요하면 언제든 말씀해주십시오."

"바쁘실 텐데 실례했습니다. 그럼."

"얼마나 힘드실지 충분히 이해합니다."

특별히 중요한 용건은 나오지 않은 통화를 끝낸 뒤 시로야마는 새삼 깊은 통한을 느꼈다. 피차 같은 범인 그룹의 피해자이니 원래라면 적극적으로 정보를 교환하며 기업 테러에 함께 맞서야 마땅하지만, 범인 그룹의 뒷거래 요구에 응한 히노데는 그럴 수 없는 것이다. 히키타 사장의 진의도 아마 그 점을 암암리에 표명하는 것이었을 테고, 힘든 상황을 각오하고 있다는 한마디에 담긴 분노를 직접 듣고 보니 끝내 고개를 떨어뜨리는 수밖에 없었다.

마이니치 맥주는 1992년 총회꾼에 대한 이익 공여가 적발되자 그에 책임지는 형식으로 경영진이 교체되었고, 새로 사장에 취임한 히키타는 총회꾼을 철저히 배척해왔기 때문에, 매년 주주총회에서 몇 시간 동안 험악한 광경을 연출하곤 했다. 그와 달리 히노데는 적발을 면한데다 오카다에 은밀히 청산금을 지불하며 관계를 끊는 방식을 택했고, 그때의 화근으로 이번 뒷거래에 응하지 않을 수 없었으며, 이렇게 타사에 불똥이 튀는 상황마저 초래했다. 오늘밤 피해 기업의 전화 한 통을 통해, 시로야마는 그 사실을 추궁당한 셈이었다.

생각이 여기에 이르자 당시 사직 당국의 눈길을 감쪽같이 피한 히노데의 운명도 참 아이러니하다 싶었지만, 직접 그 레일을 깔아온 구라타가 지금 느낄 심정도 새삼 뼈아프게 다가왔다. 내부고발이라는 방식에는 변호의 여지가 없으나 어찌 보면 조만간 누군가 손대지 않을 수 없는 금기에 구라타가 직접 손댄 것뿐이었다. 그리고 무슨 생각으로 그랬든 부사장 겸 맥주사업본부장으로서 다른 방법을 택할 수는 없었을까 하는 의심과, 구라타는 히노데와, 그리고 자신과 함께한 삼십수 년과 분명히 결별할 작정이라는 확신을 거듭 곱씹었다.

그날 밤 시로야마는 책상 위 일거리를 절반이나 남겨둔 채 다시 컴퓨터 전원을 켜고 사적인 지인 몇몇에게 짧은 메일을 썼다. 이번 여름 동안 옛 친구들을 만나서 앞일을 고민하고 있음을 넌지시 내비쳤고 상대도 그의 사정을 짐작해 이런저런 자리를 타진해왔는데, 일단 사태가 이러하니 한동안 만나기 힘들겠다고 양해를 구하는 내용이었다.

*

오후 10시, 정보원 하나를 접대하고 전세택시로 돌아오던 구보는 취재가 불발로 끝났다는 실의보다 눈앞의 초조함에 쫓겨 여기저기 재삼재사 집요하게 전화를 걸고 있었다. 그러다가 겨우 전화가 연결된 1기수 반장이 덜컥 정보를 내주었다.

"마이니치에 레이디 조커를 자처하는 범행 성명이 우편으로 도착했어. 편지지, 볼펜, 가타카나 글씨 등 전부 히노데 때와 똑같아. 구체적인 금전 요구는 아직 없음. 그런데 구보 씨, 이걸 쓸 거면 현단계에서는 편승범일 가능성이 50퍼센트라는 말도 꼭 덧붙여줘야 해. 사실 경찰도 그렇게 보고 있거든." 정보원은 말했다.

"꼭 집어 말한다면 45퍼센트입니까, 55퍼센트입니까?" 구보는 재빨리 파고들었지만 정보원은 신중하게 "50퍼센트"라고 반복할 뿐 더이상 언질을 주진 않았다.

그뒤 경시청 기자실에서 1과장이 감기에 걸려 오늘은 야습을 받아주지 못한다고 통보했다는 연락이 들어와서, 구보는 관사가 있는 메구로로 향하던 전세택시를 유턴시켜 오후 11시가 지나 기자실로 돌아왔다. 그리고 추가 취재 없이 50퍼센트라는 조건하에 레이디 조커의 범행 성명을 폭로하는 원고를 재빨리 작성해 스가노 캡에게 내밀었다. 스가노는 잠시 생각에 잠긴 얼굴로 원고를 읽고는 "최종판에 내지"라고 내뱉었다. 구보는 이 상황에서 레이디 조커라고 명시할 수 있는 것만으로 특종이라고 생각했지만, 캡의 반응은 그가 기대한 정도는 아니었다.

잠시 후에야 알아차렸는데, 구보가 박스로 복귀했을 때부터 스가노는 평소와 달리 차분하지 못한 기색으로 사회부에 연신 직통전화를 걸며 "아직이야?" "뭐 없어?"라고 의미 불명의 질문을 반복하고 있었다. 무슨 일인가 싶었지만 마이니치 맥주 건이라면 자신에게 말할 테고, 그게 아니면 내 알 바 아니라는 생각에 흘려듣고 말았다.

동료 구리야마와 곤도는 야습을 나갔고 자정 전 각자 외부에서 원고를 보내왔다. 특별히 중대한 사건은 터지지 않으리라 보았는지 2과, 4과, 공안 담당도 토요일 밤 돌아간 터라 비좁은 박스가 묘하게 휑한 느낌이었다. 서브캡 가가와는 자리를 지키고 있었지만 나중에 생각해보니 구보와 등을 맞대고 원고를 정리하던 그도 그날따라 말수가 적었다. 평소 같으면 취재처에서 돌아온 후배에게 뭐라고 몇 마디 건넸을 텐데 그날 밤은 한마디도 없었다.

그리하여 날짜가 바뀐 9월 3일 오전 1시 반 대형 사건치고는 조금 시큰둥한 분위기로 조간 출고를 마쳤을 때, 구보 뒤의 가가와는 말 한마디 없이 노트북컴퓨터를 닫았고, 오른쪽 자리에 구보를 등진 채 창문을 보고 앉아 있던 스가노는 외선 번호를 바쁘게 눌렀다.

전화가 연결되자 스가노는 "나야, 도호의 스가노"라고 말했다. 이어서 스가노가 통화 상대에게 내뱉는 단어 하나하나에 구보는 저도 모르게 귀를 빼앗겼다.

"혹시 우리 네고로가 그쪽에 가지 않았나? —이봐, 주식 쪽에서 당신이 그 친구한테 얼마나 신세졌는지 잊었나? 그러고도 인간이야? —그래? 그럴 줄 알았어. —그런 얘기는 나중에 하고! 그 친구와 만난 게 몇시였지? —그 친구 용건이 뭐였어? —알았어. 그 자료, 나한테 좀 보여줘. 달라는 게 아니야. 잠깐 보기만 하면 돼. 지금 바로 간다!"

스가노는 수화기를 내려놓기 무섭게 마이니치 맥주도, 조간도, 옆에 있는 구보나 가가와도 안중에 없는 모습으로 재킷을 들고 뛰어나갔다. 구보와 가가와는 멀거니 그 뒷모습을 바라보는 수밖에 없었지만, 그때 구보는 지난 이 년 경시청 박스에서 1과 담당으로 일해오면서 처음으로 목격한 스가노 캡의 당황한 모습보다, 통화 상대에게 건넨 '우리 네고로가'라는 한마디에 정신이 팔려 있었다.

"우리 지원팀장 네고로 씨요?"

구보가 몸을 돌리고 묻자 가가와는 등을 돌린 채 "종합판 출고를 마치고 나간 뒤로 편집국에 안 돌아왔대. 연락도 없고" 하며 모호하게 대답했다.

"행방불명이란 말입니까?"

"설마."

가가와가 별로 말하고 싶어하지 않는 기색이라 구보도 더 묻지 않았다. 책상으로 고개를 돌렸지만 이미 컴퓨터도 꺼버렸고 정리하려고 꺼내놓은 수첩 하나만 놓여 있을 뿐이었다. 그것을 펼쳤다가 금세 다시 덮고 윗옷 주머니에 넣어버리니 아무것도 남지 않았다. 당직인 가가와는 스가노가 돌아올 때까지 기다리겠지만 구보는 할 일이 없었다. 갑자기 박스가 진공 상태가 된 듯한 기분으로 십여 분, 아니 반시간 가까이 가만히 앉아 있었다.

"이만 들어가." 가가와가 말했다.

"하지만 사고인지 사건인지 알아야—"

"안다고 우리가 뭘 할 수 있겠어."

"네고로 씨에게 이래저래 도움받던 처지인데 모른 척할 수는 없잖아요."

"아직 행방불명으로 판명된 건 아니라고!"

가가와의 목소리가 사나워지자 구보는 "커피나 사올게요" 하며 박스를 나섰다. 그는 바로 반시간 전만 해도 네고로의 존재가 안중에 없었음을 생각했다. 방금 가가와에게 한 말은 진심이지만, 본사 편집국에 들를 때마다 어김없이 한두 마디 말을 걸어주던 네고로에 비해 자신은 그에게 관심이 없었다. 혹은 관심을 가질 만한 마음의 여유가 없었다. 탕비실 앞에 멈춰 서서 네고로를 마지막으로 본 것이 언제였는지 떠올려보려고 했지만 역시나 기억나지 않았다. 이유는 모르지만 네고로는 여름휴가도 쓰지 않고 항상 지원팀 자리를 지키고 있어서 8월에도 몇 번 얼굴을 보았으나, 그때 무슨 이야기를 했는지, 정확히 언제였는지 아무것도 확실하게 기억나지 않았다.

언제라고 특정하지 않은 네고로의 모습은 산만하게나마 얼마든지 떠올릴 수 있지만, 그것들이 모호하게 겹치면 다시 막막해진다. 수척한 등을 웅크리고 백발 섞인 머리를 책상 위로 숙인 채 널찍한 지원팀 자리에 혼자 앉아 있던 사회부 기자, 그것 말고는 형용할 말이 없었다. 경찰 출입기자와는 성격도 업무 방식도 다른 지검 담당으로 오래 있으면서, 매일의 화려한 특종 싸움 대신 두더지 구멍 파기와 같은 지구전을 치러온 사람이기에 햇볕이 내리쬐는 지원팀 자리가 왠지 거북해 보였다. 정보망 튼튼하고 머리 회전 빠르고 주위 사람도 살뜰히 챙길 줄 아는 능력 있는 기자가 이미 데스크나 지국장 자리에 오른 제 동기들과 달리 혼자 지원팀에 남아 있는 이유를 구보는 알 수 없었지만, 여하튼 하루하루 뉴스에 쫓기는 1과 담당 눈에는 보이지 않는 부분이 더 많은 먼 존재였다. 사회부에는 '먼 존재'가 많지만 그중에서도 네고로는 단순히 멀기만 한 게 아니라 왠지 무서운 느낌이 들었다고 구보는 기억을 되짚었다.

왜 그랬을까. 지금은 일일이 그런 생각을 할 여유가 없었지만, 그래, 적어도 내게 없는 것을 네고로에게서 느꼈던 거라는 한 가지 결론이 나왔다. 기자들은 연못에 돌이 던져진 순간의 충격과 파문을 쫓고, 그런 기사들로 하루하루 사회면을 장식한다. 그 한순간을 쫓는 것이 경찰기자 구보의 본능이지만, 경찰기자가 아닌 네고로에게서는 전혀 다른 것이 느껴졌다. 그러는 한편 네고로를 마주할 때마다 연못에 던져진 돌이 아니라 바닥에 가라앉아버린 돌을 집요하게 추적한다는 인상을 받았는데, 그것 역시 집념이라기보다 본능이라는 표현이 더 어울렸고, 네고로가 뼛속까지 신문기자였다는 사실에는 의심의 여지가 없었다.

네고로가 실제로 무엇을 추적하고 있었는지 구보로서는 알 길이 없었고, 그것이 언젠가 기사화되어 지면을 장식하는 상상도 하기 힘들었지만, 종종 수면의 파문보다 연못 바닥에 고인 뻘이 당연히 더 깊으리라는 생각은 해본 적이 있었다. 아니, 현실적으로 연못 수면이든 바닥이든 기사화되지 않으면 의미가 없다. 네고로는 탐사보도 등의 시리즈물을 제외하면 적어도 구보의 눈을 끌 만한 특종기사는 한 번도 쓰지 않았고, 그런 의미에서 제 관심 밖이었던 것도 무리는 아니라고 일단 생각을 정리했다. 그러나 관심 밖이었던 기자의 일에 그는 스스로도 뜻밖일 정도로 안절부절못하고 있었다. 표면적으로는 외출에서 돌아오지 않았을 뿐이지만, 스가노 캡의 거동을 보면 아무리 둔감한 1과 담당이라도 가만있을 수 없었다. 뭔가 있다. 마이니치 맥주 사건도 묻혀버릴 만큼 심각한 무언가가 일어난 것이다.

구보는 다시금 본능에 이끌려 억측을 굴리며 탕비실 앞 자판기에서 커피와 우롱차를 다섯 캔 뽑고, 그것들을 안고 박스로 돌아가며 새삼 냉정하게 상황을 판단해보려 노력했다. 하지만 오른쪽으로는 지하금융과 우익 세력, 폭력단, 왼쪽으로는 노동조합에서 극좌 단체까지 폭넓은 정보원이 있을 지원팀장의 오늘밤 행동을 억측할 만한 단서가 그에게는 전무했다. 스가노가 걸었던 전화의 내용으로 짐작건대 당장의 초점은 가부토초라고 판단할 수 있지만, 주식 이야기라면 기쿠치 다케시 취재 때를 돌아볼 것도 없이 구보에게 명백히 역부족인 일이었다. 히노데 맥주가 공격당한 뒤로 네고로가 끈질기게 그쪽 이야기를 꺼내던 것을 새삼 곱씹으며 이를 가는 수밖에 없었다.

구보가 박스로 돌아왔을 때도 스가노는 아직 보이지 않았다. 가가와 서브캡 혼자 책상에 구부정하게 앉아서 본사로 통하는 내선 전화를 들고 "캡에게 연락은 해보겠는데—" 하며 통화중이었다. 구보가 그 앞에 캔커피를 놓자 마침 수화기를 내려놓은 가가와가 "익명의 전화가 왔대"라고 혼잣말처럼 중얼거렸다.

"오전 2시, 우리 본사 빌딩 앞에서 네고로 씨와 만나기로 약속했던 사람이 방금 사회부에 전화했다는군. 네고로 씨가 안 들어왔다고 했더니 즉시 경찰에 신고하라고 했대."

시곗바늘은 오전 2시 19분을 가리키고 있었다. 그 시각과 신고라는 말을 재빨리 기억에 새기며 구보는 2시에 만나기로 했던 사람치고는 판단이 너무 빠르다, 사정을 잘 아는 자겠구나 생각했다.

"캡의 호출기 번호가— 어이, 구보, 뭐였지?"

"제가 걸게요."

구보가 스가노 캡의 호출기에 연락하고 십 분쯤 뒤 전화가 와서 가가와가 받았다. 스가노는 직접 경찰로 가보겠다고 했고, 동이 트면 각자 나눠서 네고로가 묵을 만한 곳을 찾아보기로 했다. 수상한 자에게 미행당하는 바람에 4월부터 집에 들어가지 않았다고 가가와가 설명했다. 그 말에 구보는 경찰 출입기자의 머리를 굴려 '사고일 가능성은 사라졌다'고 생각했다.

오전 3시가 지나자 가가와는 "교환지만 보고 눈 좀 붙이자"라고 말했다. 곧 오사카 본사에서 각사 조간을 비교한 결과가 도착할 것이다. 만약 낙종했다면 곧바로 추종 기사를 써야 하니 네고로를 걱정할 계제가 못 된다. 제발 오늘만은, 하며 구보는 낙종이 없기를 기도했다. 곧 내선 전화가 울려서 냅다 받아보니 당직중인 도청 담당 기자의 전화였다. "구보? 레이디 조커 이름을 보도한 곳은 우리뿐이야. 특종 축하해."

"뭐 좀 알아냈대?" 뒤에서 몸을 내미는 가가와에게 "아뇨"라고 대답하고 구보는 얼른 수화기를 내려놓았다. 지원팀장이 실종되었다는데도 '아직 안 들어왔어?'라거나 '연락 없어?'라는 걱정 한마디 없단 말인가. 교환지가 다 뭔가. 편승범일 확률이 50퍼센트인 레이디 조커가 다 뭐냔 말이다. 본사 놈들은 대체 무슨 생각인가 생각하니, 구보는 갑자기 신문사에서 이방인이 되어버린 심정이었다.

현관문 열리는 소리에 실눈을 뜨고 시계를 보니 오전 3시 5분이었다. 미명의 침입자는 무거운 서류가방을 식탁에 쿵 내려놓고 맹장지를 열고 6첩 방에 들어와, 고다가 누워 있는 침대 가장자리에 털썩 앉아서 "네고로가―"라고 신음하듯 말했다.

심상치 않은 기색에 고다는 잘 돌아가지 않는 머리로 긴장부터 했다. 지금까지 한 번도 본 적 없는, 딴사람 같은 가노 유스케의 모습이었다.

"도호의 네고로라는 기자 기억하지? 초봄부터 그 사람이 어떤 건을 추적하고 있었어. 분명히 말해 지검의 한계를 넘어서는 사안이었고, 현실적으로도 입건이 어려웠지. 그런데 그 건이 최근 증권거래법 위반으로 내사중인 사안과 어쩌면 관련있을지도 모르겠다 싶은 생각이 들어서, 어젯밤 그렇게 알려준 참이었어."

"네고로 씨에게 무슨 일이 생겼나?"

"어제저녁 8시 20분 공중전화로 내게 연락했어. 오늘 새벽 2시에 도호 본사 앞에서 만나기로 했고. 자료를 넘겨받을 예정이었거든. 시간 맞춰서 도호 본사로 갔는데 15분까지 기다려도 나타나지 않아서 사회부에 전화해보니, 저녁 8시쯤 나가서 아직 복귀하지 않았다는 거야."

"본인 사정으로 다른 곳에 갔을 가능성은?"

"8시 20분에 통화한 내용과 말투를 보면, 아니야. 네고로는 조간 종합판 출고 후에 나간 것 같아. 다음 마감은 밤 9시 지나서니까 내게 전화했을 때는 곧 본사로 들어가야 할 시각이었고, 본인도 그렇게 말했어. 그 사람이 전화를 끊고 본사로 돌아갈 계획이었던 건 틀림없어. 내게 전화한 뒤 무슨 일이 생긴 거야. 그의 협력자였던 프리랜서 저널리스트 한 명도 6월에 행방불명됐고. 자네라면 상황을 이해하겠지?"

가노는 그렇게 말했지만, 방금 들은 설명을 토대로 고다가 형사로서 판단할 수 있는 것은 그저 '한 신문기자의 신상에 무슨 일이 일어났을 가능성이 있다' 정도였다. 말한 사람이 지검 특수부 검사라는 점을 감안하더라도 네고로라는 기자가 이러이러한 상황에서 실종된 것으로 보인다는 사실을 '이해'한다고 말할 만한 근거는 아직 없다. 나아가 설령 어떤 사건에 휘말렸다고 짐작되는 상황이라 해도 현재 일본의 경찰이 할 수 있는 일은 실종 신고 수리 정도가 전부였다. 아니, 만약 납치된 것이라면 네고로에게 예전부터 미행이 붙어 있었던 게 아닐까. 그렇다면 네고로의 은신처나 거처를 어지럽혀놓지는 않았을까. 만약 그렇다면 수사의 단서를 잡을 수는 있을까. 머리가 자동으로 그렇게 움직였지만 그 정도는 가노도 충분히 생각할 수 있을 터였다.

　가노는 어둠 속을 더듬듯이 침대 옆에서 가만히 앓는 소리를 냈고, 고다는 몸을 반쯤 일으킨 채 꼼짝하지 못했다.

　"유이치로. 이 나라에서는 이렇게 권력의 뒤편에서 사람 목숨 하나쯤 사라지는 걸 아무도 막을 수 없어. ─일반에 보이지 않는 곳에서 부정한 돈과 권력이 아주 자연스럽게 움직이고 있어. 사실이 겉으로 드러나려는 순간 속사정을 아는 관계자가 자연스럽게 사라지는 거지. 그런 식으로 시스템과 권리가 유지돼. 한두 명 적발한들 뿌리가 너무 넓게 뻗어 있어서 시스템은 꿈쩍도 안 해. 돈이 움직였다는 건 알아도 수뢰성을 입증하기 어려워 입건 못하는 사례가 수도 없이 많아. 정치자금 규제법에도 빠져나갈 길이 수두룩해. 증권거래법도 현행 거래 시스템 자체를 바꾸지 않는 한 아무리 법을 적용해도 증거가 나오지 않는 사례가 너무 많아. 그렇게 사법이 우왕좌왕하는 동안 누군가는 목숨을 잃고 있는 거야─"

　"좀더 구체적으로 말해줘야 상황을 이해하지."

"예를 들면 고쿠라-주니치 스캔들 말이야. 당시 다마루 젠조를 통해 수십억의 뒷돈이 사카다 다이치에게 흘러들어갔다고들 하지. 사건이 드러난 직후 자살한 주니치의 감사역은 사카다에게 돈이 들어가는 현장을 직접 목격한 사람 중 하나야. 그러나 그가 살아 있었다고 해도 사카다를 체포하기는 어려웠을 거야. 사카다의 직무 권한에 대한 해석이나 청탁 사실 입증까지도 못 가고, 현금 수수 사실을 입증하는 단계에서 좌절했겠지. 그러나 수사진이 밝혀내지 못했다고 사실이 없던 게 되는 건 아니야. 검찰이 추궁하지 않더라도 국민은 진상이 해명되지 않았음을 잊지 않을 테고, 일부 언론인은 추적을 이어가겠지. 네고로도 그런 사람 중 하나였어."

"네고로 씨가 사카다 다이치로 이어지는 어둠의 인맥을 추적하고 있었다, 그 말인가?"

"섣불리 단정할 수는 없어. 그러나 네고로 주위에서 두 사건이 교차했던 건 확실해. 네고로는 1991년 집 앞에서 차에 치여 죽을 뻔했어. 허리가 나빠진 것도 그 후유증이고. 당시 지검 담당이었는데, 타사보다 한발 앞서 고쿠라-주니치 스캔들을 추적하고 있었거든. 그 와중에 뺑소니사고가 난 거야. 물론 용의자는 잡히지 않았고. 그리고 최근에는 세이와회 계열의 GSC라는 금융 그룹과 오카다 경우회의 금융 그룹, 각 증권사 직원들까지 총 서른 명의 회원이 모인 투자 그룹을 쫓고 있었어. 6월에 실종된 저널리스트가 추적하던 것도 바로 그들이야. 그 투자 그룹이 4월부터 6월까지 히노데 주식 신용 매매에 관여한 흔적도 있어. 이 이야기는 알고 있었나?"

"사건에 편승한 주가조작이 있었다는 것 정도밖에 못 들었어."

대답은 그렇게 했지만 레이디 조커 사건과의 작은 접점을 발견하는 순간 온몸의 신경이 번쩍 눈을 떴다. 가노는 평소의 냉담한 표정과 달리, 흥분한 건지 이완된 건지 알 수 없는 표정과 말투로 한마디 한마디 스스로 되뇌듯이 말을 이었다.

"실은 오늘 새벽 네고로에게 그 그룹의 명부를 받기로 했었어. 각 회원의 신상은 지금까지 대강 들어서 알고 있어. 예를 들어 회원 29호는 마쓰나가 기쿠오라는 자야. 오카다 경우회의 대표 오카다 도모하루가 직접 대표를 맡고 있는 와쿄 상회라는 투자고문회사가 있어. 오카다 경우회의 자금을 운용하는 곳이지. 마쓰나가 기쿠오는 그 와쿄 상회의 임원이야. 그리고 와쿄 상회에 모 은행과 계열 그룹이 출자해 설립한 도와 종합이라는 회사가 있어. 여기도 마쓰나가가 임원을 맡고 있는데, 삼 년 전 모 대형 증권사의 주식을 30만 주 취득해서 대주주가 되었지. 그 자금 출처는 알려지지 않았어. 그리고 도와 종합은 그 증권사에 특별 계좌를 개설해 신탁계정으로 쓰거나 손실 보전에 이용해왔지. 아까 말한, 증권거래법 위반으로 현재 내사중인 건이 바로 이거야."

'모 증권사'라고 이름을 숨기긴 했지만 가노가 자신의 업무 내용을 이렇게 구체적으로 밝히는 것은 지난 십수 년 동안 처음이었다. 그러나 아무리 자세히 사정을 알려준들 할 수 있는 일이 없는 고다는 얘기를 듣는 것 자체가 부담스러웠다.

"그러니까, 네고로 씨가 갖고 있던 명부가 꽤 위험한 물건이었단 말인가?"

"그래. 도와 종합도 형식상은 투자고문회사지만 정치인의 자산 운용 창구도 겸하고 있어. 즉 증권사가 직접 관리하는 것이 아니라, 이 도와 종합이라는 회사를 거쳐 고객의 손실 보전을 해왔을 가능성이 있다는 거지. 이런 이야기는 자네도 알았으면 해. 네고로가 쫓던 투자 그룹은 18개사에 이르는 증권사의 담당자들이 가담해 있으니 매도와 매수가 반드시 성립할 수밖에 없는 구조였는데, 그런 식으로 맥주 주식 같은 개별 종목을 조작해 돈을 긁어모으는 한편, 증권사를 통한 대규모 자사 매매도 성사시켜왔을 가능성이 있어. 그리고 거기서 얻은 이익이 특정 고객을 향한 부정한 이익 환원이나 손실 보전으로 연결된 거야. 네고로가 추적하던 투자 그룹의 핵심이 이것일 텐데, 얼마나 악질적인지 자네도 이해하겠나?"

"그런 이야기보다 지금은—"

"아, 지금은 그럴 때가 아니라고 말하고 싶겠지? 아니면 악질적이라는 의견에 동의 못하겠나? 시장의 공정성에는 악질적이라 해도, 그 시장 자체가 탐욕에 눈먼 투자자들의 돈으로 굴러가고 있다고 말하고 싶어? 그러나 욕망의 자유는 자네나 나 같은 보통 사람 모두의 것이기도 해. 그 자유를 보장하는 것이 규칙이고. 그걸 어기는 게 악질적이지 않으면 뭐지?"

"악질적이지 않다고는 말 안 했어."

"이봐, 유이치로, 이런 그룹이 왜 존재하는지 알겠나? 첫째는 돈을 굴려 이윤을 챙기는 지혜와 그 수단을 장악한 무리가 있기 때문이야. 도와 종합이 특별 계좌를 개설한 모 증권사. 와쿄 상회에 출자금을 내고 도와 종합이라는 투자고문회사를 만든 금융기관. 나아가 증권회사의 주식을 사들일 자금을 도와 종합에 융자해준 곳 등이지. 그리고 둘째, 이렇게 부정한 연금술의 시스템에 기생하기를 마다하지 않는 자들이 있어서 욕망과 욕망이 연결되는 거야. 그런 접점 중에는 틀림없이 사카다 다이치의 얼굴도 있어. 고쿠라-주니치 스캔들과 이번 투자 그룹 건이 바로 이 사람을 중심으로 교차하는데, 행방불명된 저널리스트와 네고로는 어딘가에서 사카다의 그림자에 너무 가까이 가버린 게 아닐까—"

고다는 일단 네고로라는 기자가 최종적으로 정치인에 가닿을 가능성이 있는 사건을 추적중이었다는 데까지 이해했다. 그러나 네고로의 신상에 무슨 일이 일어났든, 특수부 검사인 가노가 이렇게까지 평정심을 잃는 이유는 여전히 가늠하기 힘들었다. 이 친구가 아직 말하지 않은 것이 있나, 애써 말을 돌리고 있나 하는 생각도 들었다.

"유스케, 아직 말 안 한 게 있지 않나? 나한테는 말해도 괜찮아."

그렇게 채근하자 가노는 옆에서 머리를 한층 깊이 떨구더니 어두운 목소리를 흘렸다.

"내 판단 착오였어. 내가 내사 팀 동료와 상사에게 상의한 것이 실수였던 거야. 네고로라는 이름은 꺼내지 않았지만 도호 신문 기자라고 했으니 알아내기 어렵지 않았겠지. 검찰 내부에서 이야기가 새어나갔거나, 누군가 의도적으로 어딘가에 흘린 거야—"

"지검이 그런 조직이라는 건 자네도 늘 하는 말이잖아."

"맞아. 도와 종합 건은 정치인으로 파급될 소지가 크니 나름대로 조심해왔는데, 얘기해선 안 될 상대에게 얘기해버린 것 같아. 왜 그런 실수를 했는지 나도 모르겠어. 은근히 초조해졌는지도 모르지. 머리가 어떻게 됐던 거야—"

그러고 나서 가노는 몸을 웅크리고 돌처럼 꿈쩍도 않았다. 자고로 남들보다 월등히 우수하고 능력과 실적도 뛰어난 사람이 이따금 평소 모습으로는 생각하기 힘든 경솔한 행동을 저지르는 것은, 조직의 일원으로서의 우수함과 개인의 수완은 별개로 아무리 우수한 사람이라도 반드시 어딘가에 허점이 있기 때문이겠지만, 고다는 그것을 책망할 생각이 없었고 그럴 기분도 아니었다. 한계나 결점은 자신에게도 있다. 선의와 정의감도 있지만, 체념과 교활함도 있다. 또한 검사라는 직업은 깨끗할지 몰라도 검찰청이라는 조직은 절대 깨끗하지도 청렴하지도 않다. 그런 조직에 물들어가며 지반을 다져야 제 노릇을 할 수 있는 것은 경찰도 마찬가지였다. 개인의 착오나 실수는 그저 개인적으로 후회하고, 조직의 부패에 대해서는 자신도 그 일부라고 자인하며 넘어가는 수밖에 없는 것이다.

그러나 이 남자는 어쩌면 나와 이다지도 다르단 말인가. 관계자의 죽음을 불러오기 일쑤인 정치적 사안을 다루는 지검 특수부에서 일하며, 정치나 국가권력과 미묘하게 거래하며 법 정의를 내세우고, 때로는 자신의 판단 착오나 부주의로 돌이킬 수 없는 사태를 초래하면서도, 검사라는 존재 자체에 대한 회의는 입에 담지 않는다. 돌처럼 단단한 표정을 허물지 않는다. 조직의 심층을 잘못 알아본 자신에 대한 분노와, 그탓에 한 사람의 목숨을 위험에 빠뜨렸다는 격렬한 후회와 고뇌를 느낄텐데, 이렇게 사적으로 정보를 누설하면서도 마치 확신이라는 두터운문으로 출구를 봉쇄당한 것처럼 동요도 비애도 절대 드러내지 못하는것이다. 고다는 그런 가노가 가엾어 보이기도 하고 부럽기도 했다.

아니다. 젊은 시절에는 지성과 사려의 화신으로, 사람이 사람을 재판하는 행위의 법철학적 근거와 신앙 사이에서 고뇌하던 남자는 어느새그런 인간적 회의를 버리고 무엇보다 소중히 여기던 독서 시간을 사교용 골프를 위해 버리고서 법 정의라는 이름의 권력을 얻어냈지만, 정작그것에 만족하고 있지도 않다. 조직 내에서의 위태로운 처지는 자신과다르지 않다고 고다는 생각해보았지만, 그래도 역시 예전만큼 공감이되지 않는다는 것은 변함없었다. 자신과의 차이는 가노가 지금도 조직내의 치열한 경쟁에서 살아남아 출세가도에 있다는 점일까? 아니면 그런 것보다 훨씬 앞서서, 지켜야 할 것이 결정적으로 다르다는 점일까? 애당초 이 남자는 네고로라는 일개 기자의 무엇을 지키려고 했던 것일까? 언론과 검찰이 공통적으로 지닌 괄호를 두른 진실인가, 사람의 목숨인가. 그래, 물론 나는 어느 쪽에도 경험이 없다. 그래서 멀게 느껴지는 걸까?

"그래서, 자네는 지금 어쩌고 싶은 건데?"

"싸워야지."

"검찰과?"

"그전에 나 자신과 싸워야겠지."

가노는 그렇게 말하고 일어나 컴컴한 부엌으로 나갔다. 위스키 따르는 소리와 의자 당기는 소리가 나고 몇 분 뒤 가볍게 코를 훌쩍이는 소리도 들렸다. 고다가 침대에서 나와 부엌을 들여다보니 가노는 이쪽에 등을 돌리고서 반쯤 마신 위스키잔을 식탁에 내려놓은 채 여명이 비치는 창문을 보고 있었다. 그 뒷모습은 말을 걸 수 없을 만큼 단단하고 또 쓸쓸해 보이기도 해서, 새삼 이 남자는 한 목숨의 말로를 놓고 울지도 못하는 세계에서 검사로 살고 있구나 하는 실감이 들었다. 그리고 그것은 아마 무조건적인 고통일 거라는 실감도.

고다도 의자를 빼고 맞은편에 앉아 식탁 위로 가노의 손을 잡았다. 가노는 이쪽을 돌아보지 않았지만 손에 가만히 힘을 주어 맞잡았다. 그리고 남은 위스키를 비우고 손목시계로 오전 4시가 지났음을 확인하더니 의자에서 일어섰다.

"슬슬 골프장으로 출발해야 해. 이만 갈게."

"시치미뗀 얼굴로 상사와 라운딩하는 건가?"

"시치미뗀 얼굴은 아니야. 언젠가 다 갚아주마 하는 얼굴이지. 그게 지금 내가 할 수 있는 유일한 일이니까."

가노가 그렇게 돌아가고도 고다는 희붐해지는 부엌에서 여전히 자문자답을 계속했다. 가노는 자신이 할 수 있는 유일한 일을 하겠다고 했고 실제로도 그렇게 할 것이다. 그렇다면 너는 어떤가. 네가 할 수 있는 유일한 일은 무엇이냐. 그 무엇을 너는 수행할 뜻이 있는가, 없는가. 자,

어느 쪽이냐—?

그뒤 고다도 그대로 일어나 옷을 갈아입고 집을 나섰다. 군청빛으로 동트기 시작한 해안도로를 건너가 교큐 선 아오모노요코초 역에서 하네다행 첫차를 탔다.

텅 빈 전철에 앉아 고다는 새삼 네고로를 생각했다. 5월에 다마가와 제방 벚나무 아래서 함께 와인 병나발을 불던 그에게서는 신문기자의 무게감 따위 느껴지지 않았지만, 어떤 유의 체념과 싸우면서 생각이란 것을 해나가지 않으면 어딘가에 삼켜져버릴 것 같다고 말하는 듯한 그 절실한 눈빛은 가노와 상통하는 것 같기도 했다. 일의 특성상 사적인 친구를 거의 만들지 않는 가노에게는 분명 흔치 않은 관계였는데, 그런 상대와 종종 투자 그룹에 대한 정보를 주고받았던 것을 그는 아마 후회하고 있지 않을까. 그저 검찰수사의 중요 정보원이었다면 불의의 사고라고 담담하게 받아들일 수도 있을 텐데, 그에게 네고로는 정말 허물없는 친구였구나 하는 생각도 들었다.

가노나 자신이나 입 밖에 내진 않았지만 최악의 사태가 예상되는 상황이었다. 가노의 추측이 맞다면 시체가 발견되는 일도 없이 사회적으로는 영원히 실종 상태로 남을 것이다. 세상사가 아무리 쓸쓸하다 한들, 희뿌옇게 밝아오는 시나가와 하늘 아래 타인의 죽음을 무덤덤하게 생각하는 것만큼 쓸쓸한 일도 없었다.

고지야 역에서 전철을 내렸다. 셔터를 내린 새벽의 상점가를 지나 간파치 거리로 걸어가면서 고다는 다시금 제 손이 닿는 범위 내의 현실적인 문제를 생각했다. 비밀 투자 그룹 명부를 매개로 레이디 조커 사건에 간접적으로 관여하고 있던 기자의 실종 사실은 당연히 특수본부에서도 알 것이다. 그렇다면 벌써 자살자 한 명에 행방불명자 두 명이 나온 셈이다. 기자의 실종에 암흑세계의 힘이 작용했다면 마이니치 맥주로 사건이 파급된 상황과 맞물려 특수본부에서 마침내 한다 슈헤이의 임의동행을 결단하지 않을까. 오늘일지 내일일지, 혹은 며칠 뒤일지 시기는 예측할 수 없지만, 취조 자체가 이뤄지지 않을 일은 없다고 고다는 거의 확신했다. 현직 형사를 임의로 호출한다면 장소는 기쿠야바시의 경시청 분실이나 한조몬 회관 근처 사무실일 텐데, 어디가 되었든 날짜는 드나드는 사람이 적은 일요일을 택할 가능성이 높다고 생각하니 혹시나 하는 기대를 품지 않을 수 없었다.

고다는 하기나카의 골목길로 들어가 사방의 기척에 신경을 곤두세우며 천천히 걸음을 옮겼다. 행적 조사조는 새벽엔 늘 하기나카 제2아파트 맞은편에 늘어선 JR주택의 건물 사이나 공무원주택 쪽에 있다. 그날 아침도 한다가 사는 제2아파트에서 20미터쯤 떨어진, JR주택과 공무원주택 사이에 난 도로가에 행적 조사조로 보이는 남자 두 명이 서 있는 것을 발견했다. 둘 다 태평한 분위기로 하나는 담배를 피우고 다른 하나는 골프 스윙 흉내를 내고 있었다. 그들을 곁눈으로 확인하고 지나가면서 고다는 '오늘일 가능성은 없는 건가' 생각했다. 만약 임의동행이 예정되어 있다면 저들도 불의의 사태에 대비해 좀더 가까이서 대기하고 있을 것이다.

그래, 오늘은 아니다. 그럼 내일일까. 스스로를 달래며 고다는 하기나카 제2아파트가 보이지 않는 곳까지 걸어가서 도로 옆 가드레일에 걸터앉아 담배를 물었다. 오늘은 아니라고 판단한 순간, 어차피 오늘이라는 근거가 전혀 없었음에도 초조와 실망이 와락 밀려왔다. 어제 마이니치 맥주 사건이 보도된 뒤로 드디어 임의동행을 하겠군, 이제 한다의 얼굴을 안 봐도 되는 건가 하고 멋대로 기대를 부풀려온 자신의 정신 상태를 스스로도 위험하다고 느끼며 문득 무료해졌다. 오늘도 이렇게 한다라는 존재에 머릿속을 점령당한 채 보내야 하는 긴 하루가 시작된 것이다.

그런데 왜 한다를 호출하지 않는 걸까. 두 대째 담배에 불을 붙이며 미련이 남은 듯 또다시 그런 생각이 들었다. 6월에 특수반의 히라세는 한다를 임의로 호출할 만한 물증이 없다고 말했지만, 그렇다고 그의 주위가 깨끗하다는 뜻은 결코 아니었다.

지난 두 달간 미행한 결과, 고다는 한다가 지금도 일당과 접촉한다면 그 장소는 도내 각처에 있는 윈즈가 틀림없다고 확신하기에 이르렀다. 6월 24일 요코하마 남녀납치사건에서 목격된 한패 ABC로 짐작되는 인물은 가려내지 못했지만, 신주쿠와 스이도바시, 긴시초 등의 윈즈에서 확인된 한다의 행동에는 단순히 마권을 사러 왔다고 보기 힘든 부분이 제법 있었고, 실제로 스쳐지나던 누군가와 대화를 나누는 장면을 확인하기도 했다. 대개는 행적 조사조를 의식한 연기였다 하더라도 한다가 접촉한 이들 중에는 우연히 마주친 것으로는 보이지 않는 사람이 몇 명 있었음을 그는 똑똑히 기억하고 있었다.

예를 들어 한다가 신주쿠 윈즈에서 두 번, 스이도바시 윈즈에서 한 번 접근했던 삼십대 남자. 특별히 눈에 띄지 않는 샐러리맨 복장일 때도 있고, 베르사체나 아르마니 슈트를 빼입고 주먹깨나 쓸 듯한 남자들을 거느리고 있을 때도 있었다. 폭력단원이 아니라는 것은 관계자를 통해 확인했지만 무슨 일을 하는 자인지는 짐작이 가지 않는다.

또 이 주 전인 8월 19일 토요일에는 스이도바시 윈즈에서 예의 하네다의 약국에 평소 자주 드나드는 젊은 공원에게 접근하는 장면을 목격했다. 10레이스가 한창일 때 그 공원은 4층 100엔 단위 객장에 주저앉아 있었는데, 한다가 그를 겨냥한 것처럼 다가가 바로 뒤에 앉았던 것이다.

그리고 한 명이 더 있다. 신주쿠 윈즈에서 한 번, 긴시초 윈즈에서 한 번 한다와 접촉한 남자로, 고다보다 키가 몇 센티미터 크고 체중도 어림잡아 20킬로그램쯤 더 나가는 거한이었다. 점잖은 인상에 이렇다 할 특징은 없었다. 둘이서 각자 경마 신문을 들여다보면서 잠깐 접촉했는데, 과연 단순한 경마 친구일까. 그 남자는 신주쿠 윈즈에 장애인 딸을 데려온 적이 있는데, 딸의 윗옷에 달아놓은 명찰을 통해 성이 '누노카와'임을 알 수 있었다. 8월 19일 스이도바시 윈즈 1층 광장에 휠체어를 탄 딸이 혼자 있었던 것을 보면 그날 누노카와가 윈즈 건물 어딘가에서 한다와 접촉했을 가능성도 전혀 없지는 않았다.

LJ에 연루된 자들인지 아닌지는 차치하더라도, 경마라는 무대장치 뒤에서 한다 슈헤이와 하네다의 약국을 드나드는 공원이 소통하는 것은 분명하며, 그렇다면 약국 주인과의 관계가 성립할 가능성도 있는 것이다. 절대 연결고리가 없다고는 할 수 없다. 그 정도는 특수본부도 당연히 알고 있을 텐데, 그럼에도 한다를 호출하지 않는 이유가 무엇인지 고다는 도통 이해할 수 없었다. 물증이 없는 상황에서 당사자가 부인하면 그만이니 선뜻 나서지 못하는 거라고 상상할 수는 있지만, 이렇게까지 혐의가 농후한 인간이 지금도 뻔뻔하게 경찰로 일하고 있는 것이 훨씬 심각한 상황일 텐데, 상부에선 왜 그런 생각을 못하는 것인가?

오늘 임의동행이 없다면 내일도 장담할 수 없다. 모레도 알 수 없다. 그렇게 생각을 고치자 무료함 사이로 어느새 고통이 스며들었다. 고다는 철로 위에 산산이 흩어져 있던 스기하라 다케오의 주검과, 지금 이 순간 어딘가에서 차게 식어가고 있을 네고로 후미아키의 주검에 이끌리듯 현실로 돌아와 발치로 시선을 떨어뜨렸다. 그렇다, 어제 석간 보도를 보기 전까지 마이니치 맥주 사건에 대해 모르고 있었던 한다 슈헤이는 필시 방대한 의심과 불안에 짓눌려 오늘 아침을 맞았을 것이다.

언론 보도가 사실인지 일당에게 확인하기 위해, 오늘은 무슨 일이 있어도 윈즈로 향할 것이다. 오늘 한다가 윈즈에서 접촉할 사람은 범인 그룹의 일원이 거의 틀림없을 것이다. 그 마른 체격의 까까머리 젊은 공원일까. 온몸을 명품으로 휘감은 멋쟁이와 평범한 샐러리맨을 오가는 기묘한 삼십대 남자일까. 아니면 거구의 누노카와일까.

그렇다, 오늘이야말로 미행할 가치가 있다. 그렇게 속으로 되뇌자마자 고다는 가드레일에서 몸을 일으켰다. 가노가 자신이 할 수 있는 유일한 일을 하듯이 나도 내가 할 수 있는 일을 해야 한다. 아니, 뭔든 좋으니 움직이지 않고는 어딘가에 있을 한 주검에 응시당하는 고통에서 헤어날 수 없고, 스스로의 무력함에서 도망칠 길이 없으며, 나아가 정처 없이 가노를 생각하는 곤혹스러움에서 도망칠 길이 없는 것이 현실이었다.

*

스가노 캡은 새벽 4시가 지나 박스로 돌아왔다. 구보가 2층침대 커튼 너머로 확인한 얼굴은 두 시간 반 전 뛰쳐나갈 때와 달리 평소처럼 무미건조한 표정으로 돌아와 있었다. 아래층 침대에서 서브캡 가가와가 "어떻게 됐어요?"라고 묻자 "음. 잠깐 눈 좀 붙이고"라고만 대답하고 재킷을 자기 의자 등받이에 걸어두고 소파에 누워버렸다.

그러나 스가노는 몇 시간 지나지도 않은 오전 6시쯤 일어나서 다시 재킷을 걸쳤다.

"7시에 경찰이 네고로의 가마타 집 문을 딸 거야. 잠깐 가서 보고 올게. 뒷일 부탁해."

그렇게 스가노가 다시 나간 뒤, 가가와가 동트기 전 내린 소집령에 따라 기자실 동료들이 박스로 하나둘 들어왔다. 타사 기자들의 오해를 사지 않도록 발소리를 죽이긴 했지만 상황을 이해 못해 당혹스러운 표정이 대부분이었다. 원래라면 당장 사회부 부장급이 지휘해 사내 조사팀을 꾸려야 마땅하지만, 가가와 이야기로는 부장이 직접 이 일을 스가노에게 일임했다고 한다. 구보는 이것이 누가 맡고 말고 할 문제인가 싶었지만, 소식이 끊긴 선배의 수색을 돕는 일 자체에는 이의가 없었고 자기 감정 때문에 가만히 앉아 있을 기분도 아니었다.

구보는 막 들어온 동료 구리야마에게 "8시까지 돌아올게"라고 말하고 그와 교대하듯이 재빨리 박스를 폈다. '레이디·조커의 범행 성명'이라고 조간에 대문짝하게 써놓고 후속 보도를 내지 않을 수는 없으니 뭐라도 건져야 했다. 게다가 혹시 특수본부가 도호 신문의 기자 실종에 관심을 갖고 있진 않을까 하는 점도 신경이 쓰였다. 가부토초까지 수사의 눈길이 닿아 있었으니 가부토초 사정에 정통한 네고로의 실종은 경찰도 알고 있을 테고, 만에 하나 타사에서 LJ와 관련해 보도하는 사태가 벌어지면 어쩌나 생각하니 현기증이 날 지경이었다.

예약해둔 전세택시를 타고 오전 7시 세타가야의 1기수 반장 집에 도착해 출근 전인 반장을 만났다. 먼저 어제 귀띔해주어서 고맙다고 인사하며, 특수본부의 모든 정보를 쥐고 있는 그가 도호 신문의 기자 실종을 알고 있는지 읽어내려고 표정을 살폈다. 그리고 "마이니치 쪽에서 뭐 새로운 움직임은 없습니까?"라고 물었을 때였다.

"그쪽 기자가 행방불명이라던데. 그게 가장 큰 움직임 아닌가?" 상대방이 대뜸 이렇게 응수했다.

"우리 기자 실종이야 우리 내부 사정이고요—"

"내부 사정이라고 넘어갈 일이라면 할말이 없군."

반장은 담담하게 잘라 말했지만, 그 말만 봐도 특수본부에서 네고로의 실종이 사건과 연관 있다고 보고 있음은 이미 확실했다. 구보의 입은 자동적으로 기관총이 되었다. 연기를 할 생각은 아니었지만 무의식 중에 그렇게 되고 말았다.

"사내에서는 실종자 본인에게 무슨 개인적인 사정이 있었던 게 아닐까 하는데, 그게 아니란 말씀이신가요? 혹시 레이디 조커와 관련있다는 건가요? 실종자가 취재에 직접 관여하지 않는 지원팀장이라 사건과 관련됐다고 보기는 좀 힘들 것 같은데. 특수본부에서는 저희 기자의 실종을 어떻게 보고 있습니까? 이런 얘기가 다른 신문에 새어나가면 전 그날로 모가지예요—"

"아니, 그렇게 심각한 이야기는 아니고. 예의 가짜기자사건으로 모가지가 날아간 안자이 노리아키의 진술에 네고로 씨 이름이 나왔다는 것 정도야. 가짜 기자, 즉 기쿠치 다케시가 당초 '동료 중 네고로라는 기자가 있는데, 그 사람이 오모리 서 지능계에 유능한 형사가 있다고 했다'면서 안자이에게 접근했다는 내용이었지. 그런데 특수본부에서 알아보니, 정작 네고로라는 기자 본인은 그런 얘기를 한 적 없다고 했다는 거야."

"하지만 기쿠치가 네고로라는 이름을 거론한 것만 해도 문제 아닙니까. 그게 가짜기자사건과 연관이 있다면 네고로의 실종은 결국 LJ와도 관련있다, 이렇게 보는 건가요?"

"직접적인 관계가 있다고 보진 않아."

"정말입니까? 만약 LJ와 관련됐다면 보통 일이 아니라서—"

"네고로 씨라는 기자가 실종된 이유는 오히려 내가 자네에게 묻고 싶군. 구보 씨, 동료로서 뭐 아는 것 없어? 금전 문제라든지, 여자라든지."

정보원의 예기치 못한 질문에 구보는 일단 안도했다. 특수본부는 도호 신문의 기자 실종을 알고 있지만 LJ와 관련있다고 보고 있진 않다.

따라서 당분간 타사와 취재 경쟁을 벌일 염려도 없었다.

"뭐, 무슨 사정이 있긴 하겠죠." 구보는 적당히 말끝을 흐리며 새삼 사태의 심각성을 깨달았다. 미명부터 안색이 바뀌어 뛰어다니는 스가 노 캡을 통해, 경찰 일부는 네고로가 암흑세계에 얽힌 방대한 정보를 쥔 채 실종되었다는 사실을 인지했다는 건 분명히 알고 있었다. 그런데 LJ 수사 현장으로 정보가 내려오지 않았다는 것은 경찰 최상층부나 공 안 상부까지 이야기가 들어갔다가 거기서 봉쇄되었다는 뜻이고, 이것 이야말로 네고로의 실종이 심상치 않은 사건임을 말해주는 증거였다.

정작 사건의 중심인 마이니치 맥주는 마침 일요일인 탓도 있어 새로 운 동향 없이 범인이 요구조건을 제시하기를 기다리는 단계였다. 신문 기자가 경찰 정보원에게 진상을 숨겨야 하는 찝찝한 아침 방문을 마친 뒤 구보는 편의점에서 주먹밥이며 샌드위치를 3,000엔어치 정도 사서, 오전 8시 커다란 비닐봉지를 양손에 든 채 타사 기자들이 눈치채지 못 하도록 발뒤꿈치를 들고 경시청 박스로 돌아왔다. 비닐봉지를 테이블 에 올려놓자 다들 우르르 모여들었다. 물론 아무도 큰 소리를 내지는 않았다.

구보가 나가 있는 사이 다른 이들은 네고로가 묵던 곳을 찾기 위해 숙박업소에 일일이 전화를 걸었고, 그 결과 반시간 정도 후 센다기의 한 여관이 나왔다. 경찰에 알린 뒤, 가마타의 자택 검증에 입회중이던 스가노 캡이 곧장 가보기로 했다. 그리하여 가가와 서브캡, 1, 3과 담당 인 구리야마와 곤도, 2, 4과 담당인 마키와 가네이, 생활안전과 담당인 다자와와 오가와, 공안 담당 모모이 여덟 명은 할 일이 있는 것 같기도 하고 없는 것 같기도 한 어정쩡한 분위기에서 답답한 박스를 지키고 앉 아 있다가 일단 주먹밥으로 배로 채워두는 상황이었다. 구보는 앉을 자 리가 없어 2층침대에 걸터앉아 샌드위치를 먹었다.

"경찰은 LJ와의 관련성은 거의 생각하지 않는 것 같아요." 구보가 짧게 보고했다.

"타사에서 보도할 가능성은 적다는 얘기군?" 가가와가 확인하듯 말했다.

"이런 상태라면 우리도 못 쓸지 몰라요."

구보가 저도 모르게 내뱉자 가가와는 잠자코 그를 바라볼 뿐 아무 대답이 없었다. 그래, 뭔가 있구나. 샌드위치를 삼키며 그는 다시금 그렇게 생각했다.

기다리는 시간은 더디 가기 마련이다. 네고로가 묵던 숙소를 찾기 위해 한데 모여 생각보다 빨리 알아내고 나니 그뒤로는 딱히 할 일이 없었다. 실종 사태를 검증해보려 해도 박스에는 그럴 만큼 네고로를 잘 아는 사람이 없었다. 가부토초 쪽에서 무슨 일이 있었던 것 같다고 막연히 짐작은 했지만 단서인 기쿠치 다케시의 존재 자체가 수수께끼인 상태에서는 어디로도 연관지을 수 없었다. 그렇다면 이 정도 선에서 한시바삐 조사를 시작해야 할 텐데, 스가노 캡은 구체적인 지시를 미루고 있고 아무도 그 이유를 모르는 형편이었다.

오전 9시 가가와가 "이제 됐어. 각자 자기 구역으로 돌아가"라고 말했지만 영 그럴 기분이 아닌지, 다들 일단 스가노가 돌아올 때까지 기다려보겠다며 자리를 지켰다. 대신 누군가가 트럼프 카드를 테이블에 꺼내놓고 포커를 시작했고, 가가와와 모모이는 어느새 바둑판을 놓고 마주앉고, 구보는 잠깐 눈을 붙이려고 2층침대 아래층에 누웠다.

석고보드 한 장 너머의 타사 박스는 조용했다. 오늘 아침 도호가 터뜨린 '레이디·조커의 범행 성명'이라는 특종 때문에 각사 1과 담당은 정보원들을 쫓아다니느라 바쁠 것이다. 그러나 한 발짝 물러나서 바라보면 9월에 접어든 뒤로 지면은 금융 파탄과 주택금융 전문회사, 제2금융권의 부실채권 처리 문제로 떠들썩했고, 온 나라가 경제의 앞날에 대한 우려로 물들기 시작한 탓에 붉은색 맥주와 LJ도 그 막연한 불안감에 묻혀가는 분위기였다. 네고로의 실종도 가부토초뿐 아니라 전국에 깔린 그 불투명함에 가려진 듯했고, 이런 느낌은 분명 전에 없던 것이라는 생각과 함께 문득 어두운 시대가 시작되었나 싶은 생각도 들었다.

스가노는 오전에 빈손으로 돌아왔다. 마음이 딴 데 가 있는 듯 멍한 표정이었는데, 그것도 그것대로 접근하기 힘든 분위기였다. 스가노는 자기 자리에 앉더니 "여관에 있는 짐 중에 유서로 보이는 메모가 있었어"라고 말했다. "날짜는 6월 30일. 자기가 죽으면 예금과 주식, 생명보험 등의 유산을 아시나가 육영회*에 기부해달라. 내용은 그게 전부야. 그리고 슈트케이스 안에 예금통장과 인감과 주식, 보험증권. 갈아입을 옷. 세면도구. 가위. 손톱깎이. 책 몇 권. 영수증 몇 장."

현실감과는 별개로, 실로 사망의 리스트였다. 다들 몸이 굳은 채 들었고 구보도 새삼 등줄기가 서늘해지는 것을 막을 수 없었다.

"가마타의 집에 누가 들어온 흔적은 없었어. 원래 혼자 살던 곳이라 짐도 적고. 그게 다야."

"집에 취재 노트나 자료 같은 건 없었어?" 가가와가 물었다. 스가노는 고개를 가로젓는 것으로 대답했다.

"한 권도 없었어요?"

"유서를 쓰고 나서 처분했겠지. 네고로는 그런 사람이야. 자기는 남길 만한 게 아무것도 없다고 곧잘 말했었지."

"하지만 제가 알기로, 네고로 씨는 7월과 8월에도 무슨 취재를 계속

---

* 부모를 잃은 학생을 지원하는 비영리 조직.

하고 있었습니다. 메모쯤은 남겨두었을 것 같은데요."

구보가 끼어들자 워낙 감정을 드러내지 않는 스가노가 유리 같은 눈으로 차갑게 노려보았다. 한마디 듣겠구나 각오했지만 예상은 빗나갔다. 스가노는 "아니. 그 친구는 이미 어떤 희망도 없었어"라고 중얼거리고는 방금 앉은 의자에서 일어서버렸다.

"조사팀은 어쩌죠?" 가가와의 말에 스가노는 일어난 채 넋이 나간 표정으로 흔들리는 눈으로 부하 면면을 바라보았다.

"다들 각자 취재가 있을 테니— 구보랑 가네이, 그밖에 지원팀에서 두 명 정도 나서주면 좋겠군. 다른 사람들은 철저히 보안을 지켜야 해. 사회부에는 네고로가 고향집에 안 좋은 일이 생겨 내려간 걸로 돼 있어. 고향집 연락은 내가 맡을게. 자네들은 여하튼 보안을 부탁해."

"저와 구보는 어디부터 알아볼까요?" 방금 지명된 가네이가 묻자 스가노는 다시 넋 나간 표정으로 입을 다물었다가 곧 "오늘은 됐어. 신중히 움직이고 싶군. 내일까지 기다려줘. 좀 생각해볼 테니까"라고 대답하고는 그대로 박스를 나가버렸다. 늘 들고 다니는 세컨드백을 챙겨간 것을 보니 한동안 돌아오지 않을 모양이었다.

잠시 뜸을 두었다가 다들 얼굴을 마주보았다.

"가가와 씨, 오늘은 됐어, 내일까지 기다려줘, 이게 무슨 뜻이죠?" 구리야마가 묻자 가가와는 "말 그대로야"라고만 대답했다.

"사람 하나가 행방불명인데 오늘은 됐다니, 그건 아니잖아요. 이렇게 사람들도 모였고 취재 루트도 있는데—"

"자네들, 캡 얼굴 못 봤어? 저 사람 루트를 사용하면 곤란한 상황인 거야. 그런 뜻이라고." 공안 담당 모모이가 말하고는 벽 쪽으로 몸을 휙 돌려버렸다.

"종교단체나 동화단체, 총련 같은—?"

"나가타초겠지, 아마."

이번에는 가가와가 한마디 대답하고 역시 회전의자를 빙글 돌려 등을 보였다. 아직 하고 싶은 말이 남은 듯한 후배들에게 구보는 얼른 손짓을 했다. "구리야마, 곤도, 마이니치 맥주 후속 보도 상의할 겸 점심이나 먹자고!"

그렇게 후배들을 데리고 나서기는 했지만 구보의 머릿속도 의혹으로 가득차 있었다. 네고로가 가부토초에 집착해온 것이 그 뒤에 나가타초가 있기 때문이라면 요는 증권시장에서 형성된 자금이 정치권에 흘러들었다는 말인데, 히노데 맥주 사장 납치 감금으로 시작된 레이디 조커 사건의 배후에 정말로 그런 구도가 존재할까? 신문사란 의혹을 느끼면 추적하는 것이 당연한데, 벌써부터 정치인의 압력이 가해지고 있었던 것일까?

어쩌면 '실종 건 처리는 스가노 캡에게 일임한다'고 말하면서, 마에다 부장은 신문사가 공적으로 내릴 수 없는 판단을 눈짓 한 번으로 스가노에게 전한 것인가? 그리고 스가노도 거시적으로는 신문사의 이익을 우선하지 않을 수 없는 자신의 처지 때문에 망설이고 있는 것일까? 이것이 신문사의 현실이란 말인가? 기자가 행방불명되었다면 만사 제쳐놓고 조사에 나서야 마땅하거늘, 이런저런 사정이 얽혀 불가능한 상황이라니. 이것이 현실인가?

'그 친구는 이미 어떤 희망도 없었어'라는 스가노의 말은 또 뭔가. 그런 웃기는 말이 어디 있나. 이성으로 그렇게 부정하면서도, 구보 역시 머릿속 어딘가에 있어야 할 희망의 주머니를 불현듯 찾을 수 없게 된 기분이었다.

*

　그제까지 런던에 있다가 어제 뉴욕으로 건너갈 예정이던 시라이 세이치가 갑자기 시로야마의 집에 전화해서 "마이니치 맥주 일도 있고 해서 잠깐 돌아왔습니다"라고 말한 것은 마이니치 맥주의 이물질혼입사건 등으로 시로야마가 한창 부심하고 있던 9월 2일 토요일 한밤중이었다. 런던에서 일본으로 오는 직항편 도착 시각으로 역산해보면 시라이는 저녁쯤 도착했을 테고, 일단 어딘가에서 볼일을 보고 잠시 시간이 빈다는 것을 확인한 뒤 "내일 좀 뵐 수 있을까요?"라고 연락해온 듯했다.

　9월에 접어든 뒤 시라이는 윈도95를 도입한 산학협동연구 전용 네트워크 '히노데 게이트웨이'가 빠르면 연내에 실용 단계에 들어가도록 추진하고, 최근 몇 년간의 저성장을 예견하고 착수했던 자회사나 관련사를 정리 통합하는 작업과 병행해 재무 내용도 재검토하느라, 말 그대로 눈코 뜰 새 없이 바쁜 나날을 보냈다. 시로야마가 전화해도 잘 받지 않고 직접 만나려 해도 도쿄에 없는 경우가 많았다. 그리고 이런저런 현안을 떠안은 시로야마가 초조한 심정으로 주말을 맞았을 때, 마치 그의 상황을 꿰뚫어본 것처럼 "좀 뵐 수 있을까요?" 하며 연락한다. 이것이 시라이의 방식이었다.

　"갑자기 돌아온지라 마누라는 이즈로 여행 가고 없네요. 저 말고는 가정부 할머니만 계시니 괜찮으면 이리로 오시겠습니까? 실은 30년산 스카치 캐스크 스트랭스 한 병을 밀수해왔거든요. 부디 함께 한잔하시죠."

　"그렇다면 꼭 마셔봐야지요."

　시로야마는 두말없이 승낙했지만, 이야기를 들어보니 시라이는 갑자기 귀국했다고 하면서도 다음날 일요일 아침부터 고가네이 컨트리클럽에서 골프 약속이 잡혀 있고, 시로야마도 오전에 특약점 관계자의 장례식이 한 건, 오후에 결혼식이 한 건 있었다. 그리하여 3일 일요일 한나절 부부 동반으로 가마쿠라의 장례식장과 도내 호텔의 결혼식장에 들렀고, 저녁에 집으로 돌아오자 아내 레이코는 하루코와 연극을 보러 간다며 급하게 옷을 갈아입고 나가버렸다. 생각해보니 지난밤 "내일은 저녁식사 차릴 거 없어요"라고 말하자, 아내는 "그럼 나도 하루코 씨랑 외출이나 할까봐요" 하며 즐겁게 웃었다. 언제부터라고 꼭 집어 말할 수 없는 시기부터, 아니, 아마 스기하라 다케오의 장례식을 경계로 아내는 자기만의 생활을 적극적으로 즐기게 되었고, 시로야마는 삼십 년 넘게 유지해온 부부의 거리가 미묘하게 벌어지는 것을 간혹 느끼긴 했지만, 그날 역시 제 신변잡기에 신경쓸 여유는 없었다. "다녀와요" 하며 아내를 배웅한 후 그도 오후 6시경 평상복 차림으로 집을 나섰다.

분쿄 구 세키구치의 오래된 고급 주택가에 있는 시라이의 집은 지은 지 팔십 년이 넘은 아담한 단층집으로, 400평 대지에 울창한 수목 탓에 대문에서는 건물이 잘 보이지 않는다. 문 앞에서 택시를 내려 인터폰을 누르자 약식 기모노에 멋들어진 앞치마를 두른 시라이가 딸깍딸깍 나막신 소리를 내며 나와 직접 문을 열어주었다.

"오늘 제가 90타로 돌았지 뭡니까! 정말이에요. 손바람을 낸 김에 마침 규슈에서 지인이 보내준 잉어를 한 마리 다듬어서 회 치고 된장국을 끓인 참입니다. 자, 어서 들어오세요."

안내를 받아 들어선 집안은 몹시 낡은 건물임에도 묘하게 쾌적했다. 시로야마는 발을 친 노송나무 마루에 책상다리를 하고 앉았다. 되는대로 모아놓은 것 같으면서도 실로 맛있어 보이는 음식들만 놓여 있는 것이 역시 시라이의 접대다웠다. 메뉴는 고이마리 도자기 접시에 가득 쌓아올린 잉어회, 푸릇하게 데친 풋콩, 통조림 블록 푸아그라, 하도롱지 안에서 녹아가는 프레시 치즈, 겨된장에 절인 가을 가지, 그리고 질냄비에 담아 풍로에 끓인 잉어 된장국 등이었다. 물론 캐스크 스트랭스 스카치 병과 차게 식힌 히노데 마이스터도 있었다.

우선 작은 필스너잔에 마이스터를 따라 목부터 축이고, 주인의 권유대로 얼음 위에서 식힌 잉어회에 젓가락을 댔다. 칼질은 서툴러 보이나 맛은 훌륭했다. 머릿속에 생각이 많았지만 일단은 패배의 쓴웃음을 지어야 했다.

"시라이 씨에게는 못 이기겠습니다— 오늘밤 직접 요리까지 하시고 내일은 또 뉴욕으로 건너가고. 건강한 모습이 보기 좋습니다만, 그 일은 조금 생각해보셨는지요?"

"그 얘기 말인데요, 시로야마 씨, 실은 흥신소에 조사를 부탁해두었습니다."

갑자기 무슨 이야기인가 싶었다.

"경시청에 내부고발 문서가 들어갔다는 얘기 말인가요?"

"뭐, 그것만은 아니고요. 내부고발 건은 6월 말 모처에서 귀띔을 받고 실물 사본을 확인했습니다. 시로야마 씨는 그 내용을 아세요?"

"아뇨."

"상당한 확신범입니다. 오카다에게서 그림을 구입한 건은 시효까지 일 년이 남아 있으니, 각서 한 장만 첨부하면 상법 위반으로 기소할 수 있겠더군요. 그건 그렇고, 시로야마 씨. 우리끼리 하는 얘기인데, 라임라이트가 구라타를 스카우트하려 하고 있어요."

시라이는 풋콩을 씹으며 담담하게 이야기를 풀어냈다. 그러나 시로야마는 순간 놀라는 바람에 잉어회 한 점이 목에 걸려 기침을 연발하고 말았다.

"흥신소가 그 사람 집전화를 도청하고 있거든요. 라임라이트가 상당히 적극적이에요. 아시아 시장을 지금 최대한 확대해놓겠다는 전략인데, 곧 아시아 지사를 독립시키고 톱으로 구라타를 영입하고 싶어하는 것 같습니다. 그렇게 되면 라임라이트재팬도 당연히 십 년 뒤 우리와 합병하는 방침을 철회하고 그곳에 흡수될 겁니다."

"구라타 본인의 뜻은―"

"전화상으로는 '사건 뒤처리가 남아서'라며 대답을 미루고 있어요. '뒤처리'란 LJ가 아니라 아마 내부고발 건을 말하는 거겠죠."

"나도 내부고발은 구라타 짓이 아닐까 생각하고 있었어요."

"그 사람이 맞습니다. 증거도 있어요. 시로야마 씨, 정말로 우리끼리 하는 얘기라 생각하고 들어주십시오. 그 문서를 워드프로세서로 작성한 사람이 누이동생분일 겁니다."

"스기하라 하루코 말입니까?"

"심정은 이해합니다. 저는 스기하라 일도 알고 하니 그 이야기를 듣고도 그리 뜻밖이라 생각하진 않았습니다만. 혹시 시로야마 씨는 구라타와 누이동생분이 가까운 사이였다는 걸 모르셨던 것 아닙니까? ― 흠, 벌써 이십 년도 넘었는데요. 일부에서는 유명한 이야기고요. 그렇지만 성인 남녀의 관계를 두고 촌스럽게 왈가왈부할 일은 없지 않겠습니까, 시로야마 씨."

시로야마는 이제 경악을 넘어 숙연히 듣고만 있었다. 그러나 구라타와 하루코가 이십 년 넘은 관계라는 얘기를 듣고 나니 해묵은 의문 하나가 깨끗이 풀려버린 것이 사실이었다. 하루코가 스기하라 다케오와 결혼한 것은 당시 구라타에게 이미 처자식이 있어서였을 뿐, 그 이상도 이하도 아니었음을. 특출한 것 없는 스기하라를 구라타가 그토록 오래 밀어준 데는 하루코와의 불륜에 대한 자격지심에 기인한 바가 컸다는 것을.

시라이는 장식 없는 갈색 유리병의 코르크 마개를 뽑아 쇼트글라스에 스카치를 따랐다.

"예, 어서 드시죠. 오늘은 좀더 복잡한 이야기도 해야 하지 싶은데, 술기운이라도 빌리지 않으면 그러기도 쉽지 않겠습니다."

캐스크 스트렝스 원주는 젖은 풀 냄새를 풍겼다. 목 넘김은 얌전한 불꽃을 봉쇄해놓은 듯하고, 풍미는 약간 진하고 달콤했다.

"시로야마 씨. 저는 구라타를 라임라이트로 보낼 생각이 없습니다."

"동감입니다."

"그가 내부고발이라는 비상식적인 수단을 택한 진의에 대해서는 나중에 장본인에게 해명을 요구해야겠지만, 그전에 우리 두 사람의 생각을 정해둘 필요가 있어요. 우선 그 내부고발 말인데, 제가 느끼기에 경시청이 히노데의 상법 위반을 단독으로 수사할 가능성은 크지 않습니다. 현 오우라 경시총감은 내년 봄 용퇴하고 다음 중의원 선거에 출마할 생각이라 하니, 오카다 경우회를 건드려서 사카다 다이치 의원에게 파장이 미치게 하지는 않을 겁니다."

"그러나 지검이 어떻게 나올지는 알 수 없죠."

"지금 지검은 이 건을 단독으로 다룰 만한 여유가 있어 보이지 않습니다. 게다가 만약 특수부가 움직이는 사태가 온다면 그때야말로 사카다 의원에게 해결을 부탁하면 되는 겁니다. 그러기 위해서라면 군마 현 땅을 30억 정도로 깎아서 구입할 수도 있죠."

"기소를 피할 방법이 물론 없지는 않겠지요. 그렇다면 시라이 씨는 구라타를 어떻게 대우해야 한다고 봅니까?"

"단도직입적으로 말해, 구라타를 라임라이트로 보내지 않는 방법은 그를 대표권을 지닌 회장 혹은 사장으로 앉히는 겁니다. 내부고발을 불사할 정도니 그 사람에게도 나름대로 생각이 있을 테지만, 저는 내부고발 건을 불문에 부치는 방식으로 그에게 빚을 지웠으면 합니다. 시로야마 씨, 이 방법을 어떻게 생각하세요?"

시라이다운 판단이기는 했다. 구라타를 대표이사에 앉힌다는 그의 복안은, 향후 새로운 경영체제를 예상할 때 그동안 맥주사업본부를 이끌어온 구라타의 힘을 버리기 힘들뿐더러 경쟁사가 영입할 가능성이 있는 사람을 밖으로 내보낼 수는 없다는 기계적인 계산에서 나온 것이리라. 그러나 인간은 기계가 아니다. 내부고발을 무릅쓴 구라타가 이대로 히노데에 머물 거라 판단한다면, 시라이는 이런 상황까지 온 구라타의 속내를 잘못 읽었거나 사람을 너무 쉽게 보거나 둘 중 하나일 것이다. 아니면, 시라이답게 단지 그런 척하는 것일까?

"내일 구라타가 출장에서 돌아오면 우선 앞일에 대한 진의부터 들어보지요. 나는 그가 히노데를 떠날 생각을 굳혔다고 생각하지만, 설령 떠나더라도 경쟁사로 옮기는 일은 없을 겁니다. 구라타가 그런 사람은 아닙니다." 시로야마는 대답했다.

"저도 그러기를 바랍니다만, 여하튼 그에 대한 대우는 내부고발 문서의 철회 여부에 달려 있습니다."

"맞습니다."

"일단 지금은 시로야마 씨가 독대해보는 방법이 가장 좋을 것 같군요."

"그럴 생각입니다."

구라타가 제 발로 형사피고인이 되는 것이나 다름없는 내부고발에 나선 속내를 알아내지 않고는 견딜 수 없었다. 어떤 심모원려가 있었다면 그게 정확히 무엇인지 알고 싶었고, 하루코의 가담이 본인의 뜻인지 구라타의 부탁 때문인지도 알아야 했다.

손안의 잔에 다시 위스키가 채워졌다.

"그런데 시로야마 씨 당신 말씀은 안 하시는군요. 무슨 생각을 하고 계시는지—"

"그런 거야 차차 말씀드리죠."

"하지만 저로서는 시로야마 씨에 대한 대우도 염두에 두고 일을 진행해야 합니다."

"아뇨, 그럴 것 없습니다. 우리끼리 하는 얘기라 치고 분명히 말씀드리지만, 나는 이번 레이디 조커에 지불한 20억에 대해 책임지는 형태로 퇴임할 것이고, 그 참에 이번 회기의 실적에 대해서도 책임을 질 겁니다. 히노데에 남을 생각은 전혀 없어요."

시라이는 풋콩을 집어들고 할말을 찾듯이 뜸을 두다가 말했다.

"시로야마 씨, 그래서는 구라타 씨가 납득하지 않을 텐데요."

"그 얘기도 구라타를 만나서 할 생각이지만, 그 사람도 내부고발까지 해버린 마당에 남의 거취를 놓고 왈가왈부하진 못하겠지요. 그나저나 시라이 씨, 국이 제법 맛있어 보이는데 너무 익기 전에 맛 좀 볼까요?"

시라이는 핫초미소로 간한 잉어국을 큼지막한 칠기 주발에 듬뿍 담고는 오늘 저녁은 이만 휴전하자고 웃으며 말한 뒤, 곧이어 이렇게 덧붙였다. "여하튼 시로야마 씨 거취 건은 유보해두지요. 일단 다른 곳에는 말씀하지 말아주십시오. 부탁드립니다."

*

예상과 달리 한다 슈헤이는 결국 윈즈에 가지 않았고 저녁까지 집을 나서지도 않았다. 고다는 한나절 동안 한다가 사는 아파트의 계단이 내려다보이는 건너편 아파트 맨 위층 계단 입구에 앉아 있었다. 맨 위층의 하나는 빈집이고, 그 옆집의 주인 내외도 아침에 나가서 돌아오지 않았다. 인기척이 없는 계단 난간 아래 한나절을 숨어 있으면서 지루함도 느끼지 않고 무언가에 마음이 동하지도 않는 자신이 마치 한다의 집에 묶여 진종일 하는 일 없이 빈둥대는 애완견처럼 느껴졌다.

오후 5시가 조금 못 된 시각, 한다가 불쑥 샌들 차림으로 나와 간파치 거리 쪽으로 걸어갔다. 그러자 주위 공터의 나무그늘에서 행적 조사조 형사 두 명이 나타나 뒤를 쫓았다. 고다도 아래로 내려가 형사들과 20미터 거리를 두고 따라갔다. 한다의 행선지는 고지야 역 건널목 맞은편의 파친코 가게였다. 두 형사는 한다를 따라 안으로 들어갔지만 고다는 밖에 머물렀다. 그럴듯한 상점 하나 없는 작은 거리지만 일요일 저녁답게 지나다니는 사람이 끊이지 않아 감시하기는 편했다. 자판기에서 뽑은 우롱차를 마시며 기다리다보니 결국 파친코 소음이 들려오는 골목에 세 시간 이십 분이나 서 있었다.

파친코 가게를 나선 한다는 다시 간파치 거리로 나와서 고지야 역 버스정류장 옆 공중전화부스로 들어갔다. 역과 한다의 집 사이에 있는 유일한 공중전화이자, 일찍이 시로야마 사장에게 연락처로 지정한 곳이었다.

주위가 어두운데다 20미터쯤 떨어져 있는 탓에 고다는 전화를 거는 한다의 표정을 읽을 수 없었다. 통화 시간은 일 분 삼십 초 정도. 상대는 알 수 없지만 적어도 집에 있는 아내에게 걸었다기에는 너무 길었다. 그뒤 한다는 전화부스를 나와 보통 걸음으로 하기나카까지 걸어가서 오후 9시 전 아파트로 들어갔다. 5층 집에 불이 켜져 있는 것을 보니 마트에서 일하는 부인이 이미 퇴근한 모양이었는데, 오 분쯤 뒤 형사 두 명이 베란다 쪽으로 향하는 것을 보고 고다도 뒤따라가보니 5층에서 방석 하나가 떨어지는 것이 보였다. "시끄럽다니까!" 한다의 짧은 고함소리가 들리고, "아예 집 나가서 경마랑 살아!"라고 외치는 여자 목소리에 이어, 뭔가 깨지는 소리가 나더니 갑자기 조용해졌다.

흔한 부부싸움이라고 기계적으로 판단한 뒤 고다는 생리적인 무언가를 포함한 모호한 초조함에 쫓겼다. 예기치 못한 사건 전개에 골머리를 썩고 있다 해도 한다에게는 여전히 청소며 빨래를 해주는 부인이 있고, 마음 내키면 부부관계도 하며 살겠지 생각하니, 평소에는 별로 떠올려본 적 없는 제 사생활의 무미건조함에 잠깐 정신이 팔렸는지도 몰랐다.

야시오의 집으로 돌아가는 동안에도 고다는 한다와 자신을 견주어보며 그의 존재를 여전히 제 옆에 붙들어놓았지만, 사실 지금의 심신상태로는 다른 생각을 할 수도 없었다. 한다와 자신이 둘 다 가지고 있는 것, 둘 다 가지고 있지 않은 것, 한다는 가지고 있고 자신은 가지고 있지 않은 것, 한다는 가지고 있지 않지만 자신은 가지고 있는 것을 집요하게 떠올리며 머릿속에 늘어놓았다. 특히 한다에게는 없지만 자신에게 있는 것이 무엇인지 좀처럼 떠오르지 않아서, 집에 돌아와 욕조에 몸을 담그면서도 계속 생각에 잠겨 있었다.

그리하여 결국에는 그래, 나는 악기를 연주할 수 있잖아, 하고 아무래도 상관없는 대답 하나를 찾아내고는, 바이올린을 들고 공원에 나가 기분 내키는 대로 가벼운 모차르트 사장조 소나타를 켰다.

벌써 삼십여 년 전, 고다는 성당에서 열린 작은 자선연주회에서 난생처음 바이올린 소리를 들었는데, 그때 들은 곡이 25번 사장조 소나타였다. 연주회가 끝나고 어머니에게 "나도 갖고 싶어" 하며 조르자 이튿날 어머니가 신사이바시의 악기점에 데려갔고, 코흘리개 꼬마는 유치원생도 켤 수 있는 8분의 1 사이즈 바이올린을 집었다. 그리고 그 다음날 아베노에 있는 바이올린 학원에 등록했다.

학교 숙제와 공부하는 시간, 친구와 노는 시간을 제외한 나머지 시간을 이용해 근근이 연습했을 뿐이지만, 보통 일곱 살에 4분의 2 사이즈를, 열 살에 풀사이즈를 켠다고 선생님이 설명하자 어머니는 어디서 마련해왔는지 한지에 싼 30만 엔을 선생에게 내밀며 의기양양하게 "이걸로 제일 좋은 악기를 사주세요"라고 부탁했다. 그때의 어머니 얼굴을 고다는 지금도 또렷이 기억한다. 둔해 보일 만큼 너그러운 성격이지만 때로는 놀랄 정도로 위세가 등등했다. 당시 관할서의 평순사였던 아버지에게는 물론 비밀이었다.

한다 씨, 당신도 나와 같은 세대니 대강 상상할 수 있겠지? 텔레비전만 틀면 '안녕하세요, 안녕하세요, 세계 각국에서' 하는 오사카 만국박람회 주제곡이 흘러나오던 시절이다. 서민 집안 아이들은 가죽 야구글러브 하나 쉽게 살 수 없었다. 식탁에 오르는 생선이라봐야 고등어나 전어, 말린 정어리와 연어 자반밖에 없었다. 육고기는 잘게 썬 잡고기. 고향 오사카에서는 가끔가다 외식을 해도 보통 기쓰네우동을 먹었다. 기분좋게 취한 아버지가 먹고 싶은 거 다 주문하라고 선심 쓰는 날, 도쿄에서 자란 어머니가 손뼉을 짝 치며 "그럼!" 하고는 근처 가게에 주문한 것은 장어나 스시 따위가 아니라 닭고기달걀덮밥이었다. 당신의 고향 가마이시에서 무엇을 고급 요리로 쳤는지는 모르겠다. 그런 시절 서민 집안 아이가 꽤 훌륭한 바이올린을 갖고서, 야구를 하고 놀다가 돌아오면 매일같이 아우어의 교본을 열심히 연습하고, 어머니는 바느질을 하며 아들의 연주를 흐뭇하게 듣곤 했다. 요는 모자가 저마다 돼지우리에서 한껏 고개를 내밀고 미래를 향한 꿈도 계획도, 아무 결실도 없는 감미로운 몽상에 취해 있던 그 시간이야말로 나와 어머니를 한때나마 돼지우리에서 구원해주었다는 것이다. 당신은 그것을 이해하려나?

한다 씨, 듣고 있나? 내가 내는 소리는 형편없다만, 원래 이 화음과 선율은 더 보탤 것도 뺄 것도 없는, 순수한 정열로 가득한 영혼의 탄식이다. 이 울림은 죽음과 빈곤과 증오 등을 무수히 거쳐오고도 인간이 여전히 순수할 수 있다는 증명이다. 인간의 혼을 구원하는 울림이다. 가난한 자에게 삶의 가치를 가르쳐주는 울림이란 말이다.

한다 씨, 이건 당신이 이해할 수 없는 울림일 것이다. 하루하루 뱃속에 울분을 채워간 나머지 엄청난 범죄를 착상하고 몸을 던진 것까진 좋았지만, 그 결과는 어떤가. 소소하게 파친코로 저녁시간을 보내고 도영 아파트에서 마누라한테 바가지나 긁히는 것이 당신 인생 아닌가. 역시 출구는 어디에도 없는 것이다. 지금 당신은 미래가 없다는 생각에 우리 속의 우리로 스스로를 몰아넣고, '이럴 리 없는데' 하며 제 삶을 저주하고 있겠지. 자, 모차르트를 들어봐라. 돼지 같은 인생에서도 인간은 순수할 수 있음을 아는 나는 그나마 당신보다는 좀더 구원받을 수 있다. 당신에게는 앞으로 파탄밖에 없겠지만 내게는 그래도 조금은 길이 남아 있다.

고다는 절반 이상은 스스로를 위해 그렇게 생각했지만, 실은 제 눈에도 그런 길은 보이지 않았다. 이 세상 어딘가에 순수한 정열이 존재한다는 것, 인간이 그 앞에서 순수해질 수 있음을 알지만, 현실적으로 자신은 물심양면에서 그것과 멀리 떨어져 있다. 한편 한다 슈헤이는 돼지우리 인생일지언정 어딘가에서 제 인생을 인정하고 나름대로 만족하는 듯한 구석이 엿보였다. 기업을 협박하는 것을 즐기고, 무의미한 현금 전달 시도를 반복하는 것을 즐기고, 남녀 커플을 납치하는 것을 즐기고, 그렇게 3월 이래 반년이 넘도록 범죄의 흥분과 도취를 맛보며 만족해온 듯 보였다. 그렇게 생각하면 이 미치광이 돼지에게 우리는 우리가 아니고, 돼지는 돼지가 아니며, 고다가 유일하게 안다고 생각하는 순수한 정열의 존재 따위는 아무것도 아닌 셈이었다.

생각이 여기에 다다르자 고다는 엇나간 음을 내며 소나타 연주를 멈추었다. 제 안에 남은 은밀한 질투와 열패감만이 느껴졌다.

그런가? 지금은 다소 정신적으로 궁지에 몰렸다지만, 한다에게는 그것조차 자학적 도취로 화하는 것일까? 행적 조사를 당하는 것도 자학에 박차를 가할 뿐인가? 무슨 일이 벌어진들 그의 흥분 장치는 계속해서 돌아가는 것인가? 그렇다면 놈의 흥분을 어디선가 멈춰줘야지. 멈출 방법은 있다.

그리고 제 심신이 앞으로 다시 한 발 내디딘 것을 느끼면서, 고다는 바이올린을 아무렇게나 케이스에 집어넣고 공원을 뒤로했다.

그날 밤의 마무리는 자정 직전 가노에게서 걸려온 전화였다. 가노는 사무적인 말투로 대뜸 "깜빡하고 못한 얘기가 생각나서 전화했어"라고 말했다. 아침에 태연하게 골프를 치러 갔던 남자는 심야가 되자 완전히 원래로 돌아온 듯했다.

"자네, 6월 말까지 특수본부에서 일할 당시 오카다 경우회나 다마루 젠조에 대해 들은 적 없나?"

"형사부장 앞으로 히노데 맥주와 다마루 젠조의 관계를 폭로하는 익명의 문서가 왔다는 얘기는 들었어."

"좀더 자세히 말해봐. 그 이야기의 출처. 문서체제. 내용. 경시청 반응."

"1과장이 다른 이야기 중에 잠깐 흘린 게 다야. 문서는 워드프로세서로 입력한 A4용지 여섯 장. 내용은 최근 몇 년간 히노데를 상대로 한 다마루의 행동과 상세한 경과보고. 구체적으로는 다마루가 군마 현 별장지를 40억에 구입하라고 히노데를 조르고 있다는 이야기였어. 경시청 반응? 특수본부에서는 적어도 보낸 이가 누구냐는 사실에는 관심이 있었어. 이게 내가 아는 전부고, 일단 난 검찰수사를 거들 생각이 없어."

"실은 특수부에 지난주 비슷한 내용의 문서가 왔어. 첫머리에 6월 경시청에도 같은 문서를 보냈다고 적혀 있어서 확인해보니 형사부장이 부정하더군."

"그래서?"

"경시청이 거짓말한다는 걸 확인하고 싶었을 뿐이야. 늦은 시간에 미안하군."

오카다 경우회나 세이와회가 쥐고 있는 지하금융이 증권시장이라는 양지의 경제체제와 결합하고, 그곳을 통해 정관계로 부정한 자금이 흘러드는 구조의 일각을 지검 특수부가 겨우 파악해가고 있다는 이야기를 가노에게서 들은 것이 바로 오늘 새벽이었다. 히노데 맥주와 오카다의 관계를 폭로한 내부고발 문서는 모 증권사를 무대로 한 의혹의 윤곽을 굳힐 수 있는 수단인만큼 당연히 지검 특수부의 관심사일 것이다. 경시청 형사부가 그 문서의 존재를 부정한 사정이야 알 수 없지만, 혹여 정치인이 도마에 오를 수도 있는 사안이라면 움직일 곳은 역시 지검 특수부밖에 없다. 그래, 지검이 어쨌거나 움직이기 시작했군. 경찰이 한 발도 떼지 못하고 있을 때 그래, 너희는 움직이기 시작했단 말이지.

"바빠지겠네."

"상황이 심각해. 상부를 어떻게든 손보지 않으면 네고로의 희생도 무위로 돌아갈 것 같아서."

"용의자 하나를 파악해놓고도 물증이 없어서 호출 못하는 경찰이 더 심각하지."

저도 모르게 흘린 말에 가노는 아니나 다를까 날카롭게 반응했다. 아니, 자못 검사답게 어설픈 반응을 자제하고 수화기 너머에서 신중히 표현을 고르고 있음을 느낄 수 있었다.

"자네, 6월부터 그런 소리를 했는데— 레이디 조커 사건의 피해가 마이니치 맥주에도 확산되고 있는 상황에 물증이 없다고 움직이지 못한다니, 검찰의 상식으로는 도무지 이해가 안 되는군. 용의자가 대체 어떤 놈이야?"

"뭐, 지검 특수부 눈에는 절대 들어오지 않을 잡범이지."

다시 몇 초간 뜸을 둔 뒤 옛 처남은 신중하게 "다음에 천천히 얘기하자"라고 대답했다.

"용의자 얘기는 하고 싶지 않아."

그런 말로 먼저 얼른 전화를 끊은 뒤, 고다는 가노의 존재가 갑자기 멀어지는 느낌이 들었다. 한다라는 용의자를 머릿속에서 계속 키워나가고만 있는 자신과 특수부 검사의 격차가 벌어졌다기보다, 그 순간 왠지 조직과 사회, 친구, 일상 따위와 자신을 연결하던 각종 현이 뚝뚝 끊기는 기분이었다. 지금까지 한껏 당겨놓아 당장이라도 끊어지려던 현들이. 아니, 어쩌면 현을 끊은 것은 자기 자신인지도 모르지만, 여하튼 마침내 궤도를 벗어나 튕겨나가 공중을 떠도는 느낌이었다.

*

9월 4일 월요일 조간을 장식한 마이니치 맥주의 전면 광고는 새하얀 바탕 한가운데 당당히 한 줄, '마이니치 맥주는 싸우겠습니다'라고만 쓰여 있었다. 아침 일찍 식탁에서 신문을 펼쳐든 시로야마는 역시 거물 히키타 사장다운 자세라고 감탄하는 한편, 보기에 따라서는 업계 규칙을 무시한 동종업계 타사에 대한 명백한 비판으로도 읽힐 수 있는 그 문장에 내장이 에이는 심정이었다.

히노데는 부당한 기업 테러에 맞서 싸우지 않았다는 말인가. 최선을 다해 대처했다는 자사의 인식과 딴판으로 설령 세상이 '히노데는 맞서 싸우지 않고 범인 그룹과 뒷거래를 했다'고 보고 있을지라도, 동종업계로서 이렇게 일방적인 카피는 노골적으로 배려심을 결여한 것이라고 하지 않을 수 없었다. 그제 히키타 사장과 나눈 씁쓸한 통화 내용을 떠올리며, 그래도 일단은 유감의 뜻을 전해두어야겠다는 생각을 아침부터 머릿속에 새기고서 시로야마는 집을 나섰다.

업무 시작 전 삼십 분의 여유 시간 중 십 분 정도를 마이니치 맥주의 히키타 사장에게 보낼 편지를 쓰는 데 할애하고, 이어서 노자키 여사에게 오늘의 일정을 듣고, 출장에서 복귀한 구라타가 9시 15분 찾아오기로 했음을 확인했다. 구라타는 독대 시간을 십오 분 정도로 얘기했다는데 그건 너무 짧았다. 오전 10시까지 시간을 비워둘 수 있도록 구라타의 비서와 바로 일정을 조정해보라고 여사에게 지시했다.

맥주사업본부의 현안은 한둘이 아니었다. 8월의 중간재무제표 한 벌이 이미 올라와 있었는데, 성수기인 7월과 8월의 매출은 착실히 회복되었지만 여전히 전년 대비 마이너스이고, 특히 여름 한철이 지난 지금도 히노데 마이스터가 영 신장되지 않는다는 사실을 부정할 수 없었다. 출시되기 무섭게 불상사를 당한 것이 큰 이유임은 틀림없었지만 어쩌면 상품 자체에 소비자를 끄는 임팩트가 부족한지도 모른다고 의심해볼 단계였다. 맥주사업본부의 영업보고에서도 매출 부진의 원인을 여러모로 분석해놓았는데, 이미 추동기 경쟁에 들어간 지금은 크리스마스 성수기 전략부터 서둘러 재검토해야 하고, 아울러 히노데 마이스터를 계속 주력 상품으로 둘지 혹은 재고가 필요할지도 한시바삐 결단해야 한다. 오늘 구라타가 들고 올 주요 용건도 그것일 터였다.

그와 함께 연말까지의 하반기 매출 목표도 다시 수정해야 한다. 사건이 마이니치 맥주로 파급되면서 전망을 세우기 한층 힘들어졌지만, 적자 결산이라도 어떻게든 면하는 것을 목표로 수치를 재조정해야 했다.

그외 히노데의 양판점 대책 동향이 일부 특약점에 누설되었다는 이야기도 구라타에게서 자세히 듣고 싶었다. 개개의 업체와 교섭해 끝낼 수 있는 사안인지, 특약점 몇 군데를 잃을 우려가 있는지, 혹은 오랜 과제인 직판 부문의 사업화를 서둘러야 하는 상황인지. 그런 현안과 더불어 내부고발 문서며 라임라이트의 스카우트 이야기를 어떻게 꺼내야 할지도 생각하다보니, 짧은 아침 시간이 금세 지나가버렸다.

　구라타 세이고는 예정대로 9시 15분에 들어왔다. "안녕하세요" 인사하며 문을 닫고, "우리가 1,110엔. 마이니치가 893엔. 맥주 주식이 전체적으로 떨어지고 있습니다"라는 말로 입을 열었다. 구라타는 막 개장한 도쿄 증시의 주가 속보를 시로야마의 책상에 올려놓았다.

　시로야마가 그 종이를 집어들 새도 없이, "이것은 하반기 영업 계획 재수정안입니다. 그리고 토요일 메일로 알려드린 정보 누설 건에 대해 보고드립니다"라는 말과 함께 얇은 바인더 한 권과 보고서철 몇 매가 잇따라 눈앞에 놓였다. 시로야마는 우선 맨 위에 놓인 보고서 첫 장에서 대형 특약점 도쿠토미 상사와 주쿄 지구의 에이다이 주판이라는 두 개의 상호를 확인했다. 양판점에 대한 히노데의 판매 강화책이 누설된 곳이 설마 특약점 모임 간사가 있는 회사일 줄이야.

　저도 모르게 고개를 들자 책상 너머 구라타가 무표정한 눈길로 답했다.

　"에이다이 쪽은 조건 교섭으로 해결할 수 있습니다. 도쿠토미는 그쪽에서 먼저 증자 건을 제시했습니다. 이참에 증자가 아니라 아예 주식을 취득해서 도쿠토미를 흡수할지, 증자에 응하되 그 자금으로 야나가와 상사와 야사카 주판을 병합하는 방안을 추진할지에 대해, 시라이 씨와 상의해서 이사회에 올려 결정했으면 합니다."

　"양판점 대책은 미룰 수 없는 중대 사안이니, 그 결정을 위해서라도 기존 특약점의 유인책을 다시 한번 검토해보세요. 특약점에 설명하는 시기를 앞당긴다든지—"

　"검토하겠습니다."

　시로야마는 이어서 영업 계획 수정안 바인더를 펼치고 A4용지 한 장에 나열된 월간 목표와 합계 수치를 보았다. 한 장을 넘기자 뒷장은 월간 수치의 지사별 내역. 세번째 장은 각 내역의 상품별 현황. 올해 최종 매출은 손익분기점에 가까운 1조 2,100억. 그 수치에 맞춰 하반기 월별 수치를 나눠놓은 것이 다였다. 동절기 영업 라인업의 재검토 얘기는 한 줄도 없었다. 시로야마는 구라타가 왜 이런 보고서를 내놓았을까 하는 놀라움에 적잖은 충격을 받고 바인더를 덮은 뒤 고개를 들었다.

"이런 계산이라면 나도 합니다. 좀더 적극적인 이야기를 하고 싶은데요."

"그 이상은 못합니다." 구라타가 쌀쌀맞게 말했다.

"못한다니, 무슨 뜻입니까?"

"말 그대로입니다. 보세요, 금요일 주문이 월요일에는 취소되는 상황입니다. 다른 때 같으면 재고량에 상당하는 제품이 지불 기한 전에 반품돼버리는 겁니다. 6월 말 마무리됐다고 생각했는데 9월에 또 이런 사태가 벌어졌어요. 이런 상황에서 계획을 세우는 건 시간 낭비일 뿐입니다. 그럴 시간이 있으면 현장을 더 챙기고 싶습니다. 거기 적어놓은 수량은 그럼에도 최소한 이 정도는 사수해야 한다는 뜻입니다. 그 수량만은 무슨 짓을 해서라도 달성하겠습니다. 그래서 지금 저는 몸이 열 개라도 모자랄 정도로 바쁩니다."

구라타의 표정을 살필 필요도 없이 영업 현장이 장기적인 전망을 세울 틈이 없을 정도로 바쁘게 돌아간다는 사실은 충분히 짐작할 수 있었으므로, 시로야마는 그저 바인더를 구라타 쪽으로 밀어놓았다.

"나도 상황을 모르진 않습니다. 그러니까 더 구라타 씨와 의견을 나누고 싶은 겁니다. 계획은 다시 짜주세요. 앞으로 마이니치 맥주의 상황이 어떻게 흘러갈지 모르지만, 모든 사태를 상정한 계획이 필요합니다."

"못합니다. 맥주사업본부장인 제가 못한다고 말씀드리는 겁니다. 제가 할 수 있는 일은 거기 적어놓은 수치를 어떻게 달성할지 궁리하는 것뿐입니다."

계획 없이 거대한 조직을 관리하고 통솔하기가 불가능하다는 것은 구라타도 너무나 잘 알고 있다. 지금 한 말은 단순히 계획을 다시 세워 보고서를 제출할 시간이 없다는 뜻일 것이다. 시로야마는 어디까지 양보해야 할지 망설이다가, "다시 세워주세요"라고 거듭 말했다. 구라타는 "못합니다"라며 재차 거부했다.

"그럼 이번 주말까지 기다리겠습니다."

시로야마는 그렇게 통보하고 상대가 집어들려 하지 않는 바인더 속 서류를 제 손으로 찢어 쓰레기통에 버렸다. 그래도 구라타의 표정은 바뀌지 않았다. 손목시계를 들여다보더니 의자를 당기고 책상 맞은편에 앉아 다리를 꼬았다. 시각은 오전 9시 23분이었다.

"시간이 없으니 어서 말씀하시지요." 구라타가 사무적인 말투로 재촉했다.

"6월 말, 히노데와 오카다의 관계를 폭로하는 문서를 경시청에 보낸 자가 사내에 있습니다." 시로야마도 사무적으로 말을 꺼냈다.

"범인은 저입니다."

그렇게 대꾸한 구라타의 표정에는 여전히 이렇다 할 변화가 없었다. 시로야마는 당혹과 분노에 동요했지만 애써 평정을 지켰다.

"사카다 씨의 비서 아오노에게 얘기 들었습니다."

"다마루가 결국 사카다에게 매달린 겁니까? 그 사람도 자금을 조달하느라 발등에 불이 떨어졌나보군요."

"구라타 씨, 내가 무슨 심정으로 그 얘기를 들었는지 압니까?"

"경시청에는 어차피 슬쩍 떠볼 생각으로 보낸 거라 증거가 될 만한 핵심사항은 전혀 언급하지 않았습니다. 여하튼 지난 두 달간 경시청의 반응을 관찰한바 이 건을 적극적으로 수사할 생각은 없어 보입니다. 내년 봄 용퇴할 오우라 경시총감은 사카다 다이치 의원과 같은 선거구인데, 다음 중의원 선거에서는 오우라가 비례구, 사카다가 소선거구로 결정될 모양입니다."

"대체 뭘 떠보겠다는 건지 들어나 봅시다. 부사장인 당신이 대체 무슨 이유로 내부고발이라는 수단을 취했는지 말해보세요."

"저는 제 행동이 무슨 의미인지 잘 알고 있습니다. 저 혼자서 한 짓이고, 저 개인의 뜻입니다. 그 결과 회사에는 일시적으로 피해를 주겠지만 장기적으로는 도움될 것이 틀림없다고 판단하고, 감히 저 개인의 뜻대로 실행했습니다."

"부사장인 당신이 감히 개인의 뜻대로 움직인 이유를 듣고 싶군요."

"오랫동안 오카다 담당으로 다마루 젠조와 일대일 교섭을 해오면서 제 자존심은 철저히 짓밟혔습니다. 다마루는 10억과 맞바꾼 각서를 일방적으로 휴지조각으로 만들고 사장인 시로야마 씨를 흔들고 있어요. 그것도 레이디 조커 사건에 편승해서 말입니다. 레이디 조커의 배후에 오카다나 세이와회가 있다, 그들이 마이니치 맥주를 협박하기 시작한 것도 주가와 시장에 미칠 영향을 따져서 결과적으로 히노데를 압박하기 위해서다, 이렇게 볼 수도 있습니다. 물론 외부에는 목에 칼이 들어와도 발설하지 않겠지만, 저는 작금의 상황을 대체 어떻게 받아들여야 합니까? 결국 1993년 오카다와의 관계를 청산한 것 자체가 무의미했던 셈입니다. 그 무의미한 종잇조각에 10억이나 내놓은 사람이 바로 접니다. 일대일로 상대해왔으니 저 개인의 감정 문제입니다. 감히 이성의 문제라고는 말하지 않겠습니다. 감정입니다."

아니, 그건 아니다. 이 사람은 분명 감정을 말하고 있지만, 그러면서도 여전히 본심을 신중히 감추고 그럴듯한 논리만 늘어놓고 있다. 시로야마는 그렇게 느꼈다. 오랫동안 오카다와의 교섭을 맡아온 자로서 통감하는 바는 감정의 문제로 귀속되겠지만, 이 구라타는 다른 이사와 비교해도 자기 감정을 잘 억제하는 편이고, 개인의 의사 표명을 삼가고 결과만 내놓는다고 '어뢰'라는 별명까지 붙은 사람이었다. 설령 쌓이고쌓인 감정이 지금 와서 폭발했다 해도 그 감정의 핵심은 방금 본인이 말한 이야기에는 담겨 있지 않다고 느껴졌다. 지난 삼십 년간 함께해온 시로야마의 직감이었다. 말투, 어휘의 선택, 목소리의 울림 등을 통해 시로야마는 분명히 그렇게 느꼈다.

구라타는 내게 진의를 털어놓을 마음이 없는 것인가. 하루코와의 불륜을 이십 년 넘게 감춰온 사람이니 그도 당연한가. 시로야마는 당혹과 실망을 동시에 맛보며, 말 붙일 엄두도 나지 않는 이 남자의 외벽을 어떻게 무너뜨릴지 고민하고 또 고민했다.

"그 개인의 의사에 따라서, 앞으로는 어쩔 생각입니까?"

"모든 카드를 공개할 수는 없지만, 저도 회사에 책임이 있으니 두 가지만 말씀드리지요. 하나는 오카다의 형사고발이 가능할 만한 환경이 마침 우리와 무관한 곳에서 만들어지고 있다는 겁니다. 이 호기를 놓치면 오카다를 쳐낼 기회는 두 번 다시 오지 않습니다. 저는 그 기회를 신중하게 노리며 제 할 일을 해나갈 생각입니다. 그때는 히노데를 떠나 있을 것을 약속합니다. 또하나, 히노데에서 형사고발 대상이 되는 것은 저 하나로 그칠 것도 약속합니다. 다른 사람에게 파급되지 않는다는 조건으로 지검과 이야기를 마무리짓겠습니다."

"이미 지검과 얘기중인 겁니까?"

"그건 말씀드릴 수 없습니다."

"대체 언제부터 그런 생각을 하게 된 겁니까?"

"지난봄입니다. 스기하라가 죽었을 때 결심했습니다."

"스기하라의 죽음에 어떤 식으로든 책임지겠다는 뜻이라면, 그건 다른 문제입니다."

"저는 그렇게까지 스스로에게 엄격한 인간이 아닙니다."

구라타는 조소 비슷한 표정을 짓고 더이상 스기하라의 죽음을 언급하기를 피했다. 그럴 리 없다, 하루코와의 관계에 죄책감을 느끼며 이십 년 넘게 스기하라에게 부채감을 안고 있었을 구라타가 그의 자살에 개인적인 충격을 받지 않았을 리 없다고 시로야마는 생각했지만, 아무래도 구라타는 이 자리에서 그 얘기를 꺼낼 생각이 없는 듯했다.

"시로야마 씨, 제2의 인생을 생각해본 적 없습니까? 저는 삼십대 중반부터 회사를 떠날 때를 상상해왔습니다. 샐러리맨이라면 모두 마찬가지일 겁니다. 어쩌다보니 이런 자리까지 올라온 탓에 쉽사리 회사를 떠날 수도 없게 되었지만, 저라는 인간의 바탕은 평사원 시절과 별로 다르지 않습니다. 사흘에 한 번은 제2의 인생을 눈앞에 그려봅니다. 그리고 이 나이가 되도록 일해왔으니, 이제는 그것을 꿈이 아닌 현실로 생각해도 좋겠다고 판단한 겁니다. 마무리가 비상식적이라는 소리를 들을지 모르겠지만 저 나름대로 숙고한 결과입니다. 총회꾼 배제는 제가 히노데 맥주에 길이 남길 수 있는 최대의 공적이라고 생각합니다."

"형사피고인 신세가 되는 것이 당신의 제2의 인생입니까?"

"기소되기 전 구류나 공판 기간에 감당할 약간의 부자유 따위는 아무것도 아닙니다. 가족에게는 미안한 일이니 그쪽으로도 마땅한 조치를 해야겠지만, 여하튼 유죄판결이 나도 집행유예를 받을 테니 실질적으로 저는 자유의 몸입니다. 주주 대표 소송이 벌어져도 10억 정도는 히로오의 아파트나 주식을 처분해서 배상할 수 있습니다."

"통산성에 있는 아드님의 장래에 흠이 갈 수도 있어요."

"아들은 아들이고 저는 저입니다. 이미 부모 된 책임은 다했고, 아이들도 그렇게 알아듣도록 말해왔습니다."

"그러면 제2의 인생은—"

"제가 십오 년 전 세토 내해의 섬을 구입한 것은 아시죠? 그곳에서 라임을 재배하고 싶습니다." 불쑥 그런 이야기를 꺼내며 구라타는 비로소 겸연쩍은 웃음을 비쳤다. "오카야마 현 농업시험장에 있는 친구가 내년에 정년을 맞는데, 같이 해볼까 해서요. 이제 월급쟁이는 질렸습니다."

하나부터 열까지 충격이었다. 시로야마도 회사를 떠날 결심을 다졌지만, 이건 그것과도 차원이 전혀 다른 이야기였다. 부사장이라는 지위에 올라 인생의 절정을 맞은 남자가 내부고발이라는, 상식적으로 용납할 수 없는 수단으로 회사를 배신하고 떠나겠다고 한다. 더구나 가정까지 청산하고 홀로 형사피고인이 되어, 친구와 세토 내해의 작은 섬으로 옮겨가 라임 농사를 짓겠다는 것이다. 대체 제정신으로 할 수 있는 말인지 판단이 서지 않아 시로야마는 거의 아연실색하고 말았다.

자신처럼 샐러리맨 인생을 걸어온 남자가 이렇게까지 완벽하게 삼십수 년의 세월을 버리고 새로운 세계로 뛰쳐나갈 수 있는 것일까? 아니, 혹시 이 사람은 모든 것을 청산하고 하루코와 함께할 작정일까? 고작 그런 상상이나 할 수 있을 뿐, 그 자리에서 시로야마는 결국 머릿속을 조금도 정리하지 못했다.

"나를 얼마나 놀라게 해야 만족하겠습니까. —여하튼 오늘은 두 가지만 말해둡시다. 하나, 이유 여하를 막론하고 나는 당신에게 내부고발이란 방식으로 문제를 해결하는 것을 허락할 생각이 없습니다. 또하나, 라임 농사의 꿈은 최소한 이 년은 미뤄주면 좋겠습니다."

"이미 끝난 이야기입니다. 제 마음은 바뀌지 않습니다. 내부고발을 결심하기 전에, 다마루를 칼로 찌를까 진심으로 생각한 적도 있습니다. 제가 다마루를 얼마나 증오하는지 시로야마 씨는 모릅니다. 그놈 앞에서 무릎 꿇고 바닥에 이마를 찧었던 제 모습이 미치도록 원통할 따름입니다."

구라타는 손목시계를 들여다보고 자리에서 일어섰다.

"다음 기회에 다시 얘기합시다. 하반기 수정안은 금요일까지 마쳐주세요." 시로야마의 말에 구라타는 가볍게 고개를 끄덕이고 집무실을 나갔다.

이건 명백한 배임이라는 생각도 들었다. 임원이라는 자가 이사회의 검토와 합의도 없이 개인 의사로 그런 짓을 한 것은 목적과 결과가 어떠하든 명백한 규약 위반이고, 히노데의 앞날을 위해서라는 구라타의 변도 기괴한 억지에 불과했다. 감정 문제 운운도 마찬가지다. 가장 신뢰해온 부하에게 이렇게까지 대놓고 배반당한 자신도 변명의 여지 없는 바보가 분명하지만, 구라타에 대한 분노나 증오의 감정은 이상하게도 선명한 형태를 이루지 못하고 모호하게 맴돌기만 했다.

아마도 샐러리맨의 인생이란 이런 것인가 하는 소회가 가슴을 비집고 든 탓이리라. 오랜 세월 겪어온 성공과 실패, 만족과 불만, 자신감과 실의, 애착과 혐오 등을 마지막으로 천칭에 올려놓았는데 그중 한쪽으로 기운 것이다. 구라타의 천칭이 자신과는 반대쪽으로 기울었을 뿐, 그것을 두고 배반이니 사기니 몰아세울 날것의 감정은 좀처럼 솟아나지 않았다. 대신 구라타가 '미치도록 원통하다'는 표현을 꺼내게 만든 참담함의 깊이만이 가슴을 통렬하게 때려서, 시로야마는 결국 창업 105주년을 맞는 이 조직의 대외적, 대내적 모습 어딘가가 잘못되었다는 결론에 다다르지 않을 수 없었다.

*

그날 아침 각사 조간은 일요일에 도호가 터뜨린 특종의 후속 보도 격으로, 마이니치 맥주에 대한 위력업무방해와 레이디 조커와의 관련성을 암시하는 헤드라인들로 채워졌다. 그 공세에 등을 떠밀리듯이 1과장은 정례 기자회견에서 마이니치 맥주에 날아든 LJ의 편지 사본을 공개했는데, 참으로 간결한 한 줄이 전부였다.

'귀사에도 붉은색 맥주를 선물했다. 레이디·조커'

물론 누구도 그 사본 한 장에 만족하진 못했지만, 간자키 1과장은 "마이니치 맥주에 도착한 것은 이게 전부이고 다른 편지는 없습니다. 구체적인 요구사항도 아직 없습니다"라는 말만 일방적으로 반복하며 십 분 만에 회견을 끝내버렸고, 구보 하루히사는 결국 한마디도 발언하지 못하고 그 자리를 떠나야 했다. 머리 위를 어지러이 오가는 타사 1과 담당 기자들의 목소리가 죄 멀게만 느껴지고 가타카나로 적힌 LJ의 편지도 실감나지 않아서, 앞으로 마이니치 맥주 사건이 어떻게 전개될지 짐작해볼 여유도 없이 거의 건성으로 참석만 하고 빠져나온 형국이었다.

지난 두 시간 동안 구보의 머릿속은 행방불명인 네고로를 어떻게 추적하나라는 고민 하나로 가득했다. 스가노 캡이 조사반에 들어오라고 지시했을 때는 의욕이 충만했지만, 냉정하게 생각해보니 그 의욕을 웃도는 불안과 암담함, 모종의 흥분이 한꺼번에 엄습했고, 1과장실을 나설 즈음에는 점심밥도 넘어가지 않을 듯한 심정이었다.

그날 아침 스가노는 조사반으로 지명한 도호 신문의 기자 넷을 지도리가후치 공원에 모아놓고 사태의 개요를 설명해주었다. 구보와 같은 경시청 기자실의 2, 4과 담당 가네이, 오랫동안 지검 출입기자로 일했던 지원팀 베테랑 두 명이었다. 구보 외 세 명은 모두 경제사건 전문이었는데, 스가노의 이야기를 들어보니 이런 면면으로 팀을 꾸린 것도 이해가 갔다.

스가노의 이야기는 메모하는 구보의 손이 떨릴 만한 내용이었다. 먼저 네고로가 센다이 지국에 있던 시절 세상을 발칵 뒤집어놓았던 고쿠라 운수-주니치 상업은행 스캔들부터 설명했는데, 당시 소문으로만 돌던 전 재무 대신 사카다 다이치 관련설을 뒷받침하는 증거의 일부를 네고로가 확보했을 가능성이 있다는 것이었다. 또한 그 때문으로 짐작되는 1991년 뺑소니사고와 관련해 당시 공개되지 않았던 실행범 두 명의 신원이 밝혀졌다. 둘은 재일한국인 폭력단원으로, 사건 이 주 전 위조 여권으로 입국한 한국 안기부 요원과 접촉한 것을 공안이 확인했다. 그리고 실은 사건 당일 밤 뺑소니사건을 목격한 사람이 있고 그 증언을 통해 경찰이 용의자 두 명을 진즉에 지목해냈지만, 앞서 말한 연유로 입건은 무산되고 말았다는 것이었다.

이어서 스가노는 네고로가 실종 직전 모 증권 신문 편집장에게 넘겼다는 명부의 사본을 건네주었다. 그 실체는 18개사에 이르는 국내 증권사의 영업맨, 투자고문회사나 파이낸스회사를 가장한 세이와회 계열의 오카다 경우회 및 GSC그룹 12개사가 포함된 비밀 투자 그룹이라고 했다. 원래는 회원의 본명이 기재되어 있지 않지만 사본에는 네고로가 직접 적어넣은 것으로 보이는 이름이 죽 나열되어 있었다. 구보는 가장 먼저 24라는 숫자 뒤에서 (주)GSC 대표이사 기쿠치 다케시의 이름을 발견하고, 저도 모르게 속으로 '맙소사' 하고 탄식했다.

이어서 네고로와 접촉한 사실이 있는 육십여 명의 명부도 나눠주었다. 어디서 이런 걸 다 구했을까 의아스럽기도 했지만, 생각해보면 우익단체, 교사조합, 노동조합, 자유법조단*, 해동, 총련, 민단, 종교단체 등 인맥이 폭넓었던 네고로를 공안이 감시하지 않았을 리 없으니 아마 그쪽에서 흘러나온 명부이리라고 구보는 짐작했다. 그중 '사노 준이치'

---

* 1921년 결성된 일본의 변호사 단체.

라는 이름은 두 줄로 지워져 있었는데, 스가노의 얘기에 따르면 그는 네고로와 함께 비밀 투자 그룹을 추적하던 프리랜서 저널리스트로, 6월 28일 심야에서 다음날 미명 사이 마찬가지로 실종되었다.

지금 당장 자세한 내용까지는 알 수 없지만, 요는 투자 그룹에 이름을 올린 파이낸스회사들이 고쿠라-주니치 스캔들에 관여했으며, 이 사안이 결국 이제껏 수사의 손길이 미친 적 없는 지하금융과 정계를 잇는 파이프로 연결될 가능성이 높다는 것은 이해할 수 있었다. 구보는 우선 네고로가 일개 사회부 기자 신분으로 추적해온 세계의 일면에 진저리가 쳐졌고, 또한 그것을 주도면밀하게 파악한 스가노의 정보망이 얼마나 대단한지 처음으로 깨달았다. 동시에 신문기자 한 명이 암흑세계의 압력에 매장되어버린 사태를 피부로 느끼며 새삼 충격을 받았다.

스가노는 평소 들을 수 없는 직선적인 말투로, "네고로는 절대 약점을 잡힐 만한 일에 엮인 것이 아니다. 돈이나 여자와도 거리가 먼 사람이었다고 내가 보장한다. 그러니 자신감 갖고 조사하기 바란다"라고 말하고 덧붙였다. "제대로 캐내면 미증유의 증권 스캔들과 부패사건이 될 거다. 지검이 눈치채고 덮어버리지 않도록 신중하게 움직여야 해."

스가노는 구보를 제외한 세 사람에게 우선 투자 그룹 명부를 조사하라 이르고, 구보에게는 "자네는 계속 기쿠치 다케시 쪽을 추적하도록"이라고 지시했다. 물론 구보도 이의는 없었다. 우선적으로 파헤칠 곳은 후쿠시마로 귀향한 안자이 노리아키일까? 오사카에서 도다 요시노리를 추적한 『주간 도호』의 에노모토일까? 아니면 네고로와 친하게 지낸 것으로 보이는, 고다 유이치로의 지인일까?

맹목적으로 솟아나는 의욕과 당혹, 주저, 불안 등이 교차하는 기묘한 심정으로 구보는 뛰기 시작했다. 당분간 나날의 특종 경쟁에서 해방되는 것은 좋지만 계속 기사를 쓰지 않으면 현장 감각을 잃어버릴지도 모른다는 불안감이 들었고, 두 사람씩이나 실종된 암흑세계로 걸어들어가기에는 자신이 너무나 무지하다는 데 공포를 느꼈지만, 한편으로는 하릴없이 고양감에 내몰리고 있었다. 나날의 사건과는 또다른 지평에서 솟아오르는 그것을 뭐라고 일컬어야 할지 스스로도 알 수 없었지만 아마 분노에 가까운 무언가일 터였다. 특종 욕심이나 사건에 대한 각종 호기심과는 전혀 다른, 난생처음 깨달은 무언가였다. 뜨뜻미지근하고, 불쾌하게 수런거리고, 모든 신경을 꽉꽉 조여오는 무언가였다.

1과장의 정례 기자회견이 십 분 만에 끝나버린 뒤 구보는 『주간 도호』의 에노모토에게 전화해 "잠깐 얘기 좀 할 수 있을까요?"라고 청하고, 경시청에서 도보로 오 분 거리인 도호 신문 본사로 갔다. 편집국은 석간 3판 마감까지 아직 시간이 남아 여유로웠지만 네고로가 없는 지원 팀 자리를 보는 것이 괴로워 들르지 않았다. 직접 『주간 도호』 편집부로 찾아가, 곧 손님이 올 거라 자리를 뜨기 힘들다는 에노모토와 자료 더미를 사이에 두고 마주앉았다.

"그 도다 요시노리 말인데요. 만약 가부토초와 관련있는 전직 도호 신문 기자가 도다를 포섭해서 고쿠라-주니치 스캔들 정보를 제보하도록 시켰다면, 누구 생각나는 이름 없습니까?"

"기쿠치 다케시?"

"맞아요. 그 기쿠치가 도다에게 고쿠라-주니치 스캔들을 상세히 알려주고, 도다는 히노데의 시로야마 사장이 풀려나던 날 우리 사회부에 그 내용을 제보했어요. 오늘 처음 밝히는 사실입니다. 그뒤 기쿠치는 도다 요시노리를 사칭해 가짜 기자 행세를 하며, 레이디 조커 특수본부에 있던 2과 형사의 코를 꿴 거죠."

"그러니까 LJ와 고쿠라-주니치 스캔들이 어딘가에서 연결되어 있다,

이 말인가?"

"그런 것 같습니다만."

에노모토는 자료 더미 너머로 조심스레 구보의 얼굴을 바라보며 "자네, 눈초리가 여느 때와 다른데?"라고 장난스레 말하고는 물었다. "지금 취재하는 것과는 별개의 일인가?"

"예, 뭐 LJ 쪽이 꽉 막혀서 기쿠치라도 추적해볼까 해서요. 에노모토 씨, 오사카에서 기쿠치를 만났을 때 뭐 들으신 것 없어요?"

"이봐, 구보. LJ와 고쿠라-주니치 스캔들이 관련있는지 어떤지는 둘째 치고, 기쿠치와 도다 사이에는 접점이 전혀 없어. 가짜 기자 특종 때 우리도 조사해봤거든. 기쿠치를 조사하려면 차라리 세이와회 계열 금융 브로커 쪽을 파헤쳐야지. 신바시 쪽에 어슬렁거리는 놈들 말이야."

에노모토는 눈앞의 메모지에 휴대전화 번호와 이름 두 개를 적어주었다.

"주간 도호의 에노모토한테 전달받았다고 해."

"선배는 이제 조사 안 하시는 겁니까?" 구보가 묻자 에노모토는 "기쿠치 같은 놈들은 찔러봐야 뭐 나올 게 없거든" 하며 거드름을 피우더니 내처 이렇게 말했다.

"오사카 사회부에서 그놈과 반년쯤 같이 일해봐서 잘 알아. 놈은 거품경제 시절 오사카에서 취재를 하다가 한 신용금고에서 부정 융자를 받은 부동산 투기꾼에게 코가 꿰였어. 신용금고에서 융자를 받아 주식으로 재미 좀 보다가 조직의 심부름꾼으로 추락했고 거기서 빠져나오지 못한 거지. 피라미도 못 돼, 그놈은."

필시 에노모토의 말이 맞을 것이다. 기쿠치는 배후 조직이 시키는 대로 움직였으리라고 구보는 냉정하게 결론내렸다. 그리고 기쿠치가 도다에게 고쿠라-주니치 스캔들을 상세히 알려주고 나아가 굳이 그를 사칭하며 형사를 엮어들인 것이 조직적이고 계획적인 농간이었다면, 그 조직이 표적으로 삼은 것은 도다의 제보 전화에 반응할 것으로 예상되는 인물, 즉 네고로였다는 말이 된다.

기쿠치를 조종한 것은 네고로가 고쿠라-주니치 스캔들의 핵심의 일면을 파악하고 있음을 알아차린 조직이고, 그들은 어떤 이유로 3월 말 네고로에게 경고를 주거나 떠보려고 했다. 물론 히노데 사장이 풀려난 직후 제보 전화를 건 것은 반쯤은 언론의 관심을 피차별부락 문제로 유인하려는 의도였을 테지만, 나머지 절반은 네고로가 그 건을 물지 시험하기 위해 던져본 미끼였으리라. 순조롭게 그런 추론에 다다른 구보는 에노모토에게 아무 말도 하지 않고 감사의 미소만 보냈다.

"시간 낭비라니까." 그렇게 말하는 에노모토에게 "피라미도 못 되는 놈이라니 괜히 더 면상을 보고 싶어지네요. 여러모로 실례했습니다. 고맙습니다"라고 인사하고 자리를 떴다. 얼굴을 보고 싶어졌다는 말은 진심이었다. 기쿠치가 누구의 꼭두각시였든, 한 신문기자의 목숨을 노리는 자들의 졸개 노릇을 한 인간의 면상을 한 번은 꼭 봐두고 싶었다.

처음부터 LJ와 관련있었는지는 차치하고, 세이와회 혹은 오카다 경우회라는 조직은 3월 말 이미 모종의 계획이 있었고, 그 계획은 짐작건대 고쿠라-주니치 스캔들의 인맥과 관계되어 있으며, 그 때문에 네고로의 존재를 신경썼던 것이다. 한번 죽음 직전까지 몰아붙여봤던 신문기자가 겁에 질려 침묵할지, 지치지도 않고 움직일지 암흑세계의 눈길이 주시하고 있었던 것이다. 거듭 그런 생각에 다다르자 구보는 새삼 네고로가 어느 누구와도 상의하지 않은 이유가 의아해졌다. 스스로의 판단이 었는지, 아니면 그럴 수 없었던 것인지, 그도 아니면 상의해도 소용없다고 생각한 것인지. 정답이 무엇이든 구보는 납득할 수도, 이해할 수도 없었다.

아무튼 행방이 묘연한 기쿠치부터 찾아내기로 마음먹고 우선 에노모토에게 받은 두 명의 브로커에게 전화해보았지만, 휴대전화가 대개 그렇듯 정작 중요한 때는 연결되지 않았다. 하는 수 없이 집요하게 계속 전화를 걸며 3층 커피숍에서 후쿠시마의 안자이 노리아키에게 편지를 썼다. 그뒤 긴자로 가서 센비키야*에서 조생종 밀감을 한 상자 사고 편지를 넣어 택배로 부쳤다.

그뒤에도 계속 전화 연결을 시도하다가 오후 5시가 지나자 이번에는 전철을 타고 오모리로 향했다. 몇시가 될지는 알 수 없지만, 오모리 서 후문에서 고다 형사를 기다릴 작정이었다. 움직이는 전철 안에서는 역에서 산 각종 석간을 닥치는 대로 읽었다. 마이니치 맥주 사건에 새로운 움직임은 없는지. 당분간 자기 대신 1과 담당으로 취재하게 된 구리야마가 무슨 기사를 썼는지. 타사에 물먹지나 않았는지. 앞으로 매일 아침저녁으로 이 모양이겠구나 생각하니 구보는 조금 고독한 기분이 들었다.

금융 브로커와의 접촉은 내일로 미루고 오모리 서 후문 쪽 길가에서 네 시간을 기다렸다가, 구보는 오후 10시가 지나서야 겨우 자전거를 타고 나오는 고다 형사를 만났다. 고다는 제1교힌 교차로 방향으로 꺾으려다가 앞으로 뛰어나온 구보의 얼굴을 힐끗 보더니, 그가 입을 열기도 전에 자전거 핸들을 획 틀었다.

"200미터 앞에서."

그렇게 한마디 남기고 고다는 산업도로를 따라 하네다 쪽으로 페달을 밟았다. 구보가 천천히 뒤따라가니 그는 200미터 앞 골목에 자전거

---

* 선물용 고급 과일을 판매하는 전문점.

를 세우고 기다리고 있었다. 구보는 "미안합니다. 고맙습니다"라고 먼저 인사부터 했다. 접촉 불가인 'C랭크'라고 누가 분류했는지는 모르지만 적어도 고다가 신문기자와 접촉하는 태도는 실로 빈틈없었다. "무슨 일이죠?" 하며 입을 여는 표정은 안자이의 이삿날 본 것처럼 감정을 일절 삭제해버린 로봇 같았지만.

"아시는지 모르겠지만, 실은 우리 신문의 네고로 씨가 토요일 밤 실종되었습니다. 경찰 신고는 했지만 저희도 네고로 씨를 찾아 뛰어다니는 중입니다. 그러다 문득 안자이 씨 이삿날 고다 씨가 네고로 씨와 친한 사람을 안다고 말씀하셨던 게 생각나서, 혹시 그분을 소개받을 수 있을까 해서요."

그때 어떤 눈빛으로 상대를 보고 있었는지 구보 자신은 알 길이 없었지만, 고다는 눈길을 피하지 않고 표정도 없이 가만히 듣고만 있었다. 그리고 그 냉철하고 반듯한 입가에서 흘러나온 것은 예상치 못한 한마디였다.

"2일에 제가 네고로 씨에 대해 물었을 때는 별로 관심 없는 것처럼 보이시던데요."

이 형사는 두번째 만나는 사람에게 왜 이런 식으로 말하는 걸까. 남이 누구에게 관심이 있든 없든 운운할 까닭이 없는데 고다가 무엇 때문에 굳이 그런 말을 하는지 순간 구보는 당혹스러웠다. 그러나 고다의 말처럼 2일까지만 해도 자신이 네고로에게 그리 관심이 없었던 것은 사실이고, 실종 뒤 180도 바뀐 것도 사실이었다. 고다는 아마 그 점을 간파한 것이리라. 그리고 눈앞에 있는 신문기자에게 자신의 지인을 소개해도 좋을지 아닌지 형사의 눈으로 판단했을 것이다. 생각해보면 당연한 일이라고 구보는 재빨리 생각을 고쳤다.

"고다 씨 말씀이 맞습니다. 그래서 후회막급의 심정으로 이렇게 뛰어다니는 겁니다." 구보가 대답했다.

"지인에게 말해보겠습니다. 답변은 그쪽에서 직접 드리는 것으로 하지요."

"예, 아무쪼록—"

"반드시 전하겠습니다."

그 말만 남기고 고다는 자전거를 타고 왔던 길로 사라졌다.

*

모노이 세이조는 하루종일 신문을 읽고 또 읽으며, 사바세계에 사는 인간의 본성은 일흔 살 먹은 자신이 보아온 것 이상이라고 생각했다. '레이디 조커'를 사칭해 마이니치 맥주를 공격하고 나선 것이 누구인지는 그에게 문제가 아니었다. 자신은 악귀라고 멋대로 납득하고 살았지만, 이 세상에는 저보다 훨씬 속이 시커먼 자들이 있었다. 비할 바 없이 커다란 악의를 품고 사회를 흔들어대는 그들 앞에서는 자신도 하찮은 버러지에 불과했다. 놈들은 모노이가 갖은 지혜를 짜내 만든 레이디 조커마저 봉으로 삼았고, 기분좋게 웃고 있는 것도 결국 자신들이 아니라 다른 어딘가의 악당이었다.

모노이는 이제 일 년 전과 같은 배짱이 없음을 자각하고, 하루하루 피안으로 다가가는 시간의 강을 거슬러올라 아직 끝나기엔 멀어 보이는 번민을 한동안 음미했다. 그것은 제 안에 틀어박힌 악귀마저 손발이 오그라든 늙은이와 함께 침상에 누워 있는 듯한 무기력함이었다.

요쌍은 앉은뱅이탁자에 신문을 펴놓고 볼펜과 자를 이용해 레이디 조커의 편지를 쓰는 작업을 계속하고 있었다. 지난밤 한다가 전화로 지시한 것이다. 공장 일을 마치고 이누코로와 함께 약국에 와서 저녁을 먹은 후 늘 사용하던 도구를 꺼내 작업을 시작했는데, 6개 전국지와 NHK까지 총 일곱 장의 봉투에 주소를 쓰는 데 생각보다 시간이 걸려서 밤 10시가 지난 지금까지도 끝나지 않았다.

6월 말 종결 선언을 보낼 때는 가마타의 한 서점에서 복사를 했지만 이번에는 신중을 기해 한 장 한 장 직접 쓰겠다며, 요짱은 비닐장갑 낀 손으로 자를 움직이며 정밀한 선을 묵묵히 그어나갔다. 본문은 딱 한 줄, '우리는 마이니치 맥주와 무관하다. 레이디·조커'였다. 지금 와서 이런 편지를 각 언론사에 보내야 하는 상황에 요짱은 아무런 소감도 말하지 않았다. 모노이는 그나마 그것을 다행이라 여겼지만, 역시 아직 썩어날 만큼 긴 인생이 남은 요짱과 보조를 맞출 수는 없었다. 도코로자와 하이츠에 숨겨둔 현금만 해도 쥐가 쏠아버리는 것이 빠를지 자신의 저승행이 빠를지 알 수 없었다.

"요짱, 그 편지가 신문에 실리면 아무리 태평한 고라도 기분좋진 않을 거야. 편지를 부치기 전에 고에게 그 돈을 어디로 옮기게 하는 방법을 생각해보자고."

"마이니치 맥주 건이 일단락되기 전에는 고도 움직이기 힘들 텐데."

"언제 시간이 나는지 한번 물어봐주겠나? 누노카와에게는 빨리 돈을 건네주는 게 좋겠어. 자네도 돈 쓸 곳을 생각해두고."

"음. 그나저나 나, 이달만 채우고 공장을 그만둘까 해."

"그건 왜?"

"경영이 힘들대. 사장이 나가주면 좋겠대."

"거참, 안 그래도 NC선반을 세 대나 들여놓고도 괜찮겠냐고 했는데. 하여간 그 영감은—"

"공장 그만두면 대형 면허 딸 거야. 누노카와 씨 보니까 트럭 운전도 좋겠다 싶어. 운전할 때는 항상 혼자라는 게 마음에 들어."

"자네 나이에 뭔들 못하겠나."

"아무 일도 안 할 수는 없으니까, 트럭 운전도 생각해봤을 뿐이야."

"트럭 타고 다니면서 돈 쓸 데나 생각해둬."

"음, 그것도 좋지."

모노이는 앉은뱅이탁자 앞에 고개를 숙이고 손을 움직이는 요짱을 놔두고 방석을 베개 삼아 누웠다. 일 년 전의 요짱이 지금 같았다면 모노이는 그를 범행에 끌어들이지 않았을 테고 요짱도 아마 응하지 않았을 것이다. 서른도 안 된 인간은 앞으로 얼마든지 바뀔 가능성이 있다는 사실을 일 년 전의 나는 왜 전혀 생각해보지 못했을까. 모노이는 그날 밤도 그런 후회를 했지만, 요는 일흔 살 노인이 뭔가 바뀐다는 발상을 할 수 없었던 것, 이라는 결론밖에 내릴 수 없었다. 생각해보면 삼도천 가에 쌓인 돌탑을 허물어뜨리는 악귀들이야말로 뭔가 바뀐다는 발상을 아예 못하는 놈들이다*. 어떤 악당이 마이니치 맥주에 악행을 저지르기 시작했다 한들 이 몸의 어디가 바뀌겠는가. 주위 상황이 어떻게 흘러가든 제 안에 자리잡고 꼼짝하지 않는 악귀에게는 변화가 없고, 마침내 자신과 함께 묘에 묻힐 뿐이다. 모노이는 드러누운 채로 "어이, 꼬마!" 하고 마당에 웅크린 이누코로를 불렀다. 개는 귀를 쫑긋 세우고 돌아보며 꼬리를 흔들었다.

"착하지, 착하지. 참 착한 강아지야." 모노이도 대꾸했다.

"공장을 그만두면 지금 사는 데서 나올 거야. 개를 키울 만한 집은 못 얻을 것 같은데, 그러면 영감님이 저놈을 맡아줄래?" 요짱의 목소리가 들렸다.

---

* 일본의 지장신앙에서 나온 속신에 따르면, 부모보다 먼저 죽은 어린아이는 그 불효로 인해 부처님의 나라로 가지 못한다. 그래서 공덕을 세우기 위해 삼도천 가에 돌탑을 쌓아 부모에게 공양하려 하는데, 번번이 악귀가 나타나 그 돌탑을 허물어뜨린다.

"응, 좋지. 이 늙은이도 내년에는 여기를 처분하고 묘지기나 할 겸 고향으로 돌아갈 생각이야. 집도 넓고 밭도 있으니까, 강아지 한 마리 데리고 사는 거야 일도 아니지."

"묘에는 이제 아무도 없지 않아?"

"언젠가 내가 들어갈 묘 아닌가. 손질을 해두어야지."

"어떤 동네인데?"

"하늘을 올려다보면 핫코다 산봉우리들이 보이지. 주위 산골짜기에는 예전에 말을 방목하던 완만한 목초지가 있고, 밭도 조금 있고, 나머지는 잡목림뿐이야. 넓어. 아주 넓지. 겨울에는 눈에 묻히고, 여름에는 눈이 시리는 초록에 묻히고."

"조용해─?"

"그럼, 조용하지. 전에 살던 이웃들도 이제 한 집도 안 남았어. 산파 집도, 마부 집도, 숯쟁이 조합장 집도, 심상소학교 잡무를 보던 사람의 집도……"

앉은뱅이탁자 너머에서 요짱이 잠깐 이쪽을 바라보았다. 그리고 잠시 후 "이웃이 한 집도 없다니, 좋네"라고 중얼거렸다.

3

9월 15일. 청산소다가 들어간 맥주가 나타났다.

아침 댓바람부터 서원 절반에게 동원령이 떨어지고 한다도 관내 경계로 호출되어, 오전 11시에는 파트너와 함께 조시키 역 앞 상점가 술집에 도착했다.

파트너가 술집 주인에게 제품 보관법 등을 묻는 동안 한다는 술집에 틀어놓은 텔레비전 소리에 이끌려 아침부터 몇 번이나 본 뉴스 화면을 바라보았다.

"오늘 오전 9시, 마이니치 맥주의 위력업무방해사건을 수사하는 경시청과 마이니치 맥주가 각각 긴급 기자회견을 열어, 청산소다를 넣은 제품을 도내 각처에 가져다놓았다는 레이디 조커의 편지가 오늘 아침 마이니치 맥주 사원의 집에 배달됐다고 발표한 뒤 그 편지를 언론에 공개했습니다."

편지지 한 장과 무늬 없는 봉투가 화면에 비쳤다.

"레이디 조커를 자칭하는 범인은 마이니치 맥주의 주력 상품인 슈퍼 클리어 633밀리리터들이 큰 병 스무 개에 각각 1.5그램의 청산소다 분말을 타서 도쿄 도내 술집과 양판점에 한 병씩 가져다놓았다고 하며, 이는 체중 50킬로그램의 성인이 반 컵 분량인 100밀리리터를 섭취하면 사망하는 농도입니다. 또한 청산소다가 든 맥주병은 밑바닥에 흰색 유성펜으로 ×표시가 되어 있다고 합니다.

이에 마이니치 맥주는 이른 아침부터 도내의 모든 도매상에 제품을 즉각 회수하라고 지시하는 한편, 각 소매점과 양판점에도 매장에서 자사 병맥주를 수거해달라 협조 요청을 하고 아울러 소비자에게도 주의를 촉구하는 등 전 사원이 나서서 대책을 서두르고 있습니다. ─방금 새로운 소식이 들어왔습니다. 조금 전 오전 10시 직후 청산이 들어간 것으로 보이는 병맥주가 오타 구 히가시야구치의 술집에서 한 병, 기타 구 오지혼초의 편의점 창고에서 한 병 회수되었습니다. 다시 말씀드립니다. 조금 전 오타 구의 술집에서 한 병, 기타 구의 편의점에서 한 병, 청산이 들어간 것으로 보이는 병맥주가 회수되었다고 합니다. 나머지 열여덟 병은 아직 발견되지 않았습니다. 한편 경시청은 오늘 오전 도내 모든 경찰서의 서장들을 소집해 긴급대책회의를 여는 동시에, 각 서에서 경관 만 명을 동원해 상점가 등의 경계에 임하고 있으며, 만일의 사고에 대비해 시민에게 주의를 촉구하고 있습니다—"

편의점 직원이 냉장고에서 병맥주를 꺼내는 모습이나 '우리 매장에서는 병맥주를 판매하지 않습니다'라는 안내문을 붙인 술집, "레이디 조커의 악랄함은 이루 말할 수 없습니다"라고 떨리는 목소리로 말하는 마이니치 맥주 사장의 얼굴, "이제 레이디 조커라는 범죄 그룹은 무차별 살인을 노리는 흉악 집단으로 봐야 합니다. 경시청에 수사를 서두르도록 지시했습니다"라고 말하는 총리의 얼굴 등이 잇따라 비쳤다.

뉴스를 보는 사이 한다는 제 안에서 이는 생리적 혐오감을 거듭 확인했다. 같은 이물질이라도 인체에 무해한 식용색소가 아닌 청산이 들어가면 이런 상황이 벌어지리란 것은 당연히 알았지만, 청산이란 말을 생리적으로 거부하는 자신의 신경에 대해서는 다른 해명이 필요 없었다. 싫은 것은 싫은 것일 뿐이다.

한편 아침부터 멈춰 있던 머리에 흥분의 연무가 다시 피어오르는 느낌이었다. 암흑세계의 힘이 이런 방식으로 눈앞에 디밀어졌다는 굴욕보다, 바로 지금 그 힘에 굴복하고 있는 경찰조직이 안겨주는 쾌감이 더 크다는 것이 느껴졌다. 치사량에 이르는 청산에 벌벌 떠는 사쿠라다몬의 풍경보다 더 통쾌한 것이 있겠는가. 게다가 지금 움직이는 자들이 가짜 레이디 조커임을 안다면 사쿠라다몬이 받을 타격은 두 배, 세 배가 될 것이다. 그렇게 생각하니 가짜들의 활보도 그리 나쁘지 않게 느껴졌다.

"한다, 다음 현장으로 가자." 파트너는 그렇게 말하고 술집을 나서자마자 얼른 목소리를 낮춰 "술집 주인이 청산은 대체 무슨 맛이 나느냐고 묻던데, 자네는 아나?"라고 물었다.

"맛?"

"청산소다도 나트륨이니 짭짤하려나?"

"맛본 놈한테 물어봐."

"일단 위장에 들어가면 끝장이라고 대답했는데, 맞지?"

"나한테 묻지 말라니까. 그나저나 오늘 경로의 날이잖아. 마누라가 해마다 이날이면 처가에 맥주를 보내는데, 올해는 그만두라고 해야겠군. 잠깐 집에 전화 좀 하고 올 테니 먼저 가고 있어."

한다는 거짓말로 동료를 쫓아내고 공중전화부스로 들어갔다. 유리문을 닫자 상점가의 소음이 멀어진 대신 제 심장박동 소리가 높이 울렸다. 사실 나는 흥분해 있다. 흥분한 나 때문에 더욱 흥분하고 있다. 이것이 나라는 남자의 진면목이지. 한다는 혼잣말로 중얼거리고 밖에서 보이지 않게끔 고개 숙여 웃은 뒤 수화기를 집어들었다.

경로의 날은 공장이 쉬니까 요짱이 있을 확률은 절반쯤이려나 생각하며 오타 제작소로 전화를 걸었다. 예전 같으면 틀림없이 나와 있을 거라고 예상했겠지만 요즘은 알 수 없었다. 지난 반년간 요짱도 분명히 변한 것이다.

신호만 가서 그만 끊을까 하는 참에 요짱이 전화를 받았다. "텔레비전 보고 있었어"라고 했다.

"그러면 설명할 필요 없겠군. 내일 아침 편지를 한번 더 보내줘. 내용은, 우리는 무차별 살인과는 무관하다, 레이디 조커. 복창해봐."

"우리는 무차별 살인과는 무관하다, 레이디 조커. —오늘밤도 부업을 해야겠네."

"상황이 나쁘진 않아. 날 믿어. 그리고 고에게 연락해서 내일 16일 토요일 오후 2시 고라쿠엔 윈즈 3층으로 오라고 전해줘."

고가 호출에 응한다면 다행이다. 그러나 설령 나오지 않더라도 고의 향후 태도를 짐작할 수 있을 테니 그것도 다행이었다. 연매출 100억대

회사의 사장이 된 그가 직접 손을 더럽히고 나섰을 것 같지는 않지만, 상표 무단 도용에 대해 어떤 식으로든 보상을 받거나, 상표 소유자에게 피해를 주지 않겠다는 확약을 받거나, 뭐든 조치를 취해야 했다.

공중전화부스를 나오며 한다는 얼핏 행적 조사조의 시선을 의식했지만 이내 머릿속에서 몰아냈다. 사실 가짜 레이디 조커가 청산을 넣은 맥주를 뿌림으로써 자신에게 찾아온 것은 위기가 아니라 상황 호전이라고 볼 수도 있었다. 특수본부 현장은 어떨지 몰라도 제 몸 지키기에 급급한 경찰 간부들은 사태가 심각해질수록 오히려 몸을 사리기 마련이다. 지금까지 자기를 호출하지 않은 놈들이 이렇게 명명백백한 사태에 물증도 없이 취조를 강행하는 일은 있을 수 없다고 한다는 짐작했다. 어제까지라면 또 몰라도, 오늘로서 그 가능성은 거의 사라졌다.

*

청산 혼입 맥주로 인한 경계 태세로 서원 절반이 출동한 형사과에 전화 담당으로 남은 고다는 나름대로 바빴다. 종종 110번 신고로 출동 요청이 들어와 오전 중 두 시간 사이 네 번이나 나갔다 들어와야 했다. 오전 10시 반에는 헤이와시마 역 앞 파친코 가게 경품교환소에서 여종업원이 외국인으로 보이는 2인조에게 권총으로 협박당하는 사건이 일어나 현장검증에 입회했는데, 그곳으로 특수반 히라세 주임이 간만에 연락해오더니 "지금 바로 좀 보세"라고 말했다. 고다가 현장을 뜰 수 없다고 하자 히라세는 직접 그리 가겠다고 하더니 반시간 뒤 정말로 고다 앞에 나타났다.

히라세는 감식 작업을 바라보며 "요즘 파친코 피해가 잦군" 하며 입을 떼었다.

"유리 한 장 너머에서 현금 다발이 하품하고 있는데, 노리는 놈들이 없으면 더 이상하죠." 고다가 대답했지만 히라세는 이미 듣고 있지 않았고, 주위를 살피다가 따라오라고 턱짓을 했다.

규제선 밖으로 나오자 히라세는 "1과장 지시로 다시 한번 물어볼 게 있어"라며 목소리를 낮췄다. "잘 기억해봐. 히노데 맥주는 LJ의 현금 전달 지시를 세 번 모두 전자메일로 받았어. 그리고 시로야마 교스케는 용의자 중 한 명과 휴대전화를 통해 접촉했고. 왜냐. 매우 예민한 이야기를 할 때는 시로야마와 직접 통화할 필요가 있었던 거겠지. 아마 시로야마는 전자메일 지시와 따로, 진짜 현금 전달 지시를 휴대전화로 받았던 게 틀림없어. 그리고 그게 사실이라면 시로야마는 이사회를 대비해 그 통화 내용을 녹음했을 가능성이 높다고 보는데, 어떻게 생각하나?"

"가능성이 아니라 사실입니다. 사장은 통화를 녹음했어요."

"자네는 알고 있었어?"

"5월 25일 밤, 사장의 책상 서랍에 휴대전화와 소형 디지털 마이크, 워크맨이 들어 있는 것을 확인했습니다."

"다마루가 방문한 그날 밤 말이야? 그런 중요한 내용을 왜 보고하지 않았지?"

"남의 서랍을 몰래 열어봤다고 쓰란 말입니까? 그런 절도범 같은 짓이 허용된다면 처음부터 도청기를 설치하지 그랬습니까."

일촉즉발의 분위기에 현장 기수가 고다를 불렀다. 그쪽으로 가려는데 히라세가 손목을 으스러뜨릴 듯이 꽉 쥐고 끌어당겼다.

"테이프가 있다는 게 확실해?" 히라세가 확인했다.

"아마 한다 슈헤이의 목소리가 녹음되어 있겠죠. 히노데에 테이프 제출을 요구해서 한다를 잡아들이게요? 정말 기대되는군요."

고다는 손목을 휙 빼내고 발길을 돌렸다. 청산 혼입 맥주가 나타난 지금, 히노데는 마이니치 맥주와 세간의 이목을 의식해서라도 자신들이 뒷거래에 응했다는 사실을 더더욱 인정하기 힘들어졌을 것이다. 마이니치 맥주가 협박받기 전이었다면 혹시나 기대해볼 수 있겠지만 이제는 너무 늦었다고 고다는 생각했다. 더구나 히노데를 협박한 레이디 조커와 지금 마이니치를 협박하는 레이디 조커가 다른 일당일 가능성이 높은 지금, 빠른 시일 내에 상부에서 한다의 취조를 허가할 것 같지도 않았다.

그러나 그런 생각으로 히라세에게 비아냥거리는 한편, 가슴속 밑바닥에는 질리지도 않고 기대가 끓고 있었다. 상부에서 한다를 임의로 호출한다면 제 마음도 한결 편해질 것이다. 어쩌면 점점 잃어가고 있는 업무에 대한 열의를 되찾을 계기가 될지도 모른다. 고다는 그렇게 생각하며 기수에 합류해 역 화장실에서 실탄 네 발이 든 회전식 권총 한 정이 발견되었다는 보고를 전해들었다.

용의자가 전철을 타고 도주했다면 헤이와시마 역에서 발권된 모든 승차권을 모든 역에서 회수해야 한다. 고다는 즉시 수배를 위해 뛰기 시작했고, 그로부터 한나절을 기묘한 흥분 상태에서 묵묵히 수사에 집중했다. 머릿속 어딘가에서는 한다의 임의동행이 오늘일지 내일일지 애태우는 목소리가 들렸다.

*

경로의 날은 시로야마가 모처럼 맞은 휴일이었지만, 오랜만에 아내와 함께 화단 손질이나 해야겠다는 다짐은 새벽부터 날아가버렸다. 오전 7시에는 특약점을 통해 들어온 청산 혼입 맥주 소식에 경악하고, 같은 연락을 받고 골프 약속을 취소한 구라타와 통화하며 히노데 제품을 일찌감치 자진 회수할지를 놓고 상의했다. 일단은 공연한 불안감을 조장할 수 있으니 가만있기로 했지만 그것도 한동안 상황을 지켜보며 판단해야 할 문제였기에, 전화기를 가까이 둔 채 오전 내내 멍하니 텔레비전 앞에 앉아 있었다.

시로야마에게는 시시각각 퇴로를 잃어가는 시간이었다. 그러나 동종업계 타사가 맞닥뜨린 미증유의 난관과 소비자에게 닥친 위험 앞에서 어디로도 우회할 수 없는 개인의 책임을 하나하나 자신에게 들이댐으로써, 가까스로 동요를 틀어막고 자책이나 원통 같은 감정을 신중하게 피해갈 수 있었다.

점심나절에 울린 전화의 상대는 구라타가 아니라 경찰청의 이와미였다. 한동안 만나기는커녕 통화도 못했는데, 간만에 듣는 그 목소리는 묘하게 친밀하고 겸손한 듯하면서도 억지스럽고 혼란스러웠다.

"뉴스를 보셨겠지만, 솔직히 말씀드려 경찰이 완전히 궁지에 몰렸습니다. 사장님께서 꼭 협조해주셔야겠습니다."

"물론 협조를 아끼지 않겠지만, 과연 도움이 될는지는—"

"사태가 시급을 요합니다. 정말 죄송합니다만, 지금 댁으로 차량을 보낼 테니 잠깐 간자키 수사1과장을 만나주셨으면 합니다. 불특정 다수의 시민이 독극물에 노출된 상황이니만큼 부디 협조 부탁드립니다."

뉴스에서는 이미 청산 혼입 맥주 스무 병을 전부 회수했다고 보도했지만, 이 상황에서 히노데에 대한 경찰의 심증을 해치는 것은 득이 아니라는 판단과 개인적인 회한에서 비롯된 찝찝함에 떠밀려, 시로야마는 상대의 일방적인 부탁을 들어주기로 했다.

정원을 손질하는 아내에게 점심 준비는 필요 없다고 일러두고 옷을 갈아입고서 반시간 뒤 집 앞에 도착한 검은색 공용차에 올랐다. 차가 도착한 곳은 휴일이라 텅 빈 한조몬 회관이었다. 조명도 꺼진 어둑한 로비에서 간자키 1과장과 하코자키 관리관이 기다리고 있다가, 계단 위 2층 작은 방으로 시로야마를 안내했다.

찻잔 하나 없는 살풍경한 테이블을 사이에 두고 마주앉은 간자키는 이와미만큼 혼란스러워 보이진 않았지만 예의 하사관처럼 딱딱한 얼굴에 짙은 피로의 기색을 내비쳤는데, 그것이 오히려 한 발짝도 물러설 생각 없다는 의사 표명처럼 느껴지기도 했다.

"지금 여기 도쿄에서 무슨 일이 일어나고 있는지는 잘 아실 겁니다." 간자키가 입을 열었다.

"신문 등에서 보도하는 바와 같이, 마이니치 맥주에 청산을 넣은 범인 그룹은 귀사를 협박한 그룹과 별개일 가능성이 있습니다. 그건 부정하지 않겠습니다. 그러나 이 가짜 레이디 조커는 명백히 원조 레이디 조커를 답습하고 있을뿐더러, 저희는 구성원 일부가 겹칠 가능성도 높다고 보고 있습니다. 협박장 서식과 병뚜껑 가공 방식도 완전히 일치합니다. 다시 말해, 무슨 수를 써서라도 한시바삐 원조 레이디 조커를 색출해야 한다는 겁니다. 그런 연유로 오늘 사장님께 폐를 끼치게 되었습니다."

그런 설명 뒤 테이블 위에 녹음기가 놓였다. "여기 녹음된 목소리를 다시 한번 들어주십시오." 간자키가 말했다. 테이프가 돌아가기 시작하고, 따로따로 녹음된 것을 모아놓은 듯 뚝뚝 끊기는 짧은 말소리가 흘러나왔다. 모두 같은 목소리였다.

"어제 그 건은 벌써 반납했습니다. 기록 담당에게 찾아보라고 말해보세요." "남한테 우산을 빌렸으면 좀 잘 말리고 접어서 돌려주는 게 어때?" "과장한테 품의서를 올렸더니 눈앞에서 찢어버렸다는군. 월급 받는 만큼 일이나 하고서 말하라는 거야. 자기는 상공회 사람들 접대한답시고 골프나 치러 간 주제에, 말만 뻔지르르하긴."

6월에 들은 테이프에도 이 목소리가 포함되어 있었지만, 지금은 그때보다 한층 노골적으로 구체적인 답변을 요구받게 될 것이 분명했다. 시로야마는 그것을 각오하며 자신의 퇴로가 또하나 막혔다고 생각했다.

　"사장님은 전화상으로 이 목소리를 들으신 적 없습니까?" 간자키가 물었다. 시로야마는 일단 "기억에 없습니다"라고 대답했다.

　"이 목소리의 주인은 5월 10일, 5월 12일, 그리고 6월 23일 공히 오후 9시 2분경 오타 구내의 한 공중전화부스에 있었던 사실이 확인되었습니다. 한편 그와 같은 날 같은 시각 사장님은 본사 집무실에서 휴대전화를 사용하셨지요. 그리고 지난번 말씀드린 대로 6월 23일 밤, 사장님이 휴대전화로 건 번호는 모두 3751에 921×라는 익명의 제보가 들어왔는데, 그 번호는 이 목소리의 주인이 사용한 공중전화였습니다."

　"그날 그 시각 제가 본건과 무관하게 사적인 용도로 휴대전화를 사용한 것은 인정하지만, 방금 말씀하신 번호는 모릅니다. 통화한 사람 역시 이 목소리의 주인이 아닙니다."

　"집무실에 유선전화가 있는데 왜 휴대전화를 사용하셨습니까?"

　"사적인 통화라 회사 기록에 남기고 싶지 않을 때가 가끔 있습니다."

　"회사에 알리고 싶지 않은 사적인 통화를 군이 테이프에 녹음하신 까닭은 뭡니까?"

　"녹음한 적 없습니다."

　"워크맨을 사용해 녹음하셨습니다. 저희가 그런 증언을 확보했어요."

　"증언의 출처는 모르겠지만, 전 개인적인 일을 남에게 말하지 않고, 녹음도 하지 않습니다."

　"사장님 말씀처럼 지난 세 번의 통화에서 들었던 목소리는 이 테이프의 목소리와 다르다고 칩시다. 그렇다면 저희는 사장님이 휴대전화로 통화한 상대가 절대 이 목소리의 주인이 아니라는 사실을 확인해야 합니다. 왜냐하면 이 목소리의 주인은 레이디 조커의 일원으로 추정되는 중요 참고인이고, 또 사장님이 세 번의 통화를 한 날 공중전화로 누군가와 접촉한 것으로 보이기 때문입니다."

시로야마는 지금 이렇게 경찰 심문을 받고 있다는 것 자체에는 당황하지 않았다. 6월 23일 밤 예의 고다 형사에게 전화번호를 알려주었을 때, 그는 모순된 충동에 휘말렸다기보다 머지않아 진실이 밝혀져 평온을 되찾는 날이 오기를 은밀히 기대했던 거라고 제 심리를 분석할 수 있었다. 물론 세 번의 통화를 녹음한 사실까지 알고 있을 줄은 몰랐지만, 시로야마는 여전히 두 개의 인격으로 갈라진 것처럼 냉정했다.

각오의 정도가 엿보이는 간자키의 표정을 바라보며, 시로야마는 입장상 지금 여기서 경찰의 말을 인정할 수는 없다는 이유에만 기대어 "녹음하지 않았습니다" "말씀을 이해 못하겠습니다"라고 기계적으로 부정했다.

그렇게 한차례 문답이 오가고 나자 간자키는 기다렸다는 듯이 "지금부터가 저희의 진짜 용건입니다" 하며 자세를 고쳤다.

"이제 한 가지 제안을 할 텐데, 잘 생각하시고 오늘 저녁 6시까지 제게 전화로 대답해주셨으면 합니다." 그렇게 말문을 열고 간자키는 간결한 투로 한마디 한마디 풀어놓았다.

"저희는 귀사의 그 테이프가 필요합니다. 필요하다면 그쪽 사정에 맞춰 일부 내용을 삭제하고 제출하셔도 됩니다. 성문 감정에 필요한 길이만 확보하면 충분하니 내용은 상관하지 않겠습니다. 또한 그런 테이프가 존재했다는 사실도 일절 조서에 남기지 않겠습니다. 그러니 장차 예상 밖의 사태로 공개될 일은 없다고 보장할 수 있습니다. 즉 범인 그룹이 체포되더라도 예의 세 번의 통화와 테이프에 대해서는 언급하지 않고 송검하겠다는 겁니다. ―그럼 저녁 6시까지 답변 부탁드립니다."

할말을 마친 간자키는 시로야마의 대답도 기다리지 않고 먼저 자리에서 일어섰다. 간자키는 모 아니면 도라는 카드를 던진 것이고, 시로야마 역시 예스 아니면 노의 답변을 내놓아야 하는 상황이었다.

다시 경찰 공용차에 올라탄 시로야마는 집으로 돌아가는 대신 "볼일이 있어서요"라고 둘러대고 한조몬 회관에서 그리 멀지 않은 데이코쿠 호텔 앞에 내렸다. 휴일이라 결혼식 피로연이 몰렸는지 혼잡한 로비 라운지 한구석에서 그는 혼자 스카치 두 잔을 마시며 한 시간여를 보냈다.

결론은 이미 나와 있었다. 어떤 일에 책임을 질지는 아침부터 감정을 배제하고 하나씩 정리해왔고, 남은 것은 결단뿐이다. 작금의 사태 앞에서도 여전히 기업의 윤리와 개인의 신념 사이에는 거리가 존재했지만, 양쪽 모두에 책임이 있는 시로야마는 결국 어느 쪽이나 자신의 머리로 생각하고 자신의 몸으로 처리해야 했다. 청산 혼입 맥주가 시장에 나도는 사태를 한시바삐 수습하는 일이 우선이라는 것은 기업 최고경영자로서의 결론인 동시에 개인으로서의 결론이기도 했다. 기업 차원에서 정해진 절차를 밟을 시간은 없으니 결국 개인의 독단이라는 형태가 되겠지만, 그 독단에 대해 기업에 책임져야 하는 것도 다름아닌 자신이었다.

한순간 이건 구라타 세이고와 같은 논리가 아닌가 싶었지만, 곧 아니라고 생각을 고쳤다. 구라타는 어디까지나 부사장 신분이고, 하물며 레이디 조커에 납치되거나 범인 그룹의 요구에 응하기로 결심한 당사자도 아니며, 오카다 경우회와의 관계를 포함해 어떤 식으로든 기업인으로서 책임의 일단을 지고 있을 뿐이다. 조카딸의 사진 한 장에 비열한 범죄자들에게 굴복해버린 나와는 차원이 다르다고 시로야마는 스스로를 타일렀다.

나아가 여기서 빨리 결단하는 것이 구라타의 계획을 뒤엎는 데 일조하리라는 판단도 들었다. 스스로 결론을 내린 과정에 모순이나 성급함이 없었는지 한 시간 정도 짚어본 뒤, 시로야마는 라운지에서 위기관리 회사의 고타니에게 전화를 걸었다. 휴일에 미안하지만 개인적인 용무로 지금 바로 만나고 싶다고 말하고, 오후 4시 고타니의 집에서 가까운 요코하마 랜드마크타워에서 만나기로 약속을 잡았다.

택시로 그곳까지 이동한 시로야마는 호텔이나 레스토랑이 모인 구역을 피해 지하주차장에서 그를 만났다. 고타니가 대형 BMW 세단을 타고 와 그의 차 안에서 이야기하기로 했다. 고타니는 인사 대신 "미행은 없는 것 같군요"라고 말했다.

시로야마는 범인과 휴대전화로 통화한 사실을 경찰에서 파악했으며, 오늘 이러저러한 용건으로 녹음테이프를 요구했다는 사실을 그에게 전했다.

"성문 감정만 가능하다면 얼마든지 잘라도 좋다? 조서에 남기지 않겠다? 현시점에서 판단하면 완전히 난센스라고 말씀드리고 싶군요." 고타니의 반응은 냉정했다. 현재 청산 혼입 맥주는 전량 회수되었고 피해를 입은 소비자는 전혀 없다. 만일 이 단계에서 테이프를 경찰에 넘겨 LJ가 체포된다면 히노데만 손해 본다. 한편 마이니치 맥주는 기업 테러에 굴복하지 않은 기업으로 시장의 호감을 살 것이다. 사회에 대한 기업 윤리와, 만에 하나 기업 이미지에 입을 타격을 참작한다면, 범인 그룹이 또 같은 짓을 반복할지 지켜보고 나서 결정해도 늦지 않다는 것이었다.

"분명히 말씀드릴 수 있는데, 이제 와서 경찰이 그런 테이프를 운운한다는 것은 달리 물증이 없다는 뜻입니다. 성문 감정은 결정적인 물증이 못 되고, 범인도 그 정도는 알 겁니다. 테이프를 들이댄다고 LJ가 자백할 일은 없어요. 헛수고입니다."

"목소리는 물증이 되지 못하는 겁니까?"

"지문 정도의 효력은 없습니다. 그리고 실례되는 말씀이지만, 이야기를 듣다보니 이건 사장님의 독단이 아닌가 하는 생각이 드는군요. 그렇다면 히노데에 고용된 처지인 저로서는 더욱 받아들이기 힘들지요."

명쾌한 미국식 논리로 상대의 눈을 똑바로 보면서 말하는 고타니에게, 시로야마도 같은 태도로 대답했다.

"말씀대로 전 지금 개인적으로 고타니 씨를 만나고 있습니다. 그러니 그쪽도 개인으로 대해주시기 바랍니다. 저는 한 개인으로서 사태가 이대로 방치되는 것을 견딜 수 없습니다. 만일 사상자라도 나올 경우 맥주업계가 받을 타격은 결과적으로 그쪽 회사의 신용에도 영향을 미칠 겁니다. 이사회에서도 내년 이후 그쪽 회사와의 재계약에 이의를 제기할 게 분명하고요."

"그렇게 되면 깨끗이 책임을 인정하는 수밖에 없겠죠."

"경찰은 필사적입니다. 나름대로 계산한 바가 있어서 테이프를 요구한 거라고 전 이해하고 있어요. 이미 늦은 것은 사실이지만, 결단을 내린다면 지금이 마지막이라고 봅니다. 혹시 생각하시는 조건이 있다면 들어보고 싶군요."

"그전에 하나 묻고 싶은데요, 만약 범인이 체포될 경우 귀사나 사장님께서 책임져야 할 문제가 얼마나 심각한지는 생각해보셨습니까?"

"방금 하신 말대로입니다. 깨끗이 책임을 인정하는 수밖에 없지요." 지엽 말단을 쳐내버린 표현이었지만, 지금 당장은 그 이상의 대답을 할 수 없었다.

고타니는 들을 얘기는 다 들었다는 듯 앞유리창을 똑바로 바라보며 일 분 정도 침묵하다가, 이윽고 "조건은 두 가지입니다"라고 말했다.

"먼저, 수사1과장에게 테이프 건을 공개하지 않겠다는 내용의 각서를 받아주십시오. 그리고 히노데의 다른 임원에게 말하지 않겠다는 각서도요. 그렇게 해주신다면 개인적인 차원에서 사장님께 협조하겠습니다."

"잘 알겠습니다. 테이프는 내일 아침 일찍 그쪽 회사로 전하겠습니다. 그때 각서 사본도 첨부하지요. 테이프를 편집하는 시간은 어느 정도 걸립니까?"

"반시간이면 됩니다."

"그럼 오전 중에 가지러 가겠습니다. 고맙습니다."

시로야마가 한 손을 내밀자 고타니는 악수에 응했다. 그리고 그제야 사적인 얼굴로 돌아와 새삼 할 이야기가 남았다는 표정을 지었지만, 아쉽게도 시로야마는 그와 흉금을 터놓고 얘기할 만한 마음의 여유가 없었다. 시로야마는 "그럼 이만" 하며 차에서 내려 인사하고 곧장 자리를 떴다.

그뒤 시로야마는 랜드마크타워 1층의 공중전화로 가서 간자키 1과장에게 승낙의 뜻을 전하는 짧은 통화를 했다. 간자키도 역시 간결하게 "결단 고맙습니다. 말씀하신 각서는 내일 아침 오전 8시까지 착오 없이 전해드리겠습니다"라고 대답했다.

아침부터 예상치 못하게 밀려온 파도를 겨우 한두 개 넘긴 심정으로, 시로야마는 녹초가 된 몸을 택시에 싣고 귀로에 올랐다. 몇 달 전에는 생각할 수도 없었던 결론을 내렸지만 큰 전환점을 돌았다는 감개는 없었다. 7월에 요시코를 만났을 때 제 안에 변절이 깃들었음을 자각했고, 필시 이런 식으로 결론을 내릴 날이 오리라 예감했었다. 그리고 막상 그날을 맞고 보니 예상보다 훨씬 빠르게, 적절한 곳에 착지했다는 심정이었다.

그리고 지금은 그저 내일이라도 이뤄질지 모를 LJ의 체포를 간절히 기원할 뿐, 설마하니 몇 시간 뒤 무대가 다시 한 바퀴 회전해버릴 줄은 상상도 못하고 있었다.

*

그날 네고로 실종 조사반 네 사람은 스가노 캡의 한마디에 아침부터 현장으로 끌려나왔다. 휴일이라 석간이 없는 대신 오전 중 호외를 내기로 해서 지면 제작을 위해 구보도 여기저기 뛰어다녔다. 그뒤 청산 혼입 맥주가 발견된 스무 곳의 사업장 중 기타 구와 고토 구 두 곳에 대한 주변 취재를 맡았고, 이동 시간에도 줄기차게 정보원들에게 전화를 걸어댔다.

구보가 원하던 것은 9월 2일 마이니치 맥주 제품에 홍국균 색소가 섞이기 직전, 마이니치 맥주가 '레이디 조커'에게서 청산 혼입에 대한 사전 통고를 받았다는 사실을 뒷받침할 증거였다. 정보원들을 이리저리 쑤셔본 끝에, 이미 공개된 '귀사에도 붉은색 맥주를 증정했다'라는 문장 뒤에 실은 '다음에는 청산을 넣겠다'라는 한 줄이 덧붙어 있었다는 정보를 확보하고 간자키 1과장에게 마지막으로 전화를 걸었다. 오후 8시가 지나서였다.

마이니치 맥주에 청산을 넣겠다는 협박이 9월 2일 마이니치 맥주에 날아든 협박장에 이미 명기되어 있었다는 사실을 내일자 조간에 싣겠다, 구보는 간자키에게 고했다. 씁쓸한 목소리가 돌아오리라고 예상했지만 현실은 전혀 달랐다.

"다들 같은 말을 하던데, 나도 각사에 똑같은 답변을 반복하는 중입니다. 경찰은 가능하면 다음주 초까지 보도를 삼가주길 바란다는 입장이라고요." 간자키가 말했다.

"주말에 뭔가 있는 겁니까?"

"다음주 초라고 했으니 알아서 짐작하세요."

"새로운 움직임이 있을 거라는 말이군요?"

"지금은 말 못합니다. 여하튼 다음주 초까지 보도를 삼가준 신문사에는 월요일 조간 마감에 맞춰 협박장 전문의 사본을 넘겨드리죠. 내일자 조간에 보도하면 사본은 없습니다."

"주말에 무슨 진전이 있을 거라 이해해도 되겠습니까?"

"나는 다음주 초까지 기다려달라고 했을 뿐입니다. 여하튼 부탁드립니다."

길지 않은 통화가 끝나자 구보는 수화기를 내려놓는 것조차 잊고 잠시 멍하니 있었다. 청산 혼입이 이미 예견되었다는 사실을 주요 일간지가 일제히 보도하면 경찰의 입장이 곤란해지리란 것은 물론 잘 알았지만, 간자키는 아예 보도하지 말라고 말한 것이 아니었다. 내일 16일 토요일은 곤란하지만 18일 월요일은 괜찮다는 건, 주말 사이 틀림없이 무슨 일이 일어난다는 뜻이다.

그게 뭘까? LJ 체포인가? 아니, 그렇다면 굳이 보도를 막을 필요가 없다. 아마도 경찰이 세간의 비난이나 주목을 받으면 추진하기 힘든 일일 거라고 머리를 굴리면서 서둘러 박스로 돌아와 스가노에게 상황을 설명하자, 스가노는 그것도 짐작 못하느냐는 표정으로 그를 바라보았다.

"간자키가 상부의 반대를 무릅쓰고 무슨 수를 쓰겠다는 거잖아. 좋아, 청산 혼입 맥주 기사는 월요일에 내지. 어차피 2일에 이미 석간지에 물먹은 얘기야. 구리야마! 자네는 주말 동안 특수본부 동향을 추적해. 뭔가 있다 싶으면 구보가 지원해주고. 아무것도 없으면 구보는 내일 실종 건을 조사해줘."

스가노는 그렇게 말하고 바로 등을 돌려버렸다. 대신 구리야마가 바짝 다가와서 "체포를 하겠다는 걸까요?"라고 속삭였다. "혹은 임의동행이라든지. 행적 조사 대상자 중 누군가를—"

순간 '그거다!' 싶었다. 중요 참고인 중에서도 '내부인'. 3월 24일 2방면 관내에서 경찰 무선을 휴대하고 있었던 몇몇 '내부인' 중 한 명. 그렇다면 앞뒤가 들어맞는다. 청산 혼입 기사가 나와서 경찰의 입장이 곤란해지면 상부에서 '내부인' 취조에 신중해질 테니 다음주 초까지 기다려달라는 것이다. 그렇군, 임의동행인가?

구보는 저도 모르게 구리야마의 등을 탁 내리쳤다.

"내일은 한조몬 회관이나 기쿠야바시 경시청 분실로 가. 그쯤에 잠복해야 돼."

"내부인을 잡아들인다면, 물증이 나왔다는 거군요."

"여하튼 간자키는 일을 벌일 심산이야. 빨대들한테 연락해서 슬쩍 떠봐. 필요하면 지원해줄 테니까."

그쯤에서 뒤쪽에 앉은 가가와 서브캡이 "전화!" 하며 불러서 대화가 끊겼다. "예, 구보입니다" 하고 전화를 받자 낯선 남자의 목소리가 "고다 유이치로의 친구입니다"라고 말했다. 구보의 머릿속은 재빨리 지난 십삼 일간 추적하던 현안으로 바뀌었다.

"구보라고 합니다. 연락을 내내 기다리고 있었습니다."

"그렇게 기다릴 만한 사람은 못 됩니다만. 잠깐 근처를 지나는 참에 전화했습니다. 괜찮으면 지금 십오 분 정도 시간을 내주시겠습니까?"

남자는 통성명도 하지 않았다. 담담하고 사무적이지만 매끄럽고 능숙한 말투에서는 생업이 짐작되지 않았다.

"당연하죠. 장소만 말씀해주세요."

"사쿠라다몬 앞에 있습니다. 그럼 잠시 후 뵙죠."

구보는 배낭을 낚아채고 박스를 뛰어나가 이 분 뒤 경시청 정면 현관을 나섰다. 교차로 건너편 사쿠라다몬 앞에 서 있던 한 남자가 구보에게 가볍게 한 손을 들어 보이고는, 해자 옆 산책로를 따라 지도리가후치 쪽으로 걷기 시작했다.

넓은 교차로 너머에서는 그의 얼굴을 자세히 알아볼 수 없었지만, 구보는 문득 가슴이 뛰는 것을 느끼며 발걸음을 서둘러 산책로에서 20미터쯤 나아간 남자에게 다가갔다. 큰 키에 지극히 평범한 양복 차림, 단정하고 청결한 외모였다. 나이는 삼십대 중반으로 보이지만 역시 생업은 짐작되지 않았다. 지나치게 차분한 표정 때문에 샐러리맨으로 보이지는 않았지만, 여하튼 고다와는 또 조금 다른, 압도적인 권력의 견고함을 풍기는 얼굴이었다.

"가노라고 합니다. 실업중이라 명함을 드리지 못해 죄송합니다." 남자가 입을 열었다. 실업자가 휴일 밤 가스미가세키를 돌아다닐 리 없다고 생각하면서 구보는 제 명함을 건넸다.

"제가 일전에 고다 씨에게 아주 힘든 부탁을 드렸습니다."

"그 사람은 전에는 언론 관계자를 상대하는 것을 힘들어했는데, 요즘은 조금 변한 것 같더군요." 가노라고 밝힌 남자는 미소지으며 매끄럽게 대답하고, 구보에게 옆얼굴을 보이며 난간 너머 어두운 해자를 바라보았다.

"네고로 씨와 종종 이 길을 걸었어요. 처음 만난 건 사 년 전 가을입니다. 간다 고서점 축제에서요. —그뒤로 산세이도 본점 앞에서 만나고서 정보를 교환하곤 했죠. 1993년 봄이었지 싶은데, 스즈키 보쿠시의 『호쿠에쓰셋푸北越雪譜』 초판 원본의 복제본을 발견했다면서 제게 전화를 했더군요. 지금 당장 보여주고 싶으니 나와보라고. 해서 지도리가후치의 벚나무 아래서 그 책을 보았죠. 저도 『호쿠에쓰셋푸』를 좋아하지만, 네고로 씨는 정말 기뻐했어요."

"그뒤로도 쭉 책 관련으로 교유하신 건가요?"

"화제의 태반은 그랬습니다."

"실례지만, 가노 씨는 어떤 일을 하십니까?"

"주식을 합니다."

지난 십삼 일간 숱하게 만나온 금융 관계자들의 풍모를 떠올리며 구보는 곧장 '아니다'라고 판단했다. 그러나 누구든 금방 거짓임을 알 수 있는 말을 스스럼없이 입에 올리는 태연함은 어디서 본 적 있었다. 그래, 이 느낌, 어디선가 본 적이 있다―. 신문기자의 징그러운 직감이 꿈틀거렸지만, 여하튼 잡담은 여기까지 해야 했다. 남자가 먼저 화제를 바꿔 "그런데, 기쿠치 다케시 소식은 알아내셨습니까?"라고 물었던 것이다. "가부토초의 지인이 당신이 기쿠치를 찾고 있다고 귀띔해주던데요."

"가노 씨는 기쿠치를 아십니까?"

"아뇨. 작전꾼이라는 소문밖에는."

구보는 심장박동이 다시 빨라지는 것을 느끼며 "저희가 조사한바, 기쿠치는 7월 초 말레이시아에 입국한 뒤 쿠알라룸푸르의 호텔에서 소식이 끊겼습니다"라고 대답했다. 나름대로 슬쩍 떠볼 셈이었지만 결과는 헛방이었다.

"그래요? 가부토초에서는 별 대단한 실적을 못 냈다고 들었는데―희한하군요." 남자는 네고로 실종의 핵심이나 마찬가지인 미묘한 얘기를 그런 식으로 슬쩍 넘겨버리고 이내 다시 화제를 바꾸었다. 이번에는 남자가 구보와 신문사의 속을 떠볼 차례였다.

"네고로 씨가 소식이 끊긴 지 내일로 이 주인데, 귀사가 실종에 대해 한 줄도 보도하지 않는 것은 무슨 특별한 이유가 있어서인가요?"

"보도하지 않는 것이 아니라, 경찰의 수사 상황을 지켜보며 필사적으로 조사하는 중입니다. 사안이 사안이라 섣불리 기사를 쓰기도 힘들고요."

"그렇겠군요. 네고로 씨는 이래저래 가부토초에 관심이 있었던 것 같은데, 실종의 배경 등을 두루 조사한 뒤에는 보도하시겠죠?"

"그건 피할 수 없다고 보고 있습니다."

"저도 꼭 그러시길 바랍니다."

내내 해자만 내려다보고 있는 남자의 차분한 옆모습을 바라보며, 구보는 그제야 고다의 친구라는 이 사람이 혹시 검찰 쪽 사람은 아닐까 짐작해보았다. 특별히 신분을 감추려고 애쓰는 기미도 없이 담담하게 굴고 있으니 구보에게도 나름대로 상대의 의도를 탐색할 권리가 있었다. 여하튼 눈앞의 남자가 지검 사람이라면 지검이 이미 증권 관련 사건을 주목하고 움직이기 시작했다는 스가노 캡의 발언과 부합하는데, 혹시 오늘의 접촉도 그 일단일까 하는 생각이 들었다. 검찰이라면 필요에 따라 정보를 누설하는 일도 있을 수 있다. 지칠 줄도 모르는 기대감이 다시 부풀어올랐다.

"가노 씨는, 고다 씨와는 어떤 관계입니까?"

"학창 시절부터 십팔 년간 알고 지냈습니다. 물과 기름이지만 잘 휘저으면 섞이지 못할 것도 없죠. 그런 사이라고나 할까요."

구체적인 것은 하나도 밝히지 않는 꽤 영리한 표현이지만, 친구를 이런 식으로 말할 수 있는 것을 보면 상당히 가까운 사이인 모양이라고 구보는 느꼈다. 그때 휴대전화가 울렸지만 구보는 기자실에서 온 전화라는 것만 확인하고 벨소리를 껐다.

"가노 씨, 가부토초 정보와 관련해 앞으로 취재 협조를 부탁드릴 수 있을까요?" 구보가 새삼 말을 꺼내자 남자는 "도움을 부탁드리는 건 저도 마찬가지입니다" 하며 미소지었다.

"나중에 전화하겠습니다. 오늘 갑자기 나오시라고 해서 죄송합니다."

남자는 반듯한 자세로 고개를 숙이고 여전히 가면을 벗지 않은 채 지도리가후치 쪽으로 멀어졌다. 그 뒷모습이 보이지 않을 때까지 기다렸다가 구보는 바로 앞 건물을 바라보며 휴대전화로 기자실에 연락했다. 무심결에 확인한 손목시계의 바늘은 오후 10시 3분을 가리키고 있었다.

귀에 날아든 것은 거의 악을 쓰는 듯 갈라진 구리야마의 목소리였다.

"당장 오다이바로 가주세요. 미요시 관리관으로 보이는 인물이 분신자살했다고 합니다. 마루노우치 서에서 한 명이 달려가는 중입니다. 장소는 제3다이바 공원 서쪽 모래사장!"

아무런 생각 없이, 아무런 망설임 없이 달리기 시작한 다리의 한참 뒤에서 경악과 의혹이 띄엄띄엄 따라왔다. 수사1과 제3강력계 관리관이 왜? 미요시는 특수본부에도 소속되어 있었는데, 내일부터 중대한 사안을 앞두고 있는 이 시기에 왜? 목을 매거나 전철에 뛰어드는 거라면 또 몰라도, 분신자살은 대체 어째서인가?

*

오후 10시 십 분 전, 3층 형사과실에서 수사 서류를 작성하고 있는데 아래층이 갑자기 소란해졌다. 고다는 자동적으로 손을 멈추고 저도 모르게 귀를 기울였다. 당직 나가우치 계장과 도히 과장대리도 번쩍 고개를 들었다.

복도를 급하게 달려가는 발소리. "조용히!" 하는 고함소리가 울리자 도히가 가만히 자리에서 일어나 사무실을 나갔다. 일 분 뒤 그는 얼굴이 흙빛이 되어 돌아와 "본청의 미요시 경시가 오다이바에서 분신자살했대"라고 신음하듯 말했다.

고다는 LJ 특수본부의 물증 수사 책임자였던 미요시 관리관의 엄숙한 얼굴을 떠올리고, 이어서 그것이 불길에 휩싸인 모습을 떠올리고, 다음 순간 혼란스러운 머리를 단숨에 꿰뚫는 직감에 벌떡 일어섰다. 작성중이던 서류를 서랍에 던져넣고 사무실을 뛰쳐나가서 뒷문을 통해 역으로 달려갔다.

방금 뇌리에 떠오른 것은 LJ 특수본부에서 본 미요시가 아니라, 오 년 전 여름, 노인이 골프채에 맞아 사망한 사건의 수사본부가 설치되었던 시나가와 서의 회의실 구석자리에 앉아 있던 그의 얼굴이었다. 그 얼굴이 점점 또렷해지면서 당시 미요시가 시나가와 서 형사과장이었다는 사실, 또한 한다 슈헤이의 직속상관이었다는 사실이 명확하게 연결되었다. 옛 부하였던 한다가 사건의 중요 참고인으로 거론되며 조직 내부에서 미요시의 입장이 얼마나 곤란해졌을지 지금 생각해보니 능히 짐작이 갔다. 얼마나 음습한 압력에 짓눌렸을까. 한다를 임의로 호출하느냐 마느냐 하는 단계에 왔을 때는 또 얼마나 궁지에 몰렸을까.

그리고 급기야 청산 혼입 맥주 소동이 벌어지자 이제는 완전히 진퇴의 기로에 몰렸겠지만, 어쩌면 오늘밤 한다 슈헤이가 임의 호출을 받았거나 혹은 근일 내에 호출하기로 결정된 것이 방아쇠로 작용했을 가능성도 있다. 생각이 거기까지 이르는 순간 고다는 일단 한다의 집 상황을 확인하고 싶었던 것이다.

고지야 역에서 간파치 거리를 따라 서둘러 걷다가 하기나카 아파트로 이어지는 골목에 접어들자, 평소 보이지 않던 승용차 두 대와 밴 한 대가 간격을 두고 서 있는 것이 보였다. 그리고 한다의 집 쪽으로 더 가까이 가니 맞은편 아파트 정문 근처에 원래의 행적 조사조와 다른 사람도 보였다. 한다가 사는 동을 지나쳐 5층 그의 집에 불이 켜져 있는 것만 확인한 뒤, 그대로 교차로까지 50미터를 더 걸어갔다.

한다와 부인은 이미 집에 돌아와 있다고 고다는 판단했다. 평소와 다름없는 귀가 경로에 저렇게 낯선 차량이 줄지어 있다면 현직 형사는 곧장 의심을 품을 것이다. 한다가 귀가한 뒤 오늘밤 혹은 내일 아침을 대비해 새로운 행적 조사조가 나와 있는 거라면 역시 임의동행이 결정됐다고 봐야 하는지도 몰랐다. 간자키가 마침내 결단을 내린 것이다. 그런데 그 결정은 정확히 몇시에 이루어졌을까. 미요시의 자살 전이었다면 간자키를 비롯한 간부들은 지금 한다의 임의동행을 생각할 계제가 아닐 테니 구인이 미루어질 가능성도 있다.

고다는 신중하게 생각하며 아파트 5층이 보이는 보도 가드레일에 앉았다. 특수본부가 한다의 취조를 결정하는 순간을 오랫동안 대망해온 바였지만, 미요시의 자살이라는 뜻밖의 일격 때문인지 가슴이 전혀 설레지 않았다.

미요시의 자살 소식을 듣자마자 한다의 얼굴이 뇌리에 번뜩여서 뛰어오긴 했으나 실은 무의식중에 도망쳤다고 해야 옳았다. 형사과실에서, 경찰서에서, 경찰이라는 조직에서 황급히 도망쳐나온 지금의 자신이 머리도 마음도 죽은 물고기 같다고 느끼며 멍하니 가드레일에 앉아 있다가, 아파트 근처에 서 있던 차가 미등을 켜고 움직이기 시작했을 때에야 정신을 차리고 손목시계를 확인했다. 오후 11시 5분. 차량은 일방통행 골목으로 사라졌다. 뒤이어 100미터쯤 앞에 있던 밴도 멀어져가는 것을 보고 고다는 가드레일에서 몸을 일으켰다. 한다의 조사는 미루어졌다. 냉정하게 판단했지만 마음은 역시 조금도 움직이지 않았다.

일단 고지야 역으로 돌아갔지만 개찰구를 통과하기 전 문득 집에 술이 바닥났다는 사실이 떠올랐다. 이 주변이나 집에서 가까운 아오모노요코초 역 주변에는 문을 연 가게가 없겠다는 생각이 들자 별 망설임 없이 간파치 거리로 돌아와 택시를 잡았다.

반시간 뒤 그는 가미요가의 바지코엔 공원 근처 공무원주택에 도착해 가노 집의 인터폰을 눌렀다. 파자마 차림의 검사가 문을 열어주며 "오늘 그 도호 신문 기자 만났어. 방금 들어와서 분신자살 뉴스를 보고 있던 참이야"라고 말했다.

"뉴스에 따르면 유서는 없다더군. 오늘 저녁 7시경 특수본부를 나와서 일단 집에 돌아갔다가 다시 자가용을 몰고 외출했다고— 반년에 이르는 LJ 수사에 피로가 누적된 것으로 보인다고 데라오카 형사부장이 기자회견에서 말하던데, 정말로 지친 인간은 분신자살 같은 걸 하지 않아. 회견에서 저런 식으로 말하다니 유족이 딱하군." 가노는 혼자 떠들다가 옛 매부의 얼굴을 살피고는 가만히 "무슨 일이야?"라고 물었다.

"집에 위스키가 떨어져서."

"그것뿐이야?"

"일이 싫어졌어."

가노는 아무 말 하지 않고 위스키와 얼음을 꺼내주었다. 도쿄 지검으로 발령날 때까지 지방 곳곳을 전전하던 가노는 짐이 거의 없이 생활해서, 작은 텔레비전이 스포츠뉴스를 내보내는 방안에는 이불 한 채와 스탠드 하나, 자명종시계 하나뿐이었다. 다른 방에도 책상과 스탠드, 방석 하나가 전부고, 다 읽은 책은 남에게 줘버리기 때문에 책장도 없다. 살림은 그렇게 간결하지만 머릿속은 간결하지 않아서, 잠시 가만있는 동안 무슨 생각을 했는지 이윽고 "알아"라는 짧은 대답이 돌아왔다.

가노는 텔레비전을 끄고 이불 한 채를 더 꺼내 깔고서 먼저 누웠다. 고다는 몹시도 가노다운 배려에 떠밀려 불을 끈 주방에서 혼자 술잔을 기울였다. 얼마 전과 처지가 뒤바뀐 풍경이었지만 거북한 느낌은 오래가지 않았고, 대신 분신자살이란 어떤 것일까 하는 의문을 불러내 어둠속에서 홀로 상념에 빠졌다.

연초의 한신아와지 대지진 때도 그는 불타는 고베 시내가 나오는 뉴스를 거의 꿈꾸는 기분으로 바라보며 내내 몸을 떨었다. 눈에 들어오는 영상을 실감하지 못한 것은 580킬로미터 저쪽에서 현실로 일어나고 있는 일이 경험의 범위를 넘어선 것이며 따라서 자신은 상상조차 할 수 없다는 증거였지만, 1월의 그날 잘 돌아가지 않는 머리로 얼핏 떠올린 것은 어릴 적 도서관의 낡은 잡지에서 보았던 베트남전쟁 사진이었다. 응오딘지엠 정권의 탄압에 항의하며 제 몸에 스스로 불을 놓아 활활 타는 불교 승려들의 모습을 포착한 한 장의 컬러사진을 바라보며, 대체 얼마만큼의 용기가 있으면 그런 일을 견뎌낼 수 있을지 생각했던 것이다. 그때와 거의 똑같은 정신으로 연초에는 무너진 건물에 깔린 채 불타버린 사람들을 망연히 떠올렸고, 지금은 얼마 떨어져 있지 않은 가이힌 공원에서 불길에 휩싸인 남자를 생각하고 있다. 산 사람이 불에 탄다는 것은 어떤 일일까. 대체 어떤 조건이 갖춰져야 제 몸에 불을 지를 수 있을까.

그러나 생각은 정처 없이 오락가락할 뿐 아무런 형체도 맺지 못했고, 형체 없는 무언가에 떨고 있는 지금 저 자신의 존재가 떨리는 몸뚱어리로 드러날 뿐이었다. 분명한 것은 그뿐이라고 느꼈다. 그것이 이성적 판단이 아니라 확고한 체험인 것은 분명한데, 왜 이런 체험을 하는가, 나는 슬픈 것인가 하는 자문에는 답을 얻을 수 없었다.

나를 이렇게 떨게 만드는 것은 대체 무엇인가? 산 채 불타는 것에 대한 소박한 공포인가? 한 인간을 이렇게 자살로 내모는 모든 것에 대한 분노, 혹은 공포인가? 자신 또한 그런 시대를 살고 있음에 온몸으로 반발하는 것인가? 아니, 일찍이 정치 탄압에 항의하며 스스로 몸을 불사른 승려의 사진에서는 인간이 이토록 강한 의지를 지닐 수 있다는 명확한 형태의 목소리를 들었는데, 지금 미요시의 자살은 어떤가. 그때처럼 나는 한 경찰이 분신자살이라는 형태를 빌려 내지른 목소리에 전율하며, 그 떨림에 지금의 제 존재를 비추고 있는 것인가?

그러나 그 목소리는 대체 무슨 뜻인가? 압살당하기 전 자살을 택하는 것이, 제 명예를 지키며 조직에 항의하는 유일한 길인가? 조직 보호라는 이름의 비합리와 억압을 고발하는 목소리인가? 자신 외 사만 명의 후배들을 대신해서 몸을 불살라 조직에 결별을 고한 것인가? 그렇게 생각하면 나 같은 경찰들은 오히려 도움을 받은 셈인데, 이것이 정말로 옳은 일인가? 미요시가 항의의 뜻을 표한 대상인 경찰조직은 처음부터 항의의 대상이 될 수 없는 것이 아닐까? ─고다는 뒤늦게 자문하고, 아마도 고통에서 도망치기 위해 불러냈겠지만 지금은 별 의미도 없을 자문을 위해 한층 머리를 쥐어짰다.

사만 명에 이르는 인간으로 구성된 조직이 곧 사만 가지 생각과 욕망의 집합체라고 소박하게 말할 수는 없다. 조직이란 단순한 공집합이며, 그에 포함되는 개개의 구성원이 완전히 연산 가능한 기호일 때 비로소 집합도 완전해진다고 본다면, 이 관념상의 조직은 평소 일반적으로 생각하는 조직과 별개의 것일 수밖에 없다. 그러나 구성원 전원이 기호로만 이루어진 조직은 현실에 있을 수 없고, 구성원은 저마다 인간이기를 포기하지 않는다. 그들은 조직이라는 집합에서 어느새 인간적 욕망의 덧셈이나 뺄셈을 보고, 비합리를 보고, 탄식하고, 절망하고, 그럼으로써 가상의 구성원으로 살아갈 뿐이다. 때로는 그것에 스스로 짓눌리거나, 짓눌리기 전에 자살을 택하도록 스스로를 몰아가기도 하지만, 본래의 조직에서 보면 그런 모든 생각은 환상이며, 조직의 논리나 그에 대한 자부심, 집착 역시 환상일 것이다.

아니, 이 환상은 단순한 환상이 아니다. 있지도 않은 환상의 집합을 향해 때로 미요시처럼 어떤 항의의 목소리를 내는 자가 나오는 것은 다름아니라 그들이 인간으로 살고자 하기 때문이다. 우리는 그저 항의에 의해 인간이 되고, 그저 그것만을 버팀목 삼아 하루하루 경찰이라는 환상의 존재로 살아가는 것이다. 아니, 보는 것은 환상이지만 그 환상에 몸을 떠는 이 체험만은 현실이라는 것에 우리의 '현재'가 있다고 해야할까. 그렇다, 조직에서 살아가는 고통이란, 환상일 수밖에 없는 것이 신체적 체험이 되는 이 일인극을 일컫는 것이다—

그래, 아마 미요시 자신도 깨닫지 못했고 나머지 사만 명의 경찰 중 누구도 깨닫지 못하고 있을 이 경찰이라는 환상의 집합에 대해 이렇게 분노로 몸서리치는 나 역시, 이것 외에는 인간일 수 있는 길을 모르는 것이다. 바로 그 사실 때문에 고통스러운 것이다. 안 그런가, 한다 씨? 당신도 인간일 수밖에 없는 산 몸뚱이를 꿈지럭거리며 조직 내에서 살아가고, 울분에 고통스러워하고, 분노와 실망에 몸서리치며 그때그때 존재의 감각을 얻고 있지 않나. 충동에 이끌려 경찰을 기만하는 범죄에 발을 담가보았지만 상대가 공집합이라는 사실을 깨닫고 몸서리치게 허망해하고 있겠지. 그리고, 그럼에도 몸뚱이는 생을 느낀다. 그런 스스로가 괴로울 거야. 이것이 당신과 나의 경찰 인생이다. 인간이기 위해서는 다른 길이 없으며, 아무데도 가지 못하는 '지금' 이때가.

고다는 그쯤에서 일단 생각을 멈추었다. 그러자 찾아온 것은 자타에 대한 혐오도 비통도 절망도 아니었다. 공중에 매달린 듯 멍한 기분에, 조금 슬픈 듯하기도 했지만 무엇이 슬픈지는 알 수 없었다. 정신 차리고 보니 경찰조직을 공집합으로 보는 지경까지 온 것이 일시적인지, 앞으로도 계속 그럴지, 그마저 알 수 없었다.

위스키를 흘려넣자 겨우 몸의 떨림이 가라앉는 동시에 존재에 대한 희미한 감각도 사라져서, 고다는 식탁 의자에서 일어났다. 스스로가 말도 안 되는 생각을 한다는 기분이 들어 일단 세면대에서 세수를 했지만, 미요시의 분신자살이 환상에 대한 항의라는 생각, 자신들은 그런 식으로밖에 살 수 없다는 생각은 씻어내지 못했다. 그리고 문득 한 가지 생각이 떠올라 이부자리에서 책을 읽는 가노의 베개맡에 앉았다.

"일전에 자네가 조직과 싸우기보다 스스로와 싸우겠다고 했지. 그 의미를 알 것 같군."

가노는 책에서 얼굴을 들고 부드러운 표정으로 "몰라도 괜찮았을 텐데"라고만 했다.

무엇을 어떻게 알았는지 고다는 말하지 않았고 가노도 묻지 않았지만, 피차 조직 내에서 살아가는 수밖에 없는 입장에서 각자의 생각을 속에 담아두었다기보다 오늘밤 역시 하수구를 뚜껑으로 가려놓았다고 해야 옳을 말들이었다. 그리고 그 미진함이 한순간 어떤 통증 같은 느낌으로 다가와서 이건 뭔가 생각하다가 가노와 눈이 마주쳤고, 이어서 어디로도 해소할 길 없는 초조함이 얼핏 스치는 것을 느끼며 동시에 눈길을 돌렸다.

가노는 책을 덮고 베개맡 스탠드를 끈 뒤 이불 속에서 등을 돌렸다. 그 등을 바라보면서 고다는 다시 몇 초간 정처 없이 머릿속을 헤매다가 이윽고 한다 슈헤이의 얼굴을 불러내고, 그래, 나는 지금 이때도 한다가 아내를 품는 광경을 상상하고 있구나, 생각했다. 경찰 하나가 분신 자살을 한 밤에. 이런 때. 나는 그저 악당 한 놈의 하반신의 열기나 느끼고 있다.

고다는 이부자리를 바라보고, 가노의 등을 바라보고, 몸을 일으켰다.

"오늘은 집으로 갈게. 고마워."

짧은 말을 남기고 도망치듯 침실을 나왔다. 가노는 돌아보지 않았고 아무 말도 없었다.

*

집 텔레비전을 통해 미요시 관리관의 자살 소식을 들었을 때, 한다는 마치 조차장의 자동전환장치처럼 동요와 감정의 레일이 싹 차단되어 버리는 것을 느꼈다. 그리고 레이디 조커는 잘못이었다고 깨끗이 자인했다. 지금까지도 오산은 많았지만 옛 상사의 자살은 본의에서 가장 먼 사태였고, 본의 아닌 사태를 초래한 레이디 조커는 두말할 것 없이 잘못이라는 논리였다.

또한 현직 경찰인 자신에게 혐의가 걸렸을 때 상사였던 미요시가 얼마나 궁지에 내몰렸을지, 이 경찰이라는 조직이 책임이라는 이름 아래 어떤 식으로 사람을 몰아붙일 수 있는지 충분히 예상해야 했음에도 오늘까지 완전히 망각하고 있던 제 두뇌의 아둔함도 깨끗이 인정했다.

그러나 한편으로는 지난 일 년간 정력을 기울여온 레이디 조커가 잘못이었다고 물러난들 이미 끝난 일을 돌이켜보는 데는 큰 의미가 없었고, 처음부터 옳고 그름 따위는 안중에 없던 그에게는 무슨 큰 변화가 일어나는 것도 아니었다. 중요 참고인이라는 압박감에 옛 상사의 자살이라는 심적 부담이 하나 늘어나긴 했지만, 이제 그는 자신이 처한 객관적 상황에 거의 관심이 없었다. 지금껏 범죄자의 긴장과 자학의 흥분이 이어지는 것은 미요시가 죽은 이 세상과는 무관한 제 몽상 속 일이었고, 실제로 일으켰던 범행의 전말조차 이제는 멀게만 느껴졌다.

한밤중이 되자 시나가와 서 옛 동료가 전화해서 미요시의 부하였던 사람들끼리 연명으로 조의를 하려고 하니 5,000엔을 내라고 말했다. 한다는 굳이 연기하려는 생각도 없이 냉정하게 응했지만, 수화기 너머 상대가 "마음이 아프군. 자꾸 눈물이 나" 하며 울음 섞인 목소리로 말하자 정신 차려, 이 친구야, 하고 쏘아붙일 뻔했다. 지금은 특수본부와 하등 상관없는 기타 구 오지 서에서 일하는 그가 뭣 때문에 눈물이 난다는 것인지 한다는 도통 이해할 수 없었다. 말단 형사가 보기에 미요시라는 사람은 시나가와 서에서 만났을 때부터 물에 술 탄 듯한 지휘 태도밖에 인상에 남는 게 없었고 특별히 인망이 있지도 않았다. 그런 사람의 자살에 눈물을 흘릴 이유가 뭐란 말인가.

한다는 집요하게 머리를 쥐어짜낸 결과, 아마도 분신자살이라는 충격적인 죽음에 당황하고 조직 내 갈등을 짐작게 하는 사건에 대한 공감 때문에 감정적이 된 거라 결론짓고, 하긴 그 친구도 남들 못지않게 조직에 분노를 느끼고 있는지 모르겠다며 끝내 냉소를 지었다.

그리고 더이상의 복잡한 억측이나 의심을 재빨리 물리친 다음, 그날따라 "요즘은 어째 소식이 없네?" 하고 추파를 보내는 아내를 상대로 왠지 모르게 평소보다 열심히 정력을 분출하고서 축 늘어진 몸뚱이를 이부자리에 뉘었다. 눈을 감자 잠시 해안 너머로 시나가와의 반짝이는 불빛이 보이는 오다이바의 모래사장이 떠올랐지만 제 몸에 등유를 끼얹고 불을 댕겼다는 미요시의 모습은 끝내 또렷한 상을 맺지 못했다. 대신 이제 끝낼 때가 되었다는 생각이 수마와 함께 소리 없이 내려왔을 때 꿈의 입구에 나타난 것은, 시나가와 서 계단에 선 고다의 모습이었다.

다음날 9월 16일 토요일은 새벽부터 비가 내렸다. 평소처럼 출근한 한다는 어제와 마찬가지로 대회의실에 모여 서장과 형사과장의 훈시를 듣고 어제와 같은 지역을 맡아 파트너와 함께 순찰에 나섰다. 그러나 오후가 되자 배가 아프다는 핑계로 파트너를 두고 담당 구역을 벗어나 역에서 경마 신문을 사들고 고라쿠엔으로 향했다.

오후 1시 반 고라쿠엔 윈즈에 도착한 후 곧장 3층 1,000엔 단위 객장으로 올라갔다. 주위에 모노이가 없는지 대강 훑어본 뒤 한복판의 모니터 아래 앉아 읽을 생각도 없는 신문을 펼쳐들었다. 그리고 새삼 레이디 조커의 뒤처리를 어떻게 할지 생각해보았지만, 그것도 아직은 시급하게 궁리할 필요가 없었고, 결론은 막연하게나마 이미 나와 있었다.

애당초 경찰이 애먹는 모습을 보고 싶어서 시작한 짓이니 뒤처리도 경찰이 가장 괴로워할 방식으로 하면 된다. 남은 것은 구체적인 방법뿐이었다.

예를 들어 미요시의 분신자살은 옛 부하의 임의동행 결정이 계기였을 가능성이 크지만, 지금까지 시간을 끄는 것만 봐도 내부에서 은밀히 논쟁이 오간 게 틀림없다. 그러던 와중에 미요시가 자살해버려 결국 오늘까지도 임의동행을 감행하지 못하고 있다. 이것은 적어도 지금은 나를 체포할 의사가 없다는 말인데, 그렇다면 이 몸을 체포하기 싫어도 하지 않을 수 없게 만들어줄까.

그래, 자수하면 어떨까. 여기까지 와서도 여전히 임의동행 여부를 놓고 동요한다는 것은 단적으로 말해 그럴듯한 증거가 없다는 뜻이니, 가령 자수하더라도 동료에 대해서는 묵비와 부인으로 일관할 수 있다. 동료에게 피해가 가지 않는 범위에서 '범인이 아니면 알 수 없는 사실'을 한두 가지 털어놓으면 송검 정도는 가능할 것이다.

이 상상은 즐거웠다. 만약 지금 당장 가마타 서로 돌아가 '내가 레이디 조커다!'라고 밝힌다면— 한다는 경마 신문으로 시선을 떨어뜨린 채 혼자 빙글거렸다. '내가 레이디 조커다!'라. 접수처 책상을 탕 치며 한마디 더 던지는 건 어떨까. '옛 상사가 자살했으니 지금의 상사도 죽어야지!'

그러나 현금 분배 문제를 생각하면 거의 가능성이 없는 공상이었다. 자기 몫인 4억 엔을 상자째 경찰서 책상에 올려놓는 것까진 좋지만, 히노데가 뒷거래에 응한 사실을 자수라는 방식으로 폭로하면 히노데와의 약속을 깨는 셈이 된다. 어쨌거나 그 시로야마라는 사람은 약속을 지켰으니, 일방적으로 배신하는 건 내키지 않았다.

자수가 곤란하다면 별건의 현행범으로 체포되는 건 어떨까. 이쪽이

제일 간단하겠다고 한다는 바로 결론을 내렸다. 절도나 성추행을 저지르되, 되도록 경찰이 가장 곤혹스러워할 방법으로. 게다가 나 스스로 즐길 수 있는 방법이라면 더욱 좋겠지. 당장 이렇다 할 아이디어는 떠오르지 않았지만, 그런 생각만으로 한동안은 지루함을 면할 수 있었다.

신변 정리는 문제없었다. 아내와의 관계는 막판에 '내가 바로 레이디조커야'라고 밝히면 지체 없이 끝날 일이고, 개인적인 짐은 정리가 필요할 정도도 아니다. 재산도 없고 차도 없다. 1,000만 엔쯤 되는 정기예금은 만일의 경우 아내에게 위자료로 주기로 처음부터 결심한 터였다. 그리고 그 모든 것과 맞바꾸고도 남을 만한 쾌락이 제 앞날에 있다고 상상하니 그것만으로 충족감이 느껴졌다. 현실적으로 처리해야 할 여러 잡다한 문제도 그런 쾌락의 예감 앞에서는 아무것도 아니었다.

그렇게 모니터 아래 앉아 있는 사이 어느새 삼사십 분이 지나고 주위에 사람들이 모여들었다. 오후 2시 15분. 그제야 신문을 보고 곧 9레이스 나라시노 도쿠베쓰가 시작된다는 것을 알았다. 고 가쓰미에게 2시에 만나자는 얘기가 갔을 텐데 역시 오지 않았구나 생각하며 손에 든 신문을 위안 삼아 들여다보고 있는데, 몇 분 전 뒤에 앉은 누군가가 등을 쿡 찌르더니 "이게 마지막이야. 더는 만날 일 없어"라고 중얼거리는 고의 목소리가 들렸다. 예전에 후추 경마장 2층 스탠드에 앉아 있을 때처럼 생기 없고 둔한 울림이었다.

한다는 경마 신문으로 시선을 떨군 채 대답하지 않았다. 고는 내처 말했다.

"집안 사업만 물려받지 않았다면 나도 계속 자네들과 경마장에 드나들었을 거야. 그 시절이 제일 좋았어."

고는 그 한마디를 끝으로 뒤에서 작은 메모지를 한다에게 건네주고 가버렸다. 메모지에는 마구 갈겨쓴 볼펜 글씨로 이렇게 적혀 있었다.

'나도 책임질 수 없으니 신문사에 편지는 그만 보내. 혹시 모르니까 영감님과 요쨩은 한동안 도쿄를 떠나 있는 게 좋겠어. 장소만 정해주면 돈은 언제든 전해줄게. 연락은 후요 산업 본사로.'

그 시절이 제일 좋았어, 라는 말에는 분명 어느 정도 본심이 섞여 있을 터였다. 집안 사업을 지키기 위해 온갖 굴레에 얽이는 길을 택한 데는 재일조선인 2세, 3세로서 겪어온 복잡하게 뒤틀린 감정이 어느 정도 작용했으리라 상상할 수 있지만, 그 세계는 결코 개인적인 감정으로 발을 들여놓는다고 절로 굴러갈 만큼 만만한 곳이 아니다. 그걸 이제야 깨달았단 말인가 싶어 한다는 냉소했다. 너는 철없는 도련님이구나, 하는 감상밖에 들지 않았다.

그렇다고 구겨서 내버릴 수도 없는 노릇이라 한다는 메모지를 주머니에 찔러넣었다. 머리 위 모니터에서 레이스 시작을 알리는 안내방송이 나왔다.

"나카야마 경마장 9레이스, 나라시노 도쿠베쓰, 2000미터 잔디코스, 여덟 필이 겨룹니다. 우천으로 마장 상태는 좋지 않음—"

한다는 실황중계 모니터를 바라보며 이 분이 채 안 되는 레이스가 끝나기를 초조하게 기다렸다. 현실적으로 보아 고의 메모는 원조 레이디 조커 각자에게 입막음 조치가 따를 가능성을 시사했고, 맥주에 진짜 청산을 넣는 놈들이니 단순한 협박으로 볼 수 없었다. 그렇기에 고가 낯을 들 수 없는 심정을 무릅쓰고 이 자리에 나왔다고 보는 것이 가장 사실에 가까운 추측이었다. 자신에게는 막을 힘이 없으니 만일을 위해 도피해달라는 얘기다.

지금 장난하느냐고 말해주고 싶었지만, 어차피 게이오 대학 출신 은행원의 머리밖에 안 되는 고에게는 더 바랄 것도 없다는 판단에 이르렀을 때 중계가 시작되었다. "자, 선두 다툼은 아라마사 프린세스, 모리 카이소, 거의 나란히 달립니다. 아라마사 프린세스냐, 모리 카이소냐. 3번 아라마사 프린세스가 치고 나옵니다. 우승 타임은 2분 5초 1 — " 결과가 거의 예상대로였는지 한숨도 없이 묵묵히 흩어지는 사람들에 섞여 한다도 걸음을 옮겼다. 신문을 들여다보는 시늉을 하면서 4층 백 엔 단위 객장으로 올라가는 에스컬레이터를 탔다.

모니터 아래 주저앉아 있는 요짱의 뒷모습은 굳이 찾을 필요도 없었다. 요짱이 앉는 곳은 늘 똑같다. 한다가 진을 치는 장소도 마찬가지다. 가령 행적 조사조의 눈에 띄었다 한들 오늘까지도 임의동행을 결행하지 못하는 경찰은 어차피 신경쓸 것 없다는 생각에 한다는 투표 카드를 집어들고 곧장 요짱 옆에 와서 주저앉았다. 요짱은 신문 위로 숙인 고개를 들지도 않았다.

"다음 거 샀어?" 말을 걸자 "아직. 혼전일 것 같아서"라는 짧은 대답이 돌아왔다. 고개를 빼고 힐끔 들여다보니 요짱의 신문에는 여느 때처럼 빨간 색연필 자국이 가득했다. 제법 고민에 빠진 듯한 요짱이 10레이스 마권을 살 때까지 공연한 이야기는 미루기로 마음먹고, 한다는 시간을 죽이려고 제 손안의 신문에서 출전마 소개를 읽었다.

주로가 불량한 점을 고려해도 우승이 예측되는 건 8월 니가타에서 우승한 1번 마더위시, 5번 세노에티아라 정도일까. 7월 성적이 좋았던 2번 프린세스토진도 요주의다. 8번 세이카카라라도 컨디션이 좋을 때와 나쁠 때가 번갈아 나타나니 오늘은 걸어볼 만하지 않을까 궁리해보았지만, 아닌 게 아니라 혼전이겠다는 생각이 들어서 그만두었다.

이윽고 투표 카드의 표기를 마친 요짱이 마권을 사려고 자리에서 일어나 창구 앞에 줄을 섰다. 한다도 제 카드에 대충 6-8 표시를 하고 요짱 뒤에 가서 섰다. 출발 십 분 전의 창구는 혼잡했고 앞에 열 명 정도가 늘어서 있었다.

"모노이 씨는?" 한다가 요짱의 등에 대고 물었다.

"집에. 어제 내내 불단 앞에 앉아 있었어. 히간에는 하치노헤로 성묘 갈 모양이야."

"신문사에 보낼 편지는?"

"오늘 아침에 부쳤어."

"고가 전화로 뭐라고 하지 않았어?"

"도쿄를 떠나 있으래."

"그게 좋겠어. 모노이 씨한테도 한동안 하치노헤에 가 있으라고 해줘."

"위험해?"

"혹시 몰라서."

"모노이 씨는 올해 말 도쿄를 뜰 거야. 나도 공장을 그만두고 다른 데서 일자리를 찾을 거고. 고하고도 이제 안녕이야."

"돈은 어떡하고?"

"내 몫은 모노이 씨한테 줘. 신세 많이 졌으니."

요짱은 자동발권기에 카드를 넣고 마권을 받자마자 원래 자리로 돌아갔다. 모니터 아래 앉아서 여전히 배당률 수치가 신경쓰이는 양 표시판을 응시하고 출전마 상태를 체크하는 모습은 더이상 한다 따위는 안중에 없는 듯 보였다.

한다는 그에게서 조금 떨어져, 모니터 주위에 모여든 무리에 섞여 레이스를 보았다. 처음부터 치열했다. 한다가 건 두 마필 중 8번 세이카카라라가 시종 선두 집단에 있었고, 4코너를 돌아 직선주로에 접어들면서 프린세스토진이 선두를 지키거나 세이카카라라가 추월할 것처럼 보였지만, 뒤쪽에서 소리 없이 다가온 7번 주황색 모자가 순식간에 치고 나오는 통에 모니터 아래서 경악과 실망이 와락 소용돌이쳤다. 이변이었다. 요짱은 이내 고개를 떨어뜨리더니 둥글게 만 신문을 허공에 한 번

휘두르고는, 빗나간 마권이 어지러이 흩어진 바닥에 다시 등을 구부리고 주저앉았다.

그러고 보니 요짱이 어느 말에 걸었는지 듣지 못했다는 생각이 문득 들었다. 요짱이 말하지 않은 것이다. 생각해보니 십 년 넘게 경마장에서 어울리며 요짱이 베팅 이야기를 꺼내지 않은 것은 이번이 처음이었다.

아마 이것도 종언의 한 모습이리라고 한다는 납득했다. 하긴 원래도 속을 읽기 힘든 상대라 특별한 감개 같은 것은 없었지만, 나쁘지 않다는 기분은 들었다. 푹 숙인 요짱의 야구모자에서 시선을 거두고, 이 친구를 교도소에 보내는 짓은 못하겠다고 새삼 되뇌며 4층 객장을 떠났다. 레이디 조커의 다섯 고리 중 고 가쓰미는 오래전에 끊어졌고 이제 또하나가 끊겨 세 개만 남았으니 훨씬 가벼워진 셈이었다.

레이디 조커의 청산을 위해서는 모노이와 어딘가에서 만나 돈을 처분할 방법 등을 상의해야 했지만, 모노이는 무너질 가능성이 지극히 낮고 행적 조사조가 밤낮으로 감시중이니 오히려 신변의 안전이 보장되어 있는 셈이다. 남은 것은 누노카와 준이치인데, 식물인간인 아내와 돌봐줄 손길이 필요한 딸을 데리고서 그리 오래 버틸 수 없으리란 점을 생각하면 그의 몫의 현금을 넘겨주기 위해서라도 일단 거처를 파악해둘 필요가 있었다. 그러나 뾰족한 방법은 없었고, 10월이 되어 후추 경마장으로 옮겨가면 레이디와 함께 나타날지도 모른다는 작은 기대를 가지는 것이 고작이었다.

윈즈 건물을 나와 스이도바시 역을 향해 육교를 건너던 중, 한다는 문득 앞서가는 젊은 커플의 흰색 스니커즈를 보고 저도 모르게 눈으로 좇았다. 커플은 역으로 들어가지 않고 바로 앞에서 방향을 바꿔 아래쪽 도로로 내려가버렸지만 한다의 눈에는 그뒤로도 한동안 스니커즈의 흰색이 남아 있었다.

돌아오는 전철 안에서 한다는 지극히 자연스럽게 오 년 전 시나가와서 계단에서 보았던 흰색 스니커즈를 떠올렸다. 나아가 그 스니커즈의 주인이 작년 가을 교회 앞에서 켜던 바이올린의 음색을 귓속에 떠올리고, 역시 자연스럽게 '내 길동무는 그놈이다'라고 최종 결단을 내렸다. 이 몸이 현행범으로 체포될 때까지 몽상 속에서 잘게 저미고 현실에서 질질 끌고 다닐 상대로 고다 유이치로라는 남자는 외모와 머릿속 알맹이 모두 훌륭했다.

*

　그날도 하루종일 청산 혼입 맥주 사태의 경계 태세가 이어졌다. 형사과는 일단 동원을 면했지만 강력계는 어제 헤이와시마 역 앞 파친코 강도미수사건 등을 수사하느라 고다를 제외한 전원이 출동했고, 고다는 하루종일 어둑한 형사과실 책상에 묶여 전화 대응과 서류 작성에 몰렸다.

　미요시 관리관의 부고 소식이 직접적인 관계가 없는 작은 관할서까지 짓눌러서 아침부터 왠지 긴장감이 감돌았고, 하카마다 과장과 도히 과장대리는 검은색 양복을 단정히 차려입고 있었다. 그날따라 스웨터에 면바지 차림으로 출근한 고다는 서내를 어슬렁거리기마저 꺼려지는 분위기였다. 2층 회의실에서 올라오는 소리는 어제와 딴판으로 조용해서 어떤 움직임이 있는지 짐작할 수 없었다.

　평소와 같은 업무로 하루를 보낸 고다는 오후 8시 반이 지나자 탐문수사를 나가 아직 돌아오지 않은 부하들을 기다리며 서류를 작성하던 손을 문득 멈추고, 또다시 한다의 조사가 과연 단행될까 생각했다. 마침 과장과 과장대리가 자리를 비워서 사무실에 자기 말고는 당직 두 명밖에 없는 것을 확인한 뒤 외선 전화로 손을 뻗어 특수반 히라세 경부보의 휴대전화 번호를 눌렀다. 히라세가 어디 있는지는 모르지만 2층에 있다면 이미 수사회의가 끝났을 테고, 미요시 관리관의 조문을 갔다면 그 자리도 슬슬 파할 때겠다고 계산한 참이었다.

히라세는 전화한 사람이 고다임을 알자 우울한 말투로 "미요시 관리관 장례식장이야, 나중에 다시 전화해" 하고 소리 죽여 말했다. 역시 장례식에 가 있었군. 고인이 누구든 간에 수사 현장을 진두지휘해야 할 현장의 에이스가 중요 참고인 조사를 미룬 채 동료의 장례식장을 지키고 있다면 이 특수본부에는 더이상 희망을 걸 수 없겠다는 것이 고다의 결론이었다.

"어제 제가 드린 말씀이 도움이 되었는지 궁금하군요. 한다를 호출할 겁니까, 말 겁니까?" 고다가 물었다.

"지금 그게 문제야? 상사가 분신자살한 마당에 ―"

"내일 고별식에도 참석할 겁니까?"

"그걸 말이라고 하나? 대체 생각이 있는 거야, 없는 거야!"

히라세가 그렇게 내뱉고 전화를 끊자 고다도 수화기를 내려놓았다. 어제 분명 한다를 호출하기로 결정했을 히라세 외 특수본부의 당사자들이 지금 얼마나 동요하고 낙담하고 있는지는 짐작할 필요도 없었지만, 아무튼 한다의 임의동행 건은 결국 백지로 돌아가버렸다고 고다는 스스로에게 확인했다. 만약 한다를 취조할 의사가 있다면 세간의 시선이 미요시 장례식에 쏠려 있는 지금, 당장 오늘밤이라도 감행해야 한다. 그러지 않는다면 자신도 더는 기다릴 필요가 없었다.

새삼 다시 한번 결심하며 고다는 작성중이던 수사 서류로 돌아와, 슬슬 부하들이 들어올 때가 되지 않았나 싶어 시계를 들여다보았다.

*

　모노이가 토요일 윈즈에 가지 못한 것은 가마타의 부동산 사무소에서 약국 겸 집으로 쓰는 물건을 감정받느라 한나절을 보내고, 약사 아주머니에게 올해 말 약국 문을 닫겠다는 이야기를 해야 해서였다.

　아주머니에게는 당연히 심각한 이야기였기에 꼬치꼬치 캐묻는 말에 해명하느라 한참 진땀을 뺐다. 이유가 뭐냐는 질문에도 거짓말 하나 보태지 않고 고향 묘소를 지킬 사람이 없다는 것과 나이를 생각하면 고향으로 돌아갈 수 있는 것도 올해가 한계 같아서라는 대답밖에 할 수 없었다. 지방의 자치체가 재택 간호나 헬퍼 파견 제도를 잘 운영하고 있으니 장차 자리보전하더라도 어찌어찌 살 수 있겠다는 현실적인 판단도 있었다. 형 오카무라 세이지가 앙상한 손발을 드러내고 온종일 물건처럼 뒹굴던 아키가와 양로원의 침상을 떠올리면, 적어도 고향 산천을 바라보며 지내는 편이 훨씬 낫겠다 싶은 생각이었다.

　"그럼 어쩔 수 없죠. 다른 일자리를 찾아야겠네. 이렇게 한가롭고 편한 약국은 온 도쿄를 뒤져봐도 또 없을 텐데."

　아주머니가 그런 말을 남기고 저녁나절 퇴근하고, 모노이는 낮에 그녀가 사다놓은 재료로 간단하게 저녁을 차렸다. 어제 늦게까지 신문사로 보낼 편지를 쓰고 갔으니 오늘은 안 오겠지 싶었는데, 8시쯤 약국 쪽에서 멍멍 소리가 들려 내다보니 요짱이 이누코로를 데리고 서 있었다. "새집을 구해서 내일 이사해. 아침 일찍 움직여야 하니까 오늘밤 미리 이놈을 맡기려고"라고 했다.

　요짱은 반쯤 남은 커다란 사료 봉지, 개똥 치우는 삽, 브러시, 샴푸 등을 챙겨왔다. 그것들을 직접 마당 툇마루 아래 넣어두고 강아지를 묶어놓고 들어와서는 "이걸로 개집이나 사줘" 하며 마권 한 장을 내밀었다.

한 달 전 한다한테 받은 것이라고 했다.

　모노이는 "이렇게 갑자기—"라고 중얼거렸지만, 실은 그리 갑작스러운 이야기도 아니었다. 이달 말 공장을 그만두기로 하고 새 거처를 구하고 있다는 얘기는 이미 들었고, 주말밖에 시간을 낼 수 없으니 내일 17일이 이삿날인 것도 전혀 이상할 것 없었다.

　"잠깐 한잔하고 가." 모노이가 냉장고에 남아 있던 캔맥주와 선물로 받은 어묵을 내놓았다. 마침 그도 혼자 소주를 홀짝이던 참이었다.

　"그래, 새로 구한 집은 어디야?"

　"스기나미 구. 세 평짜리 방에 부엌, 욕실, 화장실이 있고 한 달에 5만 엔. 정확한 주소는 모르겠어. 다음에 알려줄게."

　"이사, 거들지 않아도 되나?"

　"배낭 하나가 전부인걸, 뭐. 헌옷가지나 잡지는 다 버렸고, 컴퓨터와 스쿠터는 공장에 놔두고 갈 거야. 새롭게 생활하고 싶어."

　요짱은 여느 때와 같은 말투로 읊조리며 어묵을 집어먹었다. 가는 수염이 성기게 자란 허연 턱이나 푸르스름한 빡빡머리는 모노이 눈에 고등학교를 졸업하고 막 공장에 들어왔을 무렵과 다를 바 없어 보였지만, 변한 것이 있다면 이렇게 한 손에 캔맥주를 들고 뭔가를 먹으며 지극히 평범한 이야기를 할 때 눈에 어떤 표정을 드러내게 되었다는 것일 테다. 희로애락이라고 할 만큼 대단한 것은 아니고, 이를테면 된장국이 맛있다고 말할 때 눈 역시 그렇게 말한다는 정도지만, 예전에 제 머릿속을 죄 긁어내고 대신 모래를 채워넣고 싶다고 혼잣말하던 의미 불명의 생물체를 더이상 볼 수 없다는 건 분명했다.

　"오늘 윈즈에서 한다 씨 만났어. 모노이 씨더러 한동안 도쿄를 떠나 있는 게 좋겠대. 고도 봤어. 왠지 풀죽은 얼굴이던데."

　"얘기는 안 해봤어?"

"응. 이제 만날 일도 없어. 여기 간장 좀 뿌려도 될까?"

요짱은 부엌에 가서 간장병과 고추냉이를 가져와 어묵에 끼었고 다시 한 조각 집어먹었다. 모노이는 소주를 홀짝이며 새롭게 생활하고 싶다는 요짱의 모습을 바라보면서 정말 잘된 일이라고 생각했다. 동료들 중 요짱의 장래만은 걱정하지 않아도 되겠다 싶은 한편으로, 아무런 미래도 없던 제 생활에 언젠가부터 한 인간이 이렇게 앉은뱅이탁자를 사이에 놓고 마주앉아 있었다는 소소한 감상이 느껴졌다.

요짱을 보고 있으면 이제 많이 희미해졌지만 한때 자식을 갖고 싶어 했던 인생의 흔적이 어느새 고개를 쳐들었다. 썩 마음 편한 일은 못 되었다. 내 자식이었다면 절대 범죄에 끌어들이지 않았을 테고, 나 자신 역시 가족과 함께하는 평범한 삶을 살았다면 레이디 조커 같은 짓을 꾸미지 않았을 거라고 생각하니, 새삼 나는 악귀구나 싶은 생각에 묘하게 고개가 끄덕여졌다.

"이봐, 요짱. 마지막으로 하나 묻고 싶은데, 레이디 조커에 가담한 거 후회하지 않나?"

"글쎄─ 하지만 난 이제 방 벽을 걷어차서 집주인의 열을 돋우는 짓은 안 하게 되었어. 아는 사람 보면 인사도 잘하고."

"무슨 계기가 있었던 거야?"

"후지산 은신처에 사장을 감금하고 있을 때 좀 느꼈어."

"호오."

"대기업 사장에게 단팥빵이나 주먹밥을 먹이고, 소변을 보게 거들어주고, 줄로 묶어 뉘어주고 하는데, 그때 사장의 숨결이나 체온, 냄새 같은 것을 느끼면서 생명이란 이런 느낌인가 싶더라고. 잘 표현을 못하겠지만, 값을 매길 수 없는 무언가랄까."

"그러고 보니 언젠가 가치란 게 뭐냐고 물었던 적이 있지."

"가만 생각해보면 같은 말이 1착으로 들어올 때도 있고 3착으로 들어올 때도 있잖아. 그 순서에 따라 따진다면 그 말의 가치는 레이스마다 바뀌게 돼. 그건 이상하잖아."

"그래, 그렇지."

그래서 어쨌다는 것인지, 요쨩의 생각은 역시 잘 알 수 없었다. 모노이는 속으로 고개를 갸우뚱했지만 캐물을 필요는 느끼지 않았다. 칠십 년이나 살아온 자신과 서른 살 남자 사이의 메울 수 없는 거리가 앉은 뱅이탁자를 사이에 두고 이렇게 가로놓여 있다는 것은 더할 것도 뺄 것도 없는 현실이었다. 그렇게 실감하는 자신이 오늘밤 여느 때보다 말라비틀어진 듯 느껴지는 것도 조금 의아스러웠다.

"이사하고 정리되면 꼭 연락해. 돈 문제도 있으니."

"돈은 잠시 영감님이 맡아줘. 귀찮겠지만."

"여하튼 연락해줘. 알겠지?"

"알았어."

"아무때나 들러. 강아지 얼굴도 가끔 봐줘야지."

모노이는 싱거운 말로 작별을 고하고, 요쨩도 "가끔 들를게"라는 짧은 인사를 남기고 갔다. 모노이는 그의 뒷모습이 산업도로로 사라질 때까지 바라보다가 약국 불을 끄고 문단속을 했다.

그리고 다시 거실에 홀로 앉자, 방금까지 사람이 있던 탓인지 한밤의 정적이 온몸에 스며들었다. 계속 켜놓았던 텔레비전은 벌써 프로야구 야간경기 중계를 끝내고 드라마 비슷한 것을 내보내고 있었다. 이름 모를 젊은 남녀 탤런트의 새된 목소리도 정적에 박차를 가했다.

가끔 주변 공기가 픽 소리내며 조여들 때가 있다. 지금도 공기가 픽하고 조여드는 바람에 모노이는 몸을 부르르 떨었다. 피안을 향해 유유히 흐르는 시간의 강이 가끔 이렇게 변조를 일으키고, 오래전 체념했다고 생각하던 본인에게 정말로 그러냐고 물어온다. 구불구불 흘러가는 노년의 시간이란 분명 누구에게나 그런 것이다.

나이를 먹는다는 건 섬뜩한 일이다. 여러 가지를 하나하나 잃어가는 것이야 어쩔 수 없다 해도, 잃은 자리를 메울 수조차 없는 것이 늙음이다. 꼭 일 년 전 그런 구멍이 여기저기 뚫려 있음을 알아차린 순간부터 무슨 짓을 해도 적요한 쓸쓸함이 따라다녔는데, 그때마다 꿈틀거리던 나의 악귀는 어쩌면 오십 년 전 하치노헤에서 낯을 드러낸 놈과는 또다른, 이 늙음 자체가 변형된 무언가였을까? 늙음을 거스르고 도망치려고 발버둥친 결과가 레이디 조커였을까? 그러나 그렇게 생각해본들, 지금도 이렇게 사방의 공기가 조여드는 듯 닥쳐오는 늙음의 기미를 보면 그 새로운 악귀 역시 불발이었나 하는 생각이 들어, 모노이는 조금 당황하며 다시금 자문해보는 수밖에 없었다. 너는 이대로 끝나는 것이냐, 라고.

*

청소와 빨래를 하고 씻고 나니 밤 11시 반이었다. 잠자리에 들기까지 한 시간쯤 남았다고 판단한 고다는 책상 위에 편지지와 볼펜과 자를 늘어놓아보았다. 조만간 실행에 옮기려고 계획하던 일이지만 실제로 눈앞에 꺼내놓기는 처음이었다.

막상 실행하자니 주저하는 마음이 고개를 들어 오 분쯤 눈앞의 것들을 멀거니 바라보다가 마침내 수사용 흰 장갑을 꼈다. 고쿠요 편지지 한 장을 찢어 올려놓고, 자를 대어 한 글자의 크기가 대략 사방 1.5센티미터 정도가 되도록 눈대중으로 맞췄다. 그런 다음 볼펜을 쥐고 자를 대가며 먼저 가타카나 'オ'를 써보았다. 이어서 한자 '前'.

'네가(オ前ガ)'라고 세 글자를 쓰고 나니 균형이 이상하다 싶었다. 종이를 찢어버리고 새 편지지에 가타카나로만 '네가(才マエガ)'라고 고쳐 써본 뒤, 계속 이어나갔다.

네가 히노데를 협박했다. 네가 미요시를 죽게 했다.

*

9월 17일 일요일, 미요시 관리관의 장례식이 갑자기 끼어드는 바람에 시로야마는 낮 동안 장례식과 결혼식과 병문안까지 세 건을 여섯 시간 사이 소화해야 했다. 매번 다른 옷차림이 필요한 일정이라 아내에게 양복 두 벌을 따로 챙겨달라고 부탁하고 제일 먼저 참석할 장례식용 상복을 꺼내 입고 있던 오전 8시, 스즈키 회장의 전화가 걸려왔다.

"오늘 아침 지검에서 전화가 왔는데, 1990년 2월 건으로 내 얘기를 듣고 싶다고 합디다. 어떻게 된 일이오? 나는 통 모르겠는데."

시로야마는 한순간 말문이 막혀서, 수화기 건너편에서 스즈키 회장이 "시로야마 씨, 듣고 있습니까?" 하고 재촉할 지경이었다.

"1990년 2월이라면 예의 사카다 메모 건이 아닌가 싶습니다."

"그건 알아요. 내 말은 그게 아니라, 왜 지금 와서 그런 옛날 얘기가 나오는지 통 이해할 수가 없다는 거요. 사장님은 뭐 짚이는 것 없습니까?"

스즈키에게는 구라타의 내부고발 사실을 알리지 않았고, 짚이는 게 있다고 순순히 말할 수도 없어서, "아뇨, 없습니다"라고 대답하는 수밖에 없었다.

"지검이 또 무슨 일을 벌이려는 건가? 주니치 상은 건은 이미 상법상 시효가 지났잖소. 우리와는 관계없는 이야기인데, 참 귀찮게 한단 말이지. 대충 뭐라고 하는지나 들어보고 내일쯤 보고하리다."

"죄송합니다. 잘 부탁드립니다."

통화를 마친 시로야마는 곧장 휴대전화를 꺼내 구라타의 집으로 연락했다. 이미 출근했다고 해서 다시 회사로 전화해 "스즈키 회장이 오늘 아침 지검의 호출을 받았다고 합니다. 오늘 중 만나서 이야기 좀 하지요. 오후 5시 뒤로 시간을 비워두세요"라고 전했다.

"29층에 있겠습니다." 구라타는 짧게 대답했다.

그뒤 시로야마는 뒤숭숭한 심정으로 회사 차량을 타고 집을 출발해 고별식이 열리는 이케가미의 혼몬지로 향했다. 미요시라는 사람과는 면식이 없었지만 대외적으로는 레이디 조커 사건 특수본부에서 피로가 누적된 탓에 자살한 것으로 발표되었으니 조문을 하지 않을 수 없었다.

식장에 도착해보니 비교적 소박한 제단과 의자 삼백 개 정도가 놓여 있고 뒤쪽 자리는 드문드문 비어 있었다. 현직 관리관의 장례치고는 다소 쓸쓸한 분위기였지만, 현장에서 청산 혼입 맥주 사건을 수사하느라 참석 못한 사람이 많았으리라고 생각을 고쳤다.

제단에 놓인 영정에선 흉장이 달린 제복 차림의 오십대 남자의 모습이 보였다. 지난밤 분신자살 소식을 들었을 때는 아무것도 실감할 수 없었지만 영정을 앞에 두니 점점 기묘한 느낌이 솟아나고, 하릴없이 스기하라 다케오의 최후가 떠오르는 통에, 독경이 진행되는 내내 마음이 가라앉지 않았다.

스기하라와 미요시는 현역 신분으로 유서도 없이, 그것도 전철에 투신하고 몸을 불사르는 고통으로 가득한 죽음을 택했다. 즉 자신의 죽음을 통해 그토록 강렬한 항의의 뜻을 제기하고 싶은 대상이 있다는 뜻이라고 시로야마는 생각해보았다. 그것이 조직이라는 막연한 존재가 아니라 A, B, C 등의 특정 개인이라는 점이 가장 큰 문제였다고. 스기하라의 경우 그 대상은 다름아닌 시로야마였을 것이고, 미요시가 항의하려 했던 이들도 이곳 참석자 중 있을 것이다. 그리고 사자의 항의를 받은 자들은 사자를 위해서가 아니라 화해와 변명의 기회를 영원히 잃어버린 자신을 위해 눈물짓지 않을 수 없는 것이다.

해결을 낼 수 없다는 의미에서 보면 살아남은 자에게 필요 이상으로 오랜 고통을 지우는 이런 죽음은 좀 반칙이 아닌가 하는 것이 시로야마가 실감한 바였다. 망자가 생전에 겪은 고통이 어느 정도였는지는 모르지만, 아직 중학생 정도인 듯한 딸을 비롯한 유족들을 보니 미요시라는 사람은 이런 죽음을 택해선 안 되었다, 이 죽음은 수많은 절망만 남길 뿐이다, 라는 생각이 강해졌다가 문득 이건 나 자신에게 하는 말이 아닐까 자문하기도 했다.

고별식은 사십 분 정도로 끝났고, 조문객들이 분향을 마치고 바깥에서 출관을 기다리는 사이 적당한 기회를 엿보고 있었던 듯한 간자키 1과장이 시로야마에게 다가왔다.

"테이프 건은 재차 감사드립니다. 그런데 공교로운 사정이 생겨서, 계획이 조금 변경될지도 모르겠습니다. 언짢게 생각 마시고 양해해주시기 바랍니다." 그렇게 빠르게 속삭이고 간자키는 금방 자리를 떴다. 뭐라고 반응하기도 어려운 짧은 접촉이었다.

시로야마는 이어서 도에이 은행 부행장의 막내딸 결혼식 피로연에 참석하기 위해 오쿠라 호텔로 향해서 먼저 도착한 아내와 함께 맨 앞 테이블에 앉았지만, 이 자리는 장례식과 또다르게 오로지 인내의 싸움이었다. 신부가 두번째 예복을 갈아입는 동안 아내를 남겨두고 퇴석해 대기실에서 옷을 갈아입고, 이번에는 대형 특약점 회장의 병문안을 위해 세이로카 병원으로 차를 달렸다.

간암 투병중인 여든 살 환자의 병문안은 회사 대표로서가 아니라 젊은 시절 신세 진 이에 대한 개인적인 일정이었다. 얼마 전 가족에게서 얼마 남지 않았다는 연락을 받고 한번 더 병문안을 가보기로 결정했고, 무람없이 작별인사를 나누고픈 것이 솔직한 심정이었지만, 아침부터 온갖 잡념에 시달린 탓에 그것도 뜻대로 되지 않았다. "피곤해 보이는구면. 내가 더 건강한 것 같은데"라며 환자가 농담할 정도였으니 대체 왜 왔을까 싶은 생각마저 들었고, 이런 식으로 이승에서 마지막 인사를 하는 것이 민망해 입이 떨어지지 않았다.

그뒤 시로야마는 오후 5시가 못 되어 시나가와의 히노데 본사에 도착했고, 휴일이라 닫혀 있는 현관 대신 빌딩 출입구로 들어가 일단 30층 집무실로 올라갔다. 차가운 물 한 잔을 마시며 삼십 분 동안 머릿속을 정리하고, 5시 반 29층 부사장실에 전화해서 지금 내려가겠다고 알렸다.

구라타 세이고는 내일부터 다시 출장이라 오늘 중으로 업무를 어느 정도 정리해두려고 출근했다고 했다. 물론 그 얘기는 거짓말이 아니고 15일 금요일 청산 혼입 맥주 사건이 터진 뒤 새로 챙겨야 할 일이 많을 테니 몹시 바쁘리라는 것은 시로야마도 알고 있었다. 그러나 오랫동안 구라타와 일심동체였던 시로야마는 그가 원래는 아무리 바빠도 일요일에는 쉰다는 원칙을 고수한다는 사실도 알고 있었으므로, 오늘 출근한 게 책상에 어지러이 널린 서류 때문만은 아니라는 것도 쉽게 짐작했다. 이유 중 하나는 사생활상의 문제로 집에 있고 싶지 않다는 것. 또하나는 인적 없는 일요일 본사 빌딩에서 지검의 누군가를 만나는 것. 어느쪽이든 '지금'의 구라타에게는 충분히 가능한 일이었다.

구라타는 시로야마에게 팔걸이의자를 권하고서, 와이셔츠 소매를 걷어붙이고 넥타이도 느슨히 푼 채로 책상 의자에 고쳐 앉았다. 그 거동과 표정을 살필 것도 없이 일요일 오후에 혼자 회사에 나온 남자가 몹시 지쳐 있음은 명백했다. 그러나 그런 것을 참작할 여유가 없는 시로야마는 곧장 본론을 꺼냈다.

"무슨 용건인지 짐작하시겠지만, 우선 스즈키 회장이 지검에 호출당한 이유를 확인하고 싶군요. 지검에선 1990년 2월 건 때문이라고 했다는데, 그렇다면 지검의 관심이 사카다 다이치에게까지 미쳤다고밖에 생각할 수 없습니다. 결국 구라타 씨의 고발 내용이 다마루 젠조와 히노데의 관계만이 아니라는 겁니까?"

"제가 고발한 내용은 어디까지나 히노데와 다마루의 관계뿐입니다. 그뒤에 지검이 어디 관심을 가질지는 제가 운운할 일이 아니죠."

"하지만, 그렇다면 얘기가 다릅니다. 어쨌거나 회장의 호출은 구라타 씨 고발이 원인이지 않습니까. 구라타 씨가 뭐라고 했든 지검이 사카타 메모를 다시 추적하려 든다면, 히노데도 말려들 수밖에 없지 않습니까?"

"고쿠라–주니치의 상법 위반은 이미 시효가 지났습니다. 만약 히노데의 이름이 거론된다면 주니치 상은 재건 이야기가 나왔을 때 도에이 은행이 주니치가 고쿠라 운수에 융자해준 돈의 일부에 히노데가 채무 보증을 서주면 좋겠다고 제안했던 일 때문일 겁니다. 그러나 그 제안은 1990년 2월 오쿠라 호텔의 밀담에서 스즈키 회장이 분명하게 거절했으니, 그와 관련해 히노데가 혐의를 받을 일은 없습니다."

"주니치의 채무보증과 고쿠라 자본 참여를 거절했다는 것은 알지만, 오쿠라 호텔 밀담은 금시초문인데—"

"아마 2월 16일이었지 싶은데, 사카다 다이치, 도에이의 데라다 은행장, 그리고 스즈키 회장 세 사람이 오쿠라 호텔에서 만났습니다. 그 자리에서 사카다가 주니치 재건을 밀어주겠다고 말했다 합니다. 사카다 메모가 그 다음날 주니치에 넘어갔고요."

"스즈키 회장이 사카다의 그 발언을 직접 들었다는 건가요?"

"그렇습니다. 지검은 당연히 회장의 증언을 듣고 싶겠죠."

"그 밀담 건은, 구라타 씨가 지검에 알려준 겁니까?"

"아뇨. 자살한 주니치 상은의 감사가 다마루를 통해 알았다고 유서에 적어놓았다고 합니다. 지검에서 그렇게 말했습니다."

시로야마는 당시 자신이 일련의 과정에서 배제되어 있었음을 원통한 심정으로 곱씹지 않을 수 없었다. 그해 6월 경영진이 교체되면서 사장에 취임한 시로야마는 2월 당시 지금의 구라타처럼 맥주사업본부장 겸 부사장 자리에 있었고, 자회사 히노데 유통이 대주주로 있는 고쿠라 운수가 주니치 상은에서 융자받은 120억의 실태와 그 사용처에 불명료한 부분이 많았다는 점도 지극히 표면적인 사실밖에 몰랐다.

하물며 1990년 초부터 주니치 상은의 경영이 위태로웠다는 것은 알았지만, 상은이 당시 제삼자에게 매점된 자사 주식을 되사들이기 위해 사카다 다이치의 각서, 이른바 사카다 메모를 받아냈다는 것, 고쿠라 운수에 융자한 120억의 일부가 그 각서의 대가로 사카다에게 넘어갔다는 것, 애당초 상은 주식의 매집에서 탈취까지 도에이 은행과 사카다 다이치와 다마루 젠조의 이해가 일치하는 가운데 짜고 치기로 이루어졌다는 것, 고쿠라 운수가 그 과정에 이용당하며 막대한 채무를 지게 되었다는 것 등은 전부 나중에야 알게 된 사실이었다. 그리고 자회사를 통해 고쿠라 운수와 깊은 관계를 맺고 있던 히노데가 일련의 부정에 관여한 사정에 대해서는 당시 사장이던 스즈키와 맥주사업본부 부본부장 구라타 외에는 아는 사람이 없었던 것이다.

스즈키는 나중에 시로야마에게, 차기 사장으로 결정되어 있던 그를 보호하기 위해서였다고 해명했는데, 그 말을 들으면서도 그렇다면 구라타의 입장은 어떻게 되는 건가 생각했고, 구라타 본인도 같은 생각이었을 것이다. 당시 구라타는 아무 말이 없었고 지금도 마찬가지였지만, 책상 너머로 이쪽을 바라보는 눈에 말보다 더한 원망이 깃든 느낌을 금할 수 없었다.

"다시 묻겠는데, 1990년 2월의 밀담에서 고쿠라 채무보증에 대한 타진 외에 다른 중요한 논의가 오가지는 않았습니까?"

"저는 들은 바 없습니다."

"하나 더 묻겠는데, 그 밀담 당시만 해도 최소한 우리 회사는 주니치 상은의 자체 재건 가능성을 믿고 있었다고 봐도 좋습니까?"

"만약 시로야마 씨가 그 자리에 있었다면 그렇게 믿었겠습니까?" 구라타는 되묻고는 쓴웃음과 함께 고개를 저었다. "믿었다면 도에이의 겉만 번지르르한 제안을 거부할 이유가 없었죠. 요는 우리도 도에이의 속셈을 눈치채고 있었다는 겁니다. 상은을 궤멸시킨 도에이의 일련의 사기극을 묵인했다는 점에서 보면 히노데도 공범입니다."

"구라타 씨도 알고 있었다는 겁니까?"

"알고 있었습니다."

"다시 확인하겠는데, 지검이 1990년 2월 건으로 오늘 스즈키 회장을 호출한 것은 구라타 씨의 고발과 관계가 있습니까, 없습니까? 분명히 말해주세요."

"예스이기도 하고, 노이기도 합니다. 지검은 어디까지나 당면한 중요 안건의 주변사항을 확인하려는 의도일 겁니다. 우리끼리 하는 얘기지만, 아마도 지검 특수부는 내년 초까지 오노 증권에 개설되어 있는 오카다 계열 특별 계좌를 뿌리뽑고, 그 김에 제2금융권을 경유해 오카다에 우회 융자를 해준 건으로 도에이까지 치고 들어갈 심산 같습니다. 그렇게 되면 오카다는 이번이야말로 숨통이 끊기겠지만 정작 고문인 다마루는 오노 증권에 계좌를 개설하지 않았기 때문에 그 루트만으로는 적발을 면할 가능성이 높습니다. 지검도 그 사실을 알고 있습니다. 다마루를 놓치면 정계의 자금 유입과정을 밝혀낼 수 없다는 것도요. 따라서 히노데와 오카다 경우회의 관계는 주변사항이긴 하지만, 특수부에는 중요한 돌파구 중 하나이기도 한 거죠."

"구라타 씨, 우리는 지금 히노데 얘기를 하고 있는 겁니다."

"사카다가 살아남으면 우리 회사가 휘둘리는 상황은 달라지지 않습니다. 사카다까지 염두에 두고 다마루 수사에 임해달라, 그 조건은 양보할 수 없다고 지점에 밝혔습니다. 그러기 위해서라면 형사피고인이될 생각이 있다고 말입니다."

"분명히 말하지요. 내부고발은 취소해주십시오."

"그럴 수 없습니다."

"이번 회기 실적이나 레이디 조커 사건의 책임을 누가 져야겠습니까. 내가 명확한 이유로 사임하는 마당에 구라타 씨까지 이런 이유로 떠나면 회사가 곤란해집니다. 톱 두 사람이 동시에 떠날 수는 없습니다. 그건 알고 있지 않습니까."

"제 자리에는 후임자가 있습니다."

"대신할 사람이 있다 해도, 시장을 온전히 맡길 수 있을 만한 인재로 크는 데는 최소 이 년이 걸립니다. 향후 유통망의 발본적인 개혁에 맥주사업의 미래가 걸려 있어요. 이렇게 중요한 시기에 가장 이상적인 인사로 임하는 것이 경영진의 의무이고, 나에게는 인사권이 있습니다. 구라타 씨는 앞으로 한 회기 더 일해주어야 합니다."

"시로야마 씨, 이제 그만하시죠— 내부고발을 저지른 배신자를 이상적인 인사라는 식으로 말하지 마십시오. 시로야마 씨 자존심이 다칩니다."

어차피 개인의 자존심 따위 오래전에 사라졌다고 시로야마는 말하고 싶었다. 3월에 납치되었을 때. 범인 그룹이 20억을 요구했다고 이사회에 전했을 때. 범인 중 한 명과 휴대전화로 연락을 이어갔을 때. 다마루와 사카다에게 번번이 불려갔을 때. 사카다의 비서 아오노에게 내부고발 문서 이야기를 들었을 때. 그때 개인의 자존심은 어디 있었을까. 게다가 이렇게 심복 중의 심복을 앞에 두고 상식으로는 생각할 수도 없는 대화를 나누는 지금, 자존심이 어디 남아 있단 말인가.

"한잔 드시겠습니까."

구라타가 자리에서 일어나 카운터 아래서 쇼트글라스와 위스키병을 꺼냈다. "지금은 됐어요"라고 사양하자 구라타는 쇼트글라스에 따른 위스키를 혼자 넘겼다.

그 모습을 바라보며 시로야마는 그래, 이 사람도 한번 뱉은 말을 쉽게 철회할 수는 없을 거라고 새삼 생각했다. 자신 역시 물러설 수 없다면 좀더 밀고 당기는 씨름이 필요할 것 같았다. 어차피 자존심 따위 남아 있지 않다면, 이쪽에서 먼저 속을 터놓아야 하는지도 모른다.

"구라타 씨. 아무한테도 말하지 않기로 마음먹었던 일인데, 꼭 들어주시면 좋겠군요. 달리 말할 사람도 없으니."

시로야마는 그렇게 말문을 열고 책상 너머 구라타의 눈을 응시했다. 구라타도 잔을 기울이던 손을 멈췄다.

"실은 3월 27일 미명에 범인 그룹이 나를 풀어주면서 아무 말 없이 사진 한 장을 건네주었습니다. 조카 요시코와 그애 아들의 사진이었지요. 정말입니다. ─범인에게 풀려나면서 그 사진을 건네받은 내가 무슨 생각을 했는지 당신이라면 상상할 수 있을 겁니다. 나는 누군가에게 도움을 청하기 전에 그 사진부터 잘게 찢어 숲속에 묻었습니다. 경찰에든 언론에든 절대 알려선 안 된다고 생각했어요. 그때 나는 과연 어떤 얼굴을 하고 있었을까요. 아무도 보고 있지 않았지만, 아마 추하게 벌벌 떨고 있었을 겁니다."

시로야마는 반 이상은 자기 자신을 위해 표현을 골라가며 천천히 말했다. 남에게 털어놓으면 마음이 조금은 편해진다는 말은 아마 사실이리라.

"범인들은 분명 350만 킬로리터의 맥주가 인질이라고 협박했지만, 내 머릿속에서 진짜 인질은 요시코와 데쓰시였습니다. 내겐 20억을 지불할 능력이 없으므로 어쨌거나 회사 돈을 쓸 수밖에 없었지만 내내 부끄러움을 금할 길 없었습니다. 아닌 게 아니라, 요시코가 옛날 하타노라는 학생에게 그렇게 사려 없는 말을 하지 않았다면 이 사건이 일어나지 않았으리란 것도 어찌 보면 사실이겠지요. 요시코는 이미 충분하고도 남을 만큼 벌을 받았으니 더는 그 아이를 탓하고 싶지 않지만, 삼촌으로서 나 역시 히노데에 갚아야 할 빚이 있습니다. 이번 범인 그룹과의 뒷거래를 위해 회사를 움직인 나의 행위는 명백히 배임이라고 생각합니다.

—일전에 당신은 감정의 문제라고 말했는데, 나도 같은 말을 해야겠군요. 나는 공인으로서 택해야 할 길보다 친인척에 대한 정을 우선시했습니다. 이건 감정입니다. 그 사진만 보지 않았다면 레이디 조커에 대한 나의 태도가 조금은 달라졌으리라고 단언할 수 있어요. 뒷거래에 응한 것 역시 그릇된 결정이었다고 생각합니다.

아, 구라타 씨. 이런 이야기를 하고는 있지만, 나는 새삼스레 어떤 생각을 거쳐 지금 여기까지 왔는지 설명하려는 게 아닙니다. 당신도 스기하라에게는 나 이상으로 복잡한 심정일 겁니다. 나나 당신이나 회사를 떠나 개인적인 면에서 남에게 말할 수 없는 비밀이나 감정을 안고 이렇게 삼십 년 넘게 히노데 직원으로 일해오지 않았습니까.

그러나, 그렇다 해도 지금 나의 처지는 당신과 비할 수 없을 정도로 너무나도 나쁩니다. 당신이 회사를 대표해 맡아온 총회꾼 대응도 본래는 사장인 내가 책임져야 할 일이고, 그 과정에서 당신이 개인적인 의

사 따위를 가질 수도 없었다는 것은 히노데 사람이라면 누구나 알고 있습니다. 어떻습니까, 구라타 씨. 회사는 지금 사장과 부사장이 동시에 퇴임해도 될 만큼 여유롭지 못해요. 그렇다면 내가 먼저 물러나게 해주면 안 되겠습니까. 회사의 이득을 따지더라도, 세간의 상식으로 봐도 그래야 마땅합니다. 부디 잘 생각해주세요."

"소용없는 말씀입니다. 나는, 내부고발을 한 인간이란 말입니다."

"아니, 그 내부고발도 일단 철회해주었으면 합니다. 그래준다면 내가 다시 그 역할을 맡겠습니다. 레이디 조커를 완전히 끝장내기 위해서라도, 다마루와의 관계는 내 손으로 끊어야 합니다."

구라타는 고개를 돌려 야경을 응시하고 있었다. 물론 시로야마의 말을 듣고는 있겠지만, 필시 머릿속의 온갖 생각을 중첩하며 고민할 일이 많은 것이리라.

"시라이 씨를 오라고 해서 같이 이야기합시다."

시로야마는 그렇게 말하고 자리에서 일어났다. 구라타는 아무 대꾸도 없었지만, 여전히 창문 쪽을 보고 아래로 숙인 옆얼굴에 흘러내리는 눈물 비슷한 것을 보니 시로야마는 더 할말이 없었다.

*

일요일 오후, 구보 하루히사는 이다바시의 에드몬트 호텔 1층 티룸에 있었다. 기쿠치 다케시가 일요일 오후 종종 들렀다는 곳이다. 간판만 걸어놓은 (주)GSC 사무실과 가까워서인지, 휴일에 어지간히 무료했던 것인지, 혹은 정기적으로 누구를 만나려고 했던 것인지 정확한 사정은 알 수 없지만, 늘 바깥이 보이는 창가 자리에 앉았다고 한다. 구보는 종업원을 탐문하려고 몇 번 찾아가 커피를 마시며 창가 자리를 바라보고는, 3월 말부터 야쿠자 쪽 사람들을 빈번하게 만나고 다닌 기쿠치의 당시 신변에 대해 상상을 거듭했다.

네고로가 개인적으로 추적하던 가부토초 암흑세계에 대해서는 다른 세 기자가 취재중이고, 구보는 오로지 기쿠치 다케시가 접촉하던 자들을 쫓고 있었다. 지금까지 서른 명에 달하는 주식꾼과 사채업자, 어음 브로커 등을 만났고, 신바시와 긴자의 술집, 가부토초의 커피숍, 메밀국숫집, 장어집 따위를 샅샅이 훑고 다녔지만, 간혹 기쿠치를 보았다는 사람들의 이야기나 장소에서 그려지는 것은 『주간 도호』의 에노모토가 말한 대로 비즈니스나 거래 등으로 분주한 남자가 아니라, 여기저기서 사람들을 만나 적어도 예사롭지는 않을 이야기를 은밀히 나누고 헤어지는 수상쩍은 모습이었다. 기쿠치가 만난 상대 중 정확히 가려낼 수 있는 사람은 많지 않아서, 지금까지 파악한 것은 겨우 세 명이었다. 두 명은 투자 그룹 회원인 제2금융권 관계자고, 나머지 한 명은 니시무라 신이치라는 총회꾼이다.

니시무라라는 사람에 대해서는 3월 27일 월요일 아침, 모 소규모 증권사 입구에 서서 기쿠치와 대화하던 모습을 어느 증권맨이 기억하고 있었고, 이름도 그를 통해 알 수 있었다. 그날 아침 히노데 맥주 사장이 무사히 풀려났다는 뉴스를 듣고 맥주 주식 주가가 어떻게 변동할지 생각하며 출근하던 참이라 마침 인상에 남았다고 했다. 또 그 전날인 일요일 오후 기쿠치는 이 에드몬트 호텔 티룸에서 커다란 검정 사마귀가 있는 남자와 만났다는데, 외모 묘사로 보건대 그도 니시무라로 짐작되었다. 나아가 1990년 가을 치과의사 하타노 히로유키에게 괴문서를 건넨 총회꾼이 니시무라 신이치였다는 이야기도 있었다. 그러나 정보원에 따르면 니시무라는 4월 초 행방이 묘연해졌다.

구보는 일단 3월 26일과 27일 기쿠치의 행적에 주목했다.

사회부에 남아 있는 외선 전화 통화기록을 통해, 네고로가 처음 사회부에서 기쿠치 다케시의 휴대전화에 연락한 것이 3월 27일이라는 사실이 밝혀졌다. 그날은 시로야마 사장이 풀려난 날이고, 또 도다 요시노리가 사회부에 제보 전화를 건 날이기도 하다. 네고로는 도다의 제보를 받은 뒤 오사카 본사 사회부에 전화해서 데스크에게 기쿠치의 신상 정보를 물었다. 그리고 그날 밤 신바시 근처로 외출했다가 남자 두 명에게 미행을 당해 평소 친하게 지내던 세타가야 서 형사과장에게 전화를 걸었다는데, 이것은 그 과장이 네고로 씨를 위해 알려주겠다며 구보에게만 밝힌 이야기였다. 세타가야 서에서 그 2인조의 외모를 확인하고 폭력단원은 아닌 것 같다고 답했다는데, 지금 생각해보면 그것이 네고로가 받은 협박의 시작인 듯했고, 네고로가 도다나 기쿠치와 처음 접촉한 직후 일어난 일이니만큼 그 협박에 기쿠치가 모종의 역할을 했을 가능성이 높았다.

아마 기쿠치는 27일 전후로 어디선가 수상한 자와 접촉했을 것이다. 그는 당일 밤 네고로와의 통화 후 미행을 붙여야겠다 판단했을 테고, 틀림없이 그 사실을 누군가에게 전했을 것이기 때문이다. 그런 생각으로 기쿠치가 접촉한 상대를 추적해온 구보에게, 26일과 27일 그 같은 와중에 기쿠치가 니시무라 신이치를 만났다는 것은 중요한 단서였다. 니시무라가 그뒤 종적을 감춘 것도 수상했고, 만약 그가 네고로에 대한 폭력적인 협박에 일익을 맡았다면 네고로 실종 기사를 쓸 때 유력한 근거로 활용할 수 있다.

사실 기사를 쓰려면 아직 근거가 부족해 더 많은 목격 증언을 확보하고 니시무라가 당시 접촉했던 사람도 찾아내야 했지만, 어느 것도 그리 쉬운 일은 아니었다.

오후 2시가 지나자 만나기로 한 인물이 나타났다. 남색에 은색 줄이 들어간 베르사체 소프트슈트와 녹색 고티에 넥타이, 에나멜 구두에 선글라스를 쓴 그 남자는 도쿄에 진출한 간사이계 폭력단원으로, 전에 받아둔 명함에는 '(주)와코 프로덕션 대표이사'라고 쓰여 있었다. 구보가 금융 브로커 몇 명과 접촉했을 때 어디선가 그 조직 계열 브로커에게 정보가 들어갔는지, 먼저 전화를 걸어와 다짜고짜 "세이와회 짓이라고 쓰라고!"라고 간사이 사투리로 말했던 것이다.

2, 4과 담당 가네이를 시켜 신원을 알아보니 명함에 찍힌 신주쿠 주소에 정말 사무실이 있었고 흥행주로 필리핀이나 태국 등에서 댄서를 수입해온 실적도 확인되었다. 해외 현지에도 사무실을 두고 나름대로 네트워크를 가진 모양으로, 기쿠치가 쿠알라룸푸르에 있었다는 정보를 주기도 했다. 필시 세이와회에 대립하는 조직에서 나온 정보이리라 짐작했지만, 부스러기 정보라도 아쉬운 마당에 만나지 않을 수 없는 사람 중 하나였다.

상대방은 구찌 세컨드백을 테이블에 턱 소리나게 내려놓고 그 안에서 워크맨을 꺼내 구보 앞으로 밀어주었다.

"우리는 그냥 해외에서 여자들을 데려와 아무 업소에나 보내는 데가 아니야. 나름대로 정보전을 벌이고 있다고. 정치인과 어울려서 무코지마*에서 쑥덕거리는 놈들하고는 차원이 다르지. 그거 한번 들어봐."

그는 의자에 삐딱하게 앉아 말하며 웃었다. 구보는 곧장 이어폰을 귀에 꽂고 워크맨을 틀었다. 도청기를 한 번 거친 듯한 잡음과 함께 분위기 있는 음악, 유리잔 부딪치는 소리, 남녀의 잡담 소리, 웃음소리 등이 끊임없이 흘러나오는 가운데, 한 남자가 "오른쪽 구석에 찍힌 이놈이야"라고 말했다. "사노 준이치. 마이니치스포츠 기자. 이놈이 꽤 귀찮

---

* 유흥업소가 집중되어 있는 도쿄의 한 지역.

게 굴어. 배후에 도호 사회부의 네고로라는 놈이 있어—" 이어서 "곧 알아보겠습니다" 하는 다른 남자의 목소리. 그 말끝을 지우는 여자의 웃음소리.

심장이 멎을 듯한 경악과 감개 속에 구보는 테이프를 멈췄다. 프리랜서 저널리스트 사노 준이치와 네고로가 아직 살아 있을 때 청부살인업자들이 어디선가 나눈 대화라고 생각하니 공포보다 눈물이 앞서려고 했다. 구보는 얼른 수첩을 꺼내고 고개를 숙인 채 겨우 입을 열었다.

"우선 날짜와 장소를 알려주시겠습니까?"

"6월 15일. 아카사카 2번가에 있는 클럽 '미코'. 미인 할 때 미 자에 향기 향 자. 시각은 오후 11시 15분. 중요한 건 그 목소리의 주인공인데, 상당히 거물이거든."

"예."

"주식회사 고코 빌딩의 사장 구레 마사요시. 한국 이름 오창순. 세이와회 프런트기업을 맡고 있어. 옆에 있던 놈은 같은 회사의 이노 겐조라는 금고지기. 지난번 댁이 물증이 필요하다고 했나? 생각해보니 테이프가 있었던 것 같아서 찾아보니 나오더군. 그냥 줄 테니 출처는 비밀로 해. 녹음테이프가 있다는 사실도 말이야. 그 정도는 말 안 해도 알겠지?"

남자는 구보가 주문한 커피를 한 모금 마시고 일어나 "천하의 도호 아닌가. 동료가 죽었는데 좀더 분노해야 하는 거 아냐?"라고 부추기고는 먼저 자리를 떴다.

물론 진위도 분명치 않은 테이프 하나를 놓고 호들갑 떨 필요가 없거니와 무슨 꿍꿍이인지 의심되는 상대의 태도에도 냉정하게 대응해야 했지만, 만약 이게 사실이라면 하고 생각하니 오싹한 비탄만이 엄습해왔다. 결정적인 정보를 손에 넣었다는 기쁨도 없었다. 지금 당장 뭘 해야 할지 몰라, 일단 화장실로 가서 세수를 하는 것이 고작이었다.

*

'네가 히노데를 협박했다. 네가 미요시를 죽게 만들었다.'

고다는 어제 작성한 한 장의 편지를 봉투에 넣었다. 봉투에는 '가마타 경찰서 형사과 한다 슈헤이 귀하'라고 컴퓨터로 출력해 붙였다. 우표를 붙이고 봉인한 뒤 책상 위에 새 편지지 한 장을 꺼내놓고 볼펜과 자를 집어들었다.

도발은 반복하지 않으면 효과가 없다. 당분간 매일 한다에게 편지를 보낼 작정이었다. 고다는 딱히 고민하지도 않고 모레 부칠 편지의 문장을 써나갔다.

'네가 시로야마를 납치했다. 네가 미요시를 죽게 만들었다.'

그 종이를 두번째 봉투에 넣고 수신인은 역시 가마타 경찰서로, 이번에는 워드프로세서의 서체를 바꿔 써 붙인 뒤 봉인했다. 자정이 지나 두 통의 편지를 완성하고는 책상 주위에 산처럼 쌓인 책들을 조금 정리할까 하다가 결국 손대진 않았다.

대신 『니케이 사이언스』 최신호를 들고 침대에 누워 작년 7월 목성에 충돌한 슈메이커 레비9 혜성, 이른바 'SL9'의 관측기를 읽기 시작했다. 이 년 전 발견된 혜성이 목성을 도는 궤도에 올라 있음을 발견한 사람은 일본인 아마추어 천문가라고 한다. 혜성은 목성에 접근하면서 인력으로 스물한 개로 분열해 진주처럼 흩어진 채 궤도를 돌다가, 수천 년에 한 번꼴의 확률로 작년 7월 목성에 연달아 충돌했다. 충돌 때마다 거대한 버섯구름을 피워올리고 목성 표면에 지구만한 크기의 크레이터를 남기는 모습을 전 세계 망원경이 지켜보던 십사 개월 전 그때 나는 과연 뭘 하고 있었을까. 그런 생각을 하며 열 쪽쯤 되는 기사를 읽고 스탠드를 껐다.

그리고 막 잠이 들려다가 문득 그제 보았던 가노의 눈―아니, 그것을 바라보던 저 자신의 눈을 뇌리 어딘가에 떠올리고, 그 느낌은 무엇이었을까 생각했다. 가노는 가까운 지인을 잃었고 자신은 상사의 자살 소식을 들었다, 둘 다 특별한 상념을 품고 있던 밤이기는 했지만, 그뿐만이 아닌 무언가를 보고 있던 자신의 눈. 스물한 개로 분열된 'SL9'이 곧 목성에 충돌하리란 사실보다 더욱 복잡하고 기괴한 계산을 해낸 것처럼, 갑자기 무언가를 발견한 이 눈― 그러나 그것이 무엇이었는지 생각해보기 전에 한다 슈헤이의 얼굴이 눈꺼풀로 내려왔고, 그뒤에는 분노인지 슬픔인지 모를, 어딘지 모르게 가슴을 옥죄는 느낌만이 남았다.

4

안녕하세요.

나 지금 삿포로야. 지난주부터 운전면허 학원에 다니고 있어.

영감님이 걱정할까봐 도쿄를 떠난다는 연락도 없이 왔어. 이렇게 멀리 와본 건 고등학교 수학여행 이후 처음이야. 홋카이도는 풍경이 꼭 외국 같네.

강아지 잘 부탁해. 나중에 또 개 사료 보낼게.

대형 면허만 따면 일자리는 많대. 삿포로에도 윈즈가 있어서 이번 주말 마권을 살까 생각중이야. 영감님은 다음주에 후추로 가나?

난 건강하게 열심히 살고 있으니 걱정 마. 하치노헤에 오면 주소 알려줘. 만나러 갈게. 영감님도 건강해.

그럼 이만.

9월 26일

마쓰도 요키치

모노이에게 이런 편지가 온 것은 꼭 일주일 전인 29일이었다. 22일 저녁, 같이 밥이나 먹을까 해서 오타 제작소에 가보니 요짱은 18일부로 공장을 그만두었다고 했다. 마지막으로 만났던 16일 토요일 다음날 이사한다는 말은 했지만, 나중에 새 주소를 알려주겠다는 약속에도 소식이 없었다.

단순한 심기일전일까, 아니면 무슨 말 못할 사정이라도 있나. 모노이는 석연치 않은 심정으로 짧은 편지를 몇 번이고 되읽었다. 겉보기엔 아무렇지 않아도 중대 범행을 공모한 동료의 현황이니 모노이는 한가로운 문장의 행간을 헤매지 않을 수 없었지만, 결국에는 일단 운전면허학원에 다니고 있다니 좀더 지켜보자는 결론을 내렸다.

다음날 모노이도 '배송료 아까우니 개 사료 걱정은 말게. 강아지는 건강해. 자네야말로 필요한 것이 있으면 말해. 언제라도 보내줄 테니까'라고 엽서를 써 보냈다.

10월 들어 아침저녁으로 한기가 느껴지고 금세 가을이 깊어졌다. 모노이의 일상에 아침저녁으로 이누코로를 데리고 산책 나가는 일과가 새로 보태지고 대신 요짱과의 저녁식사가 사라지긴 했지만, 변함없이 근처를 어슬렁거리는 형사의 모습을 비롯해 딱히 심적으로 동요할 만한 변화는 전혀 없었다. 약국이 팔리든 말든 연말에는 문을 닫고 내년초 귀향하기로 작정했지만 아직 어수선함을 느끼기에는 시간이 꽤 남아 있었다.

게다가 여전히 현금 배분 문제가 남아 있고 누노카와는 행방이 묘연했으며, 연락할 길이 없는 한다와도 한 번 만나 최종적인 논의를 해야 했다. 마이니치 맥주를 건드린 가짜 레이디 조커는 9월 청산 혼입 맥주 소동 뒤로 적어도 신문과 텔레비전 상에서는 잠잠했고, 지난 일주일간 아예 기사가 나지 않은 날도 많았지만, 하네다 한구석의 약국에서 은근히 수사진의 시선을 의식하며 전화벨 소리에도 신경이 곤두서는 일상은 변함없었다. 요쨩이 편지에 쓴 대로 이번주쯤 오랜만에 후추에 가볼 심산이었지만, 그것도 누노카와나 한다를 만날 수 있지 않을까 하는 기대가 등을 떠밀어서였다.

10월 6일 금요일 저녁, 모노이는 이누코로를 산책시키는 길에 고지야 역 근처 편의점에서 여느 때처럼 경마 전문지를 샀다. 약사 아주머니가 낮에 사놓은 반찬과 직접 무친 나물, 된장국, 채소절임을 앉은뱅이탁자에 늘어놓고 혼자 늦은 저녁을 먹으며 그것을 펼쳐보았다. 지금쯤 요쨩도 삿포로에서 경마지를 보고 있을까 생각하며 9레이스부터 메인 레이스 분석까지 읽어내려가다가, 항상 금요일 밤에는 옆에 대화 상대가 있었기 때문인지 "어이, 꼬맹아. 내일 9레이스는 요쨩식으로 걸어보자고. 3세마 열네 필의 잔디 1400미터야. 어린 말이 앞으로 중앙 경마에서 성적을 낼 수 있을지 어떨지를 겨루는 승급전이란 말이다"하며 뜰의 이누코로에게 말을 건넸다.

"이런 경우 체구의 차이가 없으면 대개 혼전이지만, 이번에는 꽤 차이가 나니까, 흠, 보자— 대박을 노리는 요쨩도 아무래도 이 레이스에서는 무난하게 솔로싱어쯤으로 결정하겠지. 솔로싱어는 8월 하코다테에서 요쨩이 주목하던 말인데—"

9레이스는 왠지 이길 것 같은 예감이었지만, 베팅 여부를 결정하기 전 모노이는 신문을 좀더 뒤적이며 다음 10레이스의 출전마 분석을 대충 훑어보았다. 4세마 이상 혼합 1600미터. 이 레이스는 거리는 짧지만 니가타, 하코다테, 삿포로, 후쿠시마 등에서 좋은 성적을 올린 말들만 모여 있어 예상이 어려웠다. 이변이 없다면 9월 16일 나카야마에서 2착을 기록한 세노에티아라일까? 아니면 마찬가지로 16일, 주로 상태가 불량한 잔디 1800미터에서 1착한 더블유어홀리데이?

"그렇지만 휴양에서 돌아온 마필이 셋이나 있으니, 어떨지—"

곰곰이 생각하다 고개를 들어보니 이누코로가 이쪽을 향해 열심히 꼬리를 흔들고 있었다. "아, 이게 먹고 싶다고? 오냐, 조금만 기다려라—" 모노이는 먹고 있던 말린 정어리를 들고 마당에 내려가 이누코로에게 먹여주고는 다시 앉은뱅이탁자로 돌아왔다.

*

10월 6일 금요일, 매년 가을에 열리는 히노데 간토 모임에는 본사, 지사, 지점 간부들이 예년보다 적극적으로 참석했다. 청산 혼입 맥주 소동은 조금 가라앉았지만 회복 기미가 없는 매출에 대한 지원과 양판점 대책의 이해 촉구 등과 관련해 다들 특약점과 친목을 다질 이 절호의 기회를 활용해야 한다는 생각인지라 다소 비장한 분위기마저 감돌았다.

그러나 정작 구라타는 그날 아침 갑자기 부본부장에게 컨디션이 좋지 않다고 연락하고 참석하지 않았다. 시로야마는 드디어 지검이 구라타를 부른 거라고 짐작했다. 오늘은 아마 9월 중순부터 주 1회꼴로 이어져온 스즈키 회장 조사의 연장선상일 것으로 예측되었지만, 조사 내용이 오카다 경우회와 히노데의 관계에 이르기 전에 구라타를 설득해 한시바삐 고발을 취하해야 할 필요가 대두된 셈이었다.

다른 조에서 필드를 도는 시라이와는 하루종일 대화할 기회가 없어서, 귀갓길에 주차장에서 겨우 붙잡아 "구라타가 지검에 불려간 거 같아요. 더이상 미룰 수 없겠습니다"라고 말을 건넸다.

시라이와는 지금까지 몇 차례 의견을 나눠왔다. 그는 오카다 경우회와의 관계를 청산해야 한다는 점은 동감했지만 히노데 내부인을 형사피고인으로 세워야 하는 고소나 고발의 방식에 대해서는 유보적인 태도였다. 더군다나 구라타가 뜻을 굽히지 않고 고발을 취하하라고 은근히 압박해도 도통 응하지 않는 어려운 상황이 이어지자 차기 사장으로서의 마음가짐이 흔들리기 시작했는지 요즘에는 한결 입이 무거워졌다.

주위 이목도 있어 시라이는 "오늘밤 저희 집에서 뵙죠"라고 짧게 대답했지만 얼굴은 평소와 다르게 굳어 있었다. 오후 8시, 시로야마는 세키구치의 시라이 집 앞까지 직접 차를 몰고 가서 뒤따라오는 시라이의 차를 잠시 기다렸다가 함께 들어갔다. 집안에는 부인이 일삼아 차려준 음식 몇 가지와 차가운 맥주가 기다리고 있었다.

시라이는 일단 시로야마에게 맥주를 권하고 자신도 목을 축인 뒤 "저는 구라타의 의사가 바뀌지 않겠다는 생각이 들기 시작했습니다"라고 말을 꺼냈다.

"저도 그런 느낌이긴 합니다만, 어떻게든 마음을 돌려봐야지요."

"하지만 세상만사 생각하기 나름이라는데, 이렇게까지 회사를 떠날 뜻을 굳힌 사람을 억지로 붙드는 것이 최선의 인사라고 할 수 있을까 싶은 생각도 듭니다. 남녀관계와 마찬가지로 한번 떠나버린 마음은 다시 돌아오지 않는다는 것을 전제로, 시로야마 씨나 저나 이쯤에서 생각을 바꿔야 하지 않을까요?"

10월 들어 시라이의 의향이 구라타를 쳐내는 쪽으로 기울고 있다는 것은 시로야마도 느낀 바였다. 시라이의 성격으로 보아 내부고발을 눈치챈 순간 어지간히 격앙했을 테지만, 뒤이어 내사를 시작하자마자 라임라이트의 스카우트 시도를 알아버린 탓에 기실 본의와 달리 타협의 길을 고려해야 했을 것이다. 스카우트 건만 백지화된다면 시라이가 물러나는 일은 있을 수 없다. 좀전의 발언을 입 밖에 내기까지 걸린 시간은 결국 스기하라의 후임인 사에키 다카오에게 맥주사업본부를 맡길 수 있을지 나름대로 판단하는 데 필요한 시간이나 다름없었다.

표현은 온건하지만 구라타에 대한 시라이의 감정적 반발은 이미 타협의 여지가 없어 보였고, 지금 시로야마에게도 최종적인 동의를 요구하는 것으로 판단되었지만, 후임 인사 문제도 있는만큼 이 자리에서 즉답할 수 있는 일이 아니라는 생각은 변하지 않았다.

"시라이 씨는 구라타 후임으로 사에키 다카오를 생각하십니까?"

"달리 없지 않습니까."

"저는 이 년쯤 이르다는 느낌이 듭니다. 전략적인 사고가 가능하고 추진력과 인망도 있지만, 맥주사업본부를 책임지기에는 아직 사업 내용을 제대로 파악하지 못했습니다. 맥주사업의 미래를 결정할 인사이니 충분히 숙고하고 결정했으면 합니다."

"저도 사에키에게는 해결해야 할 과제가 많다고 봅니다. 그러나 그도 이제 바뀌어야 하고, 그럴 능력도 있습니다. 시로야마 씨, 최선의 인사를 말하자면 다름아닌 시로야마 씨가 회장에 취임하는 것이 순리겠지만, 그것은 당신께서 단호히 고사하고 있지 않습니까. 저는 어쨌거나 남은 인재 중 하나를 부사장에 앉혀야 하는 상황입니다."

시라이는 이미 구라타는 없는 것으로 치고 말하고 있었다. 차기 사장으로서 정당하고 절실한 선택이기는 했다.

그에 비해 시로야마가 아직도 결단을 망설이고 있는 두번째 이유는 지극히 개인적인 감정의 문제였다. 구라타가 고발을 취하하지 않으면 이사회의 총의를 받들어 총회꾼 대책에 부심해온 남자가 혼자 모든 책임을 지고 형사피고인이 되는 광경을 바라봐야 한다. 그것만은 받아들일 수 없었다.

　기업의 부정이 외부에 알려질 때는 결코 조직적이라는 인상을 주어서는 안 되며, 어디까지나 개인의 독단에 따른 반사회적 행위로 취급해 희생을 최소화해야 한다는 것이 대전제. 그것은 히노데도 마찬가지여서, 총무부는 지저분한 뒷거래 등과는 무관한 체제를 갖추고, 이사회에서는 오카다 경우회에 관한 논의를 의사록에 남기지 않고 구두 보고와 승인만으로 진행했으며, 재무부는 부정한 지출을 충실히 장부 밖에서 처리해왔다. 그렇게 총체적으로 이루어진 가담의 선두에 구라타 한 사람을 세우고 다른 이들은 전부 모르쇠로 버틸 수 있는 체제의 주도면밀함은 그야말로 기업 방어의 모범이라 할 수 있을 것이다. 나아가 지금 구라타가 기업의 반사회적 행위에 혼자 책임지려는 사태는, 기업 입장에서 보면 최소한의 희생으로 지검 조사에 응하는 동시에 오카다 경우회의 일소라는 커다란 실리를 취하는 일석이조의 기회였다. 차기 사장 시라이는 이를 받아들이는 것 외에 선택지가 있을 수 없고 가령 시로야마 자신이 그 입장이었더라도 같은 판단을 했을 것이다. 거기까지 인정했지만, 결국 구라타와 비슷한 시기에 히노데를 떠날 자신은 또다른 판단을 내려야 하지 않을까 생각했다. 한 개인으로 돌아간 내게는 회사의 논리와는 다른 차원의 선택지가 있을 수도 있지 않을까. 아니, 있어야 하는 게 아닐까. 구라타 한 사람만 형사피고인으로 만들어놓고 침묵한다면 회사를 떠난 뒤 감당해야 할 마음의 짐이 너무나 커질 것이다.

　"구라타를 생각하시는 마음은 잘 압니다." 시라이가 말했다.

　과연 그럴까. 의심스럽게 생각하며 시로야마는 모호한 미소를 지었다.

　"시라이 씨 말대로 구라타가 고발을 취하할 가능성은 매우 낮습니다.

맥주사업본부장 후임도 사에키 말고는 없을 것 같군요."

"그렇다면, 구라타를 포기해주시는 겁니까?"

"나는 곧 회사를 떠날 사람입니다."

시로야마의 대답에 시라이는 쓴웃음과 함께 "시로야마 씨는 늘 결단이 빠른 사람이었지요"라고 응했지만, 이내 다시 의문을 던졌다.

"왠지 의미심장한 말씀처럼 들리는데요."

"시라이 씨가 하나 생각해주었으면 하는 일이 있습니다. 이대로 가면 구라타는 결국 법정에 서게 될 텐데, 총회꾼에게 이익을 제공한 것은 그의 개인적 독단이 아니었으므로 회사에서 지원할 필요가 있습니다."

"기소된다면 본인의 뜻에 따라 지원할 생각입니다."

"또하나. 시라이 씨에게만 말해두는데, 나는 구라타 한 사람만 법정에 세울 순 없다고 생각합니다."

"시로야마 씨, 그건 좀—" 시라이가 놀란 얼굴로 목소리를 낮췄다.

"아뇨. 지검의 태도를 보면서 생각한 것인데, 오카다에 10억 엔을 지출한 건을 최종적으로 결재한 내가 그게 무슨 돈인지 몰랐다고 우기는 것은 말이 안 됩니다. 어차피 조직적으로 이뤄진 일이니 회사도 다소의 타격은 각오해야 합니다."

"말씀은 알겠지만, 히노데에서 보낸 당신의 삼십육 년 인생을 왜 그런 식으로 망가뜨리려 하시는지 저는 모르겠군요. 안 그래도 앞으로 전 사원이 많든 적든 힘겨운 국면을 극복해나가야 하는데, 개인적인 감정으로 공연한 풍파를 일으키겠다는 겁니까?"

"그게 공연한 풍파인가요?"

"잠깐만요, 시로야마 씨. 당신은 구라타가 십오 년이나 혼자 총알받이 노릇을 해온 진짜 이유를 잊고 계신 것 같습니다. 그는 오카다 경우회에 여자 문제를 약점으로 잡혀서 군말 없이 교섭을 맡아온 겁니다. 아까 조직적인 결정이었다고 하셨는데, 꼭 그렇다고도 할 수 없는 겁니다."

이미 이십 년 넘게 이어진 듯한 구라타와 스기하라 하루코의 관계가 오카다 경우회에 약점으로 잡혔다는 것은 놀라운 이야기도 아니었다. 오히려 시로야마는 제 처지가 그렇게 위태로워졌음에도 여전히 하루코와의 관계를 끊지 않은 구라타가 몹시 놀랍고 감탄스럽기까지 했다. 회사에 대한 헌신과 별개로 늘 개인의 감정과 인생이 있었던 구라타에게 새삼 패배감을 맛보는 가운데 가슴속에 따뜻한 무언가가 느껴졌다.

"구라타다운 결정이긴 하지만, 제 마음은 달라지지 않습니다. 부디 시라이 씨가 이 일을 진정한 신체제의 출발선으로 삼아 건투하기를 바랍니다."

시로야마는 짧게 대답하고는 표정이 굳어버린 시라이를 두고 자리에서 일어났다. 돌아가는 길에 이런저런 이유를 떠올려보았으나 결국은 저마다의 이유로 회사를 떠나려는 두 남자가 오랜 세월 일해온 회사에 대한 태도를 바꾼 것뿐이라고 생각하기로 했다. 제 선택에 후회는 없어도 그런 선택을 한 저 자신에게는 조금 쓸쓸함을 느꼈다. 곧 아내와 아이들에게도 사정을 알려야 할 때였지만, 막상 귀가해 아내의 얼굴을 보니 그 일은 하루 더 미루지 않을 수 없었다.

*

10월 7일 토요일 한낮, 모노이는 넉 달 만에 도쿄 경마장 2층 스탠드에 앉았다. 일 년 전에는 레이디를 비롯한 여섯 명이 늘 모여 있던 장소였다. 오늘은 한다가 어떻게든 접촉해오지 않을까 하는 예감이 들었지만, 차가운 플라스틱 벤치에 앉아 흐릿한 하늘 아래 펼쳐진 주로를 바라보니 레이디 조커라는 현안은 금세 희미해졌다. 오히려 여기 앉아 경마를 보는 것도 이제 몇 번 안 남았구나 생각하니 사십 년에 가까운 지난 세월이 단 하루처럼 느껴지고, 인생이란 이런 건가 하는 둔한 감개가 들었다.

아닌 게 아니라 이렇게 별다를 것 없이 흘러가던 나날이 작년 가을 레이디 조커로 일탈해버린 경위를 이제 와 생각해보니, 한차례 꿈이라도 꾼 듯 분명히 자신이되 자신이 아니었던 듯 실감이 나지 않았다. 기업을 협박한다는 엉뚱한 범죄를 저지른 것도 손자의 사고사처럼 일어날 운명이었기에 일어난 인생의 한 페이지 같고, 뭔가를 성취했다는 느낌도 들지 않았으며, 나라는 인간의 본질이 변하지도 않았다. 아니, 몇 억의 현금이라는 결과물은 남았지만 나라는 인간은 그것으로도 충족되지 못한 채 불안하게 꿈실거리고 있을 뿐이다. 자식 하나 없는 늙은이에게 지나치게 많은 돈은 오히려 짐이고, 오히려 쓸데가 없다는 쓸쓸함이 앞서는지도 모른다. 아니면 이것이 작은 악귀의 한계인 것일까. 하지만 무엇을 하든 무언가가 부족한 듯한 공허는 새삼 지금 시작된 것이 아니었고, 그렇게 생각하니 결국 무엇으로든 저 자신을 고무할 필요가 느껴져 그날도 정처 없이 녹슨 안테나를 세우고 있는 것이었다.

모노이는 스탠드의 소음과 열기와 함께 가을 공기를 한껏 들이마셨다. 처음부터 메인 레이스만 노리고 왔지만 그때까지 두어 시간이나 한곳에 앉아 있으니 허리가 결렸다. 그냥 다음 레이스부터 마권을 사볼까 싶어 다시 경마 신문을 펼쳤다. 9레이스는 3세마 열네 필의 승급전이었다. 베팅 여부와 관계없이 장래가 유망한 젊은 마필들을 관찰해두는 것도 나쁘지 않다. 우선 지난밤에 이어 신문에 소개된 부모마의 혈통, 전 레이스와 전전 레이스의 각질*을 재확인하고 훈련 기록을 대강 훑어보

---

* 출발에서 결승선에 도착할 때까지의 경주마의 주행 습성.

는 사이, 여느 때처럼 열네 필 말의 모습이 머릿속을 점령해갔다.

　시각은 8레이스가 막 끝난 오후 2시 삼 분 전이었다. 3세마에서는 당연히 체구가 큰 쪽이 강하기 마련이다. 더구나 1400미터 레이스니 타고난 각질보다는 처음부터 치고 나가 거리를 벌리거나, 앞서다가 후반에 지쳐버리거나, 처음에 처져서 끝까지 그대로 가거나 세 가지 중 하나일 것이다. 앞선 레이스의 성적으로 보건대 이번에는 체구가 큰 세 필 가운데 하나가 치고 나가 그대로 골인하는 형국이 될 것이 틀림없다. 모노이는 그렇게 짐작하며 세 마필에 빨간 색연필로 동그라미를 쳤다. 1번 호쿠토펜던트, 7번 아주디케이터, 13번 솔로싱어. 아주디케이터는 더트 경험뿐 잔디코스는 오늘이 처음이지만, 계량에서 체중이 크게 줄지만 않았다면 결코 무시할 수 없다. 머릿속으로는 어느새 오랜만에 마번 연승으로 1, 7, 13을 박스*로 사자고 결정을 내렸다. 오늘 군자금은 상한 만 엔이니 9레이스에 3,000엔을 써도 예산을 넘지는 않을 것이다.

　좋아, 하고 스스로 격려하며 신문을 접고 벤치에서 일어나 뒤쪽 계단을 내려갔다. 1층 마권판매소에서 패독이 있는 바깥으로 나가 몇 겹으로 둘러친 사람들 너머로 관리사에게 이끌려 선을 뵈고 있는 출전마를 잠시 관찰했다. 1번, 7번, 13번 모두 특별히 지친 기색은 없고, 굳이 따지자면 7번 아주디케이터가 체구에 비해 활기가 부족한 느낌이었지만, 그 둔중하고 우울한 인상에서 한순간 고마코가 떠오른 탓에 모노이는 결국 계획을 바꾸지 않았다.

　시각은 2시 15분. 출전마가 워밍업을 위해 잇따라 패독에서 본마장으로 나가기 시작하자 모노이도 그만 자리를 옮기려 했다. 그때였다.

---

* 이 경우처럼 1, 7, 13 가운데 어느 마필이 우승할지 판단이 어려울 경우, 복승식으로 1-7, 1-13, 7-13에 베팅하는 것을 말함.

인파가 흩어지기 시작한 패독 맞은편의 정면 전광게시판 아래 휠체어가 보였다.

모노이는 3, 40미터쯤 떨어진 그곳을 유심히 살펴보며 레이디임을 확인하고, 근처 돌계단에 앉은 누노카와의 모습도 확인했다. 8월에 한다가 윈즈에서 레이디를 보았다고 전해주었지만 직접 마주친 것은 실로 일 년 만이었다. 거리가 멀어서, 일 년 전처럼 휠체어에서 굴러떨어질 기세로 윗몸을 기울인 채 고개를 흔드는 모습만 보이고 표정은 알수 없었다. 딸을 앉힌 휠체어 옆에서 고개를 숙인 누노카와는 신문을 보는 것 같지도 않고 곧 시작될 레이스에도 관심이 없는지 인파가 흩어진 돌계단에서 꼼짝 않았다.

형사들의 눈이 있으니 당장 가까이 가보지는 못하고, 모노이는 곧 누노카와가 스탠드로 올지 모른다고 생각하며 서둘러 마권판매소로 돌아갔다. 혼잡한 발매소에 줄을 서서 마권을 산 뒤 패독 쪽을 돌아보니 누노카와와 그의 딸은 여전히 같은 자리에 있었다.

마권을 들고 2층 스탠드로 계단을 올라가는데 뒤에서 누군가가 "어이!" 하고 부르며 옆에 나란히 섰다. 한다 슈헤이였다. 모노이는 저도 모르게 "괜찮아?"라고 속삭였고, 한다는 "응"이라고 짧게 대답하고는 제 마권을 쓱 보여주었다. 묶음번호 1-8, 변함없이 무난한 선택이었다. 모노이도 자기 마권을 보여주었다. 한다는 그것을 보자마자 손목시계를 확인하더니 "먼저 가 있어"라고 말하고 다시 마권판매소로 뛰어갔다.

출발을 오 분 앞둔 스탠드는 이미 만원이라 모노이는 서서 보는 무리에 섞여 복도에 섰다. 곧 "실례, 실례" 하면서 사람들을 헤치고 돌아온 한다가 옆으로 다가와 다시 사온 마권을 보여주었다. 모노이와 똑같이 1, 7, 13번을 박스로 구입한 것이다.

"나도 어제 고민했거든. 7번을 넣을지 말지. 분명 이 셋 중 하나가 이

길 거야." 한다는 묻지도 않은 말을 늘어놓으며 어깨를 흔들면서 헤헤 웃었다.

두 달 만에 만난 한다는 조금 흥분한 듯 보였다. 모노이는 그의 심경이나 신변을 짐작할 길이 없었지만 스스럼없는 태도에 오히려 위화감이 들어 조금 불안해졌다.

"그쪽은 괜찮나?" 겨우 한마디 물어보았다.

"뭐가?" 한다는 코스로 시선을 던진 채 시큰둥하게 대답했다.

"누노카와가 패독에 있던데—"

"어, 봤어."

"얘기는 해봤어?"

"아니."

팡파르가 울리자 대화가 끊겼다. 코스 맞은편 출발점에서 마지막 마필이 발주기*에 들어가는 모습이 보였다. 모노이와 한다는 군중에 섞여 자연스레 목을 빼고 출발 순간을 지켜보았다.

약간 푸른 기운이 돌기 시작한 잔디코스를 열네 개의 색색가지 모자가 어지럽게 뒤섞여 흘러가기 시작했다. 짧은 레이스라 이내 흰색, 파란색, 노란색, 노란색 모자 네 개가 선두 집단을 이루었고, 3코너를 돌자 흰색이 조금 처지는가 싶더니 파란색이 더 앞으로 치고 나갔다. 그 뒤를 노란색, 노란색, 흰색, 분홍색, 파란색이 따르며 4코너에 접어들었다. 모노이가 베팅한 마필은 흰색과 노란색, 분홍색이었다. 분홍색이 조금 처졌지만 흰색과 노란색은 선두 집단인 채 순식간에 직선주로로 접어들었다.

---

* 경주마들이 출발 직전 들어가 있는 공간. 쇠파이프로 앞뒤가 막혀 있으며, 출발 신호가 떨어지면 문이 열린다.

"온다, 온다!" 한다가 소리치기 시작했다. 파란색이 처지고 흰색 1번과 노란색 7번이 선두 다툼을 했다. "달려! 쭉 달려!" 한다가 주먹을 흔들어대고 모노이도 "좋아!" 하고 외쳤다. 7번 아주디케이터가 반 마신 리드하며 골인한 순간 십만 관중의 한숨이 터져나오고, 내던진 마권들이 눈보라처럼 날리는 가운데 5착까지의 순위가 전광판에 표시되었다.

스탠드의 관중이 들고나는 참에 모노이와 한다는 1층 마권판매소로 내려가 환불금 게시 모니터 아래로 서둘러 움직였다.

"오오, 이거 상당한걸― 7,970엔!"

한다는 동그랗게 만 신문으로 기둥을 탁 치고는 "이달은 엄청 부자야" 하며 웃었다. 감시하는 형사들을 의식한 연기가 아니라 정말로 기쁜 눈빛이었다. 모노이는 새삼 불안해져서 "스탠드로 돌아가지" 하고 한다를 채근했다. 자리를 뜰 때 바깥 패독으로 힐끔 눈길을 주며 레이디가 여전히 휠체어에 앉아 있음을 확인했다. 누노카와의 모습은 보이지 않았다.

2층 스탠드로 올라가면서 모노이는 한다에게 소리 낮춰 말했다.

"요짱은 삿포로로 갔어. 운전학원에 다닌대."

"호오. 녀석도 새 출발인가."

"조만간 고에게 부탁해서 어디로든 돈을 보낼 생각이야. 요짱 몫까지 같이 잠시 맡아달라 하려고."

"음, 나쁘지 않지."

모노이와 한다는 2층 정면 벤치에 나란히 앉아 신문을 펼치고 10레이스 내용을 보았다. 조금 전의 흥분은 썰물처럼 가셔버린 한다가 푸르스름한 잔디코스를 멍하니 바라보며 "가을이네―"라고 중얼거리더니, 문득 생각난 듯 입술만 달싹여서 말했다.

"영감이나 요짱은 절대 위험할 일 없어. 내가 보장하지. 고가 제 입으로 발설하진 않을 테니, 그놈도 안전권이야. 이제 열심히 여생을 즐겨,

응?"

"자네는?"

"나? 나는 모르겠어."

"모르겠다니, 무슨 말이야?"

"나의 레이디 조커는 아직 끝나지 않았어. 아직 할 일이 남았거든. 다른 사람들은 관계없어. 나 개인의 얘기야."

"무슨 소리인지는 모르겠지만, 자네야말로 돈 쓸 데라도 궁리해본다든지―"

"돈보다 더 끌리는 일이야."

한다의 뱃속에 뭐가 들었는지, 피부를 정전기처럼 찌르는 위험한 공기가 느껴졌지만 모노이는 구체적으로 무언가를 상상할 힘이 없었다. 한다는 따분한 듯 신문을 뒤적이며 "그나저나 10레이스는 어떻게 되려나" 하고 화제를 바꾸었다.

"예상대로 간다면 더블유어홀리데이, 세노에티아라, 고쿠사이크리스털 정도? 하지만 여름 한철 쉬고 나와 체력이 좋은 마필이 훈련까지 잘했다면 혼전이 벌어질 수도 있겠지."

"휴양에서 돌아온 쓰지노라이프가 꽤 잘할지도 몰라."

"영감도 거기서 헤매고 있구먼. 하긴 고쿠사이크리스털보다 성적이 좋으니까."

"허허, 요짱도 지금쯤 삿포로에서 머리를 쥐어짜고 있을 거야, 이번 레이스에는―"

한다는 가볍게 콧노래를 흥얼거리며 신문 위로 고개를 숙였다. 모노이도 벌써 메모투성이가 되어버린 제 신문으로 시선을 돌려 더블유어홀리데이, 고쿠사이크리스털, 세노에티아라를 박스로 살지, 고쿠사이크리스털을 빼고 쓰지노라이프를 넣을지 최종 결정까지 몇 분을 궁리했다.

골 앞의 전광판에 각 마필의 계량 결과가 나왔다. 모노이는 그것을 보고 다시 좀더 궁리하다가, 결국 체중이 18킬로그램이나 는 건 조금 지나치지 않나 생각하면서도 쓰지노라이프를 포함하기로 결정하고 신문을 덮었다. 손목시계로 확인한 시각은 오후 2시 48분이었다. 한다에게 얘기하려고 옆을 보니 그는 어느새 고개를 쳐들고 앞쪽을 보고 있었다. 모노이는 무엇을 저렇게 보나 싶어 의아해졌다.

한다의 눈길이 향하는 곳에는 텅 빈 주로와, 스탠드 맨 앞 난간에 팔꿈치를 괴고 등을 보이고 선 남자의 뒷모습뿐이었다. 난간은 좌석에서 세 단 내려간 위치였고, 남자는 좌석과 좌석 사이 통로 앞쪽에 서서, 워밍업을 앞두고 텅 빈 주로 쪽을 보고 있었다. 거의 만석인 좌석 너머로 그 남자의 모습이 금방 눈에 띈 이유는 단순했다. 아무리 통로라도 좌석의 시야를 가리는 자리에 무신경하게 서 있는 것을 보니 경마 초보인가 싶었던 것이다. 레이스가 시작되면 누군가가 "비켜!"라고 소리칠 게 뻔했지만, 그 뒷모습에 시선을 고정한 한다의 옆얼굴에 기묘한 웃음이 번지기 시작하는 것을 보고 모노이는 다시 한번 한다의 시선이 향하는 남자의 뒷모습으로 눈길을 돌렸다. 뒷모습은 젊은 인상이었다. 짧게 친 머리에 야구모자를 쓰고 남색 폴로셔츠와 면바지. 키는 제법 크지만 눈길을 끌 만한 체격은 못 되는 평범한 남자였다.

"아는 사람이야?" 모노이가 한다에게 물었다.

"형사야. 나한테 푹 빠진 놈." 한다는 웃음을 지울 생각도 하지 않고 중얼거렸다.

"미행?"

"그 팀이랑은 따로야. 하여간 내 뒤만 졸졸 따라다니고 있어. 게다가 매일 편지까지 보내. 네가 시로야마를 유괴했다, 네가 히노데를 협박했다, 네가 붉은색 맥주를 만들었다, 네가 미요시를 죽게 만들었다─ 뭐 그런 편지. 어제로 열다섯 통째야. 도발하는 거지."

명백히 무언가를 농락하는 듯한 한다의 말투가 당황스럽기도 하고 무슨 말인지 바로 알아들을 수도 없어서, 모노이는 다시 불안해진 심정으로 난간에 팔꿈치를 괸 남자의 뒷모습을 잠깐 바라보았다. 형사임을 안 뒤에도 인상은 처음과 달라지지 않았고 저런 곳에 서 있는 것이 도발이라는 말도 여전히 이해되지 않았다. "자네, 괜찮은 거야?"라고 말하는 것이 고작이었다.

"실컷 놀아주다가 막판에 지옥을 보여줘야지. ─반드시."

한다의 중얼거림이 돌아왔다. 일종의 감개를 담은, 조금은 섬뜩하게 숨죽인 목소리였다. 모노이는 거듭 속이 술렁거리는 기분이었지만 그래서 더더욱 귀마개를 낀 것처럼 흘려듣고 손에 든 신문과 손목시계로 시선을 돌렸다. 2시 51분이었다. "시간이 다 돼가는군. 나는 마권 사러 갈게." 새삼 옆을 보고 말하자 한다는 꿈에서 깨어난 것처럼 "아, 내가 사다줄게"라고 말했다. "몇 번이랑 몇 번?"

"5, 6, 7을 박스로."

"뭐야, 나랑 똑같잖아."

한다는 모노이가 내민 1,000엔짜리 지폐 세 장을 받아들고 얼른 벤치에서 일어나 나가버렸다. 그러자 스탠드 맨 앞 난간에 서 있던 형사도 마치 등에 눈이 달린 것처럼 이쪽으로 돌아서서 모노이 옆을 지나 통로 계단을 올라갔다. 야구모자와 선글라스로 얼굴을 반쯤 가렸지만 그 아래로 드러난 입매는 단단하고 서늘한 인상을 풍겼다. 문득 형사보다는 옛날 강담본*에 등장하는 젊은 검객이 연상되었지만, 사실 가장 눈길을

---

* 주로 역사적 사실에서 소재를 취한 영웅담, 전쟁담, 복수극 따위를 만담 형식으로 들려주는 전통 예능을 강담(講談)이라 하는데, 그 내용을 글로 옮긴 책.

끈 것은 남자의 발치에 보이는 새하얀 스니커즈였다.

남자의 모습이 사라진 곳에는 흐릿한 하늘과 푸른 잔디가 펼쳐져 있었고, 워밍업을 위해 본마장으로 들어선 말들이 하나둘 코스로 흩어졌다. 모노이는 방금 목격한 형사의 모습이나 그에 대해 뭐라고 뇌까린 한다의 얼굴 따위를 머릿속에서 몰아내고 곧 시작될 10레이스에 집중했다. 그러나 나는 그저 평온을 원할 뿐이다, 조용히 여생을 보내고 싶을 뿐이다, 이 경마장에 오는 것도 몇 번 남지 않았다는 생각이 레이스에 집중하려 애쓰는 머릿속 한쪽으로 스며들어 실제로는 거지반 넋을 놓고 있었다.

출전을 앞둔 아홉 마리가 코스에서 저마다 가볍게 달리기 시작했다. 멍하니 바라보노라니 5번 쓰지노라이프의 움직임이 조금 둔한 것 같아 천고마비의 계절에 18킬로그램이나 는 것은 역시 실수가 아닐까 생각해보았다. 가장 인기 있는 더블유어홀리데이는 예상대로 몸놀림이 경쾌했다. 세노에티아라는 조금 껑충거린다는 인상이지만 그럭저럭 괜찮아 보였다. 그러는 중 한다가 돌아와 "마감 직전에 겨우 샀네"라고 말하며 마권 한 장을 내밀고 자리에 앉았다. 흰색 스니커즈를 신은 남자가 어디로 갔는지 모노이는 굳이 물어보지 않았다. 한다는 벤치에 앉아 발주기로 들어가는 말들을 살피며 "쓰지노라이프는 어땠어?" 하고 물었다. 모노이는 건성으로 "글쎄, 그냥 똑같던데"라고 대답했다.

곧 모노이는 주로 맞은편, 이쪽에서 볼 때 오른쪽에 위치한 출발점에서 10레이스의 아홉 마필이 출발하는 장면을 보았다. 1600미터 잔디코스이기 때문에 일 분 삼십 초 전후의 짧은 경주다. 출발 직후 맞은편 정면에 접어들 즈음 먼저 묶음번호 3번의 빨간색과 묶음번호 8번의 분홍색 기수모자가 한 마신 정도 치고 나가고, 이어서 묶음번호 6번 더블유어홀리데이의 초록색 모자가 뒤를 잇고, 묶음번호 7번 세노에티아라의 주황색과 묶음번호 5번 쓰지노라이프의 노란색은 조금 처지는 듯했다. 더블유어홀리데이와 쓰지노라이프는 어디쯤부터 치고 나올까? 시선을 집중하는 가운데 3코너에서 선두인 빨간색과 분홍색이 초록색과의 거리를 더 벌리고 나갔다.

목이 자연스레 길어졌다. 선두의 분홍색이 강하다. 빨간색이 조금 처진다. 분홍색이 그대로 달려서 4코너로 접어든다. 정작 기대하던 더블유어홀리데이는 아직 세번째 집단에 있다. 세노에티아라의 주황색은 더 처지고 있다. 두번째는 빨간색.

자, 직선주로로 들어선다. 선두는 분홍색, 묶음번호 8번의 9번 트라이디드가 그대로 내뺄 기미를 보였다. "어― 어―"한다가 미처 말이 되지 못한 소리를 내며 벤치에서 엉덩이를 들었다. 추격해들어오는 빨간색, 초록색, 노란색은 눈앞을 통과할 즈음 거의 나란히 일선을 이루었다. 노호에 가까운 고함이 와락 터져나왔다. 그대로 분홍색, 초록색, 노란색, 빨간색이 한 무리를 이루어 골라인으로 뛰쳐들어오고, 세노에티아라의 주황색은 조금 처졌다.

"아아―"하는 소리와 함께 한다가 엉거주춤 일으킨 몸을 그대로 벤치에 털썩 떨어뜨렸다. "4착 중 세 필이 휴양에서 복귀한 말이야. 이럴 수가."

사진 판정 결과가 표시되었다. 트라이디드가 1착, 코 차이로 더블유어홀리데이, 머리 차이로 쓰지노라이프, 3착까지 같은 타임으로 처리되었다.

"트라이디드가 들어올 줄은 몰랐네." 모노이도 한숨을 토하고, 군중 어디선가 터져나온 "만마권*이 나왔다!"라는 소리를 들으며 빗나간 마

---

* 배당률이 백 배 이상인 당첨 마권.

권을 던져버렸다.

그뒤 다시 한다와 함께 메인레이스 '간나즈키스테이크스'를 예상해 보았다. 실력과 컨디션과 인기 삼박자를 고루 갖춘 포지는 흠잡을 데가 없다. 부담 증량 59킬로그램이 신경쓰였지만 전 레이스와 전전 레이스에서 우승한 이부키크러시로 망설임 없이 결정했다. 이번엔 승패가 확실해 보인다고 의견을 모으고 둘 다 7-10에 복승식으로 만 엔씩 걸기로 하고, 역시 한다가 마권을 사러 갔다.

한다는 아까 본 흰색 스니커즈를 신은 형사도, 어디선가 지켜보고 있을 미행 형사들도 전혀 개의치 않는 기색이었다. 모노이는 그가 여름까지 그토록 신경을 곤두세우던 이유를, 그리고 지금은 이렇게 무관심해진 이유를 알 수 없었지만, 마치 흥분한 경주마 같은 모습에 불안이 가시지 않았다.

워밍업이 시작되었을 때 한다가 돌아와서 "패독 건너편에 여전히 레이디가 있더군"이라고 속삭였다. "혼자 뭐라고 웅얼거리는 것 같던데—"

"누노카와는?"

"안 보였어. 마권판매소를 대강 살펴봤는데, 지금은 너무 혼잡해서 찾기 힘들겠어. 어차피 이번 레이스가 끝나면 레이디를 데리고 돌아갈 테니 놔둬봐야지."

한다는 그렇게 말하고 주로로 흩어지는 마필들에게 눈길을 돌려버렸다. 한편 모노이의 기분은 더욱 어수선해졌다. 누노카와는 왜 딸을 패독에 혼자 놔두는 걸까, 스탠드로 데려오면 좋을 것을. 그런 생각도 하고, 왜 이 혼잡을 이용해서 접촉을 시도하지 않을까 생각도 했다. 그래, 레이디가 저 돌계단 위에서 웅얼거리고 있단 말이지. 자기가 어떻게 해줄 수 있는 일도 아니면서 모노이는 안절부절못했다. 상황을 살피러 가야겠다 싶다가, 팡파르가 울리자 이 분만 있으면 레이스가 끝날 테니 그때 가자고 생각을 고쳐서 결국 일어서지는 않았지만, 덕분에 메인레이스의 흥은 거지반 깨져버렸다.

맞은편 정면에서 출발한 열한 필이 코스로 흘러들었다. 빨간색 기수 모자를 선두로 주황색, 흰색, 분홍색, 노란색이 염주처럼 줄줄이 이어졌고, 묶음번호 6번의 초록색은 많이 처지는 편이었다. 염주 사이가 벌어진다 싶은 순간 외곽에서 초록색 포지가 치고 들어왔다. 십만 관중이 들끓었다. 초록색이 앞으로 치고 나갔다. 속이 뻥 뚫리는 기세였다. 순식간에 선두로 뛰어나와 여유롭게 골인. 뒤이어 이부키크러시가 가까스로 2착으로 들어왔다.

한다가 둥글게 만 신문을 높이 쳐들며 "됐다! 이겼다!"라고 외치고 어깨를 들썩이며 혼자 유쾌하게 쿡쿡 웃었다. 어딘지 공허한 인상이 묻어나는 환호였다. 이 남자도 이제 끝내 인생의 가락이 헝클어지기 시작한 것일까. 그러고 보니 나의 레이디 조커는 아직 끝나지 않았다는 말은 무슨 뜻일까. 모노이는 산만하게 의문을 떠올렸다가 접어버리고, "그만 돌아가지"라고 말하며 먼저 벤치에서 일어섰다.

메인레이스가 끝나며 스탠드를 벗어난 인파가 통로와 계단 입구에 넘쳐나는 바람에 모노이는 한다를 놓치고 말았다. 밀려가는 대로 천천히 1층으로 내려가 러시아워 전철을 방불케 하는 혼잡함에 떠밀리다시피 밖으로 나와보니, 이어지는 최종 레이스의 출전마들이 선보이고 있는 패독 맞은편에 레이디의 휠체어가 있었다. 9레이스 직전 보았을 때와 같은 위치 같은 자세였다. 사람들이 감히 다가가기를 저어하는 것처럼 주위가 휑하니 비었고, 누노카와의 모습은 여전히 보이지 않았다.

시각은 오후 3시 48분. 방금 11레이스가 끝난 것이 42분. 누노카와가 11레이스를 어디서 보고 있었든 마지막 12레이스까지 지켜볼 리는 없으니 이제 나타나야 할 시간이었다. 무슨 사정이 있어 늦어진다 해도 일이 분 안에는 나타날 것이다. 그렇게 생각한 모노이는 다음 레이스를 기다리는 척하며 패독을 에워싼 몇 안 되는 사람들 틈에 섞여들었다.

메인레이스의 열기가 벌써 사라지고 마니아와 전문가만 남은 패독은 가랑비를 뿌리기 시작한 흐릿한 하늘과 함께 이른 저녁을 맞고 있었다. 나른한 정적에 잠긴 타원형 울타리 안에 관리사가 이끄는 말이 한 마리씩 천천히 돌아나갔다. 그 맞은편 돌계단에 레이디가 있고, 한껏 뒤로 젖힌 그녀의 얼굴에도 비가 떨어지고 있었다. 뭐라고 웅얼거리고 있겠지만 모노이에게까지는 들리지 않았고, 돌계단 위의 레이디도, 패독을 걷는 말도, 구경하는 사람들의 덩어리도 음 소거가 된 텔레비전 영상 같았다.

처음에는 일이 분만 기다려볼 심산이었지만 어느새 전광게시판이 오후 4시 가까이를 가리켰고, 사람들은 마권을 사러 흩어지기 시작했다. 기수를 태우고 마지막 한 바퀴를 도는 말도 한 마리만 남고 패독은 이내 텅 비어버렸다. 모노이도 이제 움직이지 않을 수 없었다. 접은 우산을 펴고 레이디가 있는 돌계단 쪽으로 무거운 걸음을 내디디기 시작했다.

멀리서 흰색 모자처럼 보였던 것은 신체장애자용 헤드기어였다. 그것을 쓰고 하늘을 올려다보는 레이디의 얼굴에 빗방울이 떨어지고 있었다. 모노이가 우산을 씌워주자 사팔뜨기 눈이 모노이의 얼굴을 확인하려고 일그러지고, 목에서 쥐어짜는 듯한 목소리가 흘러나왔다.

"그래, 모노이 아저씨야. 오랜만이구나."

모노이는 헤드기어 위로 손을 올려 고개를 바로잡아주고 손수건을 꺼내 아이의 젖은 얼굴부터 닦아주었다. 아이는 머리를 흔들며 "안녕, 안녕, 반가워"처럼 들리는 소리를 쥐어짜내고 이를 보이며 웃었다. 사람들이 흩어진 패독은 텅 비었고 이제는 스탠드 맞은편에서 최종 레이스를 기다리는 관중의 소소한 기미만 전해질 뿐이었다. 인기척 없는 돌계단에 남겨진 노인과 휠체어를 탄 소녀는 대번에 눈에 띌 터였지만 모노이는 망설임 없이 경찰의 눈을 무시했다. 경찰이 보면 뭐 어떠랴, 어른이 돌봐주지 않으면 아무것도 못하는 아이가 바로 여기 있지 않는가. 그는 스스로를 타일렀다.

"아빠는 어디 있어?" 모노이는 물었다. 레이디는 "없어"라고 말했다. 없어, 만으로는 알 수 없다. "아빠가 마지막 레이스까지 본대?" 다시 묻자 역시 "없어" 혹은 "몰라"로 들리는 대답만 돌아왔다. 일단 최종 레이스가 끝나기를 기다려보는 수밖에 없었지만, 아무도 없는 돌계단에 이렇게 남아 있으려니 영 불안했다. 건물 입구까지라도 옮겨볼까 싶어 주위를 둘러보았다. 아키가와 양로원에서 형 세이지의 휠체어를 밀어본 경험을 떠올리니 계단을 오르는 것은 어찌어찌 되겠다 싶어서, 뒤쪽 화단으로 가서 패독을 크게 돌아 일단 건물 계단 아래까지 가보기로 했다.

"스탠드로 가볼래?"라고 묻자 레이디가 뭐라고 대답했지만 모노이는 알아들을 수 없었다. "비를 피할 수 있는 데로 가자." 모노이는 다시 그렇게 말하고 휠체어를 밀었다. 휠체어가 움직이기 시작하자 레이디는 갑자기 목을 쥐어짜는 듯한 소리로 "엄마"라고 웅얼거렸다. 가누지 못하는 무거운 머리를 빙글빙글 흔들며 "없어"라고 말했다. "엄마는 병원에 있잖아. 아파서 누워 계시는 거야." 모노이는 대답하면서 묵직한 휠체어를 미는 데 집중했다. 가만있지 못하는 레이디를 태운 휠체어는 똑바로 굴러가기는커녕 뒤집어질 뻔하기 일쑤였다.

레이디는 다시 "아빠"라고 웅얼거리고는 "없어"라고 외쳤다. 엄마, 없어. 아빠, 없어. 레이디가 그렇게 반복하자 모노이는 마침내 상대가 나름대로 이해를 구하고 있음을 깨닫고 "알았다"라고 대답했다. "아저씨가 알아들었다. 아빠 엄마가 없다. 그 말이지?"

레이디는 머리와 손발을 죄 동원하며 "우우에에" 하고 응했다. 모노이가 "그렇구나"라고 알아듣자 그제야 "엄마, 없어. 아빠, 없어"의 연발이 멈추었다.

고생 끝에 겨우 건물 정면의 계단 아래 다다랐을 때는 오후 4시 12분이었다. 계단을 올려다본 모노이는 휠체어를 올려줘도 나중에 내려주는 것이 문제겠다고 생각했다. 곧 시작될 12레이스는 1200미터 더트라일 분 남짓이면 끝난다. 그러면 끝까지 남아 있는 관중 수천 명이 건물에서 쏟아져나올 것이다. 그 와중에 휠체어와 함께 휘말릴 것을 생각하면 아래 있는 편이 낫겠다고 생각을 고치고, 모노이는 휠체어를 탄 레이디와 함께 드넓은 계단 아래 광장에 우두커니 서 있게 되었다.

할 일이 없었다. 건물 맞은편에서 레이스 시작을 알리는 팡파르 소리를 들으며 모노이는 아무것도 생각할 수 없는 기분으로 "레이스가 시작됐구나"라고 레이디에게 말했다. 말하고 나니 계단 위로 휠체어를 올려 레이디에게 최종 레이스를 보여줄 걸 그랬나 싶었지만 이미 늦었다. 잠시 후 "이 레이스, 재미없어"라는, 레이디로서는 제법 똑똑한 대답이 돌아왔다.

"그래? 아저씨도 그렇게 생각한단다. 고마노보이 정도가 이기려나."

"고마노보이"라고 반복하고 레이디는 다시 머리와 손발을 버둥거렸다. 모노이는 레이스가 시작된 듯한 스탠드 쪽을 멀거니 바라보며 한순간 레이디의 존재를 잊고 사십 년간 드나든 장소에 홀로 서 있는 착각을 느꼈다. 몇 시간 전에는 사십 년이 하루 같다고 느꼈는데, 지금은 기나긴 여정 끝에 서 있는 곳이 이곳이란 말인가 하는 생각이 들었고, 그래서?라고 자문해보았지만 제 앞에 뭔가가 있을 거라는 생각은 더더욱 할 수 없게 된 것 같았다. 눈앞에 있는 것은 장애인 여자아이라는 어쩔 도리 없는 덩어리 하나. 이것을 어떻게 한다? 그런 자문도 역시 답이 보이지 않았고, 인생은 이런 것이라는 무의미한 생각 하나만 발밑으로 떨어졌다.

오후 4시 16분, 건물 너머가 갑자기 웅성거렸다. 그리고 일 분도 지나지 않아 입구에서 인파가 쏟아져나오고, 그 흐름은 일제히 역을 향해 움직였다. 모노이는 혹시 누노카와가 나오면 금방 볼 수 있도록 귀로를 서두르는 인파에서 조금 떨어진 계단 아래 레이디와 함께 그대로 머물렀다. 십 분쯤 되는 사이 인파는 늘어났다 줄어들었다 하면서 끊임없이 흘러나와 금세 빠져나갔다. 이어서 그 흐름이 끊기고 드문드문 한두 명씩 나오는 이들의 모습까지 사라진 뒤에는 모노이와 레이디만 남았다.

이게 어찌된 일인가라는 생각은 불발탄이었다. 누노카와가 딸을 버리고 간 게 아닐까 하는 직감은 이미 한참 전에 들었고, 그것이 현실이 되었다고 새로 보탤 감상은 없었다. 열아홉 살에 살림을 차린 뒤 바로 직전까지도 밤낮 없이 일하며 장애인 딸과 병든 아내를 부양해온 누노카와 준이치라는 남자의 삼십칠 년 인생이 마침내 파탄난 것이다. 거기에 새로 보탤 사실은 없었다. 생활력이 없는 친딸을 버리고 간 아비와 버림받은 딸. 모노이는 그 양쪽의 비탄에 떠밀려, 결국 레이디 조커가 이 사태를 몇 달 혹은 몇 년 앞당긴 것이 아니었을까 자문하고, 그게 이 늙은이와 무슨 상관이냐고 스스로에게 중얼거리는 것이 고작이었다. 누노카와는 애초에 '결판을 내고 싶다'며 한패에 가담했고, 그 말대로 지금 이렇게 스스로 결판을 내고 떠난 것뿐이다.

"모질구나……"

모노이는 저 자신과 레이디, 누노카와 부부, 그리고 자신들이 살고 있는 이 시대의 모든 인간을 향해 그렇게 중얼거려보았다. 손자 다카유키가 죽었을 때와 마찬가지로 그로서는 도저히 어찌해볼 수 없는 모진 현실이었다. 그러고 보니 고향 생가의 빈궁, 애꾸눈, 고마코와의 이별,

전쟁, 공습, 어릴 적 일하던 공장의 도산 같은 힘겨운 일들도 모두 제 힘으로는 도저히 어찌해볼 수 없는 일이었다고 생각하니, 자기 대신 뱃속의 악귀가 알아들을 수 없는 소리를 내지르며 통곡했다. 일흔 살이 되도록 살아오며 다다른 곳이 여기란 말이냐. 나는 아무것도 받아들이지 않았는데, 아무것도 납득하지 않았는데.

몇 분이 지나서야 모노이는 레이디를 어떻게든 해야 한다는 생각에 정신을 차리고 새삼 당황했다. 누노카와가 딸에게 편지 따위를 쥐여주지는 않았을까 싶어 아이의 점퍼 주머니를 뒤져보니 수하물을 맡기고 받는 동그란 플라스틱 번호표가 나왔다.

시각은 4시 28분. 보관소가 문을 닫을 시간이다. 모노이는 우산을 아이 머리 위에 씌워놓고 혼자서 건물 안으로 달려들어갔다. 바닥 청소를 시작한 마권판매소 옆 수하물 보관소 창구에 번호표를 내밀며, "누노카와입니다"라고 이름을 댔다. 중년 여자 담당자가 내준 것은 팽팽하게 부푼 빨간색 비닐 스포츠가방이었다. 제법 묵직했다. 가방을 들고 아이에게 가서 "자, 돌아가자"라고 말했다. "당분간 이 아저씨랑 같이 지낼 거야. 집에 가면 같이 저녁을 먹자꾸나. 아, 그렇지, 아저씨 집에 작은 강아지도 있단다. 강아지 좋아하니?"

휠체어를 탄 아이를 데리고 하네다로 돌아가는 동안은 공연한 생각을 할 틈이 없었다. 전철에 태울 자신이 없어 택시를 잡았지만 사지가 마비된 아이를 뒷좌석에 앉히는 것도 이만저만 힘든 일이 아니었다. 하네다에 도착한 뒤에도 혼자 아이를 방으로 옮기느라 한바탕 고생했고, 속옷을 버려놓아서 일단 약국에서 파는 성인용 기저귀를 채우고 옷을 갈아입혔다. 아이의 하반신에서 희미한 치모를 보고 한순간 움찔했지만 이내 그것이 말로 표현할 수 없는 서글픔으로 변해 저도 모르는 사이 앓는 소리 한마디가 새어나왔다. 저녁밥 지을 시간이 없어 근처 가

게에서 닭고기달걀덮밥을 사오고, 야채는 냉장고에 있던 호박조림으로
때웠다.

레이디는 닭고기달걀덮밥을 보자 "좋아"라고 말했다. 숟가락으로 한
입 한 입 먹이는 동안 레이디는 종종 씹기를 멈추고 멍한 눈초리로 말
없이 몸을 꿈틀거렸다. 이제 웅얼거리지는 않았고 무슨 생각을 하는지
알 수도 없었지만, 모노이는 레이디 나름대로 사정을 짐작했는지 모른
다고 멋대로 판단하고는 아빠는 일 때문에 못 온다는 공연한 설명은 하
지 않았다. 덮밥 한 그릇을 비우는 동안 레이디가 마당에서 꼬리를 흔
드는 개를 보고 있기에 다 먹인 뒤 개를 방으로 들였다. 레이디는 한 시
간 가까이 지치지도 않고 개를 바라보고 만지고 하며, 종종 천장을 향
해 웃음소리인지 울음소리인지 분간하기 힘든 기성을 질렀다.

모노이가 빨간색 스포츠가방을 열어본 것은 이불을 깔고 레이디를
눕힌 뒤였다. 바지와 상의 같은 옷가지, 세면도구, 말과 새의 도감, 『시
튼 동물기』가 들어 있었다. 그 밑에 두툼한 갈색 봉투. 안에서 나온 것
은 호적등본 한 통, 장애인등록증, 모친의 이름과 입원한 곳을 휘갈겨
쓴 메모지 한 장. 그리고 잔고가 1,200만 엔 정도 찍혀 있는 '누노카와
사치' 명의의 예금통장과 인감이었다. 모노이는 그것들을 확인하며 월
요일에 구청에 상담을 가야겠다고 작정하고, 잠들면 경직이 풀리는지
평온해진 아이의 얼굴을 바라보았다. 뱃속의 악귀가 여전히 투덜거리
는 것도 점차 의미 없는 독경 소리와 비슷해졌을 즈음, 모노이는 마지
막으로 감히 스스로를 타일러보았다. 이제 출구는 필요 없다. 지금은
차라리 죽을 때까지 귀신이고 싶다. 아니, 귀신이지 않으면 안 된다.

*

10월 15일 일요일 오전, 시로야마는 집 근처 성 요한 성당에서 지검 사람을 만났다.

전날 의향을 타진하는 전화를 걸자 반시간 뒤 내일이라도 만나자는 답변이 왔고, 장소는 시로야마가 정했다. 일단 지검의 의향을 묻고 가능하면 자신이 희망하는 바를 전하기 위한 만남이므로 굳이 호텔 객실을 잡을 것까지는 없다고 판단해서였다. 지검측도 흔쾌히 동의한 것을 보면 일단 첫번째 접촉에서는 그다지 긴장할 필요가 없을 것 같아 시로야마는 비교적 평온하게 일요일 아침을 맞았다.

미사가 끝나고 시로야마는 아내와 함께 영성체를 마친 뒤, 만날 사람이 있다며 아내를 먼저 돌려보내고 다시 뒤쪽 자리에 앉았다. 영성체를 기다리는 사람들의 행렬이 점점 짧아져 몇 명 남지 않았을 때 한 남자가 출입구 대신 시로야마 쪽으로 다가왔다. 아마 양복 차림에 서류가방을 들고 나타나지 않을까 나름대로 상상했던 것과 달리, 상대는 평범한 스웨터에 면바지를 입은 편한 차림이었고 손에는 작은 전례성가집 하나만 들려 있었다. 하지만 삼십대 중반으로 보이는 자못 청렴한 외모에, 동년배에게서 찾아보기 힘든 차분한 인상과 견실한 눈매는 역시나 특수부 엘리트다워 보여 특별히 놀라지는 않았다.

검사는 "지검의 가노라고 합니다"라고 짧게 자기소개를 한 다음 성가집에 끼워두었던 명함을 재빨리 내밀고는 옆에 앉았다. 영성체를 마치고 제단 앞에서 이쪽을 보는 사제에게 시로야마는 가볍게 묵례해 보였다. 가노라는 검사 역시 살짝 고개를 숙였다.

"묘하군요. 레이디 조커 사건이 한창일 때 특수본부에서 경호를 위해 한동안 회사에 파견했던 형사도 신자였어요. 그런데 오늘 처음 뵙는 지검 검사님도 신자일 줄은 몰랐습니다."

"저도 이런 우연의 일치는 상상 못했습니다. 실은 귀사에 파견되었던 형사는 한때 제 누이의 남편이었습니다. 당시 그 친구가 귀사에 신세를 많이 졌다고 들었습니다. 민간 기업이 어떤 곳인지 귀한 공부를 했다더 군요."

담백한 말투였지만 이번에는 시로야마도 놀라지 않을 수 없었다. 저도 모르게 고개를 돌리고 바라보니 젊은 검사는 말없이 실눈을 뜨고 입가를 추켜올리는 것으로 대답을 대신했다.

이렇게 사생활적인 부분을 드러내는 것도 검사의 탐문 기법 중 하나일까 싶은 생각이 들었지만, 여하튼 고다가 이 검사의 매부였다는 건 충분히 놀랄 만한 이야기였다. 시로야마는 오랜만에 고다의 힘있는 눈빛과 자세를 떠올리고, 그에 비해 지금 옆에 있는 검사는 좀더 노련한 인상이라고 생각했다.

텅 빈 성당 한구석에서 "그럼, 용건을 말씀해주시겠습니까?" 하며 검사가 화제를 돌렸다.

"저희 회사 사람이 그쪽에 고발한 건에 관해서입니다. 그쪽에서 어떻게 처리하고 계시는지 모르겠지만, 오카다 경우회에 이익을 제공한 것이 회사 차원에서 이루어진 일이 아니라는 건 고발자의 공술대로입니다. 그러나 결재한 건 사장인 접니다. 무엇을 위해 누구에게 건네는 돈인지 당연히 알고 있었습니다. 솔직하게 말씀드려, 오카다 건에 관해서는 저도 책임을 면할 수 없다고 생각합니다."

시로야마의 말에 검사는 잠시 침묵을 지켰다. 그리고 자못 신중하게 "실례지만, 참으로 이해하기 힘든 말씀이라고 하지 않을 수 없군요"라고 답했다.

"이런 자진 신고는 전례가 없다는 말씀인지요?"

"그렇습니다."

"복잡하게 생각하실 것은 전혀 없습니다. 우선 대표이사이자 사장으로서의 책임 때문이고, 또하나는 오카다 경우회와의 관계를 어떻게든 끊어내고 싶다는 생각 때문입니다. 또한 고발자의 상사로서 져야 할 책임도 있고요. 그뿐입니다."

검사는 다시 입을 다물었다. 지검 특수부에서 보면 히노데의 상법 위반에만 머무르지 않고 이런저런 사안과 겹치는 부분이니 섣불리 대답하기도 힘들 것이다.

"조만간 경영진 교체도 염두에 두고 계시나요?"

"그렇습니다."

"이 얘기는 또 누구에게 하셨습니까?"

"차기 사장에게는 말했습니다. 물론 동의를 얻지는 못했지만, 요컨대 저 자신의 인생을 결산하는 일이니 최종적으로는 제 책임하에 행동하려 합니다."

시로야마가 말하는 동안 검사는 그의 눈을 지그시 응시했다.

"그런데, 군마 현 별장지 건 말인데요." 검사가 불쑥 화제를 바꾸었다. "지난 4월 이후 사장님이 다마루 젠조 씨와 직접 만나 교섭한 데는 무슨 특별한 사정이 있었습니까? 그전까지는 구라타 부사장이 다마루 씨와 협의해왔다고 알고 있습니다만."

"제가 다마루와 접촉한 것은 개인적인 사정 때문입니다. 나중에 전부 말씀드리겠습니다."

"다마루가 사장님을 지목했다는 겁니까?"

"그렇습니다. 저는 협박을 당했다고 봅니다."

"협박 내용을 말씀해주시겠습니까?"

"올해 3월 말 제가 레이디 조커에게 감금되었다가 풀려난 직후, 1990년 테이프 건을 고의로 언론에 흘린 자들이 있습니다. 아시다시피 그 테이프에는 제 친족에 관한 내용이 포함되어 있는데, 그 건이 언론으로 흘러나간 직후 다마루는 제게 당신 일가의 문제라면 서둘러 대처하는 게 좋겠다, 나에게는 언론을 막을 힘이 있다고 말했습니다."

"그가 '당신 일가의 문제라면'라고 말했습니까?"

"그렇습니다. 올해 초 저희 회사에서 분명하게 거절했던 토지 구입 건을 다마루가 다시 제안해온 것은 그후입니다."

"4월 이후로 다마루 씨와 접촉한 것은 전부 그 용건 때문이었습니까?"

"그렇습니다. 회사에서의 전화 통화와 면담은 일지에 날짜와 용건을 기록해둡니다."

"이 토지 거래에서는 처음부터 도저히 적절하다고 볼 수 없는 가격이 오갔던 것 같은데, 사장님은 그 거래 건을 어떻게 인식하고 계셨습니까? 전반적인 이익 제공입니까, 개별적인 사안에 대한 입막음입니까?"

"계획적인 공갈이라고 인식하고 있습니다."

"계획적이라면?"

"지난 9월 2일, 이 토지 건으로 사카다 다이치 의원이 저를 아카사카 프린스 호텔 구관으로 불러냈습니다. 그리고 그 건을 어떻게 좀 받아들일 수 없겠느냐고 종용했고, 제가 거절하자 위신을 세워주니 어쩌느니 하는 말을 했습니다."

"동석자는 누구였습니까?"

"저와 사카다 외에는 비서 아오노 쇼지가 있었습니다."

"9월 2일의 만남은 어떻게 이루어진 겁니까?"

"전날 제가 외출해서 자리를 비웠을 때 아오노가 회사로 전화했고, 저녁에 회사로 돌아가서 직접 아오노에게 전화했습니다. 아오노가 내일 중으로 시간을 내달라고 했고요."

"그 통화를 마치고 사장님은 어떤 생각을 하셨습니까?"

"올 게 왔구나 했지요."

거기까지 이야기하자 검사는 일단 시로야마에게 어떻게 대응할지 내부에서 검토하기 위한 대략적인 틀을 잡은 듯 질문을 멈추었다. 다마루젠조와 정계 간의 선을 추적하는 조사에 착수하기가 그리 쉽지 않은만큼, 작은 단서도 허투루 볼 수 없는 지검 특수부는 군마 현 토지 거래 건에도 관심을 가지고 있다. 그 이상도 이하도 아닐 테지만, 앞으로 지검은 히노데의 상법 위반 건으로 시로야마를 구속하는 것이 득일지 아닐지를 여러 사안과의 관련성을 바탕으로 판단해나갈 것이다. 시로야마는 그렇게 이해했다.

"사장님의 의향을 지검에 전하고 시급히 검토하겠습니다. 하루이틀안으로 연락을 드리겠으니 그때 다음 만날 날짜를 정하는 것이 어떻겠습니까?"

시로야마는 "좋습니다"라고 대답했다. 검사가 한 손을 내밀고 시로야마는 그에 응했다. 아까처럼 상대를 똑바로 바라보는 검사의 눈은 입가만큼 무기질적이지는 않았다. 꽤 호감 가는 남자라고 시로야마는 생각했다.

검사가 먼저 자리를 뜬 뒤 시로야마는 갑자기 정력이 바닥나버린 듯한 허탈감에 빠졌다. 지검과의 접촉이라는 최후의 일선을 넘고 나니 현실적으로 아직 할 일이 산더미처럼 남아 있음에도 앞으로 남은 인생이 수습 일로라는 기분이 든 탓이었다. 갑자기 늙은이가 된 기분에 빠져 시로야마는 멍하니 제 손을 보았다. 젊은 시절부터 살이 내리고 정맥과 뼈가 불거진 손등은 분명 매끈하다고 할 수는 없지만 그렇게 주름이 심하지도 않았다. 그 모호함에 오히려 상처를 받으며, 늙은 것은 정신이 아닐까 생각해보았다.

아니, 심신과 인생 모두 지쳐 기능이 떨어진 것은 분명했다. 볕들던 자리에 그늘이 번져가는 느낌. 중력이 늘어나 몸뚱이가 꺼져버릴 듯한 느낌. 그러면서도 내장 하나하나의 위치와 움직임이 섬뜩하리만큼 또렷이 감지되고, 머릿속 수백 수천의 기억, 과제, 현안, 희망 따위가 빠르게 형태를 잃고 잿빛 구름 한 덩어리로 변해가는 느낌. 인생에 지친다는 것은 이런 느낌일까.

한차례 납득한 뒤 시로야마는 개인적인 감개를 가만히 구석으로 밀어놓았다. 재임중 범한 상법 위반의 과오를 책임져야 한다고 그제 레이코에게 간단하게 알렸지만, 아내의 반응은 크지 않았다. 레이코는 "당신이 열심히 일해온 건 나나 아이들이나 잘 알아요. 스스로 내린 결정이라면 그것으로 된 것 아니겠어요?"라고만 말할 뿐, 왜냐고 묻지도 앞으로 어떻게 되느냐고 묻지도 않았다. 남편에게 특별히 하고 싶은 말이 없는 것일까, 자신에게는 자기 인생이 있다는 것일까. 새삼 맥 빠지고 섭섭하기도 했지만, 레이코도 남편과 함께해온 인생에 지친 것이다. 레이코에게도 지칠 권리는 있다. 일단은 그렇게 생각했다.

하지만 정작 시로야마는 피로에 기대어 심신을 위로할 여유가 없었고, 그럴 마음도 없었다. 지금은 무엇보다 형사피고인이라는 낯선 지평에 걸음을 내디디기 위한 힘이 필요했고, 그렇게 생각하자 문득 나이의 바늘이 거꾸로 돌아 장년 시절로 돌아온 기분에 주먹을 불끈 쥐고 흥분에 몸서리쳤다.

*

10월 15일 도쿄 역 야에스 지하주차장에서 구보는 자칭 주식꾼이라는 가노 검사를 만났다. 검사는 스웨터와 면바지인 평상복 차림에 직접 몰고 온 골프를 주차장에 세우고 기다리는 중이었다. 일요일 오후라 늘 만차인 커다란 주차장에도 여기저기 빈자리가 보이고, 눅눅하고 어둑한 지하는 자못 밀회에 걸맞은 장소였다.

구보는 차 안에서 반으로 접은 복사지 다발부터 건네받아 내용을 대충 확인했다. 하나는 1991년 세이조 서 교통과에서 작성한 네고로의 뺑소니사건 수사 보고서와, 한국 국적의 폭력단원 두 명의 임의 조사에서 나온 참고인 공술조서였다. 둘 중 한 명은 '어두워서 몰랐지만 치었을지도 모르겠다'고 공술했다. 스가노 캡이 말한, 공안이 그 직후 덮어버렸다는 수사 자료였다.

다른 하나도 세로 괘선이 그어진 조서 용지였는데, 다발 중간의 한 장만 뽑아낸 것처럼 보였다. '1988년 8월 3일 오후 2시 나는 아카사카 프린스 호텔 구관에서 도호 신문 사회부의 네고로라는 기자를 만났습니다'라는 문장이 곧장 눈으로 날아들었다.

당시 네고로는 오노 증권이 추천 종목이라는 형식으로 특정 종목의 주가를 끌어올려 일부 큰손 고객에게 이익을 안겨준 의혹을 감지하고 조사를 시작한 참이었다. 그래서 '나'가 큰손 고객 A씨와 오노 증권 간부의 의뢰에 응해 1988년 8월 당일 취재를 그만두라고 네고로를 압박했음을 증언하는 대목이라고 검사는 설명했다. 덧붙여 총회꾼 '나'는 1990년 2월 A씨에 대한 별건의 공갈 혐의로 체포되었고, 이것은 그때 받은 공술조서의 일부라는 것이다.

검사는 말했다.

"그쪽 내부 조사에서는 1991년 네고로 씨가 뺑소니사고를 당한 전후 특정 사건을 추적하고 있던 흔적은 없다고 했죠. 그러나 한 신문기자가 전혀 상관없는 건으로 몇 년 사이 두 번이나 생명의 위협을 받았다고는 생각하기 힘듭니다. 1991년 사건이 이번 실종과 관련있다고 본다면, 역시 1991년 뺑소니사건 당시 네고로 씨가 어디서 무엇을 조사하고 있었는지가 핵심일 겁니다."

"말씀대로 그걸 해명하지 않고는 이번 실종과 1991년 뺑소니사건을 관련지을 수 없는데, 이 1988년 오노 증권 의혹이 그거라는 얘기인가요?"

"아뇨, 문제는 날짜입니다. 이 총회꾼의 공술 중 1988년 8월 3일 오후 2시라는 부분을 보세요. 마침 구 주니치 상은 내부에서 창업주 일가와 경영진의 대립이 표면화된 시기입니다. 그해 10월 한 월간지가 처음으로 상은의 내분을 폭로했지요. 그리고 8월 3일이라는 날짜 말인데, 그날 오후 1시부터 한 시간 동안 아카사카 프린스 호텔 구관에서 구 주니치 상은의 상무 아제쿠라와 다케무라 기하치라는 인물, 사카다 다이치의 비서 아오노 쇼지 등 세 사람이 만났다는 사실이 밝혀진 바입니다. 다케무라 기하치는 상은 창업주 일가가 후에 다마루 젠조의 중개로 지분을 양도한 상대죠. 상은 처리의 향방을 충분히 상상하게 하는 면면인데, 이때 세 사람이 무슨 이야기를 나누었는지는 유감스럽게도 알 수 없습니다. 그러니 어디까지나 저 개인의 직감이지만, 그 호텔 구관에는 출입구가 정면 한곳뿐입니다. 두 팀의 손님이 그곳으로 드나들었다면, 어쩌면 네고로 씨가 상은 그룹의 면면을 마주쳤을지도 몰라요."

구보는 1988년 여름의 광경이 눈앞에 그려지는 듯했다. 조사반이 알아낸 바로 네고로가 사내에서 상은이 수상하다고 지적한 것은 1990년 봄 무렵이었다. 거슬러올라가 1988년 여름, 검사의 말처럼 부장에게 오노 증권의 조사를 요청했다. 즉 주니치 상은의 내분이 본격화되기 전인 1988년 여름만 해도 네고로의 관심은 여전히 오노 증권에 가 있었던 셈인데, 1988년 당시 상은 관계자들의 얼굴을 그 자리에서 알아봤을 가능성은 낮지만, 적어도 아오노는 금방 알아봤을 것이다. 1985년 네고로는 사카다의 정치자금 창구인 정치단체가 정치자금규정법 신고 의무 위반으로 적발된 사건을 취재하던 중 금고지기 격인 아오노 쇼지를 직접 만난 적이 있기 때문이다.

구보는 "그렇겠군요"라고 말했다. 네고로가 8월 그날 아카사카 프린스 호텔 구관에서 아오노를 비롯한 세 명과 조우했다는 증거는 없지만 가능성은 아주 없지 않았다.

"실은 이 년 전쯤 네고로 씨에게 들은 이야기가 있습니다." 검사는 주의깊게 말을 이었다. "1991년 뺑소니를 당한 이유는 자신도 모르겠는데, 어쩌면 1988년 8월 정치인의 꼬리를 밟았는지도 모르겠다고. 누구 얘기냐는 질문에는 대답하지 않았지만 시기를 특정해서 말했으니 뭔가 짚이는 것이 있었던 거겠지요."

"그래서, 이 자료를 찾아내신 겁니까?"

"그렇습니다. 네고로 씨가 만약 8월 이날 아오노를 목격했다면 틀림없이 사카다 주위에서 무슨 일이 일어나고 있다고 짐작하고 나중에 정보원 등을 상대로 캐봤을 겁니다. 그 정황을 그쪽에서 알아보시면 뭔가 나오지 않을까요?"

한없이 커다란 한 걸음임은 분명했다. 광범위한 안테나와 예리한 안목으로 어디든 파고들며 여러 방식의 취재에 능한 베테랑 사회부 기자가 언제 어디서, 무엇에 발이 걸렸을까. 그 의문에 답을 내놓는 것은 이제 자신을 비롯한 기자들의 몫이었다. 구보는 자료 제공에 정중히 감사를 표하고, 이어서 일전 와코 프로덕션 사장에게서 입수한 테이프의 내용을 출처는 감춘 채 구두로 전달했다. 검사는 그 내용을 메모하고 "신문도 대단하군요" 하며 태평하게 웃었다.

"그 테이프, 실물이 있습니까?"

"있지만, 지금 단계에서는 건네드리기 곤란하니 양해해주십시오."

"알겠습니다. 구니유키 빌딩에 관한 정보라면 우리 쪽에도 없지는 않습니다. 시기를 봐서 별건으로 강제수사에 들어가면 그 정보도 표적을 좁히는 데 일조하겠지요."

지검 특수부는 정치인까지 염두에 둔 증권 스캔들의 승부처를 향해 바깥쪽부터 조금씩 포위망을 좁혀갈 생각이다. 구보는 그의 말투에서 그것을 또렷하게 느꼈다.

"굳이 말할 필요도 없겠지만, 중요한 건 쌍방의 타이밍입니다. 그쪽에서 언제 기사화할지, 어느 정도나 쓸지, 만약 우리의 희망을 수용할 생각이라면 최종적으로 언제가 쌍방에게 최선일지, 나중에 다시 만나 상의하면 좋겠습니다."

'만약 우리의 희망을 수용할 생각이라면'이라는 검사의 한마디는, 지검이 어떤 혐의로 언제 움직일지에 대한 정보가 어느 정도 제공되리라는 기대를 주었다.

그뒤 구보는 경시청 기자실에 전화해 결과를 기다리는 스가노 캡에게 방금 입수한 자료의 내용을 전했다. 스가노는 "좋아, 이제 1탄은 언제라도 낼 수 있겠군. 남은 건 타이밍이야"라고 들뜬 목소리로 대답했다. 스가노와 마에다 부장도 요즘은 적극적이다. 좀처럼 건드리기 힘든 터부도 제대로 때를 만나면 단숨에 쓸 수 있다. 지금이 바로 그때다.

사실 기자의 실종을 알리는 1탄은 실종 사실과 경과만 전하는 내용으로 채워질 예정이었다. 실종의 배경은 2탄, 3탄에서 신중하게 파헤쳐나가겠지만, 결국 어딘가에서 레이디 조커 사건이나 세이와회 혹은 오카다 경우회가 관련된 사건과 교차할 것이고, 나아가 연초에 메스를 댈 금세기 최대급 증권 스캔들의 머나먼 외호外濠를 하나 메우게 될 것이다. 본사와 스가노, 구보를 비롯한 기자들 모두 조용한 흥분을 느끼고 있었다. 그러나 사태가 눈에 보일 만큼 확실하게 움직이기 시작했다는 실감은 늘 네고로의 죽음에 상쇄되었고, 어딘가에서 부패하고 있을 유해를 하루빨리 찾아내 장사를 치러줘야 한다는 생각에 떠밀릴 따름이었다. 지금껏 사람 하나가 죽기 전에는 진지해질 줄 몰랐다는 둔한 반성도 되었다. 그 결과 구보의 감개는 대체로 플러스 마이너스 제로여서, 상사에게는 붙임성 없는 부하를 연기하는 한편 신문기자로서 나름대로의 자부심을 보다 신중하게, 보다 주도면밀하게 내면에 하나하나 쌓아올리는 중이었다.

그리고 가끔 자신이 마흔을 넘겼을 때는 스가노 캡도 본사의 어느 데스크도 아닌 네고로 후미아키 같은 기자가 되고 싶다고 생각했지만, 그럴 때마다 아니, 잠깐만, 하고 멈칫하기를 반복했다. 아무리 생각해도 네고로는 좀더 실리를 취하는 삶을 살 수 있었을 텐데 왜 그러지 않았을까. 그런 생각을 시작하면 저도 모르는 사이 아직 눈에 보이지 않는 인간과 사회와 역사의 두터움을 환시하고는 멍하니 넋을 놓는 것이었다.

*

'5월 10일, 12일, 6월 23일. 너는 고지야의 공중전화부스에 있었다. 네가 누구와 통화했는지 안다.'

15일 일요일 밤 고다는 스물세번째 편지를 썼다. 이만큼 반복하니 손이 기계적으로 움직이게 되어서 처음에는 삼십 분이나 걸리던 것이 이제는 십 분도 되지 않아 끝났다. 내일 부칠 편지 한 통을 빈틈없이 작성한 후 며칠 전 시작한 집 정리를 했다. 산더미처럼 쌓인 책들은 한 아름씩 묶어 쌓아두었지만 문제는 반침 안 물건들이었다. 차마 버리지 못하고 놔두었던, 부친이 오사카 부경 시절 입었던 예복 일습. 모친의 기모노 몇 벌과 반짇고리. 그들이 찍어서 모아둔 가족사진들. 생각해보면

제 소유물인지 죽은 부모의 것인지 분명치 않은 그 유품들은 결국 그
날 밤에도 손대지 못하고, 이제 사용할 일 없는 등산용품과 스키 따위
나 처리하기로 했다. 하나하나 나름 추억이 깃든 것들이라 기억을 떠올
리기 시작하면 손이 멈춰버리기 때문에 메트로놈을 켜놓고 작업에 속
도를 붙였다. 자일은 가연성 쓰레기. 카라비너와 하켄은 금속 쓰레기.
스키는 대형 쓰레기. 등산화와 스키슈즈는 불연성 쓰레기. 그렇게 각각
분리해놓고 1층 쓰레기 분리수거함으로 날랐다.

정리가 생각보다 일찍 끝나서 내친김에 등산용품 안쪽에 두었던 종
이상자를 열어보니 무명천으로 꽁꽁 싸두고 한 번도 꺼내본 적 없는 개
러드 은식기가 나왔다. 결혼할 때 아내가 혼수로 처가에서 가져온 것인
데 아무래도 버릴 수 없었다. 가노에게 돌려줘야겠다고 생각하며 다시
챙겨넣는 사이 가노가 벌써 한 달이나 소식이 없다는 사실이 떠올랐다.
지검 수사가 중대 국면에 접어들고 있다는 것은 알았지만 전에는 바쁜
때일수록 관사로 퇴근하는 대신 가까운 제 집을 찾았던 것을 생각하면
아마도 그 때문만은 아니지 않을까 하는 직감이 들어 마음에 미미한 파
문이 일었고, 뭔가에 걸려 꼼짝하지 못할 것 같은 기분이었다.

그렇게 손을 멈추고 새삼 제 안을 살펴보았지만, 뭔가에 걸린 그 부
분이 열기를 띠고 있다는 사실을, 그리고 지금도 자신은 그 사실 너머
로 나가려 하지 않는다는 것을 느꼈다. 아니, 그 너머에 있는 것이 마지
막으로 만난 밤 우연히 마주쳤던 가노의 눈임은 벌써 한참 전부터 알
고 있었고, 그것이 모종의 욕정을 품은 눈이었음도 알았지만, 문제는
그 눈에 대상이 있고 나아가 제 눈 역시 대상이 있었다는 사실이었다.
가노가 나를 보고 내가 그 가노를 보던 그때, 욕정을 품은 것은 어느 쪽
인가? 가노인가, 나인가? 아니면 양쪽 모두인가? 아니, 어쩌면 나는 한
다 슈헤이에 대한 증오에 욕정을 품었고, 그런 나의 눈을 가노가 보았

고, 나아가 그 가노의 눈을 내가 보았던 것일까? 후자라는 생각도 들었고, 아니다, 가노와 나 둘 중 하나가 상대에게 욕정을 품은 것이라는 생각도 들었다. 그러나 결국 어느 쪽으로도 판단하지 못한 채 마지막에는 고작 그 눈에 발이 걸려 꼼짝 못하는 자기 자신의 마찰열만 남았다는 결론만 내린 것도 여느 날과 다르지 않았다.

몇 년 전이었다면 아마 발광하거나 가노를 때려눕혀 십팔 년간의 기억을 강제로 끝맺어버렸을까? 그렇게 생각하니 문득 웃음이 나왔다. 그래, 레이디 조커에게 끊임없이 이런 협박장을 보내고 있는 나는 이미 자기 자신에게나 가노에게나 흥미가 없다고 봐야 할 것이다. 처음으로 그렇게 실감한 기분이었다. 책상 위의 편지봉투로 눈길을 던지고 새삼 스스로 되뇌었다. 이로써 팔부능선까지 왔다, 이제 열흘여 안에 구부를 넘으면 마지막 오르막은 한순간이다, 라고.

5

10월 20일, 시라이가 시로야마에게 갑자기 상의할 일이 있다고 말했다. 시로야마가 주초 지검 사람을 만났다는 사실을 어디서 귀신같이 전해들은 듯했다. 그리고 나름의 경로로 지검의 수사 상황을 탐색한 결과, 이 상황에서 회사가 받을 타격을 최소한으로 막기 위해 무엇을 할 수 있는지 신중하게 궁리했을 것이다.

시라이는 그날 회사가 시로야마와 구라타를 배임으로 고소하는 형식을 취하면 좋겠다고 단도직입적으로 말했다. 시로야마가 알기로 지검은 내부고발에 대해 강제수사를 검토하는 단계였는데, 시라이의 말대로 상법을 위반한 임원을 회사가 고소하는 것이 가장 정당한 방식인 것은 분명했다. 회사가 고소하면 강제수사라는 불명예도 조금은 덜게 될 것이다. 시로야마까지 같은 처분을 하는 것은 이야기가 다르다며 지검에 강경한 태도를 취하고 있는 구라타도 이런 방식이라면 납득할 것이다. 심정적으로 저항감이 전혀 없었다면 거짓이겠지만, 냉정하게 생각하면 시라이가 아니면 내릴 수 없는 결단이었다. 시로야마는 "그게 좋겠군요"라고 대답했다.

이어서 시라이는 또다른 현안에 대해서도 '아니요'라는 대답을 내놓았다. 차기 사장으로 내정된 시라이는 처음부터 고쿠라―주니치 상은 스캔들에 연루된 스즈키 회장의 유임을 인정하지 않을 생각이었는데, 시로야마는 그밖에 달리 회장 후보가 없다는 것, 스즈키의 폭넓은 인맥과 재계 파이프를 끊어내버리면 신체제에도 손실이 클 거라는 이유로 저항해왔다. 그러나 이 역시 신체제가 과거를 청산하고 내외에 자정력을 보여준다는 의미에서는 시라이의 의견이 옳다고 할 수도 있었다. 시로야마는 명확하게 '알겠다'고 대답하지는 않았지만, 직접 회장을 만나 합의하는 데 응함으로써 결과적으로는 수긍한 모양새가 되었다.

빠른 시기에 경영진 교체가 단행되리라는 인식은 여름부터 이사회에 퍼져 있었고, 10월도 중순이 지난 지금은 이미 초읽기에 들어간 분위기였다. 그러나 퇴임한 시로야마와 구라타를 회사가 형사고소한다는 시라이의 결단은 물론, 히노데가 상법 위반으로 기소될 예정이라는 것도 10월 20일 이 시점에선 이사회의 누구도 알지 못했다. 아니, 시라이는 얼마 남지 않은 기간을 계산하며 임원들을 상대로 정지 작업에 들어갔을지 모르겠지만, 적어도 시로야마는 그런 움직임을 짐작할 길이 없었다. 늘 그랬듯이 회사는 겨울철 비수기 영업과 일상적인 업무에 쫓겼고, 주가는 이번 회기의 실적 부진을 반영해 가까스로 1,100엔대 후반을 유지하고 있었다. 본사 빌딩 30층의 자기 자리에 앉아 있자니 새삼 히노데 맥주가 오늘내일은 기울 일이 없는 거대한 선박처럼 느껴졌다.

　10월의 남은 날들 동안 시로야마는 말 그대로 눈코 뜰 새 없이 바빴다. 외부에서 사람을 만나는 일은 최대한 줄였지만 강제수사를 앞둔만큼 인수인계를 위한 잡무 정리가 만만치 않았다. 지검과 대화하며 느낀바, 어떤 형태로든 수사 착수가 그리 멀지 않았음이 확실했기 때문이다. 그날을 대비해 지검에 제공해도 될 자료와 그렇지 않은 자료, 처분해야 할 자료 등을 세심하게 선별해야 했다. 나아가 오 년 치 일지와 이사회 의사록을 죄 훑어보고, 예기치 못한 허점이나 실수가 없는지 확인하고, 후임에게 넘길 세세한 사안을 목록으로 작성했다. 족히 천 명이넘는 대외 인맥을 정리, 분류하고 필요에 따라 한 건씩 인계사항을 첨부하는 작업에도 시간이 걸렸다. 대체로 서류 작업이었지만 실상 대청소에 가까웠으니 노자키 여사의 눈에는 자못 수상하게 비쳤을 것이다. 그러나 노자키는 "제가 도울 일이 있으면 말씀해주십시오"라고만 하고 시종 못 본 체했고, 사정을 알아보려는 기미도 없었다.

　그렇게 신변을 정리하는 한편으로 10월 말까지 사흘에 한 번꼴로 지검과 상의를 거듭했다. 오카다 경우회의 이익 제공에 대해서는 구라타가 소추에 충분한 양의 자료를 넘겨준 모양이었고, 시로야마를 향한 지검의 관심은 군마 현 별장지 구입 문제로 다마루 젠조를 공갈 혐의로 제소할지 여부에 집중되어 있었다. 그 때문에 4월 이후 시로야마가 다마루와 접촉했을 당시의 상세한 상황과 대화 내용 등을 거듭 캐물었다. 지검 특수부는 지난 3월 27일 일부 신문사와 기자를 통해 1990년 테이프 건을 흘린 자를 이미 알아낸 듯 입건을 자신하는 모습이었다.

　시로야마는 또한 스즈키 회장을 설득하는 부담스러운 과제도 여러 번에 나눠 해냈다. 스즈키는 지검의 참고인 조사에 응한 뒤로 눈에 띄게 노쇠하고 패기를 잃었다. 시효가 지난 사건이지만 결정적인 국면을 앞둔 지검이 상당히 매섭게 추궁했는지, 스즈키는 시로야마와 대면할 때마다 불평과 한탄부터 늘어놓았다. 시로야마는 이리저리 에두르고 우회에 우회를 더해 가까스로 신체제의 큰 틀이 어떻게 이뤄질지 알렸는데, 그러다가 퍼뜩 자신이 큰 실수를 저질렀음을 알아차렸다. 스즈키는 히노데가 수사받게 되리라는 사실을 모르고 있었던 것이다. 신체제의 내용을 듣고 "그건 또 무슨 소리요!" 하며 소리친 것도 무리가 아니었다.

스즈키의 머릿속에는 자신이 명예회장이나 고문으로 물러나고 시로야마가 회장, 시라이가 사장, 구라타는 계속 부사장을 맡고, 새롭게는 비서실장 사카키바라를 부사장으로 승진시키는 정도의 무난한 구도밖에 그려져 있지 않았던 것이다. 그도 당연하다고 생각하며 시로야마는 내심 새파랗게 질렸지만 아직 스즈키에게 진실을 말할 수는 없었다. 그리하여 이야기는 더욱 난해해지고 더욱 완곡해져서, 다음 세기에 대비하려면 근본적인 유통 개혁을 포함한 맥주사업 재건을 피할 수 없다는 것, 현체제는 이번 회기 실적 부진의 책임을 져야 한다는 것, 또한 이는 이사회 다수의 의향임을 조심스레 설파하는 수밖에 없었다.

총 세 번 스즈키를 만나면서도 결국 오랜 상사에게 진실을 알리지 못한 시로야마는 낙담이 깊어갈 뿐이었다. 떠나는 자들 간의 대면이라기에는 세 번 다 진실성이 없었고, 씁쓸한 뒷맛만 남았다.

그래도 시로야마는 자신이 대체로 담담하게 할 일을 해냈다고 생각했다. 어차피 감개에 빠질 시간도, 이미 움직이기 시작한 것을 멈출 도리도 없었지만, 무엇보다 자기 자신이 조금 흥분했음을 느낀 터라, 스스로를 억제하기 위해서라도 묵묵히 일상에 몰두해야 했다. 그러나 이렇게 삼십육 년간 일한 회사를 떠날 채비를 하는 저 자신이 영 어색하게 느껴졌고, 대체 무엇을 어떻게 잘못해 오늘날에 이르렀는지 돌아보면 더욱 막막한 기분이었다. 그러면서도 이상하게 흥분한 것은 조만간 맞닥뜨릴 체포의 순간을 떠올린 탓일까. 아니면 그저 여름 이후 정신없이 굴러온 바퀴에 가속이 붙어 멈추지 못하게 되어서일까.

그 바퀴가 멎을 날도 이제 며칠 남지 않았음이 확실해진 지금, 뜻을 이루지 못한 원통이나 실의보다 오히려 곧 도래할 자유를 향한 노골적인 갈망이 제 안에서 확연히 커져가는 느낌이 놀랍기만 했다. 회사와 결별하고 완전히 새로운 누군가가 된다는 것이, 오랫동안 짊어져온 직함이며 현안을 전부 내려놓고 맨몸으로 돌아간다는 것이 이토록 마음을 달뜨게 하고 들끓게 할 줄이야. 지금까지의 오랜 사회생활은 이 자유의 환희를 맛보기 위한 것이었나 싶을 정도였다.

직접 겪어보기 전에는 알 수 없겠지만, 조만간 자신에게 거의 현기증 날 정도의 자유가 찾아올 거라 생각하면, 구라타의 말대로 잠깐의 구속이나 불명예는 별것 아니라는 기분마저 들었다. 구라타는 이 온몸이 오싹거리는 자유를 향한 기대감을 한발 앞서 맛보고 있었던 것이다.

구라타와는 끝내 다시 얼굴을 마주할 기회가 없었다. 후임 사에키를 데리고 인수인계를 위해 전국의 주요 특약점을 순회하는 일정만 해도 물리적으로 벅차다는 것은 능히 짐작할 수 있었다. 들리는 바로는 밤에 본사로 돌아와 동틀 녘까지 잡무를 정리하고 집무실 소파에서 잘 때도 많은 모양이었다. 마음먹으면 그런 시간에 29층의 구라타 집무실로 갈 수도 있겠지만 시로야마는 결국 그러지 않았다.

한편 시라이는 10월 말까지 출장을 삼가고 집무실을 지키며 종종 30층에 올라왔다. 이런저런 용건을 상의하며 잡담의 형식을 빌려 미래 개혁에 대한 자기 생각을 폭넓게 피력하고 시로야마의 의견을 듣곤 하는 것이 자못 시라이다웠다. 시로야마는 시라이와 대화하며 재임중 자신이

하지 못한 일, 못다 한 일 등을 새삼 환기하는 한편, 자신은 도저히 따라가지 못할 듯한 그의 발상이나 구상력에 감탄하곤 했다.

예를 들어 시로야마가 만족스럽게 추진하지 못한 특약점 재편만 해도 시라이는 오 년 뒤 해산한다는 사실을 먼저 통고해서 중소업체의 재편과 도태를 강력히 촉구하고 미리 산하로 끌어들인 뒤 히노데 판매사업부를 자회사로 독립시키겠다고 했다. 오 년간 임원 수를 절반으로 줄이고, 그중 몇몇은 사외 이사로 임명하겠다는 말도 했다. "지금이라면 바꿀 수 있어요. 바꿀 기회는 지금밖에 없습니다. 그렇게 생각하시죠?" 시라이의 이 말은 대표이사 두 명을 희생시키는 사측의 답변처럼 들리기도 했다. 시라이의 신체제가 2000년까지 개혁에 성공한다면, 히노데는 백십 년 역사의 경직에서 완전히 벗어나 재탄생할 수 있을 것이다.

10월 30일 밤, 시로야마는 "잠깐 오셔서 한잔하시죠"라는 시라이의 권유를 아직 정리할 게 남아 있다며 물리쳤다. 실제로 그날은 오후 내내 특약점회 간사사의 정기회의와 게이단렌 부서회의에 참석하느라 외출했고 그뒤 접대도 한 건 있어서, 8시가 넘어 귀사했을 때는 아직 손도 대지 못한 책상 서랍을 정리해야 했다. 어제는 마지막이니 노자키 여사가 정리 작업을 도와주겠다고 나섰는데, 그러지 않았다면 영 막막했을 것이다. 분류를 위해 서가에서 끄집어낸 서류 더미를 항목별, 연차별, 월별로 다시 꽂아넣는 작업을 거의 여사가 맡아준 덕분에, 시로야마의 집무실은 책상만 빼면 거의 이 주 만에 정연한 모습을 되찾았다.

여기까지 왔으니 이제 끝난 것이나 마찬가지였다. 지난 이 주간 조금씩 잡념을 없애는 요령을 익힌 시로야마는 접대석상에서 마신 맥주 한 잔과 차가운 청주 반 홉의 기운을 빌려 쉬지도 않고 마지막 정리 작업에 착수했다. 먼저 평소처럼 노자키가 낮 동안 남긴 전언과 메모를 대강 처리한 뒤, 커다란 서류용 서랍 세 개를 하나씩 빼서 내용물을 책상 위에 쏟아놓았다. 서랍에 넣어둔 것은 오 년간 시로야마가 개인적으로 파일링해둔 자료들이라 대부분 그냥 버려도 상관없었지만, 혹시 회사 자료가 섞여 있지 않은지, 인수인계할 것은 없는지 바인더를 펼쳐 하나씩 확인해나가야 했다.

처음에는 한 시간이면 끝날 줄 알았는데 막상 시작하고 보니 언제 어디서 모았는지 기억나지 않는 마이센 머그 맥주잔의 자료가 나오기도 하고, 이런 것까지 모아놓았나 싶어 낯이 붉어지는 옛날 훈시용 원고가 나오기도 해서, 저도 모르게 몰입해 읽거나 그리움에 빠지며 조금씩 시간을 지체했다. 물론 1990년 가을에 받은 예의 테이프를 채록한 문서도 파일 하나에 들어 있었다. 그것만은 스스로를 위해 남겨두고 싶은 생각에 사본을 만들어 가방에 넣고, 원래 문서는 다시 파일에 넣어두었다.

마지막 서랍을 절반 정도 정리했을 때 시로야마는 비로소 피곤을 느끼고 의자 등받이 깊숙이 몸을 기대었다. 어느새 재킷을 벗고 넥타이도 편하게 늦춰두었다. 끝을 앞두고 갑자기 엄습해온 피로는 오늘까지 어딘가에 방치되어 있던 구멍을 선연하게 불러들였다. 시로야마는 그 순간 처음으로 제 심신을 삼키는 허공을 알아차렸다. 스스로가 마치 소리도 없고 중력도 없는 진공 같다고 느끼며, 잠시 아무 생각도 하지 않고 눈 아래 펼쳐지는 빛의 띠를 바라보며 시간을 보냈다.

그리고 다시 어질러진 책상으로 눈길을 돌렸을 때, 비로소 유기 스탠드 다리 밑에 있는 봉투 하나를 발견했다. 뭔가 싶어 집어들고 열어보니 회사 편지지 한 장에 낯익은 필적으로 쓴 짧은 문장이 눈에 날아들었다.

'생략하옵고. 비서로서, 여자로서 뒤에서나마 늘 사모해왔습니다. 떠나시는 모습을 지켜보기가 너무도 힘들어, 참으로 외람되오나 내일 하

루 자리를 비우고자 합니다. 노자키 다카코'

시로야마는 심장이 튀어나올 만큼 경악했다. 벌어진 입을 잠시 다물지 못한 채 손안의 편지지 한 장을 바라보며, 지겨우리만큼 낯익은 여사의 필체를 새삼 눈으로 쓰다듬고 나서, 책상 한구석의 꽃병에서 우아하게 꽃잎을 펼치기 시작한 커다란 유백색 튤립을 바라보았다. 지난주 금요일 여느 때처럼 노자키가 꽂아놓은 것이었다.

그 우미함에 시선을 빼앗긴 채 시로야마는 저도 모르게 홀로 웃기 시작했다. 여사의 얼굴은 여전히 제 인생의 원경에 머물러 있지만, 그 얼굴이 제 곁에 있던 세월의 모든 시간을 위해 지금은 왠지 웃고 싶었다. 동시에 눈물도 흘렀지만, 볼을 타고 입으로 들어온 그것은 끈적이지도 않고 아무 맛도 나지 않아 꼭 맹물 같았다.

*

11월 1일 수요일. 도호 신문 조간 1면 톱기사 헤드라인은 가로쓰기 볼록판으로 인쇄된 '히노데 맥주 경영진 교체'였다. 다른 신문도 대체로 비슷했다.

기사 도입부는 이랬다. '지난 3월 발생한 레이디 조커 사건의 영향 등으로 올해 상반기 실적이 전년보다 밑돌 것으로 예측되는 히노데 맥주는 10월 31일 임시 이사회를 열고 경영 책임을 물어 스즈키 게이조 회장(66세), 시로야마 교스케 사장(58세), 구라타 세이고 부사장(55세)의 사표를 수리했다. 아울러 시라이 세이치 부사장(59세)이 회장 겸 사장으로 승진하고, 사에키 다카오(53세) 이사와 사카키바라 히로시(56세) 이사가 부사장으로 승진하는 인사를 승인해 신체제를 발족했다.'

본문은 이렇게 이어졌다. '업계 1위인 히노데 맥주는 주력 상품 히노데 라거, 히노데 슈프림뿐 아니라 올해 3월 출시한 신제품 히노데 마이스터도 레이디 조커의 이물질혼입사건 등의 영향으로 매출이 정체되어, 상반기 매출이 7,600억 엔에 머무르며 전년도 대비 20퍼센트의 감소율을 보였다. 여름 성수기에도 회복 속도는 더뎠고, 9월에는 마이니치 맥주에 청산혼입사건이 발생해 맥주업계 전체에 악영향이 미치며 판매 부진에 박차가 가해졌다. 이번 히노데 맥주의 인사 쇄신은 기사회생을 노린 결단이라 할 수 있다.

같은 날 오후 열린 기자회견에서 시라이 신임 사장은 "진퇴를 결단해준 전임 경영진에게 경의를 표하고 싶다"고 강조하고, "앞으로 공명정대한 기업 운영에 가일층 노력하는 한편 심기일전해 실적 회복을 꾀하고자 한다"고 포부를 밝혔다.'

어느 신문이나 31일 히노데의 기자회견 내용을 그대로 전하는 데 그쳤지만, 각지 모두 1면 톱기사로 앉히기에 충분할 만큼 갖가지 억측이 동반되는 갑작스러운 소식이었다.

조만간 경영진이 교체되리라는 것은 안팎에서 짐작해오던 바였지만, 왜 12월 기말을 기다리지 않고 지금 단행했는가. 신체제의 면면을 보건대 레이디 조커 사건에 따른 실적 악화를 계기로 히노데 내부의 파벌 싸움이 표면화된 것은 아닌가. 히노데는 핵심인 맥주사업의 근본적인 개혁에 착수하려는 것은 아닌가 등등. 게다가 아무리 경영 책임을 가리기 위해서라지만 전년도 대비 20퍼센트 감소를 이유로 1조 엔대 기업의 최고경영자 셋이 동시에 사임한다는 것은 상식적으로 생각하기 힘들었다. 31일 회견에서도 기자들이 상당히 날카로운 질문을 쏟아냈지만 히노데 측은 이튿날 각지가 활자화한 내용 외에는 일절 언급하지 않았다.

한편 도호 신문은 히노데가 31일 회견에서 밝히지 않은 경영진 교체의 이유를 전날인 30일 지검의 누설로 파악한 상태였지만, 애써 자제하며 타사와 같은 내용의 기사를 실었다.

30일, 구보 하루히사가 네고로의 실종을 전하는 1보를 언제 낼지 가노 검사에게 의견을 구하자 검사는 "11월 1일은 어떻습니까?"라고 제안했다. 당연히 구보는 그 날짜 전후로 뭔가 있다는 뜻이라고 짐작했다. 왜 1일이냐고 묻자 검사는 "내일 31일, 히노데 맥주 경영진 교체. 11월 1일, 히노데측의 구 경영진 고소. 3일, 수사 착수. 혐의 사실은 오카다 경우회에의 이익 제공입니다"라고 짤막하게 대답했다.

구보는 예상도 못한 히노데의 이름을 듣고 펄쩍 뛸 만큼 놀랐지만, 네고로의 실종이 레이디 조커 사건과 무관하지 않은 이상 타이밍으로는 과연 납득이 가는 바였다. 지검의 말을 경시청 기자실에 전하자 스가노는 전에 없이 큰 소리로 "좋아!" 하며 고개를 끄덕였다. 정작 구보는 이런 짜고 치기가 허용되는지, 고소당하는 전 임원들도 이미 알고 있었는지, 어느 대목에서 레이디 조커 사건과의 접점이 있는지 의문이 많았다. 그러나 지검 특수부와 히노데의 짜고 치기가 노리는 것은 분명 마지막에 가서 폭로할 거대한 금융부정에 연루된 인맥일 터였고, 생각지 못한 출발점이긴 하나 여하튼 어차피 시작되어야 할 일이 시작된 셈이었다.

그리고 실로 첫 테이프를 끊은 11월 1일자 도호 신문 1면에는, 히노데 맥주 경영진 교체를 보도하는 기사 왼쪽 아래 '본사 기자 실종 2개월째'라는 세로쓰기 제목과 증명사진이 그다지 요란스럽지 않은 형태로 실렸다. 1보 격인 그 기사는 구보가 썼다.

'도호 신문 도쿄 본사(도쿄 도 지요타 구)의 사회부 기자가 9월 2일 밤 취재차 외출한 뒤로 행방을 감추었다. 신고를 받은 경시청 마루노우치 서는 1일, 발생 2개월이 지나도록 여전히 유력한 정보가 없는 것으로 미루어 모종의 사건에 휘말렸을 가능성이 높다 보고 공개수사로 전환했다.

　실종자는 본사 사회부의 네고로 후미아키 기자(45세). 지금까지 조사된 바에 따르면 네고로 기자는 9월 2일 오후 8시 5분경 "취재원을 만나고 오겠다"고 동료에게 말하고 본사 4층 편집국을 나섰다. 같은 날 8시 25분에서 30분까지 가부토초에서 증권지 관계자를 취재한 뒤 35분경 공중전화로 다른 취재원에게 전화를 걸었고, 그후로 행방이 묘연해졌다.

　네고로 기자는 "9시까지는 회사로 돌아가겠다"고 동료에게 말했고, 이튿날 30일 오전 2시 본사 앞에서 한 취재원과 만날 약속도 해둔 상태였다. 따라서 가부토초에서 본사로 돌아오는 길에 어떤 사건이나 사고에 휘말린 것으로 짐작된다.

　네고로 기자는 사회부 지원팀장으로 주로 경제사건 탐사보도를 담당해왔다.

　본사는 3일 새벽, 도내 자택에 네고로 기자가 돌아오지 않은 것을 확인하고 마루노우치 서에 실종 신고를 냈다.

　네고로 기자는 키 173센티미터에 마른 체형. 머리는 긴 편이고 흰머리가 섞여 있음. 실종 당시의 복장은 흰색 반소매 폴로셔츠, 남색 재킷, 회색 바지. 제보는 03-3×15-6426 도호 신문 사회부로.'

*

　11월 3일 오전 7시, 고다는 집을 나서는 길에 신문함에서 조간을 꺼내 1면을 보고 할말을 잃었다. '총회꾼 조직에 10억 건네/히노데 맥주 오늘이라도 압수수색'이라는 헤드라인이 춤추고 있었다. 저도 모르게 눈앞에 바짝 가져온 기사의 도입부에서 시로야마 교스케라는 이름을 발견한 순간, 고다는 끌고 나온 자전거를 팽개치고 그 자리에 서서 기사를 몇 번이나 되읽었다.

9월 3일 밤 가노가 히노데 맥주의 내부고발 건을 전화로 확인해주었을 때 언젠가 이런 날이 올 줄 예상했기에 빠르니 늦니 하는 감상은 없었다. 레이디 조커 추적과는 다른 차원의 사안으로 지검 특수부가 경찰보다 먼저 히노데 맥주라는 봉을 차지한 것을 두고 신의를 운운할 생각도 전혀 없었다. 그것이 지검의 방식이라 이해했고, 가노는 물론 특수부 전체가 상당한 각오와 주도면밀한 계획 아래 단행한 결정임을 의심할 생각도 없었다. 1면을 비롯한 관련 기사를 몇 번이나 읽으며 내내 사로잡혀 있던 것은 그것과는 조금 다른, 자신도 말로 표현하기 힘든 허전함이었다.

고다는 이 허전함이 대체 어디서 비롯되는지 제 가슴속을 헤쳐 잡아내보려 했다. 이제는 손닿지 않는 다른 세계의 사람이지만, '그 시로야마 사장이?'라는 놀라움도 물론 느꼈다. 어쩌면 가노가 시로야마의 취조를 맡을지도 모른다는 생각이 들자 뭐라 표현하기 힘든 심정이었다. 그것들은 모두 시비의 문제가 아니고 감개도 아니며, 굳이 말하자면 자신은 거의 상상할 수도 없는 일에 대한 당혹에 가까운 감정이었다.

그밖에도 '레이디 조커가 사라져간다'라는 조금 엉뚱한 생각에도 사로잡혔다. 1조 엔대 기업의 사장을 납치 감금하고 수억 엔의 현금을 요구했으며 세 번에 걸친 현금 전달 시도를 거듭한데다 상품에 이물질을 혼입해 세상을 혼란에 빠뜨린 흉악범 레이디 조커가 지금, 더욱 거대한 구조적 부패를 둘러싼 흐름에 삼켜지려 하고 있었다. 물론 레이디 조커의 범행 자체는 늘 것도 줄 것도 없는 사실로 남아 있지만, 이제는 커다란 탁류 한복판에 남겨진 모래톱처럼 느껴졌다. 수위가 높아지면 이내 흔적도 없이 삼켜질 그 모래톱 위에 한다 슈헤이를 비롯한 범인 그룹과, 한다와 운명을 함께하기로 작정한 내가 남아 있다. 그렇게 생각하면 지금 닥쳐오는 허전함에는 일말의 허무, 혹은 이제 어쩔 도리가 없다는 체념도 담겨 있는지 몰랐다.

그리고 문득 자신이 서 있는 모래톱 너머를 바라보니 멀리 탁류 맞은편에 가노가 서 있는 듯했지만, 그의 모습은 콩알처럼 보일 만큼 멀었다. 큰 소리로 불러도 들리지 않을 거리라고 냉정하게 판단하고 시시각각 멀어져가는 그 모습을 신문 활자 너머로 바라다보는 사이, 고다는 현실을 벗어나 잠시 환각에 가까운 것을 보고 있었지만, 자신이 그러고 있다는 것조차 의식하지 못했다.

고다는 손목시계를 보고 흠칫 놀라 신문을 자전거 바구니에 집어넣고 급히 페달을 밟았다. 휴일 아침이라 비교적 한산한 제1교힌 보도를 아무 생각 없이 달려 오모리 서 근처까지 가서, 여느 때와 같은 길가 우체통에 한다에게 보내는 서른아홉번째 편지를 넣었다. 서른아홉번째로 투함구에 손을 넣으며, 이 우체통을 찾는 것도 이제 두세 번이면 끝이라고 생각했다.

평소보다 삼십 분 늦은, 지각 직전인 오전 8시쯤 경찰서 후문으로 미끄러져들어가니 비좁은 자전거 주차장에 특수반의 히라세 경부보가 서 있었다. 그는 고다가 자전거를 세우기 무섭게 "자네, 지검 친구한테 뭐 들은 거 없어?"라며 굳은 얼굴로 추궁했다. "너 지검 스파이야? 경찰 체면 짓밟으니까 기분좋아? 무슨 낯짝으로 여길 들어와, 이 배신자!"

고다는 대답할 말이 없었다. 시간도 없어서 일언반구 없이 자리를 뜨려는데 뒤에서 체중이 실린 주먹이 날아왔다. 뒤미처 발길질을 당한 몸이 철문에 크게 부딪혔다. 이마를 부딪혔는지 눈앞이 캄캄해져 잠깐 웅크리고 있는 동안 히라세는 사라져버렸지만, 고다는 바짝 곤두선 신경이 수그러들 때까지 한동안 일어서지 못했다.

세면소에서 세수를 하고 형사과 사무실로 올라가자 오 분 지각이었다. 과장대리 도히를 비롯한 계원들은 텔레비전 뉴스를 보느라 뒤도 돌아보지 않았다. 화면은 기타시나가와의 히노데 본사 빌딩 지하주차장으로 지검의 대형 밴 몇 대가 잇따라 들어오는 모습을 비추고 있었다. 보도진의 요란한 카메라 무리와 대조적으로, 휴일이라 일반 사원들이 보이지 않는 본사 빌딩은 매우 평온한 느낌이었다. 건물 정면에 조성된 산책로의 느티나무는 단풍이 절정이었다. 고다의 머릿속에서는 직접 저곳을 드나들던 초여름 무렵의 주황색과 화면에 비치는 아름다운 석양빛이 어느새 겹쳐졌다.

"―특수부는 또한 오카다 경우회의 대표 오카다 도모하루 씨 사무소와 오카다 씨가 대표로 있는 와쿄 상회 등 관련사 여섯 곳, 나아가 오카다 경우회의 다마루 젠조 고문의 사무소, 다마루 고문이 대표로 있는 도아 경제연구소 등 관련사 세 곳에도 각각 담당관을 파견해 수색에 들어갔습니다. 히노데 맥주의 전 사장 시로야마 교스케 씨와 전 부사장 구라타 세이고 씨는 어제부터, 오카다 도모하루 대표와 다마루 젠조 고문은 오늘 아침부터 도내에서 특수부의 조사에 임하고 있고, 오늘 가택수사에서 압수한 자료를 바탕으로 혐의가 확인되는 대로 체포될 전망입니다. ―방금 히노데 맥주의 기자회견 영상이 들어왔습니다. 중계로 전해드립니다."

화면이 바뀌자 플래시를 받으며 머리를 깊숙이 조아리는 세 남자가 비쳤다. 바쁘게 터지는 셔터의 홍수 속에서 신임 사장 시라이의 목소리가 흘러나왔다.

"기업 윤리가 엄중하게 요구되고 있는 가운데 이런 사태를 일으켜 참으로 죄송스럽게 생각하며 주주 여러분과 소비자 여러분께 깊이 사죄드리는 바입니다. 지난 10월 31일 이사회에서 전 사장 시로야마와 전 부사장 구라타 씨가 1993년 총회꾼에게 10억 엔의 이익을 제공한 사실이 있음을 보고했으며, 아울러 이번 회기 실적 부진에 대한 책임을 지고자 사임 의사를 밝혔습니다. 이사회에서 토의한 결과 이번 인사 교체를 단행하게 되었습니다. 현재 수사중이므로 상세한 내용은 말씀드릴 수 없지만, 시로야마 씨와 구라타 씨에 따르면 1993년의 이익 제공은 과거 이십 년에 이르는 오카다 경우회와의 관계를 단절하기 위한 조치였습니다. 그러나 당사는 10억 엔이나 되는 거액의 이익을 제공한 사실을 유야무야할 수 없다고 판단하고 11월 1일 도쿄 지검에 제 살을 베어내는 심정으로 두 사람을 고소했습니다. 그리하여 오늘 이렇게 보고드리는 바입니다.”

멎을 줄 모르는 플래시와 셔터 소리에 “죄송하지만 질문은 간단하게 부탁드립니다”라는 히노데 홍보사원의 목소리는 이내 지워져버렸다. 기자석에서 “당시 사장과 부사장이 관여했다면 회사 전체가 관여한 거나 마찬가지 아닙니까!”라는 질문이 나오는 순간 다시 화면이 바뀌었다. 앵커의 목소리가 빠르게 이어졌다. “전해드린 것처럼 총회꾼 조직 오카다 경우회에 미술품 거래를 위장해 10억 엔의 부정한 이익을 제공했다는 이유로 히노데 맥주는 1일 전 사장과 전 부사장을 고소했고, 그에 대해 도쿄 지검 특수부는 오늘 아침—”

“히노데 신임 사장, 뭔가 단단히 착각하고 있는 거 아냐?” “분명 지검과 히노데가 짜고 치는 짓일 거야.” 지능계 형사들이 주고받았다. “야마와키 씨, 착각이라니 무슨 뜻이죠?” 고다가 묻자 상대는 “세상에는 룰이라는 게 있잖아요”라고 대답했다.

“지검과 히노데가 손대서는 안 되는 곳에 손을 댔다는 겁니까?”

“뭐, 그런 말이죠.”

그러자 조폭 담당 사이토가 끼어들었다.

“고다 씨, 당신은 모르겠지만 야마와키 의견이 옳아. 오카다가 이런

304

식으로 졸지에 뒤통수 맞고 가만있을 거 같아? 이제 히노데는 세이와회와 전면전에 들어간 거야. 임원 한두 명은 죽어나갈걸."

"경찰이 경비를 강화하겠지."

"정말로 그렇게 생각하나?" 사이토가 도히에게 들리지 않게 목소리를 죽여 말했다. 여느 때와 달리 눈에 웃음기가 없었다. "다마루가 오라지면 나가타초 인간들이 새파랗게 질릴걸. 지검이 히노데 임원의 경비를 강화하라고 요구해도 경찰은 나가타초 선생들의 압력에 건성으로 대응할 거야. 안 그래도 아직 용의자조차 잡지 못한 LJ 사건의 당사자를 가로채갔는데, 경찰이 지검 요구에 순순히 고개를 끄덕일 것 같은가?"

사이토는 이어서 도히 쪽을 향해 "과장대리님, 본청에서 관내 시로야마 씨 집 주변의 경비를 강화하라는 지시가 내려왔습니까?"라고 물었다. "아니, 없었는데." 도히가 고개를 가로저었다. "들었지?" 사이토가 눈짓했다.

그렇군. 경찰이 조용히 지켜보기만 하는 가운데 지검 특수부 혼자 고군분투하는 건가. 가노는 지금쯤 죽기 직전까지 신경이 날카로워져 있을 것이다. 고다는 그런 생각을 하며 "심하네"라고 한마디 읊조렸다.

"심해? 나 참, 순진한 소리는. 그나저나 이마는 왜 그래?"

웃으며 묻는 사이토에게 고다는 "자전거 타다 넘어졌어"라고 대답하고 텔레비전 앞을 떴다.

그날 밤 고다는 마흔번째 편지를 썼다. 단 한 줄이었다.

'이제 이야기를 해볼까?'

이튿날 11월 4일 토요일에도 뉴스 프로그램은 하루종일 히노데 맥주의 상법위반사건 일색이었다. 오모리 서에서는 서장 통달에 따라 지역과에서 시로야마 교스케가 거주하는 산노 2가의 순찰을 강화하고, 그외

사이토 계장이 이끄는 형사과 조직폭력계 다섯 명이 아침부터 출동해 관내에서 세이와회계 폭력단의 정보를 수집했다. 절도계 역시 하카마다 형사과장의 지시를 받아 마이니치 맥주 사건과 관련해 어제까지는 흐지부지된 것이나 마찬가지였던 헤이와시마 창고 부근의 탐문 수사를 재개했다. 그러나 고다가 속한 강력계는 변함없이 빈발하는 시중의 사건에 묶여 종일 바쁘게 뛰어다녀야 했다.

게다가 그날 새벽에는 나흘 전 심야에 중학생 무리의 공격으로 지갑을 빼앗기고 중태에 빠졌던 피해자 회사원이 사망하고 말았다. 그래서 전날 전화방을 이용해 남자를 유인한 사실을 인정한 여중생을 다시 임의로 호출했더니, 경찰서로 달려와 인권침해다, 부당 체포다, 접견을 허용하라며 고성으로 따지고 드는 고등학교 교사인 부모와 변호사를 몰아내느라 오전 두 시간을 허비했다.

범행을 인정한 소년에게 체포영장을 집행하고 다시 변호사에게 연락한 뒤, 오후에는 방범 인력을 빌려서 다른 다섯 명의 중학생을 체포하러 출동해서 흉기로 쓰인 금속배트 여섯 자루를 압수했다. 피해자가 사망했다, 이건 살인이다, 그렇게 말해줘도 아이들은 "그 변태 꼰대가 잘못이죠!"라고 정색하며 대꾸했다. 이미 익숙한 풍경이었지만 고다는 한바탕 호통치고는 자기들이 무슨 짓을 했는지 제 입으로 말하게 하고, 예의범절이 틀려먹었다고 다시 호통쳤다. 작업을 분담해 조사를 마치고, 열네 살과 열다섯 살인 세 명을 체포하고, 부모와 변호사를 부르고, 열세 살인 둘은 아동상담소에 넘기고 나니 해가 저물고 말았다.

그뒤 형사과실로 올라가 쓰다 만 검증조서를 작성하고 있는데 오후 9시 NHK 뉴스에 시로야마를 비롯한 네 명이 저녁에 체포되었다는 소식이 나오면서, 법무검찰합동청사에서 구치소로 각각 차량으로 이송되는 네 사람의 모습이 반복해서 화면에 등장했다. 앞유리창 너머로 비친 시로야마는 양복이 아니라 터틀넥 스웨터에 재킷 차림이었다. 고다는 그러고 보니 양복이 썩 잘 어울리는 사람이었다고 떠올리며, 불과 몇 초였지만 예전과 다르지 않은 고요한 표정으로 허공을 응시하는 시로야마의 모습을 바라보며 속으로 작별을 고했다.

구라타의 얼굴도 고다가 본사를 오가며 접했던 것보다 한결 차분해 보여서, 역시 시로야마나 구라타나 스스로의 의지로 이 결말을 맞은 것이라 납득할 수 있었다.

한편 오카다 도모하루와 다마루 젠조는 히노데의 두 사람과 대조적으로 유들유들하게 웃고 있었고, 애써 태연한 척하는 것 같지도 않은 여유를 보였다. 고다는 일말의 불안을 느끼며 다시 잠깐 가노의 얼굴을 떠올리고 '너라면 할 수 있다. 괜찮아'라고 격려했지만, 상대가 서 있는 강가는 모래톱에서 또 한참 먼 곳으로 멀어지고 있었다.

탁류는 시시각각 수위를 높여가고, 모래톱에 남아 있는 레이디 조커와 자신의 발치까지 닥쳐오고 있었다. '더는 기다릴 수 없다'고 되뇌고, '괜찮아. 남보다 일 분 먼저 나서는 것뿐이다'라고 다시 중얼거리며 스스로를 납득시키자, 고다의 마음은 벌써 몇 년째 맛본 적 없는 깊은 해방감으로 차올랐다. 오랫동안 자리보전하던 부친이 영면했을 때처럼. 모친까지 타계해 조부모의 집을 떠나서 혼자 살기 시작했을 때처럼. 아니, 친구 가노 유스케의 호의를 이용해 그의 누이 가노 기요코를 처음 품었던 스무 살 가을날처럼. 자신의 삼십육 년 인생을 내던지는 해방감이었지만, 그래도 실상은 제 키에 맞는 정도의 해방감일 뿐이었다.

그날 밤 고다는 한다 슈헤이에게 부칠 마흔한번째이자 마지막 편지를 썼다.

'11월 7일 오후 9시, 전화해라. 3751-921×. 이 번호를 잊지는 않았겠지.'

*

　11월 6일 밤, 한다 슈헤이는 고다 유이치로의 마흔번째 편지를 개봉하고 환희에 몸서리쳤다. 희열은 하루하루 지날 때마다 머리와 몸뚱이를 나누기 힘들도록 깊어지고 있었다. 도대체 남의 속을 들여다보는 천리안이라도 가졌는지, 고다는 편지 내용으로 보나 타이밍으로 보나 자신과 최상의 호흡을 보여주고 있었다.

　이제 이야기를 해볼까?

　정말이지 이놈은 나와 똑같은 리듬으로 호흡하고 있다. 곁에서 숨쉬고 있다고 느껴질 정도다. 한다는 자신의 뇌파나 박동, 체액의 순환 같은 생리의 진폭이, 그와 정확히 호흡을 맞춰오는 고다의 몫을 더해 꼭 두 배로 증폭해 있음을 느꼈다. 억제하기 힘든 흥분을 느끼며 자와 볼펜을 써서 편지지에 한 자 한 자 선을 그어나가는 남자의 모습을 머릿속에 그린 뒤 제 눈으로 그 모습을 이리 쓸고 저리 핥으며 감상했다.

　사회에, 조직에, 사건에 특별히 큰 의미가 있는 것도 아닌 이 고다라는 형사는 바로 그런 이유로 더없이 순수한 산 제물이라 할 수 있었는데, 이 산 제물에는 어린양이나 돼지와 달리 마음껏 즐길 수 있다는 낙이 있었다. 그래봐야 전자동 세탁기나 고품질 텔레비전에 매혹되었다는 정도의 이야기일 뿐이지만, 서민이 바랄 수 있는 최고의 품질인 줄 알았던 남자가 알고 보니 제가 먼저 음습한 도발을 거듭하며 접근해오는 변태였다니. 그자가 지금도 자못 청결해 보이는 작은 머릿속에 은밀한 망집을 채우고 외롭게 홀아비살림을 하는 아파트에서 매일 밤 이 몸에게 보낼 편지를 쓰고 있다니 얼마나 기이하고 우스꽝스러운가. 얼마 전 그가 예의 서늘한 이목구비에 어떤 방심의 빛을 내비치며 아오모노요코초 역 플랫폼에 우두커니 선 모습을 보았을 때도 한다는 그의 울적하고 고뇌에 찬 심장박동이 들리는 듯한 기분에 도착적인 황홀경에 빠졌더랬다.

이제 이야기를 해볼까.

그렇게 속삭이는 산 제물의 목소리가 언젠가 가마타 교회에서 들었던 바이올린 음색과 겹쳐졌고, 공명하며 떨리는 악기의 진동이 흡사 남자의 영혼의 떨림처럼 느껴졌다. 그래, 네놈이 나와 이야기를 하고 싶다고? 왜, 여기까지 와놓고 얘기 한번 못한다면 그 작은 가슴이 터져버릴 것 같더냐?

이튿날인 7일, 편지는 평소처럼 경무를 통해 한다의 책상에 놓였다. 원래 고다의 편지는 하루도 거르지 않고 가마타 서에 도착했지만 지난 보름은 하기나카의 집으로 배달되기도 하는 등 일정하지 않았다. 마흔번째 편지는 어제 집으로 왔지만 마흔한통째 편지는 경찰서로 온 것이다.

한다는 늦은 점심을 먹으며 봉투를 뜯었다. '11월 7일 오후 9시, 전화해라. 3751-921×. 이 번호를 잊지는 않았겠지'라고 적혀 있었다. 이것이 마지막 편지겠구나 직감하며 어제까지와 사뭇 다른 냉정한 심정으로 그 짧은 문장을 읽고 곧바로 접어 다시 봉투에 넣었다. 특별히 의식한 것은 아니었지만 지정된 일시가 오늘밤이라 자연스레 구체적인 시간 조정으로 생각이 옮겨갔다.

그날은 이른 아침부터 다마가와 강변 니시로쿠고에서 방화로 보이는 수상한 화재가 세 건이나 연발하고, 그중 한 건에서는 미처 현장을 피하지 못한 아이 한 명이 사망하고 말았다. 근처에 거주하는 열여덟 살 무직자가 현장에서 목격되어 임의동행으로 경찰서로 끌고 온 것까지는 좋았는데, 혀가 제대로 돌아가지 않을 만큼 시너에 중독된 상태라 조사가 불가능해서 오후에 일단 응급처치를 위해 병원으로 데려간 참이었다. 그동안 서둘러 점심을 먹으러 온 것인데, 가택수색에서는 방화에 사용된 성냥이나 라이터 등이 발견되지 않았고, 앞으로 수사를 어떻게 진행할지 지금으로서는 전혀 보이지 않았다. 현장에서 발자국이라도 채취하면 좋겠지만 그러지 못한다면 한다를 비롯한 현장 인력은 계속 발품을 팔며 탐문을 해야 했다. 수사본부는 설치되지 않았지만 만약 설치된다면 일러야 8시 마감. 해산은 8시 반이다.

메밀국수 한 타래를 먹는 동안 한다는 기계적으로 그렇게 사무적인 계산을 했지만, 실제로는 지엽적인 것들을 잇따라 쳐내고 간결하기 짝이 없는 결론을 내렸을 뿐이었다. 오후 8시 반에만 나가면 시간을 맞출 수 있다. 만약 넘어버릴 것 같으면 일을 중간에 내던지고 나와버리자. 그러고는 주머니 속에서 울리는 수령기 이어폰을 다시 귀에 꽂고, "현재 피의자 공술을 받아낼 가능성은 낮다. 따라서 각 반은 즉시 담당 구역의 탐문 수사를 재개할 것"이라는 강력계장의 목소리를 확인하자 메밀 국물을 한 모금 마시고 얼른 식당을 나섰다.

십 분 후인 오후 2시, 파트너와 현장 근처에서 만나 담당 구역을 탐문하기 시작했는데, 이때 지난 반년간 이따금 출몰하던 또다른 자신이 여느 때보다 또렷한 모습으로 나타나고 말았다. 그 또다른 자신이 각 주택의 인터폰을 누르고 "가마타 서에서 나왔는데요, 잠깐 말씀 좀 묻겠습니다" 하며 상냥하게 말을 꺼내는 모습을 한다는 '칠칠맞은 놈' '이게 무슨 꼴이냐'라고 생각하며 내내 바라만 보았다.

"가마타 서에서 나왔는데요. 오늘 아침 화재사건 아십니까? 요즘 이 근처에서 이상한 사람을 보신 적은 없습니까? ―아, 시너를 흡입하는 애들요. 이 동네에 사는 아이들입니까? 혹시 이름을 아십니까?"

"가마타 서에서 나왔는데요. 오늘 아침 일어난 화재가 방화 같아서요. 이 근처에서 최근 수상한 사람을 보신 적은 없습니까? ―아, 동남

아시아인요? 두세 명이 같이 다닌다, 매일 밤 소란을 피운다— 시너를 흡입하던가요?"

주택에서 주택으로, 아파트에서 아파트로 돌아다니는 또다른 자신은 그날은 꽤 빠릿빠릿했다. "그 시너 무리라도 찾아볼까? 쓸 만한 정보가 나올 것 같은데." 파트너에게 그렇게 제안하고는 다시 인터폰을 누르고 말했다.

"가마타 서에서 나왔습니다. 오늘 아침 일어난 화재에 대해 좀 여쭙고 싶은 게 있어서요. 이 동네에 사는, 머리를 모히칸 스타일로 친 청년 모르세요? 그 남자와 함께 시너를 흡입하던 사람을 보신 적 없습니까?"

오후 4시 반경, 한다는 파트너와 함께 에자키구리코 앞 패밀리마트에서 "모히칸 스타일로 머리를 친 청년을 보셨습니까"라고 물으며 탐문을 이어가고 있었다. 그 결과 시너 중독인 열여덟 살 청년과 어울리는 무리가 새벽 1시나 2시쯤 가게 앞에 모인다는 것, 종종 대마 냄새나 시너 냄새를 풍겼다는 등의 정보를 얻은 뒤, "잠깐 쉴까?" 하며 찻집으로 파트너를 데리고 들어갔다.

파트너가 갑자기 열의를 보이며 "오늘밤 잠복해볼까?" 하는 것을 한다는 절반쯤 흘려들었지만, 테이블에 나온 커피에 입을 댔을 때는 또 한번 무대가 회전해버린 것처럼 전혀 다른 기분이 들었다. 그리고 갑자기 간경변증으로 딱딱해진 간장을 떠올리고는 그와 비슷한 느낌의 둔한 경직을 처음에는 배 근처에서, 이어서 등에서 느끼고, 마침내 이마 근처까지 올라오자 아, 또다른 나는 간경변증에 걸렸구나, 라는 생각이 들었다.

그리고 한다는 "세상이 간경변증에 걸려버렸어"라고 중얼거려 파트너를 어리둥절하게 만들었다. "누가 간경변증이라고?" 파트너가 묻자 한다는 "가마이시네 아버지"라고 대충 둘러대고는 커피에 설탕을 넣었다. 파트너 몫으로 나온 설탕까지 부어넣었지만 이상하게 단맛이 나지 않았다. 혀까지 딱딱해져버렸나 싶었지만 또 무슨 소리를 듣는 것이 귀찮아 입 밖에 내지는 않았다.

"이봐, 한다. 오늘밤 잠복을 해보자고. 보너스 나오기 전에 점수 따놔야지."

"애들 상대는 딱 질색이야. 자네나 해."

"그럼 비밀로 해줘."

"대신 나랑 좀 어울려줘."

한다는 파친코 핸들을 돌리는 시늉을 해 보였다.

찻집을 나선 것은 오후 5시 반이었다. 조시키 역에 도착해 서에 전화를 걸었다. 상황에 진전이 없음을 확인한 뒤 8시에 들어가겠다고 전하고 공중전화부스에서 나오자마자 파트너와 함께 상점가의 파친코로 들어갔다. 한다는 여느 때처럼 신중하게 기계를 물색하며 몇 분간 통로를 오락가락하다가, 한 손님이 "오늘은 영 시원찮네"라고 중얼거리며 일어선 기계로 가서 앉았다.

5,000엔짜리 선불카드를 넣고 핸들을 돌리자 이마 5센티미터쯤 앞에서 '너는 여기서 뭐하는 거냐?'라는 또다른 자신의 목소리가 들렸다. 한다는 잠시 생각한 뒤 '세상이 간경변증에 걸렸어'라는 대답을 짜냈지만, 실제로도 조금 전부터 눈에 들어오는 것과 들려오는 소리, 사람, 자동차, 전철, 네온 등이 갑자기 둔중한 막을 한 꺼풀 씌운 것처럼 바뀌었고, 그 기괴한 풍경은 끝내 사라지지 않았다.

한다는 그대로 한 시간 사십오 분을 기계 앞에서 보냈다. 그동안 눈은 못 사이로 떨어지는 구슬과 세 개의 창에 나열된 숫자가 플래시처럼 바쁘게 바뀌어가는 것을 보고 있었다. 머리 쪽에서는 다른 기계가 피버를 기록할 때마다 울려퍼지는 효과음, "53번, 나왔습니다!" "28번, 나왔습니다!"라고 외치는 안내방송 목소리가 기계 소음 사이에서 날뛰었다.

주위에 드리운 막에는 변화가 없었지만 소리의 홍수가 조금 힘을 발휘했는지, 둔한 것도 같고 딱딱한 것도 같은 몸속의 느낌은 어느새 사라지고, 대신 뱃속으로 등으로 손발로 머릿속으로 열 덩어리가 들어오는 것이 느껴졌다. 굴러떨어지는 구슬이나 바쁘게 점멸하는 숫자 너머로 한다는 종종 고다의 얼굴을 보았다. 그 얼굴과 함께하는 것은 어제까지의 흥분과는 질이 다른, 그저 열 덩어리라고밖에 부를 수 없는 무엇이었다. 뜨겁다는 감각 외에는 이렇다 할 감정도 요철도 없고, 이미 개별의 이름도 사라진 하나의 단순한 평면이었다.

이어서 한다는 고지야 역 근처 간파치 거리의 공중전화부스를 보았다. 물론 현금 전달을 지시할 때 이용한 전화부스이자 오늘 온 마지막 편지에서 상대가 지정한 전화부스이기도 했지만, 지금은 잠시 후 자신이 찾아갈 전화부스일 뿐이었다. 한다는 그 전화부스를 중심으로 오늘 밤 실행할 일의 순서를 잠깐 반추한 뒤 '뭐, 이 정도려나'라고 속으로 혼잣말을 했지만, 사실 그것은 순서라고 할 만한 것도 못 되었다. 그렇게 어디선가 솟아나오는 열 덩어리에 데워지며 오른손으로 묵묵히 핸들을 돌리고, 쉴새없이 바뀌던 숫자가 갑자기 뚝 멈추고 7, 7, 7로 나란히 늘어선 순간 또다른 자신이 "오오!" 하는 소리를 질렀다.

피버 효과음이 울리고 전구 장식이 일제히 반짝이기 시작하자 활짝 열린 V존으로 수많은 구슬이 폭포처럼 빨려들어갔다. 한다는 아래쪽 접시로 쏟아져나온 구슬들을 옆에 온 종업원이 내민 상자에 그러담아 발치에 쌓아놓고, 오른손은 핸들, 왼손은 접시, 눈은 기계에 고정했다. 그 자세로 호기를 놓칠세라 어느 정도 집중을 유지하고, 피버*가 멎는 순간을 놓치지 않았다. 마무리하고 자리에서 일어섰을 때는 구슬로 가

---

*파친코 기계의 한 종류.

득찬 상자 다섯 개가 발치에 쌓여 있었다. 밑천을 빼고 나머지 절반인 두 상자는 통 크게 파트너에게 나눠주었다.

경품교환소에서 환금하니 한다가 만 5,000엔, 파트너가 만 엔이었다. "자네, 오늘 재수가 좋군." 파트너가 자못 감탄한 듯이 말했다. 한다도 동감이었고, 전에 없이 행복한 기분이었다. 단 하나, 그러는 동안에도 제 몸을 감싸고 있는 세상의 막과 열 덩어리가 당장이라도 활활 타오를 것 같다는 사실만 빼면.

"뜨거워, 뜨거워"라고 중얼거리고 한다는 혼자 웃었다. 이 몸속에서 피를 만드는 장기의 거대한 덩어리가 열기구처럼 팽창해 새빨갛게 달아올라 있다. 달궈진 가스가 몸뚱이 밖으로 분출하는 것이라 생각하니 그저 우습기만 했다. 전철 소리에 지워져 파트너에게는 웃음소리로만 들린 모양이었다.

오후 8시 오 분 전, 한다는 경찰서 형사과실로 올라갔다. 계장에게 "현장 근처에는 밤중에 외부인이 꽤 몰려드는 것으로 보입니다. 야간 잠복이 필요할 것 같습니다"라고 보고했다. 시너 중독인 열여덟 살 청년은 계속 병원에 있어서 공술도 받지 못했다. 목격자 증언도 모호해서, 자기가 본 청년은 모히칸 머리가 아니었다고 뒤늦게 말을 바꿨다. 수사는 원점으로 돌아갔고, 계장은 내일부터 주민 대장을 참고하며 수상한 자를 색출할 방침이라고 말했다.

그뒤 아침부터 외근을 나가는 바람에 손대지 못했던 어제 치 압수수색 조서를 작성했다. 계장에게 제출하며 "수고하셨습니다. 먼저 실례합니다"라고 기계적으로 인사하고 물러난 것이 오후 8시 34분이었다. 현관을 나서며 지난 반년간 몸에 붙은 습관대로 아무도 없는 도로 앞뒤를 살펴보았다. 반년에 걸친 행적 조사는 10월 31일을 끝으로 중단된 상태였다.

8시 40분 한다는 서에서 100미터쯤 떨어진 편의점 산에브리에 들렀다. 잡화 코너에서 밀봉 포장된 과도를 고르고, 이어서 눈에 들어온 냉장고에서 비닐봉지에 든 아이스모나카 하나를 집어들고 계산대에서 520엔을 지불했다.

구입한 물건 두 점이 담긴 비닐봉지를 들고 가게를 나선 뒤, 교헌 가마타 역으로 향하는 선로변 골목을 300미터쯤 걷는 동안 과도 포장을 뜯어 내용물만 재킷 주머니에 넣고 나머지는 비닐봉지에 넣었다. 이어서 또하나의 자신이 저도 모르는 새 사버린 냉과의 포장지를 뜯고 한입 깨물어보았지만 먹을 만한 맛은 아니었다. 그것도 바로 비닐봉지에 쑤셔넣고, 일 분 뒤 봉지째 가마타 역 플랫폼의 쓰레기통에 던져넣었다.

공항선 플랫폼에 선 것은 8시 51분이었다. 이 분 뒤 들어온 전철을 타고 55분 첫번째 정차역인 고지야 역에 내렸다. 함께 내린 삼사십 명의 승객 중 간파치 거리 쪽으로 나가 하기나카 방향으로 걷는 사람은 약 3분의 1. 한다는 그 무리의 맨 끝 사람과 다시 50미터쯤 거리를 두도록 보폭을 조정했다. 그동안 주머니에 있는 과도의 칼집을 벗겨 노변 화단의 나무를 향해 던져버렸다.

음식점 등이 불을 밝힌 곳은 간파치 교차로 부근뿐이었고, 하기나카 방향으로 귀가를 서두르는 사람들의 모습은 금세 컴컴한 보도로 빨려들어갔다. 한다가 교차로에서 걸음을 옮겼을 때 20미터 앞의 공중전화 부스는 흐릿한 불이 켜진 채 비어 있었다. 근처 버스정류장도 인기척 없이 어두웠다. 바로 한 시간 전까지 새빨갛던 열기구가 지금은 이상하게 새카매져버렸다고 한다는 멍하니 생각했고, 그러는 동안에도 발은 10미터쯤 앞으로 나아갔다. 같은 길을 하기나카 방향에서 걸어온 남자가 전화부스로 들어가는 것이 보였다. 흐릿한 조명 아래 서서 문을 닫은 남자가 유리 너머에서 이쪽으로 몸을 돌렸다.

오랫동안 몽상 속에서 농락해온 남자의 얼굴이었다. 동시에 지금은 그와 비슷한 모든 이의 얼굴을 합해 머릿수로 나눈 만큼의, 그 누구라고도 할 수 없는 낯선 얼굴이었다. 그래, 나는 이제 나를 비롯한 인간이라는 것들에 대해 생각하는 데 질려버린 거다. 막연히 그렇게 납득하며 한다는 전화부스를 향해 저벅저벅 걸어갔다. 과도를 쥔 손을 주머니에서 빼냈다. 줄곧 이쪽을 바라보는 고다는 과도를 발견했을 텐데도 전혀 움직일 기미가 없었다.

　한다는 유리문을 밀어서 열고 과도를 꼬나든 채 전화부스로 한 발을 들이밀고, 제일 먼저 한마디, "내가 레이디 조커다"라고 말했다.

　고다는 불과 30센티미터 앞에서 유리를 등지고 이쪽을 향한 채 역시 짧게 "그래"라고 대답했다. 전혀 표정 없는 얼굴과 목소리였다. 한순간 한다는 다시 눈앞의 낯선 얼굴을 잠시 응시하고, 이건 누구지? '그래'라는 말은 뭐지? 라고 성급하게 자문하고는 다소 혼란을 느꼈다.

　한다는 이어서 또 한마디, "나는 이제 생각하는 데 질렸다"라고 말했다. 그러자 산울림처럼 "나도 그래"라는 말이 돌아오는 동시에 상대의 입가에 문득 웃음이 배어나왔다.

　그 모습을 보며 한다는 돌고돌아 마지막으로 맞닥뜨린 상념에 머리가 찢기는 심정으로 다시 자문했다. 이놈도 하찮은 인간군상 중 하나에 불과하면서, 이 지경에 이르러서도 여전히 나에게 수수께끼를 들이미는 것인가? 여전히 자신이 뭐라도 된다는 듯한 낯짝으로 내 앞에 버티고 서 있나? 저 눈은 뭐냐. 저 웃음은 뭐냔 말이다. 이놈은 이 상황에서도 여전히 만족스럽고 순조로운 인생을 걷고 있다고 믿는 건가, 아니면 완전히 돌아버린 건가? 돌아버린 머리로 나에게 마흔한 통이나 편지를 썼나? 나를 가지고 논 건가?

　순식간에 자문자답을 거듭하는 사이 한다는 또다시 지난밤부터 증폭을 이어온 생리의 진폭이 단숨에 사나운 파도처럼 튀어오르는 것을 느끼며, 거칠어지는 호흡과 함께 저 자신에게 마침내 진정한 폭발이 도래했다는 것, 나라는 인간은 끝내 이렇게 떠밀려간다는 것, 이것이 자신의 종말이라는 것 따위를 멍하니 생각했다.

"하고 싶은 말은 그뿐인가?"

"자수해라."

"아, 하고말고."

한다는 그렇게만 대답하고 숨 한번 고를 새 없이 과도를 쥔 채 눈앞의 부드러운 벽에 몸을 던졌다. 한순간 가볍게 튀어오른 상대의 턱이 제 머리 위로 떨어지는 것을 알 수 있었다. 아이처럼 가느다란 한숨 한 줄기와 함께였다.

오른손에 미끈하고 미지근한 체액을 느낀 순간 피비린내가 훅 피어올랐다. 상대의 호흡이 깊고 크게, 연못에 뜬 보트처럼 위아래로 일렁이는 것을 몸으로 느끼면서, 한다는 오른손에 여전히 과도를 쥔 채 왼손으로 공중전화 수화기를 들고 빨간색 긴급통화 버튼을 눌렀다.

110번 접수원이 전화를 받았다.

"나는 레이디 조커다. 당장 고지야 역 버스정류장 옆 공중전화부스로 와라. 구급차도 보내라. 방금 형사를 찔렀다."

한다는 수화기를 내려놓고 제 몸뚱이와 전화부스 유리벽 사이에 끼여 버티고 있는 남자의 귓가에 "들었나?"라고 말했다. 그러나 축 늘어진 고개 밑에서 새어나온 것은 "유스케—"라는, 뜻을 알 수 없는 한숨 섞인 목소리뿐이었다.

이제 됐다. 나는 정말로 생각하는 데 질려버렸다. 그렇게 혼잣말을 하고 한다는 어두운 차도로 시선을 옮겨, 경찰이 오려면 아직 멀었나 생각했다.

종장

이리하여 매장되어야 했던 것은 소생하고, 사라져야 했던 것은 사라졌을 '터'였다. 그러나 현실은 다른 법이라 이 세상은 꿈쩍도 하지 않았다. 열 시간에 달하는 수술로 생명을 붙들어놓은 뒤 고다 유이치로가 얻은 깨달음 중 하나였다.

　11월 8일 정오, 마취가 풀린 직후의 격통 속에 고다는 간호사가 건네준 조간을 펼치고 '형사가 형사를 찔러'라는 헤드라인의 기사를 읽었다. 그리고 그날 오후 일찌감치 특수본부의 히라세 경부보가 나타나, 한다의 집에서 같은 소인이 찍힌 편지 마흔 통을 압수했다고 알리고는 체포 당시 한다가 소지하고 있던 한 통을 내밀며 "어떻게 된 건지 설명해보게"라고 채근했다. 그날은 어차피 전신마취 후유증으로 잔뜩 낀 가래 탓에 목소리도 제대로 나오지 않아 침묵으로 버텼지만, 히라세의 추궁은 그뒤로 한 달 내내 이어졌다.

　고다는 꿋꿋이 침묵을 지키는 한편 하루하루 후속 보도를 기다렸지만, 한다의 자술이 불충분했는지 아니면 자백을 뒷받침할 물증이 나오지 않았는지 레이디 조커의 체포를 알리는 보도는 끝내 나오지 않았다. 한다의 마지막 행동으로 판단컨대 그는 오히려 체포를 바라고 있었던 것 같지만, 자기 한 사람만 처치하는 것이 목적이고 끝내 범행의 전모는커녕 일당에 대해서도 입을 열지 않았는지 몰랐다. 전해듣기로 한다는 체포 직후부터 이미 조사에 응할 만한 정신 상태가 아니었다.

대체 왜 이렇게 되었을까. 직접 레이디 조커라고 자백한 남자를 어째서 체포하지 못한단 말인가. 고다는 한 달 내내 고심한 끝에 결국 이해 불가라는 결론을 내렸고, 그와 함께 레이디 조커도 한다 슈헤이도 썰물 빠지듯 멀어져갔다. 히라세 역시 마지막에는 "레이디 조커의 승리야. 자네도 패자라는 걸 잊지 마"라는 말을 남기고 발길을 끊었다.

그러나 그런 말도 고다의 귀에는 더이상 들어오지 않았다. 거의 죽었다 살아나고 보니 한번 던져버렸던 인생이 다시 제 손으로 돌아왔을 뿐 아니라, 그 상처는 던져버렸을 때보다 더 크게 벌어져 있었다.

수술 후, 자신을 부르는 가노 유스케의 목소리에 마취에서 깨어났을 때 가장 먼저 본 그의 눈에 환희의 빛은 없었다. 나중에 듣기로 가노는 옛 매부가 병원으로 실려오자마자 달려와 400cc의 피를 수혈해주었다는데, 옛 매부의 목숨을 구할 수 있기를 기도하는 심정과, 저에게 한마디 말도 없이 영원한 작별을 고하려 한 상대에 대한 감정은 결코 하나가 될 수 없었을 것이다. 그래서 가노는 사랑하는 이에게 더없이 깊은 상처를 받은 사람답게 분노인지 방심인지 분간하기 힘든 눈빛으로 여전히 의식이 몽롱한 고다의 얼굴을 응시하다가 딱 한마디 꺼냈던 것이다. 지난 십팔 년간 자네는 나를 뭐라고 생각했던 건가, 라고.

다음으로 눈을 떴을 때 가노는 없었다. 그뒤로 뇌리에서 레이디 조커가 차지해야 할 면적의 절반을 가노가 빼앗았고, 날이 갈수록 그를 생각하는 비율이 높아져 한 달 뒤에는 거의 전부를 차지하기에 이르렀다.

비로소 자신이 돌이킬 수 없는 형태로 가노에게 상처를 주었다는 자각과 충격이 번갈아 오갔고, 남의 감정이 안중에도 없었던 저 자신의 행동에 스스로도 깊은 상처를 받았다. 이어서 학창 시절 시작된 가노 오누이와의 관계를 돌아보고 또 돌아보면서 나는 지난 십팔 년간 정말로 가노의 마음을 알아차리지 못했나 자문했다. 대답은 예스이기도 하고 노이기도 했다. 가노 기요코와의 결혼생활이 육 년 만에 파경을 맞은 진짜 이유는 다름아닌 자신이 기요코를 사랑하지 않았다는 사실이지만, 스스로 그것을 알고 있었느냐고 한다면 그 대답 역시 절반은 예스이고 절반은 노였다. 그렇다면 가노 기요코와 헤어지고도 가노 유스케와는 관계를 끊지 않은 나는 혹시 유스케에게 끌렸던 것일까 자문해보았지만 그것 역시 알 수 없었다. 다만 대개 여자에게 욕정을 느끼지만 경우에 따라서는 동성에게도 그렇다는 것은 이제 부정할 수 없는 사실이었다. 나는 미요시 관리관이 자살한 날 밤 분명 가노에게 욕정을 느꼈었다. 그것은 왜냐고 물어도 대답할 길이 없는 대뇌변연계의 사정이었고, 고다는 그 이상 스스로를 힐문하는 것을 삼갔지만, 공기에 커다란 구멍이 하나 뻥 뚫린 기분은 가시지 않았다.

아니, 고다는 그뒤에도 또 한 가지를 생각했다. 나는 가노에게 욕정을 느꼈을 뿐이지만, 가노는 이렇게 형편없는 남자를 십팔 년이나 성실하게 마음에 담아온 것이라면— 생각이 거기에 이른 순간 그는 이불을 뒤집어쓰고 봉합한 복부의 상처가 터질 만큼 몸을 비틀며 울었다. 삼십육 년 동안 나름대로 가지고 있던 남에 대한 우월감이나 혐오감, 자부심 등이 모두 너덜너덜 무너져내리고, 남이 건드리지 못하도록 쌓아온 벽도 무너져서, 눈물이 말랐을 즈음에는 아무것도 남지 않았다. 그리고 고다는 가슴을 쥐어짜며 문득 자신이 사랑에 빠졌다고 생각했지만, 정확하게 말해 그것은 사랑이 아니라 실연이었다.

아니, 더 정확히 말하면 한 사람을 생각하며 번민하는 데서 오는 감미로움은 자신이 여전히 사랑 자체를 사랑한다는 자기애의 영역에 머물러 있다는 증거였고, 그는 자신의 존재 자체에 동반되는 감정마저 대상화하는 욕망의 실체를 새삼스레 알아채고 각성했으며, 그런 자신을 떠밀어내보기도 했다. 그러나 사실을 말하면 고다는 그렇게 오락가락하던 모든 날이 그저 괴로웠다. 이런저런 후회와 결여도, 나라는 인간도 결국에는 스스로 품어내는 수밖에 없고, 나는 죽을 때까지 이 모양일 거라고 생각하는 한편, 이런 생각을 이어나가는 것은 내가 모르는 다른 누군가 같다는 느낌도 가시지 않아서, 나 또한 아주 조금은 변한 것일까 하는 애절한 기대감이 들었다. 그래, 예전의 나라면 이런 생각은 하지 않았을 것이다. 그렇다면 나도 조금은 변한 것이 아닐까. 또다른 고다 유이치로의 싹을 틔울 맹아 정도는 가지고 있는 것이 아닐까—

그렇게 고다는 저 자신의 뱃속을 들여다보며 여전히 깊은 수렁에 빠져 있었지만, 그 수렁은 미세하게 진동하고, 때로는 크게 흔들리고 뒤틀리면서, 묘하게 생리적이었다가, 폭력적이었다가, 혹은 부드러워졌다. 더구나 그 하나하나는 고통인지 다른 무엇인지도 분명치 않았고, 종종 망연히 가슴을 옥죄는 느낌이 들기도 했다가, 앞으로 앞으로, 빨리빨리 하고 서두르는 생명의 느낌으로 변하기도 했다. 입원하고 사십일이 지났을 무렵 고다는 그런 것들도 모두 자신이라는 인간의 일부라고 생각하게 되었고, 여전히 살아 있다는 사실에 대한 거부감만은 어느새 희미해지고 있었다.

12월 22일, 고다는 예정보다 조금 일찍 퇴원했다. 그길로 긴자에 가서 로열맥스프라이 골프공 두 다스를 사서 선물용 포장을 한 뒤, 후게쓰도 찻집에서 가노 유스케 앞으로 짤막한 편지를 썼다.

'배계拜啓. 잘 지내지? 나는 오늘 무사히 퇴원했다. 지난 사십육 일간 자네의 활약을 기원하며 자네 생각만 했다. 사과하고 싶은 것, 전하고 싶은 것이 산더미 같다. 만나고 싶다. 자네 목소리가 듣고 싶다. 크리스마스이브에 시간 되나?'

*

1996년 여름, 구보 하루히사는 오랫동안 이어진 오노 증권-도에이 은행 사건 수사가 일단락된 김에 엿새간 여름휴가를 내서 아내와 함께 도호쿠 여행에 나섰다. 안 그래도 슬슬 쉬고 싶은 참이었지만 그보다도 어쨌거나 도쿄를 벗어나고 싶다는 강렬한 생각에 떠밀리다시피 떠난 여행이었다.

그해는 1월 1일 도쿄 지검 특수부의 오노 증권 강제수사가 시작되면서 벽두가 밝았다. 1월 3일에는 오카다 경우회의 대표 오카다 도모하루에 대한 15억 엔 우회 융자 혐의로 도에이 은행에도 수사의 손길이 미쳤다. 1월 13일까지 오노 증권에서는 전 회장 두 명을 포함한 최고경영자 네 명, 도에이 은행에서는 전 은행장 세 명을 포함한 최고경영자 열 명이 체포되었다. 한편 8일 국세청이 구니유키 빌딩을 탈세 혐의로 지검에 고발했고, 이튿날인 9일 지검이 강제수사에 들어가 사장 오창순을 체포하고 도호 신문은 기자 실종의 의혹을 추적하는 4탄 기사를 내보냈다. 나아가 11일에는 북방 영토 반환 플래카드를 단 우익 가두선전 차가 지도리가후치의 본사 빌딩에 난입했지만, 체포된 남자의 신상은 끝내 밝혀지지 않았다.

15일 성년의 날은 히노데 맥주 상법위반사건의 첫 공판을 하루 앞둔 날이었다. 그날 이른 아침, 시로야마 교스케가 사망했다. 신문을 가지러 집 현관을 나섰다가 밖에서 발사된 권총 세 발을 맞았다. 상보를 전한 도호 신문 사회면에는 가로쓰기 볼록판으로 '이 나라는 어떻게 된 것인가'라는 헤드라인이 달렸다. 목격자도 유류품도 없는 사건이라 수사는 난항을 겪었고, 8월인 지금은 특수본부가 미궁에 빠졌다는 목소리도 나오고 있었다.

2월에는 고다 형사를 과도로 찌른 전직 형사의 첫 공판이 열렸다. 구보도 참석했지만, 검찰의 기소장 낭독이 끝나자 변호인측에서 곧장 피고의 강박신경증 및 분열증이 의심된다며 정신감정을 요구했고 검찰도 이의를 제기하지 않아 십 분 만에 끝나버렸다. 여름이 되기까지 두번째 공판은 열리지 않았다. 그달 말, 고다 형사는 간자키 1과장의 추천으로 승진 시험을 치르고 본청 국제수사과 경부로 전근했다. 구보는 한 번 본청 엘리베이터에서 그와 맞닥뜨렸는데, "잘 지내시죠?"라고 상대가 먼저 인사해와 오히려 당황했다.

3월 24일에는 각 전국지가 레이디 조커 사건이 발생한 지 일 년이 되었음을 간략하게 보도했다. 발단이 된 납치감금사건의 피해자는 이미 사망했고, 종결 선언을 남기고 사라진 범인 그룹의 정체가 한 명도 밝혀지지 않은지라 사람들의 의식에서 멀어져 벌써 과거의 사건이 되어버린 것은 어쩔 수 없었다.

4월 총선거에서는 다수의 정치헌금 의혹이 쏟아져나왔음에도 예상을 웃도는 득표율로 여당인 자민당이 압승했다.

5월 중순, 그동안 행방불명이었던 총회꾼 니시무라 신이치가 마닐라에서 익사체로 발견되었다. 살인을 청부한 필리핀인이 체포되었고, 청부를 중개한 한국인 무역상이 밝혀졌으며, 세이와회계 폭력단 현지법인도 관여한 것으로 밝혀져 6월 경시청 수사원이 현지로 파견되었다. 그러나 세이와회의 관여를 뒷받침할 물증은 끝내 나오지 않았고, 네고로 후미아키 실종의 진상을 밝혀낼 무언가가 나오지 않을까 하던 구보쪽의 기대는 허망하게 사라졌다. 또한 네고로와 사노 준이치 실종에 관여한 것으로 짐작되는 오창순 역시 지검이 압수한 대량의 자료에서도 이렇다 할 물증이 나오지 않았고, 그의 심복이자 실행범일 가능성이 좀 더 높아 보이는 이노 겐조는 작년 말부터 행방이 묘연한 상태였다.

그렇게 7월을 맞은 후 구보는 급성 식중독으로 이틀 입원했다. 병원에서 구토로 고생하는 동안 구보는 자신이 병원성대장균이 아니라 미해결 상태로 묻혀가는 수많은 악에 감염되었음을 절감했다. 어떤 음식으로 대장균에 감염됐는지 짐작되지 않는 것은 지난 일 년간 납치와 공갈, 협박, 사기, 살인, 자살 등의 형태로 드러난 수많은 사건도 마찬가지였다. 표면적인 인과관계는 밝혀졌지만 진정한 발생원은 없다. 대형 증권사와 시중은행의 상법위반사건도 개별 사범의 개별 메커니즘이 밝혀졌을 뿐 그 메커니즘을 움직이는 진정한 구동장치는 드러나지 않았고, 어디에 어떤 형태로 존재하는지도 알 수 없었다. 거슬러오르고 또 거슬러올라도 길은 어디선가 끊겨 결코 발생원에 다다르지 못했다.

그 이미지는 결과적으로 개개의 감염경로를 거슬러오르기가 불가능한 인플루엔자 바이러스의 만연과 닮아서, 감염되면 대증요법을 쓸 수 있을 뿐 바이러스 자체를 사멸시키지는 못하는 것이다. 그리고 자신도 바로 그런 바이러스 위에 누워 있다고 느낀 순간, 구보는 강렬한 구역감을 느끼는 동시에 또하나 새로운 발견을 하고 더욱 구토에 시달렸다.

구보가 발견한 것은 바이러스의 교활하기 그지없는 유전자 메커니즘과, 그와 대조적으로 앞에서 멍하니 입을 벌린 채 제 몸을 드러내고 있는 무지몽매한 자기 자신이었다. 수많은 악이 존재하지만, 악의 만연을 조장하는 대중의 무지야말로 강렬한 효과를 발휘했다고밖에 할 수 없었다. 일단 어디든 떠나고 싶다, 구토를 일으키는 이 공기에서 멀어지고 싶다고 간절하게 바란 것도 7월 그즈음이었다.

8월 초, 구보는 아오모리 공항에서 히로사키로 들어가 첫날은 렌터카를 타고 이와키후지산 자락을 유유자적 돌아다녔다. 이튿날 하루는 핫코다 산 남쪽 골짜기를 따라 내려가서 도와타 호수를 바라보며 호반을 일주하고, 그 다음날 하루는 오이라세 계곡에서 보냈다. 거기까지는 아내가 정한 코스였다.

나흘째 아침, 구보는 10만분의 1 축척의 지도를 참고해 하치노헤로 향하는 45번 국도를 탔다. 도중에 '오카무라 세이지'가 태어난 헤라이무라에 들러볼 요량이었는데, 시로야마 교스케가 생전에 봄이 되면 오카무라의 묘소에 분향하고 싶다고 주위에 말했다는 이야기를 듣고서 생각한 일이었다. 그러나 헤라이무라라는 마을은 이제 없었다. 1990년 테이프에 등장하는 그 마을은 신고무라라는 이름으로 바뀌었고, 헤라이무라는 오카무라 세이지의 생가에서 조금 떨어진 지역의 이름으로 지도에 남아 있을 뿐이었다.

도와타의 완만한 능선을 바라보며 잠시 골짜기의 고노헤 강변을 따라 달리는 동안, 내리쬐는 여름 햇살 말고 아무것도 없는 국도가 문득 숯 가마니를 실은 짐차가 오가고 마부가 말을 끌고 걷던 다이쇼에서 쇼와 초기의 시골길과 겹쳐지고, 이윽고 햇살도 오카무라 세이지가 보았던 푸릇푸릇한 벼의 초록빛으로 물들어가는 착각이 들었다. 아내에게는 말하지 않았지만 드디어 레이디 조커의 고향에 왔다는 감개를 억누르기 힘들어져, 구보는 운전대를 잡은 손에 땀을 쥐며 이제는 음침함마저 희박해져가는 사건의 기억을 정처 없이 맴돌기 시작했다.

마을 사무소를 지나고 국도를 벗어나 농로로 들어섰다. 곧 인가가 사라지고 산간에 띄엄띄엄 흩어진 방목지와 작은 논밭이 눈에 들어왔다. 지도에는 다모다이라는 마을이 표시되어 있었지만, 잠시 후 구보는 지도에 나와 있지 않은 지역을 달리고 있음을 깨달았다. 길을 잃었다고 느끼지 못한 것은 달리는 내내 목초지의 완만한 비탈과 밭만 보이고, 앞쪽으로 핫코다 연봉의 능선이 구름처럼 떠 있었기 때문이다.

아내는 묘한 풍경이라고 말했다. 구보도 그렇게 느꼈다. 어제까지 보았던 광활한 쓰가루 평야와 도와타 하치만타이에 비하면 지금 바라보는 풍경은 미니어처 정원 같은 느낌이라, 차를 타고 달리려니 목초지 구릉과 경작지, 그 너머 핫코다 산으로 가로막힌 공간을 뱅뱅 돌고 있는 기분이었다. 다른 세계 같다고 표현할 정도는 아니었지만 하늘을 제외하고 사면의 기복과 경작지, 숲 모두 여름 햇살 아래 아담하게 가라앉아 소리 없이 침묵하고 있었다. 목초지는 푸르고, 밭에 자라는 양배추도 푸르고, 나무들도 푸르렀다. 그외에는 통행로의 갈색과 하늘뿐인 그 풍경은 한없이 시원하고 적요했지만, 곧 여기는 생활의 냄새가 없구나 하는 생각이 들었다. 아니, 예전에는 마을이 있었다고 하니 정확하게는 일상생활의 냄새가 끊겼다고 해야 옳을까. 목초지는 잘 손질되어 있고 경작지도 작지만 반듯하게 자리잡고 있으나, 어느 풍경이든 사람의 눈길이 닿아 생기는 밝은 기운이 결여되어 있고, 풍부한 녹음에 덮여 있으면서도 일종의 상실감을 풍겨 한여름이지만 맑은 햇살 아래 서늘하게 얼어붙어 있는 것이다.

농로 옆에 스쿠터를 세워두고 목초지 풀을 깎는 남자가 보였다. 다모다이에 접어들어 처음 만난 사람이었다. "근처에 혹시 모노이 씨 댁이 있습니까?"라고 물어보니 "이 길 따라 똑바로 가세요"라고 대답했다.

막상 가보니 똑바로 난 길이 아니어서 구불구불한 농로를 한참 올라가서야 마침내 시야가 트였다. 내리막으로 뻗은 농로 양쪽에 완만한 초지가 펼쳐지고 300평쯤 되는 채소밭이 보였다. 살림집은 눈에 띄지 않지만 성냥갑 같은 창고가 있고, 그 옆에 흰색 소형 사륜차 한 대가 보였다. 뒤로는 역시 완만한 산자락이 이어지고, 그 너머로 보이는 핫코다 연봉은 조금 전 본 것보다 한층 가깝고 푸르렀다.

가까이 가니 밭에서 일하는 남자가 보였다. 회색 작업복 소매를 걷어 올리고 토마토를 따고 있는 그는 모노이 세이조가 아니라 좀더 키가 큰 젊은이였다. 구보는 사륜차 옆에 차를 세우고 내렸다. 허리를 숙이고 무성하게 자란 토마토 잎에 묻혀 일하고 있는 그 남자는 구보에게 등을 보이고 있었다. 흰색 소형 사륜차에는 '(주)오무라 정기'라고 적혀 있고, '하치노헤 시 오아자가와라기 아자하마나야치 철공단지'라는 주소도 보였다. 그것을 읽고 다시 밭으로 시선을 돌리자 토마토밭 위로 남자가 허리를 펴고 이쪽을 바라보고 있었다. 욕실을 빌리러 하네다의 약국에 들르던 직공이라는 것을 금방 알아보았다. 그러나 그때와는 인상이 사뭇 달라서 다른 사람인지도 모르겠다고 생각을 고쳤을 때, 밭에서 "왜요, 길 잃었어요?"라는 목소리가 날아왔다. 반듯한 표준어였다.

"도쿄에서 왔습니다. 드라이브중이에요."

"흠. 이런 곳에 뭐 볼 게 있다고."

남자는 밝게 웃고는 다시 등을 돌려 토마토를 따기 시작했다.

구보는 어디선가 밀려드는 기괴한 진동에 휩싸이며 새삼 주위를 둘러보았다. 사방으로 펼쳐진 초지에 나무 몇 그루가 서 있고, 그중 한 그루에 밤색 서러브레드 한 마리가 매여 풀을 뜯고 있었다. 그 너머 나무 그늘에 휠체어가 놓여 있고, 그 위로 허공을 헤엄치듯 느리게 허우적거리는 누군가의 팔이 보였다. 남자인가? 아니, 여자? 자세히 보려고 미간을 모으는데 뒤쪽에서 개 짖는 소리가 들려서 돌아보았다.

밀짚모자에 장화를 신은 수척한 남자 하나가 삽을 들고 농로를 따라 이쪽으로 걸어오는 것이 보였다. 흰색 잡종견 한 마리가 그의 다리 옆에서 폴짝거리며 구보를 향해 몇 번 짖었다.

그는 걸음을 멈추고 밀짚모자 아래로 구보를 응시하는가 싶더니, 5미터 거리에서 삽날을 그에게 똑바로 겨누었다.

　그때 구보가 본 것은 백일하에 사람을 빨아들일 듯이 공허한 구멍을 벌린 왼쪽 눈의 백탁이자, 증오를 띠고 흔들리는 오른쪽의 온전한 검은 구멍, 그리고 이 세상의 악의와 혼돈을 죄 삼켜버리는 공허가 깃든, 두 구멍 사이 창백한 귀신의 얼굴이었다. 한때 약국 주인이었던 이 사람은 대체 누구인가 — 구보는 몇 초간 가까스로 신문기자로서 머리를 굴려보았지만, 결국 압도적인 증오의 벽에 떠밀리듯 한 발짝 물러서는 것이 고작이었다.

　모노이 세이조는 한마디도 하지 않았다. '꺼져!'라고 윽박지르듯이 앞으로 꼬나든 삽날을 한 번 흔들어 보이고, 그대로 등을 돌려 개와 함께 초지로 내려갔다.

　곧 작업복 차림의 남자가 토마토밭에서 허리를 펴고 초지를 향해 "레이디!" 하고 불렀다. 남자는 토마토로 가득한 바구니를 안고 초지 쪽으로 뛰어가며 다시 한번, "레이디, 토마토야!"라고 소리쳤다.

　구보는 초지와 경작지의 푸름이 마침내 제 망막을 교란하고, 정적이 청각에 이상을 일으킨 거라 생각했다. 산촌에 메아리친 '레이디'라는 한마디를 듣는 순간 어떤 직감이 치달았다가 이내 종잡을 수 없이 흘러가 사라졌지만, 내장이 얼어붙어버린 느낌은 한동안 가시지 않았다.

　구보의 눈 안쪽 푸른 산과 경작지 위로 순식간에 그늘이 드리웠고, 이윽고 차가운 산바람이 불어내려왔다. 그리고 구보는 어느새 그 오카무라 세이지가 '바람이 후려치는 판자벽 밖에 쏟아지는 것이 우박인지 진눈깨비인지 사람이고 말이고 모두 숨죽여 귀를 세우고'라고 묘사했던 시간 속에 서서, 땅속에서 스며나오는 듯한 그 목소리를 들었다.

옮긴이 **이규원**
한국외국어대학교에서 일본어를 전공하고 현재 전문 번역가로 활동중이다. 옮긴 책으로 『이유』 『천황과 도쿄대』 『가족 사냥』 『마쓰모토 세이초 걸작 단편 컬렉션』 『나, 건축가 안도 다다오』 『인더풀』 등이 있다.

문학동네 블랙펜 클럽
레이디 조커 3

1판 1쇄 2018년 3월 15일 | 1판 2쇄 2018년 5월 11일

지은이 다카무라 가오루 | 옮긴이 이규원 | 펴낸이 염현숙
책임편집 양수현 | 편집 황문정 | 독자모니터 양은희
디자인 최윤미 이원경 | 저작권 한문숙 김지영
마케팅 정민호 정진아 함유지 김혜연 강하린 | 홍보 김희숙 김상만 이천희
제작 강신은 김동욱 임현식 | 제작처 영신사

펴낸곳 (주)문학동네
출판등록 1993년 10월 22일 제406-2003-000045호
주소 10881 경기도 파주시 회동길 210
전자우편 editor@munhak.com | 대표전화 031) 955-8888 | 팩스 031) 955-8855
문의전화 031) 955-8896(마케팅) 031) 955-2684(편집)
문학동네카페 http://cafe.naver.com/mhdn | 트위터 @munhakdongne

ISBN 978-89-546-5057-1 04830
     978-89-546-5054-0 (세트)

www.munhak.com